¡Otra maldita novela
sobre la guerra civil!

Seix Barral Biblioteca Breve

Isaac Rosa
¡Otra maldita novela sobre la guerra civil!

Lectura crítica de *La malamemoria*

Diseño original de la colección:
Josep Bagà Associats

Primera edición: febrero 2007

© Isaac Rosa, 2007

Derechos exclusivos de edición
en español reservados
para todo el mundo:
© EDITORIAL SEIX BARRAL, S. A., 2007
Avda. Diagonal, 662-664 - 08034 Barcelona
www.seix-barral.es

ISBN: 978-84-322-1233-8
Depósito legal: M. 3.095 - 2007
Impreso en España

El papel utilizado para la impresión de este libro es cien por cien libre
de cloro, está calificado como **papel ecológico** y ha sido fabricado
a partir de maderaprocedente de bosques y plantaciones gestionadas
con los más altos estándares ambientales, garantizando una explotación
de los recursos sostenible con el medio ambiente y beneficiosa
para las personas.

Para Olivia, lectora salvaje

ADVERTENCIA

Nunca me había pasado algo así. Mi escritura ha sido cuestionada muchas veces y por distintas vías. Pero nunca me había pasado algo así. Y por lo que sé de otros autores, tampoco a ellos. Siempre te encuentras críticos que dudan de la calidad de tu obra; lectores que te mandan cartas para impugnar tu novela, para insultarte incluso; periodistas que en una entrevista te ponen en apuros; oyentes que en una conferencia te reconvienen micrófono en mano. Todo eso es lo habitual, lo esperable, lo controlable. Pero que un lector se meta en tu texto, que se infiltre en el libro, me parece un delicado punto de no retorno, una barrera hecha pedazos, algo incontrolable e insoportable, ante lo que no podemos permanecer cruzados de brazos.

Mi intención, honesta y confesable, era volver a publicar la que fue mi primera novela, *La malamemoria*. Ya que en su día apareció en una pequeña editorial, y tuvo poca circulación y menos lectores, me parecía buena idea ponerla al alcance de quienes se han interesado por mi última novela, *El vano ayer*. Asumía, y así se lo hice saber a mi editora, que era una obra aún inmadura —la escribí con poco más de veinte años—, propia de un autor primerizo, influenciable, ambicioso y tal vez temerario, y que por tanto es una novela no exenta de defectos y vicios, irregular, pero no por ello falta de calidad y dignidad. En definitiva, una novela que, pese a ese carácter inmaduro, no me avergüenza. Más bien al contrario, creo que puede ser leída con interés y gusto, de ahí la intención de recuperarla.

De hecho, sugiero y ruego a los lectores que no atiendan a ese impertinente lector que ha intentado boicotear la publicación, y que se dediquen a leer *La malamemoria* pasando por alto sus inoportunos comentarios, esas fastidiosas notas que ha añadido según su capricho, y que espero podamos eliminar en próximas ediciones.

Por supuesto, vamos a emprender acciones contra tal sujeto. Porque si en el caso de mi novela el daño está ya hecho, al menos evitaremos que se cree un peligroso precedente. Eso sería lo preocupante. Que cundiese el ejemplo y a partir de ahora los lectores, por mimetismo, se dedicasen a cuestionar las novelas que leen, hiciesen lecturas desaforadamente críticas, subrayasen y anotasen los textos, los saboteasen como ha hecho este vándalo con mi obra. No podemos arriesgarnos a que los lectores pierdan el debido respeto al autor, esto es, a su autoridad, y acaben no ya criticándolo, sino hasta mofándose de él, desnudándolo en la plaza pública.

Si no detenemos esta inicial subversión, los novelistas acabaremos encogidos, acobardados, mudos.

ISAAC ROSA

Madrid, octubre de 2006

LA MALAMEMORIA

por

ISAAC ROSA

* * *

*¡Otra maldita novela sobre la guerra civil! Una más,
y además con título bien explícito. La malamemoria. La
memoria mala. ¿Cuántas novelas de la memoria en los
últimos años? Según el ISBN, en los últimos cinco años
se han publicado 419 obras literarias (novelas, relatos
y poesía) que incluían en su título la palabra «memoria». En toda la década anterior, entre 1990 y 1999,
sólo 289 títulos con «memoria». Inflación de memoria,
es evidente. Sumemos otros 162 títulos de la catego-
ría «Historia de España» que evocan, de una u otra
manera, la memoria.* Algunos ejemplos: La memoria
prohibida, La memoria inútil, La casa de la memoria,
El perfume de la memoria, Memoria arrodillada, Azul
es la memoria, La sombra de la memoria, En los cam-

pos de la memoria, El latido de la memoria. *También zoológica:* La memoria del gallo, La memoria de los peces, La memoria de los lobos. *Y títulos reversibles: en el ISBN encontramos* Memoria del corazón, *pero también* El corazón de la memoria. La memoria de cristal, *y poco después* El cristal de la memoria. Los espejos de la memoria, *y* La memoria del espejo. *Están* La memoria de la luz *y* La memoria del barro, *a los que aún cabe oponer* La luz de la memoria *y* El barro de la memoria. La piel de la memoria *deja sitio a una futura novela que se llame* La memoria de la piel.

Nada graba tan fijamente en nuestra memoria alguna cosa como el deseo de olvidarla.

M. DE MONTAIGNE

Cada ser humano intenta hacer un mundo a su medida, en el que sentirse seguro y protegido frente al mundo. Sólo a la fuerza el ser humano se enfrenta a contextos indeseados.

C. CASTILLA DEL PINO

*   *   *

Apuesto a que la cita de Montaigne es un mal préstamo. De calendario de mesa. Seguramente el autor no había leído a Montaigne (¿quién lee a Montaigne, y menos siendo joven?), sino que se limitó a consultar uno de esos diccionarios de citas y frases célebres, y buscó en el índice temático las referencias a «memoria», «olvido», etc., para encontrar alguna cita brillante que

le adornase la primera página. Escogió una de Mon-
taigne, pero lo mismo podía servirle de Shakespeare,
de Rilke o de Benjamin, con tal de que se refiriera a
la memoria, al pasado que regresa, al olvido... Esos
diccionarios deberían ser citados en los agradecimien-
tos de tantos escritores que sacan de ahí su maravi-
llosa y apropiada cita de apertura, pero también por
los asesores presidenciales que encuentran la fraseci-
ta genial para el discurso de turno, o los editores de
periódico que espigan la cita del día para el cintillo su-
perior de la portada.

A MODO DE PRÓLOGO

Nadie sabe nada, nadie conoce o recuerda nada: en el balance de lo que sabemos la ignorancia se iguala con el olvido, el que no conoce es como el que no recuerda, el que no pregunta como el que no quiere recordar. Nadie conoce o recuerda nada porque en realidad —convenciones y simulaciones aparte— nadie hace preguntas o intenta recordar. Fuera erudiciones, adiós saberes enciclopédicos, de qué sirve almacenar datos, fechas, batallas pasadas, definiciones, citas o versos, de qué sirve tanto conocimiento externo y tanta memoria esforzada si desconocemos u olvidamos lo elemental, lo más cercano, lo realmente importante, lo que atañe a quienes nos rodean y a nosotros mismos.

Pasamos la vida obsesionados por la vastedad del conocimiento, por lo limitado de la memoria: nuestra incapacidad para comprender, asimilar y recordar tanta historia mundial, tantos nombres que poco o nada nos dicen pero hay que saberlos, lugares que nunca visitaremos y que damos por conocidos, obras fundamentales o banales de la literatura universal que no leeremos porque la biblioteca universal es infinita y nuestra vida tan breve; tanto saber que intentaremos atrapar de cualquier manera, todo vale para vencer al tiempo y al olvido, resúmenes de resúmenes, antologías miserables, sucintas historias por capítulos, cuadernos llenos de notas a lápiz, librerías llenando los salones, nuevas tecnologías, máquinas con memoria artificial (¿acaso nuestra memoria es natural?, ¿no es en verdad el olvido la norma y el recuerdo la excepción?). Este esfuerzo vano por saber nos hace desentendernos de lo verdaderamente importante, de lo vital que nos rodea, nosotros mismos y los demás, los prójimos, los más cercanos, nuestra vida y la de ellos, no sabemos nada: ¿qué ocurrió realmente en tu vida ya olvidada, en tu pasado más vergonzoso, en tu infancia de la que no conservas más que imágenes falseadas de enormes pasillos y gritos en la noche?; ¿quiénes son en verdad esas personas que tienes más cerca, tu familia, tus compañeros y colaboradores, tus amigos, el hombre o la mujer que amas?; ¿qué son y qué fueron en tiempo pasado?; ¿dónde estuvieron tus padres en la última guerra —cualquiera, siempre hay una última guerra reciente—, cómo vivieron el hambre o la represión de los años duros, fueron vencedores o vencidos, héroes o polvo del tiempo ajeno a la historia? ¿Dónde estabas tú mismo en los años más oscuros, si es que quieres recordarlo o preguntarlo?

Vives durante años o toda una vida junto a otras personas —tu amor, tu amigo, tu hermana o tu padre—, compartes con ellos la rutina, el paso de los días, creyendo que los conoces bien, pero sin saber en realidad nada, ignorando u olvidando quiénes son o quiénes fueron; desconociendo todo sobre ellos: quién fue una vez héroe o traidor, quién tuvo miedo durante años en silencio, quién amó desde la angustia o el delirio, quién construyó o destruyó algo, cualquier cosa. Vives toda una vida en un entorno humano del que no sabes o no recuerdas nada, qué ocurre o qué ocurrió en la casa colindante a la tuya, en algún pueblo de nombre incierto; qué hay tras las miradas que encuentras a diario en el transporte público o en el trabajo o en la calle, miradas que no nos interesan y que pueden esconder —o no lo esconden, es evidente pero somos ciegos— amor, odio, terror, miseria o esperanza.

Nadie sabe nada, nadie conoce ni recuerda nada ni a nadie, la inercia nos arrastra entre cuerpos humanos que permanecen sellados como cofres de algún misterio —o abiertos, pero somos ciegos, ya lo sabes—; nadie quiere recordar ni preguntar nada a nadie, porque lo fácil es el olvido y el desinterés. La memoria es un esfuerzo no siempre agradable, de qué sirve si podemos elegir el olvido, para qué recordar lo que aquél nos hizo o lo que sufrió por nuestra culpa, si lo fácil es cubrirlo con la arena estrecha de la amnesia deseada. No recuerdes, pero tampoco hagas preguntas, para qué quieres saber si aquél hizo algo a alguien —a nosotros mismos también— o sufrió algo por nuestra culpa, si lo fácil, lo cómodo, es no preguntar, no saber, ignorarlo todo para evitar las heridas.

Claro que sí, muchas veces preguntamos, ¿cómo estás?, ¿cómo te sientes?, ¿qué te pasaba ayer que parecías triste?, ¿qué sucede en tu vida?; pero estamos ciegos y también sordos, nadie escucha a nadie y por eso nadie habla en realidad, el uso del monosílabo está tan extendido, la frase corta y hueca, estoy bien, me siento bien, no me pasaba nada importante, todo va bien, normal. Ni siquiera el amor, que alguien definió como tensión de conocimiento, mentira, los amantes no preguntan ni recuerdan, el amor se encierra en un juego aprendido de gestos comunes y repetidos, de nuevas o viejas convenciones, de espacios neutrales donde no dañarnos.

Nadie sabe nada, nadie conoce o recuerda nada, y la ignorancia y el olvido permiten y fomentan la desidia de los válidos, la impunidad de los más callados criminales, el insulto de las víctimas, la muerte discreta de los notables, la ignominia de los héroes y el anonimato de los humildes, la gloria de los falsarios, la corrupción de los amantes y la muerte del sentimiento.

*　*　*

La edad del autor (según la fecha de la edición original, 1999, debió de escribir la novela con veintipocos años) tal vez disculpe un prólogo tan farragoso y sentencioso, a la vez que huero, lleno de inolvidables frases sonajero del tipo «polvo del tiempo ajeno a la historia», «cuerpos humanos que permanecen sellados como cofres de algún misterio», o «cubrirlo con la arena estrecha de la amnesia deseada». Un prólogo retórico y estridente, bastante disuasorio, pero sigamos.

PRIMERA PARTE

LA BUSCA

I

MARTES, 5 DE ABRIL DE 1977

Tú.

Llegas a algún pueblo, cualquiera: no el que buscas, no aquel por el que preguntas en cada parada del camino, en gasolineras donde nadie oyó nunca hablar de un pueblo con ese nombre, en ventas descuidadas a un lado de la carretera, donde te mirarán con la sospecha natural hacia el forastero que llega desde tan lejos y que hace insistentes preguntas sobre un pueblo que nadie sabe bien si existió acaso, por mucho que tu viejo mapa de la provincia lo incluya, siete letras en tinta roja, en un lugar indefinido detrás de una breve sierra, adonde no parecen llegar las carreteras.

—¿De cuándo es ese mapa?

—De 1960 —contestas con desgana, automático.

—Bueno... ¿Y seguro que es de esta provincia?

La misma conversación tantas veces repetida desde que iniciaste este imposible viaje; idénticas preguntas en boca de hombres idénticos, todos con la dureza de piel común a estas tierras, el acento arrastrado, la voz sin emoción. La escena ya la adivinas, por reiterada: tú llegas a un pueblo cualquiera, apenas unas casas desordenadas, achatadas y de paredes enjalbegadas de sol; detienes tu automóvil en la primera puerta abierta donde puedan aten-

21

derte. Todo se sucede en la misma cadencia, la terca lentitud de estas tierras: el aldeano, arrebatado de la siesta, echa una inicial mirada a la matrícula del coche para confirmar tu carácter de forastero y establecer las primeras distancias. Tras un saludo convencional y cansino, dedica una nueva mirada, más curiosa, al vehículo, como evaluando la certeza de que en realidad vengas de donde dices venir en un auto tan viejo. Tú haces algún comentario tópico —el calor que hace en este abril, la admiración que te provoca el paisaje seco y duro de la región, la belleza sencilla de las construcciones—, y ofreces, amistoso, un cigarrillo, aceptado por tu interlocutor, que sin embargo no parece dispuesto a concederte mayor confianza sólo por unas palabras amables y un cigarrillo americano.

Después, tras un primer intento de interrogatorio al que tu interlocutor responde con sequedad («No conozco ese pueblo»), sacarás de la guantera del coche el plano de carreteras de 1960 («No puede ser que en poco más de quince años desaparezca un pueblo») para extenderlo sobre el capó amarillo y señalar con un dedo el nombre del pueblo presente en el mapa, el punto exacto entre ondulaciones y caminos que culebrean sin origen ni motivo. «Aquí está, ¿lo ve? Aparece en el mapa, luego existe», dirás, llenando de evidencia tus palabras. El hombre —porque será siempre un hombre: pequeños pueblos del sur habitados por hombres desocupados que permanecen sentados en las puertas de las casas, sosteniendo ociosa la tarde— se acercará un poco y mirará el mapa fingiendo interés —probablemente no sabe leer, pensarás con tristeza—, para después mirarte de nuevo, con mayor sospecha, observándote como lo que eres: un hombre que llega desde ciudades lejanas y sólo entrevistas en postales o diarios atrasados, que conduce un automóvil demasiado antiguo, por carreteras apenas transitadas, un viajero que se detiene en pequeños pueblos, en cortijos cercanos a la carretera con niños que se suben al coche y perros canijos que ladran al desconocido, en ventas olvidadas del paso de los años donde almorzarás cualquier cosa en salones vacíos, con el desasosiego y la premura que te producen las sillas volcadas sobre las mesas, el polvo que vence las estancias, el sabor metálico del agua de pozo, la tarde descompuesta tras las cortinas de plástico.

Ahora recorres la carretera —y todavía no sabes que ésta es la misma carretera de entonces, todavía no, aún debes esperar para saber, paciencia—, la carretera estrecha y rota, como flecha sola que estira el paisaje monótono y despoblado: tierra agostada, pocos árboles, recios olivos en las sierras del fondo, ausentes alquerías, alejadas de la carretera, ningún automóvil más que el tuyo, nadie más que tú, hombre agotado, demasiadas horas de viaje sin apenas detenerte, con el mapa extendido sobre el volante, imaginas el recorrido en el papel, inventas caminos que no aparecen, desvíos inexistentes, un pueblo que nadie conoce en la provincia, aunque tú sabes que existe, no importa que no tengas más evidencias que este mapa y algunas fotografías amarilleadas en las que docenas de hombres sonríen con la felicidad a que obligan los antiguos daguerrotipos, y en una esquina anotado, a lápiz, el nombre de la población que nadie recuerda o conoce pero que aparece también, repetido, en varias cartas antiguas que guardas en la cartera, atadas en fardo con una vitola de papel recio, poco más que eso.

«Alcahaz», repites con la vista puesta en la sierra azulada del fondo, «Alcahaz», como si tratases de conjurar en voz alta la presencia del pueblo, su inexistencia repentina, el temblor de voz de algunos hombres de la región al pronunciarlo; «Alcahaz», mientras dejas caer el pie en el acelerador y relajas los músculos, rendido a un suave cansancio que te va venciendo poco a poco, los ojos picados de sueño, el rostro blando, los dedos que aflojan la presión en el volante. «Alcahaz.»

Enciendes un cigarrillo para espantar el sueño.

*　*　*

El primer capítulo ya se apresura a plantear el que seguramente será hilo conductor de la novela: la búsqueda —«la busca», como titula esta primera parte—, la investigación desde el presente (aunque ese presente sea 1977) sobre hechos del pasado, a partir de algún elemento casual, dudoso y enigmático (en este caso, un pueblo desaparecido y negado). Todo lo cual, siguiendo el previsible esquema común a tantas novelas de los últimos años (la investigación a partir de un hallazgo fortuito de algún episodio oculto del pasado), desemboca en el inevitable descubrimiento de... ¡Un secreto de la guerra civil! En efecto, una historia olvidada, un drama terrible del que nadie tiene recuerdo, unas vidas perdidas en el sumidero de la historia, etc., etc.

En este caso, además, la investigación toma forma de viaje, con lo que ya pueden añadirle todas las esperadas simbologías (el viaje que se acaba convirtiendo en viaje interior, el descubrimiento que al final es de uno mismo, etc.).

Demasiado visto. Me vienen a la cabeza decenas de ejemplos sólo entre las novelas de los últimos años. Un escritor en horas bajas se encuentra por casualidad con una vieja historia de cuyo hilo tirará hasta conocer un drama terrible y unos protagonistas fascinantes —uno de los cuales, aún vivo, le dará toda una lección humana y moral en las últimas páginas—. Una mujer, en plena crisis personal, se dedica tras la muerte de su padre a reconstruir la dramática historia familiar a partir de los papeles y fotografías que encuentra en un baúl en el desván. Un periodista investiga un caso de corrupción local y acaba destapando un drama guerracivilesco. Un policía desencantado y alcohólico se hace cargo de un caso de asesinato en un pequeño pueblo de la España profunda cuya trama conduce a una venganza de guerra largo tiempo aplazada. Y como éstos, muchos más argumentos hermanos que cualquier lector tendrá en mente. Veremos.

II

(Sabrás después, ahora no importa, no todavía, que ésta es la misma carretera que recorría, muchos años atrás, el camión con los más de treinta hombres a bordo. El mismo paisaje, ya entonces desolado: los campos de piel arrastrada, el polvo de la tierra como niebla eviterna, la sierra de tonos marinos al fondo, honda cresta de lejanía; los olivos como cuerpos secos en despedida, la carretera estrecha y rota, escenario único para el camión cubierto de trapos como banderas, que caminaba lento, casi anciano, con más de treinta hombres a bordo, hombres de la tierra, maduros ya del tiempo, unos más viejos que otros, incluso algunos niños, divertidos por el paseo del camión, por la cercanía de la guerra acaso, porque los niños nunca pueden adivinar la tragedia, el mundo es una fiesta todo el día. Rostros sonrientes, todos cenceños, de poca carne o mucho hueso, barbas dejadas de navaja, pieles reventadas de sol, ojos que esconden el miedo tras expresiones de alegría, cigarrillos compartidos, canciones antiguas en voz baja, coro de hombres que cruza la tierra hacia el romper del horizonte.)

*   *   *

Es difícil juntar en un solo párrafo tal cantidad de cursilerías: los «campos de piel arrastrada», la «niebla eviterna», la «honda cresta de lejanía», el «coro de hombres que cruza la tierra hacia el romper del horizonte», y unos pocos más que cualquier lector poco amigo de chucherías detectará, y que son propios de escritor inmaduro que cree que cada frase, cada palabra, es definitiva, cada página debe pasar a la historia de la literatura. Se manifiesta ese preciosismo, esa esforzada pero despistada voluntad de estilo, que ha sido siempre una tara en la literatura española, y que se aprecia sobre todo en los autores jóvenes, habitualmente más expuestos —por indefensos— a las peores infecciones de la literatura de su tiempo. Por si las cursilerías son pocas, están los tópicos ruralistas: esos «hombres de la tierra, maduros ya del tiempo», esos rostros «cenceños» de «poca carne o mucho hueso», esas «barbas dejadas de navaja, pieles reventadas de sol».

III

Apenas un parpadeo prolongado por el sueño y descubres, al devolver la vista a los campos y la carretera, una forma indefinida a lo lejos, en el centro de tu trayectoria, un animal o una persona, figura llena de movimiento. Aceleras más para reconocer antes la silueta del ciclista, recortado de sombras, arando la carretera sin línea recta, ajeno al automóvil que se acerca desde detrás. Te aproximas al hombre que de cerca es joven y al fin casi niño, y que monta una bicicleta de hierro, con pequeñas alforjas a los lados; un niño grande que saluda con una mano que se agita pañuelo al automóvil cuando lo adelantas y haces sonar la bocina, mientras frenas para detenerte unos metros delante, a un lado de la carretera.

Bajas del coche y esperas tranquilo a que llegue el ciclista. Enciendes un cigarrillo que te dibuja tos desde el principio. Tienes tiempo aún para sacar el mapa y extenderlo sobre el capó, como preludio de la rutina inevitable, de la conversación ya sabida cuando el niño llegue hasta ti: al soltar la bicicleta muestra un cuerpo desmadejado, grande y aún creciendo, un rostro de niño para un cuerpo demasiado trabajado, hecho de campo y madrugones, con ropas sencillas que ya le quedan pequeñas, y una gorra de otro tiempo.

—¿Viene desde Madrid en ese coche? —pregunta el

niño tras mirar la matrícula, adelantando así la rutina de los adultos, las mismas preguntas de otras veces, la respuesta previsiblemente decepcionante.

—Estoy buscando un pueblo... Eres de por aquí, ¿no?

—Sí... Soy de Lubrín —dice el niño con una sonrisa, mientras se coloca una visera de dedos y estira otra mano hacia el horizonte, señalando a la nada, al vientre de la sierra.

—Lubrín, Lubrín —rastreas el mapa con el dedo, hasta situar el pueblo, en tinta oscura y letra cursiva, caprichosa geografía de papel—. Aquí está... Pero parece lejos... ¿Has venido en bicicleta desde allí? —dices mirando la bicicleta envejecida, las piernas fuertes del muchacho bajo la pana desgastada.

—Como treinta kilómetros... Voy y vengo todos los días después de clase, para ayudar al padre en el campo. Como esta semana no tengo clase, por la Semana Santa, voy temprano al campo y vuelvo para comer —ahora la sonrisa del niño, dientes de piano, relaja cierta caída en la tristeza, en las manos que se mira endurecidas, las uñas oscuras de arañar la tierra, la piel bordada de tantos soles. Tú no puedes igualar una infancia de campo y sol, pero no evitas cierta fraternidad, una cercanía hacia ese niño.

—Estoy buscando un pueblo que se llama Alcahaz. Debería estar por aquí, cerca de la sierra, pero no he visto ninguna indicación... ¿Lo conoces? —ya adivinas, sin embargo, la respuesta.

—¿Alcahaz? No lo conozco... No hay ningún pueblo que se llame así por esta zona —el niño repite las palabras de los adultos que encontraste antes que él, con la misma certidumbre, como si fuese una consigna advertida contra tu llegada. No obstante, te ves obligado a continuar el diálogo, las frases pactadas.

—Sin embargo en este mapa aparece —«ahora me preguntará de qué año es el mapa», repites desde el cansancio.

—¿De qué año es el mapa? —pregunta el chico, disciplinado.

—Es de 1960... No puede ser que en poco más de quince años desaparezca un pueblo —te frotas los párpados: desde que llegaste a la provincia has repetido varias veces las inútiles palabras, gestos, sonrisas o calladas, como vidas inconclusas.

—No lo sé... Puede preguntar en el pueblo, a lo mejor alguien sabe...

—¿En Lubrín?

—Sí; es el único pueblo de la sierra.

—De acuerdo. Sube al coche, te ahorrarás el pedaleo.

Ayudas al niño a colocar la bicicleta en la parte trasera del automóvil; el chico te lo agradece mientras reanudas la marcha por la carretera. Hay un primer minuto de silencio, en el que el chiquillo parece cómodo mientras mira el campo tras la ventana, nunca tan fugitivo como ahora. No es necesario hablar, pero tú siempre te ves forzado a decir algo, quebrar el silencio inicial entre dos desconocidos, restablecer el ruido en el mundo. Preguntas cualquier cosa, qué curso estudias, tampoco te importa la respuesta. Sólo hablar, ni siquiera palabras, bastaría con que acordarais un intercambio sordo de sonidos, fonemas desordenados, cualquier cosa menos el silencio, este silencio.

—¿Me da un cigarrillo?

—¿Ya fumas? ¿No eres muy joven?

El chico ni siquiera responde y toma el cigarrillo que enciende con desconcertante familiaridad, con caladas de viejo, cuerpo todavía tierno y que ya se oscurece. La forma de coger el pitillo, la tranquilidad en las caladas, la densidad del humo tras su boca. Un fumador. Enciendes tú también un cigarrillo, agradecido por la cercanía que se forma entre dos hombres que fuman, como lazos de humo que inician siempre palabras, coartada a la confianza.

—¿Y qué busca en un pueblo que no existe? —pregunta ahora el niño con palabras de adulto, aunque le delata la mella en los dientes, por donde escapa el humo destrozado.

—No lo sé... —contestas con el cigarrillo entre los labios—; supongo que una historia.

*   *   *

En el primer capítulo se apreciaba ya, aunque lo pasáramos por alto, algo que se confirma ahora, y que me temo manchará el resto de la novela: esa imagen del campo, del mundo rural, de ese enfático «sur», y de sus habitantes, distorsionada por una lente anacrónicamente romántica y una idealización propia de quien saca su experiencia de lecturas mal aprovechadas.

Ya en el primer capítulo, al que ahora vuelvo, habíamos visitado un paisaje compuesto por «ventas descuidadas a un lado de la carretera», «casas desordenadas», «ventas olvidadas del paso de los años», todo ello infectado por «la terca lentitud de estas tierras», y habitado por hombres «con la dureza de piel común a estas tierras», «arrebatado de la siesta», «hombres desocupados que permanecen sentados en las puertas de las casas, sosteniendo ociosa la tarde», y que de la capital tienen imágenes «entrevistas en postales o diarios atrasados», así como pintorescos «niños que se suben al coche» y, por supuesto, los ineludibles «perros canijos».

Ahora, en estas páginas, nos encontramos con un niño dickensiano que tiene un «cuerpo demasiado trabajado, hecho de campo y madrugones, con ropas sencillas que ya le quedan pequeñas, y una gorra de otro tiempo», que viste «pana desgastada», de manos «endurecidas», con «las uñas oscuras de arañar la tierra» y la piel poéticamente «bordada de tantos soles» y que, *proletarizado al máximo, fuma pese a tener todavía dientes de leche.*

Estamos ante la extemporánea idealización de un paisaje inexistente y pretendidamente literario, un sur que, en 1977, se muestra solanesco y embrutecido, sin que de esta pintura se deduzca una intención de crítica social, sino más bien una exhibición de armas literarias, propia de un autor joven e incontinente, que cree tener demasiada literatura en su pluma como para contener la emisión de frases preciosistas del tipo «una mano que se agita pañuelo», o el ciclista «arando la carretera».

Para que el paisaje tenga una lectura moral es necesario ir más allá de la postal turística y, sobre todo, evitar esta actualización esencialista del «Spain is different». De acuerdo en que la Andalucía de 1977 no era precisamente Canadá. Pero tampoco agotemos toda la munición en hombres indolentes y embrutecidos, lactantes fumadores y los siempre decorativos perros canijos. Eso sí, se ha olvidado de las moscas, esas moscas tan andaluzas y tan moralizantes.

IV

La historia, como prefieres llamar a tu búsqueda actual —siempre la necesidad de acotar con términos exactos cada movimiento de tu vida—, comenzó meses atrás, en Madrid, aunque esto no hace falta que se lo cuentes al niño que a tu lado mira el paisaje, con él bastan palabras sencillas, hablar de coches y de motores, de fútbol, de cualquier cosa, él no te escuchará. Pero la historia no, en modo alguno le interesaría saber cómo se inició la búsqueda. Ahora, desde el cansancio, lo recuerdas todo, en el principio, como una tarde de lluvia en Madrid, lucha de paraguas en las aceras, aunque esos detalles no aportan nada, son meros adornos para tu historia, inevitable tendencia novelesca. Puedes empezar contando otras cosas realmente importantes de aquellos días iniciales, no hace falta profundizar mucho, basta con unas pinceladas: en primer lugar una llamada telefónica —porque las historias, las buenas historias, suelen empezar en una llamada de teléfono que quiebra alguna tarde tediosa de enero—; una llamada que da lugar a una cita acordada sin mucho interés, más por curiosidad que por necesidad. Puedes crear, además, cierto contexto, las circunstancias básicas en que llegó esa cita: varios meses que llevabas sin un verdadero trabajo, a causa de la desconfianza de los posibles nuevos clientes hacia ti, conocedores de tu trabajo para algunos personajes del régimen anterior; lo cual te provocaba pequeños apuros económicos, que comenzaban a ser serios justo cuando surgió la cita, la llamada telefónica que te introducía de lleno en esta historia.

Ya estamos, por tanto, dentro de ella, en el principio. A partir de aquí, los hechos se vuelven lentos, importan, ahora sí, los detalles, las palabras. ¿Cómo lo relatarías (no al muchacho, ya sabes que no le interesa; pero sí a otra persona, que a fecha de hoy todavía no ha aparecido pero que lo hará pronto, y a la que seguramente interesará tu historia, tu vida, todo)? Prueba a contarla, ahora:

«Llegué a la cita acordada por teléfono con algunos minutos de antelación, vieja costumbre para reconocer primero el lugar y adquirir así cierta ventaja en el primer encuentro. Aparqué el coche en una calle paralela y caminé tranquilo, como quien pasea olvidado de la lluvia, observando distraído los edificios, los balcones elegantes del barrio de Salamanca, las cornisas exageradas, la simetría obsesiva en las esquinas de las plazas. Me acerqué al edificio por la acera contraria, para espiar las ventanas cerradas de cortinas, esperando acaso descubrir, de repente, algún motivo desagradable que me sirviera de excusa para dar la vuelta, recuperar el coche y regresar a mi piso de la calle Toledo, renunciar a la cita, al posible trabajo. Con la cartera bajo el brazo entré en el portal minutos antes de la hora acordada, y subí por las escaleras para hacer tiempo, sólo por demorarme ante quien me esperaba. Tardé unos segundos en llamar, detenido ante la puerta, frente a la placa dorada con el nombre del ya difunto, Gonzalo Mariñas, en letra clásica, como una lápida doméstica. Abrió en seguida una criada, todavía yo con el dedo en el timbre, como si ella hubiese estado tras la puerta desde minutos antes, atenta al sonido de mis pasos por la escalera, extrañada por mi tardanza en llamar, por mi respiración difícil de tres pisos tras la puerta. Era una sirvienta joven, casi adolescente, de cuerpo estrecho, sonrisa láctea, uniforme demasiado antiguo, exigencia de la señora, claro.

»—Buenos días. Me llamo Santos, Julián Santos.

»—Pase; la señora le está esperando.

»Un pasillo oscurecido, enorme, de techo inalcanzable. Varias habitaciones veladas tras las puertas cerradas, perfume a madera antigua en todos los rincones, negación de la luz mediante gruesos cortinajes, como si el luto reciente de la familia cegara también la casa. Por fin, un despacho, amplio, bien iluminado por dos balcones, amueblado con gusto exquisito, tal vez demasiado clásico. Una preciosa mesa en el centro, escritorio de madera noble, con las esquinas de moldura sencilla. Las paredes vestidas de bibliotecas, libros de lomo antiguo, ordenados para la vista, colores, tamaños, grados de desgaste. Imposible limitarme a tomar asiento y esperar con la cartera y el abrigo doblado sobre las rodillas; inevitable acercarme a las estanterías y elegir cualquier libro sólo por el tacto de su piel, recorrer con el dedo la hilera de tomos iguales, mirar de cerca en los estantes algunas fotografías enmarcadas del difunto Mariñas acompañado de otros rostros conocidos, personajes todos de la vida política, habituales de portadas gráficas y telediarios en los últimos meses, y que aparecían como recortados de periódicos y pegados en *collage* junto al cuerpo grueso del extinto Mariñas. Por fin la puerta se abrió para dar entrada a la viuda —cuerpo flaco, elegante en sus movimientos, con más mortaja que luto, y menos destrozos de los que sus años deberían haber hecho.

»—Mis respetos, señora —dije al tomar su mano en saludo, sin saber bien cómo se coge la mano de este tipo de señoras viudas, pronunciando mis respetos con torpe solemnidad.

»—Siéntese, por favor —fue toda su respuesta, señalándome un tresillo francés, bien cuidado como todo en esa casa, como el cuerpo de la señora o la sonrisa de la sirvienta. Nos sentamos los dos, la distancia precisa entre los cuerpos desconocidos.

»—Le he hecho venir porque quiero contratarle, necesito sus servicios.

»—¿Contratarme? —pregunté yo, por decir algo, fingiendo una sorpresa inexistente, sacando y guardando y volviendo a sacar un cigarrillo, sin saber si debía pedir permiso para fumar, obtuso en las palabras.

»—Me han dado buenas referencias suyas —dijo ella, y me acercó una autorización en forma de cenicero pequeño—. Algunos colegas de mi marido, para los que usted ha trabajado alguna vez. Ya sabe: discursos, sobre todo. Creo que es usted muy bueno en su trabajo. Eso dicen sus clientes.

»—Sí, soy bueno; o al menos lo fui hasta hace unos meses. Desde que murió Franco no recibo muchos encargos; la mayoría de mis clientes han enmudecido, y los que llegan nuevos todavía desconfían de mí, porque me relacionan estrechamente con el régimen. Pero no crea todo lo que le dicen. Es cierto que se me da bien el redactar discursos, pero solían ser de poco calado, para segundones del régimen, ya sabe, algún que otro director general, alcaldes de poca entidad que quieren destacar en un acto público, y muy ocasionalmente algún trabajo gordo, pero eso son excepciones. Me dedico fundamentalmente a otro tipo de trabajos más elaborados: libros que otros firman, sobre todo. Se sorprendería si le dijera cuántos libros de su biblioteca, firmados por cualquiera, son realmente obras mías...

»—Lo sé... Precisamente por eso le he llamado. No necesito ningún discurso, como comprenderá... Tampoco mi marido, eso es evidente.

»—Usted dirá de qué se trata.

»La mujer se levantó entonces, y caminó lenta hacia el balcón cercano. Apartó el visillo para mirar a la calle, con gestos precisos antes de contestar, comportamiento obligado para acrecentar mi interés.

»—Dígame, Santos —comenzó sin mirarme, los ojos

vueltos hacia los tejados o el cielo neutro—; ¿qué opinión tiene usted de mi difunto marido? —la pregunta inevitable, previsible, para la que yo traía preparada, claro, una opinión ligera, que no me comprometiera mucho hasta que no supiera en qué consistía aquello. Sin embargo, como siempre, las frases previamente elaboradas me resultaban ficticias en el momento de pronunciarlas, exentas de realidad, como un mal actor que no se sabe su papel.

»—Bueno... En verdad no tengo una opinión formada —respondí sólo para darme tiempo.

»—No sea tan cauto. Necesito confiar en usted: sea sincero —ordenó ella, con la mano apretada en el visillo, una mano delgada, de dedos agudos y venas azuladas.

»—Ya... Aun así... No lo sé... Se han dicho muchas cosas en la prensa estos días... —dije sin gravedad, evitando cruzar territorios que podían resultar dolorosos para la viuda después de tantas noticias injuriosas contra el finado Mariñas en los últimos meses, titulares de periódicos que la viuda debía de mantener en la memoria, como pequeñas heridas.

»—¿Y usted cree lo que se dice? —preguntó ella, volviéndose rápida hacia mí, como recién entrada en el despacho, nacida del balcón.

»—¿Que si yo las creo? No me parece que eso importe...

»—Tiene razón... Lo importante es que sean ciertas o no.

»—¿Lo son? —pregunté sin levantar mucho la voz, prudente.

»—Sí, claro que lo son —dijo la viuda con normalidad, adelantándose unos pasos para tomar de la mesa mi paquete de tabaco y, con gesto impropio de su elegancia, sacudir bruscamente la cajetilla hasta sacar un cigarrillo que se puso en los labios y encendió con prisa, desatando madejas de humo por la nariz, dos caladas rápidas, como un vicio oculto—. Todo es cierto.

»—¿Todo? —insistí.

»—Absolutamente todo —ella tomó de las estanterías una fotografía, que observó a la luz del balcón—. Todo lo que vagamente se le ha imputado de aquellos años. Es todo absolutamente cierto... ¿Se sorprende acaso?

»—Todo el mundo está sorprendido... No sólo por la dureza de las acusaciones. La sorpresa es mayor si tenemos en cuenta la trayectoria de su marido, sobre todo en los últimos tiempos. Se confiaba mucho en él de cara a estos años. Su nombre sonaba alto.

»—Sí... Mi marido supo ocultar aquellos aspectos más oscuros de su pasado... Crearse un expediente totalmente limpio... Y estaba realmente arrepentido de lo que había hecho: todo fue un error, un error enorme... Y él quería ocultarlo, que no se supiera, que se olvidara, si es que alguien recordaba... No le parezca tan extraño: usted sabe cómo fueron aquellos años, implacables con todos. Pruebe a preguntar a cualquier prohombre de los de ahora; averigüe dónde estaban, qué hicieron durante la guerra, en la posguerra más cruel. Descubrirá que no existieron, que hay demasiada gente que no habitó los años cuarenta, años oscuros, más oscuros aún para quienes los eliminaron de su pasado.

»—Cierto... Todos tenemos un pasado oscuro... La diferencia está entre los que saben suprimirlo o cambiarlo, y los que no.

»—Sí; mi marido pertenecía al primer grupo... Eso creía hasta ahora.

»—Su marido... ¿Murió realmente de un infarto, tal como se informó? —dije, arrepentido de mis palabras cuando aún no se habían descolgado por completo de mi boca.

»—Usted sabe que no... Todos lo saben, aunque lo callan para no cargar con una muerte para la que hay tantos culpables. Cuando todo comenzó a salir en algunos periódicos, mi marido no pudo o no quiso soportar su propio pasado... Lo hundieron por completo... Lo han destrozado, con saña —la mujer volvió junto a mí, se sentó en el tresillo, con las manos acostadas sobre las piernas, tropezando el cigarrillo en cada calada, con dedos temblones—. Mi marido estaba arrepentido de todo lo que hizo. Él era joven, muy joven, y estaba dominado por la ambición y la rabia, atrapado además por el torbellino de sangre de aquel tiempo. Usted no lo vivió, pero fue como se lo cuento. Sin embargo, él se arrepintió después; la madurez le demostró su error, su desmesura cuando joven. Pero alguien, que conocía aquello, quiso hundirle, y vaya si lo consiguió. Usted no puede imaginarse lo que hemos pasado... Es fácil entender que mi marido eligiera el sui... La muerte forzada... Estaba muy presionado. Usted sólo conoce lo de los periódicos, y seguramente también habrá visto las pintadas en las calles, diciendo esas cosas horribles de mi marido, llamándole asesino. Y no se quedaron ahí, llegaron a más: algunos individuos, más radicales, se manifestaban aquí mismo, bajo el balcón, y gritaban. Llegaron a romper estos cristales tirando piedras, imagínese. No han sido justos con él... Él ha hecho mucho por España, era un enamorado de su país, de su gente... En los últimos días de vida se sentía naturalmente irritado. Se sentía traicionado por su patria, por su gente por la que había dado todo... Tanto trabajar por el país, en detrimento de sus propios intereses... Para que al final, te reprochen un error del pasado; el mismo tipo de error que podrían reprochar a tantos otros, pero sin embargo nadie habla, todos callan.

»La viuda Mariñas se deshiló en un llanto lento, demorado, apenas lacrimoso, apresando la falda con los dedos rígidos, la cabeza agachada y los ojos fijos en algún punto del suelo. Incómodo por la situación, permanecí más de un minuto sin saber qué decir, para evitar palabras de compromiso, fáciles consuelos que a nadie ayudan.

»—Le necesito, Santos —me tomó con rabia una ma-

no que no pude apartar—; le necesito. Tiene que ayudarme... Le pagaré lo que me pida...

»—No es cuestión de dinero... Aún no sé qué puedo
hacer por usted... Quizás nada.

»—Tiene que cambiar el pasado de mi marido... Eliminar aquellos años.

»—¿Qué quiere decir?

»—Eliminar aquellos años —repitió, ahora enérgica,
recuperada, agitando la mano izquierda, la derecha aún
posada en mi mano, las uñas clavadas en la carne—. Usted sabe que no hay constancia de todas esas acusaciones...
No hay documentos, ni archivos de la época que lo de-
muestren... Él se ocupó de destruirlo todo. Las acusaciones se han levantado sobre simples testimonios... Gente
que nos odia.

»—Sin embargo —dije al tiempo que recuperaba mi
mano, las marcas de las uñas en la carne como leves surcos—, su marido no hizo mucho por desmentirlo.

»—Era su palabra contra la de los demás; tampoco
tuvo fuerza para ello en el momento —la mujer hablaba
ahora en alta voz, excitada, y apretaba en los dedos cualquier cosa que agarrase, la falda, el cojín, los cigarrillos
desmenuzados.

»—¿Y qué espera que yo haga? ¿Cómo voy a... cambiar
su pasado?

»Se levantó y, serenando sus gestos al tiempo que se
alisaba la falda, se acercó a la mesa de escritorio, donde
abrió un cajón para sacar varios cuadernos gruesos que
trajo hasta mí y dejó sobre la mesa baja, lejos de mi alcance.

»—Mi marido había comenzado la escritura de sus
memorias, hace algunos años, sin mucha prisa, confiado
en vivir los años suficientes para concluirlas. No llegó a escribir mucho, apenas un centenar de páginas... Usted las
terminará.

»—¿Quiere que yo escriba las memorias de su marido?

¿Habla en serio? —dije mientras encendía un cigarrillo doblado poco antes por las manos nerviosas de la viuda.

»—Sé que le parece extraño, pero es lo único que... Tiene que hacer que todo parezca escrito por él, en primera persona... Después, yo me ocuparé del resto. Haré que las publiquen... Diré que no las quise publicar antes por...

»—¿Cree realmente que eso serviría para algo? —pregunté con firmeza, tratando de introducir algo de incertidumbre, para no dejarme arrastrar tan pronto por la atracción que todo aquello me provocaba ya.

»—Nadie debe dudar de que son realmente sus memorias autógrafas: él había expresado muchas veces, en público, su proyecto de escribirlas... Mucha gente lo sabe. Incluso un editor, amigo nuestro, se puso en contacto conmigo tras la muerte de mi marido... Quería publicar sus memorias, decía saber de la existencia de las mismas. Creía que estaban ya acabadas. Eso fue lo que me dio la idea... En unos meses podríamos tener las memorias completas, usted trabaja rápido, según me han dicho.

»—Perdone, pero debo insistir: ¿de qué serviría?

»—Serviría. Se lo he dicho antes: no hay pruebas de nada, es la palabra de mi marido contra la de los demás... Él no tuvo fuerza para levantar su palabra... Pero ahora sí... Ésta será su palabra... Usted escribirá sus memorias, creándole un pasado coherente y transparente, cierto, en el que no quepan ambigüedades, en el que no haya nada oscuro, eliminando sus errores. Si hubiese algo imposible de enterrar, lo justificaríamos de alguna manera, no es tan difícil, todo el mundo lo hace, usted lo sabe; usted ha escrito biografías por encargo absolutamente falsas, desmesuradas, increíbles a poco que se conozca al personaje retratado, gente despreciable que en sus libros aparece investida de grandeza o dignidad.

»Quedé unos segundos en silencio, fumando sólo por mantener ocupada la boca, detenido en las últimas palabras de la viuda, los libros más falsos, encargos vergonzosos que abundaban en mi historia reciente, mi propia zona de oscuridad.

»—No sé... Esto que usted me propone es distinto. Las acusaciones que hay sobre su marido son...

»—¿Es que le plantea algún tipo de conflicto moral? No puedo creerlo... No puedo creerlo conociendo las cosas que usted ha sido capaz de escribir para otras personas... ¿Tuvo entonces algún escrúpulo moral? ¿Por qué con mi marido va a ser diferente?

»—No me refiero a eso.

»—Eso espero, porque usted sabe lo que mi marido ha hecho por este país —la viuda se encendía al hablar, poseída por una rabia antes contenida; buscaba intimidarme con sus ojos cercanos, duros—. Piense que estoy actuando de la forma más honrada posible. Podía haber obrado de otra forma, y dedicarme a airear toda la basura que sé sobre muchos de los que han hundido nuestro nombre. Lo que mi marido hizo en aquellos años, al lado de lo que otros hicieron y ahora nadie recuerda, es insignificante. ¿Por qué entonces le ha tocado a mi marido? Yo se lo diré: porque hubo dinero de por medio, porque mi marido hizo aquello para enriquecerse. Otros se comportaron igual o peor, y no por dinero, sino por puro odio. ¿Es eso más disculpable? Pero no, no he querido actuar con rencor, porque mi marido no quiso hacerlo así... Ya le he dicho que él estaba muy arrepentido de todo aquello. Pero él ahora se encontraba en una posición de poder, muy bien situado, tenía más posibilidades que muchos otros... Por eso lo hundieron, por envidia, sus propios compañeros, rivales dentro de la misma casa, qué le parece.

»—¿Hasta dónde está dispuesta a llegar? —pregunté tras unos segundos en los que observé en silencio a la viuda, su respiración agitada, los puños cerrados, tal vez clavándose las uñas en la palma para evitar clavármelas a mí. Ella contestó en seguida, sin tiempo:

»—Hasta donde haga falta —cargó de gravedad sus palabras, y me miró a los ojos desde detrás de las frenadas lágrimas, con mirada vidriosa—. Su memoria debe quedar limpia, por completo.»

* * *

Bien, puestos a construir una historia previsible por habitual (la búsqueda, el misterio de la guerra civil, etc.), ya contamos como sostén con otro tópico literario de graciosa tradición: el escritor negro, seguramente novelista frustrado (todo llegará, ya verán), con hechuras de perdedor —pronto aparecerá el bogartiano whisky con hielo sobre el escritorio, junto al cenicero desbordado, se ve venir—, con algún conflicto existencial, sin lugar propio en el mundo, desengañado y cínico, al que una viuda rica hace el «insólito» encargo de escribir las memorias de su difunto cabroncete.

En este caso, sin embargo, la propuesta se resiente de una debilidad argumental que lastra la verosimilitud. No sabemos por qué el autor ha escogido la fecha de 1977 para situar el relato. Tal vez tenga que ver con algún ajuste temporal que impediría retrasar la acción, o quizás es una pretensión revisionista sobre la entonces naciente transición. Sea como sea, lo cierto es que resulta muy improbable, y por supuesto inverosímil, que en 1976 (pues si la entrevista con la viuda tiene lugar en enero del 77, los hechos referidos son del año anterior, 1976) fuese nadie a pedir cuentas a nadie por hechos oscuros de la guerra civil o la represión de posguerra, como apunta el narrador. Menos aún que esas denuncias apareciesen «en algunos periódicos», con insistencia, durante meses, como si en 1976, sólo meses después de muerto el dictador, sin que ni siquiera hubiese aparecido en escena el transicionero Suárez, pudiese salir en público cualquier información relaciona-

da con la represión de guerra y posguerra. Y que para más abundar basasen su gravedad en que «hubo dinero de por medio, porque mi marido hizo aquello para enriquecerse», cuando precisamente son los aspectos económicos —la represión convertida en expolio, en saqueo— los menos conocidos de la guerra y posguerra, sobre los que no se ha construido acusación alguna, ni ahora ni mucho menos en 1976, con el cadáver aún caliente del dictador y la dictadura a pleno rendimiento aún, sin ser todavía «el régimen anterior», como la llama el narrador en cierto momento. Que esas acusaciones dejasen a alguien fuera de juego político es una broma, pero que encima le condujesen al suicidio (¿un suicidio por honor? ¿Alguien se ha suicidado en España alguna vez por honor?), es ya de risa.

Otro punto débil a destacar en este capítulo es la construcción del personaje de la viuda. El autor debe de pensar (no sin razón) que un carácter así da mucho juego, y se aplica en darle atributos, pero con poca fortuna. Primero, por la presentación architópica de la rica viuda, espléndida en su luto, soberbia, con la que incluso nos tememos alguna tensión erótica según avance la novela (esperemos que no, que no nos castiguen con una escenita de esas en que la viuda ve al escritor mercenario sentado en el despacho de su marido y lo quiere confundir con su finado y hace que la posea...). Pero sobre todo porque el autor confunde la caracterización literaria con un desmesurado detallismo, resultado de una mala asimilación de cierta tradición realista, y que le lleva, desde la creencia de que un personaje se muestra en sus gestos, a la sobreactuación, a la teatralidad, a la afectación continua.

Así, con la pretensión de dibujarnos a una señora que oscila entre la rabia y la neurosis, y desde esa seguridad de que son los gestos los que hablan por sí solos, nos topamos con una viuda que, aparte de ser aristocráticamente flaca y de manos delgadas «de dedos agudos y venas azuladas», despliega en unos pocos minutos de conversación tal exageración de posturas, movimientos, expresiones y tics, que suponemos a su interlocutor agotado tras presenciar ese huracán de gestos sobreactuados. Ya digo, en apenas unos minutos que debe de durar el encuentro relatado, la viuda saluda, se sienta, se levanta, camina lentamente hacia el balcón, aparta el visillo con gestos precisos (sic), vuelve los ojos hacia los tejados o el cielo neutro, aprieta el visillo con la mano, se vuelve rápida, se adelanta unos pasos, toma el paquete de tabaco, sacude bruscamente la cajetilla hasta sacar un cigarrillo, lo enciende con prisa, desata madejas de humo por la nariz, da dos caladas rápidas, toma de las estanterías una fotografía que observa a la luz del balcón, se sienta de nuevo en el tresillo, acuesta las manos sobre las piernas, da nuevas caladas al cigarrillo que coge con dedos temblones, se deshila en un llanto lento, demorado, apenas lacrimoso, apresa la falda con dedos rígidos, agacha la cabeza y fija los ojos en algún punto del suelo, toma con rabia la mano de su interlocutor, le clava las uñas, agita enérgica la otra mano, levanta la voz excitada, aprieta en los dedos cualquier cosa que agarre, la falda, el cojín, los cigarrillos desmenuzados, serena sus gestos, se alisa la falda, se acerca al escritorio, abre un cajón, saca varios cuadernos, se enciende al hablar poseída por una rabia antes contenida, busca intimidar al interlocutor con sus ojos cercanos y duros, se le agita la respiración, cierra los puños, se clava las uñas en la palma para evitar clavárselas a su interlocutor, carga de gravedad sus palabras, mira a los ojos desde detrás de las lágrimas, con mirada vidriosa...

Vamos, que si la conversación dura un minuto más veríamos suspiros y sofocos decimonónicos, y hasta un oportuno desmayo o indisposición momentánea de la que se repondría con un pañuelo mojado en colonia y un abanico que agitaría con rabia mientras caminaría de un extremo a otro de la habitación con los esperables ojos inyectados en sangre —expresión esta última que, pese a su carácter manido, todavía es encontrable en novelas de nuestros días, y sin que su uso sea irónico. Los personajes sobreactuados, convulsos, afectados, son muy habituales en la novela actual, por esa mala digestión del realismo que hace que en ocasiones se prime un detallismo fotográfico mal encaminado, puesto que no equivale a mostrar una fotografía, sino a contarnos una fotografía, cosa bien distinta. Ya Chesterton se mofaba hace un siglo de estas maneras literarias, cuando escribía, referido a uno de sus personajes: «a la luz creciente de la mañana, los matices de la tez del doctor, de la tela de su traje, parecían también crecer de un modo increíble, adquiriendo esa desmedida importancia que tienen en las novelas realistas». Y sin embargo, seguimos cayendo en ello.

En el caso de la viuda, no nos quedemos en sus gestos. También su discurso es teatral, también sus palabras suenan a impostadas. Desde la solemnidad de algunas expresiones que se pretenden decididas y rabiosas (con ese imperativo párrafo final que suponemos pronunciado con el ceño arrugado y enseñando los dientes mientras destroza el tresillo con las uñas), hasta esa risible interrupción subrayada con puntos suspensivos: «Es fácil entender que mi marido eligiera el sui... La muerte forzada...», que esperamos pronunciada con prolongado parpadeo y respiración profunda mientras contrae los glúteos y algunos músculos más.

Del capítulo, que no tiene desperdicio, nos quedamos también con algún tópico cinematográfico («las buenas historias» que «suelen empezar en una llama-

45

da de teléfono que quiebra alguna tarde tediosa de enero», dicho por el autor sin asomo de parodia) y un par de cursilerías menores (esa viuda «nacida del balcón», o esa expresión pop de la «lucha de paraguas en las aceras»).

Pero sobre todo podemos avistar ya, por adelantado, la inminencia de un personaje central: ella. Ella, ella, ella. No podía fallar en un relato de viajes y descubrimientos, con viaje interior y descubrimiento de uno mismo incluidos, no podía faltar el amor, y el autor nos lo adelanta ya desde estas primeras páginas, nos anuncia que aparecerá una mujer, a la que suponemos un perfil redentor, salvadora del náufrago. No es la viuda, claro, sino esa apuntada «otra persona, que a fecha de hoy todavía no ha aparecido pero que lo hará pronto, y a la que seguramente interesará tu historia, tu vida, todo». Todo viaje acaba por conducir, aparte de a la verdad interior, a una mujer, que según la tradición de la literatura universal es la mujer que salva al perdido, es su nueva oportunidad, el destino final, la curación de todos sus males.

V

Recuerdas ahora —sin pensar en ello, el recuerdo surge involuntario— la conversación inicial con la viuda, como advertencia de todo lo que vino después, desde que aceptaste aquel trabajo no porque resultara imposible negarse —la viuda tenía razón, qué escrúpulos morales podías argumentar después de más de diez años haciendo tantos trabajos despreciables, poniendo tu pulida retórica al servicio de cualquiera que pagase lo suficiente, tarifas fijadas según se tratara de discurso, artículo de prensa, libro: unas palabras del funcionario de turno, un ingenioso pregón de fiestas de pueblo, una tribuna de prensa oportunista, una florida biografía para mayor gloria del señor tal o del monseñor cual, o incluso, en cierta ocasión, aunque sin resultado, un discurso breve para el mismísimo Jefe de Estado, Caudillo de España, Jefe Nacional del Movimiento y Generalísimo de los Ejércitos de Tierra, Mar y Aire, aunque en realidad nunca llegó a leerlo para tu tranquilidad, no les gustó a los funcionarios tu prosa, o no confiaban en ti lo suficiente. Empezaron siendo trabajos ocasionales, una manera de completar un mermado sueldo de profesor de bachillerato, una oportunidad ofrecida por cierto Director General de Educación que por azar supo de tu buena pluma y decidió beneficiarse de tu anónimo trabajo para mayor gloria propia. Trabajos menores que fueron creciendo, en cantidad e importancia, y que terminaron por convertirse en una ocupación de diez años, una incómoda profesión que preferías mantener clandestina a los ojos de tus compañeros, quién pensaría que tú. Pero no fue ése el motivo que te llevó a aceptar un nuevo trabajo, inventar la vida de un miserable más. Tampoco aceptaste por dinero —aunque no estuvieras entonces, precisamente, en una situación desahogada, callados de repente la mayor parte de tus potenciales clientes, desconfiados los nuevos. No; en verdad aceptaste porque te seducía desde el plano personal, no lo niegues; porque te interesaba igual que te interesa ahora, cuando recorres con el automóvil el mismo territorio de hace horas, acompañado por un niño adulterado que fuma a tu lado sin muchas ganas de hablar, con los ojos perdidos en el paisaje, fascinado quizás por las nuevas formas que surgen desde la velocidad del automóvil, un paisaje tantas veces contemplado, nunca con la fugacidad de ahora: los quiebros del campo, los surcos que se diluyen al paso del coche, la sierra que se acerca a paso ligero, el horizonte sereno que tú miras sobre la carretera, las formas todas que tienen siempre restos del paisaje de tu propia infancia, aquel paisaje tan distinto a éste pero igualmente desolado en los mapas del recuerdo. Te interesaba el trabajo, no por novedad o curiosidad: te interesaba como alguna vez te interesó un cuerpo que sabías prohibido; te interesaba como siempre te interesó cualquier oportunidad que tuviste para hacer algo que pusiera en peligro tu estabilidad, que te arrancase del tedio del momento; te interesaba, lo sabes, porque te situaba en un inopinado abismo, una grieta en tu propio pasado. «Hay demasiada gente que no habitó los años cuarenta, años oscuros, más aún para quienes los eliminaron de su pasado», había dicho la viuda sin emoción, y dónde estaban tus años cuarenta, tu infancia de guerra y posguerra, cuál tu pasado que ahora recuperabas en la grieta abierta, oportuna, en las pocas páginas dejadas por el difunto Mariñas y que evitaban hablar de una época que parece haber existido aunque nadie la recuerde ya; tu propio pasado que recuperabas en las fotografías encontradas en los cajones del elegante despacho del suicidado —fotografías amarilleadas que mostraban hombres sonrientes aunque hambrientos, campesinos idénticos a los de tu infancia, paisajes ajenos que la memoria iguala.

La conversación primera con la viuda fue el inicio de los siguientes meses: muchas horas que pasarías desde ese momento encerrado en el despacho de la calle Velázquez, leyendo papeles maltratados por el tiempo, correspondencias antiguas, documentos lejanos; ocupado en inventar, paso a paso, una vida que a veces era de Mariñas pero que podía ser también la tuya. Reconstruías momentos, situaciones que no habían existido nunca y que podías perfectamente rellenar con tu propia vida, aunque no fuese ése el trabajo que la señora esperaba de ti. Así pasaron varios meses, fiel a tu nueva rutina: saludabas cada mañana a la viuda antes de encerrarte en el despacho; mentías cuando ella te preguntaba al final del día por tus progresos en el trabajo; tomabas cada tarde el café que la sirvienta te traía puntual; almorzabais en la oscuridad del enorme comedor, la viuda y tú en una mesa demasiado grande para dos comensales, con cubiertos siempre colocados para invitados que nunca llegarían. Así pasaron tres meses, hasta que llegó el viaje, la necesidad de buscar este pueblo que aparecía sólo esbozado en fotografías viejas, nombrado en pocas cartas de papel perfumado, apenas citado en documentos de propiedad, aludido en alguna página escrita por el difunto, y desaparecido de repente de todas las demás cartas y documentos en los que parecía haber sido borrado con una cuchilla que raspase el papel, como un intento por hacer desaparecer de todas partes un pueblo que también desaparecería de los mapas, arrancado por otras cuchillas, quizás la misma. Surgió así este viaje que para ti, inevitablemente, era algo más que un viaje de trabajo, más que una búsqueda de un lugar que nadie conocía, que los registros oficiales ignoraban y que sólo aparecía en los mapas antiguos; más que todo eso, más que un viaje al pasado de Mariñas era una excursión a tu propio pasado bosquejado ahora en la sierra del fondo, en los campos dejados de arado, en tu paisaje de cuarenta años atrás, aunque no sea éste, aunque el verdadero territorio de tu infancia se sitúe a muchos kilómetros de esta carretera, de esta provincia abandonada, de este niño que no es niño mientras fuma y no habla.

El niño, los ojos hacia el campo, te muestra sólo un perfil que podría ser también tu perfil de aquellos años, tu propia mirada emocionada hacia la tierra, tu cuerpo, también poco crecido y desordenado en aquellos días, las ropas pobres aunque dignas, la sensación nueva de montar en un automóvil por primera vez. Pero, a diferencia de aquel niño que fuiste y que subió a un automóvil en un difícil día de hace casi cuarenta años, este otro chico de hoy que fuma a tu lado carece de incertidumbre, él sabe adónde va, sabe que vuelve del campo a su pueblo acompañado de un hombre que busca un lugar de turbio nombre. Pero tú no, tú no sabías nada cuando aquel día montaste en el automóvil que también tenía matrícula de Madrid; tú no ibas en una bicicleta de vuelta al pueblo, y el hombre que conducía el coche no buscaba un lugar ignoto, sino que venía a por ti. Él no cogió tu inexistente bicicleta para meterla en el maletero, sino tu pequeña maleta sin cierres donde llevabas la poca ropa que podía tener un niño en aquellos años y en aquella tierra; aquel forastero te pasó una mano amistosa por la cabeza, por el pelo mal cortado, y te subió en el coche que pronto se alejó del pueblo, que corrió por la carretera para mostrarte los campos como nunca los habías visto, rápidos, retrasados, descolocados en la despedida. Aquel extraño no te dio un cigarrillo, por supuesto, aunque fumaba mientras te hablaba, contándote repetidas historias, cosas de la capital, maravillas de Madrid con las que esperaba impresionar la emoción de un extremeño de sólo seis años. Tú no dijiste una sola palabra durante el viaje, estabas demasiado asustado e incierto, todavía reciente la marcha de tu madre, ya tu padre olvidado. Tú no hablaste pero él sí, el hombre no dejó de hablar durante el viaje, amparado en una familiaridad en los gestos, en un parentesco que tú desconocías hasta entonces; no dejó de hablar hasta llegar a Madrid, hasta que el automóvil entró por la Cuesta de San Vicente, con el sol en su ocaso restallando por última vez la fachada del Palacio Real («mira, ése es el Palacio Real... Es grande, ¿verdad? Ya te traeré a que lo veas un día»), las calles enormes y llenas todavía de escombros, reciente la entrada de los vencedores en la ciudad, los edificios arañados de tanto bombardeo, la ciudad sometida, habitada por miles de hombres y mujeres que vagaban sin nada por las calles; la imagen fija de la devastación que habías visto repetida en cada pueblo que el automóvil atravesaba de camino a Madrid, las familias frente a sus casas sin techo ni puertas, como si en vez de una guerra hubiera pasado por el lugar una peste milenaria, una enfermedad de destrucción.

—Aquello es Lubrín —dice ahora el niño a tu lado con voz endurecida de tabaco, y señala con el cigarrillo un grupo de casas en lo alto de una loma que se convierten, cuando el coche remonta una vaguada, en un pueblo entero, blanco bajo el sol del mediodía, el pueblo más grande de los que has visto en los últimos kilómetros, aunque probablemente también habitado por hombres ociosos en las puertas de las casas, que te verán llegar con no poca hostilidad.

—Parece un pueblo grande —dices, por responder algo.

—Bueno, antes era más grande... Pero muchos se fueron ya, por la emigración y esas cosas, ya sabe. Por eso ahora hay muchos viejos y pocos hombres que trabajen. Bueno, aunque hubiera más hombres, tampoco habría trabajo para hacer. Esta tierra no da para mucho, se lo imagina. Pare aquí ya, en la gasolinera... Yo vivo ahí al lado, en la entrada del pueblo.

Detienes el coche en la gasolinera, una pequeña construcción de ladrillo desnudo, prolongada en un frágil sombrajo. Ayudas al muchacho a sacar su bicicleta, y te despides de él regalándole lo que te queda del paquete de cigarrillos, y él te lo agradece con una sonrisa de pocos dientes y muchas mellas, dientes aún pequeños, asomando ya en los huecos. El niño se aleja montado en su bicicleta, con el chirriar de los pedales duros. Te acercas a la caseta de la gasolinera. Tienes hambre, deberías buscar un sitio donde almorzar, pero no quieres demorar mucho la búsqueda que te trae hasta aquí. En la puerta de la caseta, bajo el sombrajo, sentado en una silla, un anciano dormita, con la boca entreabierta, resoplando con dificultad. Tus pisadas crujen en la arenilla, él despierta y te observa con unos ojos venidos del sueño o del recuerdo; te mira como si fueses una parte más, un personaje natural de su sueño acabado o de su recuerdo anegado.

—Buenos días —dices con una sonrisa, dispuesto a iniciar un nuevo intercambio de frases idéntico a los anteriores. Al menos el lugareño no te muestra aún desconfianza.

—¿Viene usted de Madrid? —te pregunta, leyendo la matrícula del coche, los ojos arrugados y la cabeza adelantada.

—Sí. Estoy buscando un pueblo... Quizás usted sepa...

—Yo estuve una vez en Madrid, cuando era joven —el anciano habla sin escuchar tus últimas palabras, te interrumpe, entorna los ojos y mira a la carretera como si bastase recorrer unos metros por ella para encontrar Madrid tras una loma, los edificios llenando el campo, el ruido de coches a lo lejos—. Yo era muy joven entonces... Las casas enormes... Las calles llenas de luz... La gente... Algunas mujeres... Por las noches a veces... —el hombre murmura palabras sin conexión, sin intención de hacerse entender, simplemente pone voz a sus recuerdos, nombra las calles para recuperar en mente alguna imagen de la Gran Vía de noche, los letreros luminosos, las risas de gente que salen de los bares. El hombre queda en silencio, melancólico, y entrecierra los ojos para rendirse voluntario al sueño, como una garantía de Madrid, real, cierto.

—Perdone... Estoy buscando un pueblo... Se llama...
—aunque lo intentas, tus palabras sólo consiguen que abra los ojos y te mire para seguir la enumeración de sus recuerdos, como si tú fueses un testigo recién llegado de Madrid con la sola misión de confirmar que él estuvo allí también:

—Eso fue hace mucho tiempo... Antes de la guerra... ¿Conoce usted la calle de Valverde, cerca de la Gran Vía? —respondes con un gesto afirmativo, apenas un parpadeo que asiente—. Quizás conozca usted a una mujer... Se llama Carla —dice el hombre, y cierra un poco los ojos sólo para recuperar la imagen perdida de alguna mujer que ya no podrá recordar, pero que inventará con los rasgos de cualquier otra mujer, la memoria no precisa de ese tipo de exactitudes.

—No, no creo que la conozca —dices con impaciencia.

—No... Eso fue hace mucho tiempo.

El durmiente vuelve a entornar los párpados, exige el sueño inmediato, la reparación de lo perdido. Tú, recién llegado, ya te sientes intruso también en este pueblo, como en los anteriores. No obstante insistes:

—Tal vez usted pueda ayudarme —el viejo abre los ojos y te mira, sin hablar, lo cual ya es un éxito—. El pueblo que busco se llama Alcahaz... ¿Lo conoce?

—No... No lo conozco... —el hombre adopta una expresión indefinida, entre la tristeza y el cansancio de los años.

—Sin embargo en mi mapa aparece... Y cerca de aquí, de Lubrín —añades, aunque él ya no te escucha, hundido de nuevo en la somnolencia del sol de mediodía que gotea desde las cañas del chamizo. Te dispones a marchar cuando del interior de la precaria construcción de ladrillo sale un hombre, algo mayor que tú, el rostro arrasado del tiempo y el sol. El calor temprano de este abril le abre la camisa y muestra un pecho escaso. Te mira sin sorpresa, con ojos de reproche, mientras habla deprisa, atropellado:

—¿Qué se le ha perdido en Alcahaz? —en sus palabras, agresivas, hay una inmediata invitación a abandonar el pueblo, la región, la búsqueda toda.

—¿Lo conoce usted?

—No he dicho que lo conozca —responde acercándose a ti, buscando la intimidación en la proximidad del cuerpo.

—Sin embargo habla de él como si... —el hombre no te deja acabar la frase:

—No encontrará nada allí... Ese pueblo no existe.

El hombre vuelve al interior de la caseta, con gesto hosco, y apoya la mano en el hombro del anciano, que se vuelca sobresaltado desde el sueño, que te mira como un hecho nuevo, dispuesto tal vez a reiniciar la conversación acabada; mira la matrícula de tu automóvil con el recuerdo de Madrid manchándole la boca. Deberías irte de allí, es tiempo perdido.

—¿Viene usted de Madrid?

Antes de marchar, contemplas un instante al anciano con ternura, quedas atrapado sin remedio por el miedo que siempre nos provoca un hombre senil, la incapacidad de mirar a sus ojos perdidos sin reflejarnos a la vez en ellos, sabedores de que en nuestra vejez seremos nosotros los que miraremos desde esos ojos al recién llegado, nosotros quienes hablaremos sin escuchar, contando historias del recuerdo, reales o falseadas por el tiempo, despertando cada mañana sin saber ni importarnos si estamos en el día presente de Lubrín o en el Madrid de treinta o cuarenta años atrás, en el sueño o en el amanecer, solos en la cama o creyéndonos acompañados por un cuerpo ya extinguido.

Subes al coche otra vez. Antes de arrancar, quedas un instante quieto, con las manos apretando el volante, algo mareado, los párpados golpeados de sueño, demasiados días de carretera y poco dormir, desde Madrid hasta esta región que te niega la búsqueda. Miras de reojo el mapa, extendido en el asiento de la derecha. Piensas —porque ahora, desde el cansancio, cada gesto es lento, precisa ser pensado previamente— tomar el mapa de nuevo, volver a dibujar caminos con el dedo, inventar carreteras que no existen. Piensas tomar un cigarrillo, el paquete que no encuentras, regalado al muchacho, no lo recuerdas. Piensas bajar del coche, arrancar el motor, entrar en el pueblo, marchar del pueblo, llegar a Alcahaz o a Madrid. No haces nada, las manos fijas en el volante todavía, la irrealidad mojándolo todo, el vértigo horizontal en la sien, el sueño que te envuelve, el calor brillante en las ventanas, los brazos lasos, la cabeza pesada. Piensas algo más, indefinido, antes de quedar dormido.

✳   ✳   ✳

Aparte de su condición previsible dentro de la trama esperada, bastaría un par de insinuaciones para que nos quedase claro el fondo argumental de la novela: el proceso por el que, para Santos, una búsqueda inesperada se convierte en una indagación de su propio pasado, de su oscuridad; cómo la investigación emprendida le enfrenta con sus propias zonas de sombra. Sin embargo, el autor, que parece sentirse inseguro en su escritorio, tal vez teme que la idea no haya quedado suficientemente clara en el planteamiento inicial, o directamente piensa que los lectores (o parte de ellos) somos lentos de reflejos y podría pasarnos desapercibida la idea. Sólo así se entiende la insistencia en explicitar hasta agotarlo, en renunciar a la capacidad de sugerencia, y reiterar una y otra vez, con todas las letras, que este trabajo abría «una grieta en tu propio pasado», en «tus años cuarenta, tu infancia de guerra y posguerra», «tu pasado que ahora recuperabas en la grieta abierta», «tu propio pasado que recuperabas», «una vida que a veces era de Mariñas pero que podía ser también la tuya», «que podías perfectamente rellenar con tu propia vida», «este viaje que para ti, inevitablemente, era algo más que un viaje de trabajo», «una excursión a tu propio pasado»; y el niño recogido en la carretera que actúa como resorte y le hace recuperar su infancia, pues «podría ser también tu perfil de aquellos años»...

Se insiste además en los clichés ruralistas, con esos repetidos «hombres ociosos en las puertas de las casas», el anciano senil que dormita bajo un sombrajo, el lugareño con «el rostro arrasado del tiempo y el sol», con la camisa abierta.

Otro topos literario levantado a base de lecturas mal digeridas es, en efecto, la casa de la viuda, ese piso del barrio de Salamanca del que ya, en el capítulo anterior, se nos hizo una descripción museística, con sus pasillos oscurecidos y de techos altos, las habitaciones cerradas y oscurecidas (suponemos que con los muebles cubiertos por sábanas), y un despacho noble (o lo que el autor entiende por noble) a cuyo mobiliario sólo faltaba el tintero y la pluma de ganso. Y, por supuesto, la sirvienta uniformada. Ahora amplía el topos con ese inevitable comedor enorme, con la mesa siempre puesta «para invitados que nunca llegarían», y en el que comen en silencio los dos.

Subrayemos, por último, la insistencia en el tabaco como recurso literario (se han fumado ya varios cartones en lo que llevamos de novela, incluyendo al niño de dientes de leche que debe de haber encendido uno tras otro en los pocos kilómetros de viaje), y en algunas expresiones relamidas que añadimos a la colección de cursilerías literarias: esos «mapas del recuerdo», ese «cuerpo que sabías prohibido», aquellos «papeles maltratados por el tiempo», unos campos «descolocados en la despedida», o cierto «cuerpo ya extinguido».

VI

«No hizo falta responder afirmativamente a la viuda, confirmarle con palabras que al día siguiente comenzaría a inventar la vida de su marido; no era necesario acordar unas condiciones, unos plazos, un dinero que ella me adelantaría pronto. Simplemente, al día siguiente de aquella primera cita —en la que nos despedimos con un "hasta luego" que serviría como inmediato contrato— regresé a la casa Mariñas, con mi cartera de piel bajo el brazo, llena de cuadernos en blanco aún. Aparcar el coche en Serrano, caminar despacio hasta el piso de la calle Velázquez, subir las escaleras con esfuerzo, ser recibido por la aniñada sirvienta, entrar en la oscuridad del pasillo, extender los cuadernos sobre la mesa del despacho, fueron todos desde el primer día gestos comunes, cotidianos, como si toda la vida hubiera seguido esa única rutina, como si aquélla fuese realmente mi casa, mi despacho, mi viuda. No negaré que eran unas sensaciones perfectas para comenzar el trabajo de meterme en el personaje de Mariñas, puesto que de eso se trataba: no era sólo la escritura de una vida supuesta, falsa, algo que ya había hecho varias veces en vergonzosas biografías de personajillos de la España oficial de los últimos años. Esta vez era algo distinto: escribir en primera persona sobre una vida ya acabada, ya completa, perfecta por tanto. Una tarea difícil, y así se lo hice saber a mi nueva clienta desde ese primer día de trabajo, cuando ella entró en el despacho, estando yo sentado en el sillón de cuero negro tras la mesa como se habría sentado cada mañana durante décadas el ya marchito Mariñas. La viuda entró y dejó sobre la mesa varios cuadernos de pasta dura, un par de legajos de papeles, algunos folios sueltos, sin orden, nada más.

»—Esto es todo lo que mi marido llegó a escribir de sus memorias... No es mucho, pero le servirá de orientación.

»—Mire... No es que no quiera hacer el trabajo —dije con voz firme, acompañando mis palabras de gestos con las manos, juntas en actitud de rezo, mostrando pronto las palmas como reflejo de la claridad de lo expuesto, agitando dos dedos en el aire, acariciando la mesa con la mano abierta, gestos con los que en realidad creía imitar el aplomo del anciano Mariñas al hablar, como él hablaría con tantos hombres que recibió en este despacho—. Lo que ocurre es que no sé si podré hacerlo... Yo no conozco gran cosa de su marido... Por mucho que él escribiera en esos cuadernos, por mucho que su vida o su persona queden reflejadas en cartas o manuscritos, necesitaré mucho más que todo eso... No sé cómo voy a...

»—Yo lo sé todo... Le daré toda la información que necesite... Yo le contaré su vida entera, día a día si hace falta.

»—¿Por qué no lo hace usted entonces? —dije con gravedad, haciendo una cabaña con las manos, apoyando la barbilla en el puño, tamborileando en la mesa después.

»—Porque usted sabe hacerlo... Usted sabrá darle una forma creíble. —La mujer abrió una caja que había sobre la mesa, una elegante tabaquera de madera oscura, con las esquinas finamente doradas, y la acercó para ofrecerme un cigarrillo de marca desconocida, del que extraje, al encenderlo, aromas antiguos que llenaron el espacio de un humo denso, el mismo humo que habría habitado esa habitación durante años—. No basta con contar su vida.

Debe parecer que está escrito por el hombre que vivió esa vida. No sólo es una cuestión de estilo, como comprenderá... No es una biografía de las muchas que usted ha escrito. Es mucho más que eso.

»—Precisamente por eso... No es tan sencillo escribir de esa forma... Yo no tengo los recuerdos, el conocimiento, las emociones de su marido, todo lo necesario —porque de eso se trataba: meterme en la piel de un hombre ya muerto, valorar los hechos como él los habría valorado, recuperar un momento cualquiera de su vida, tal vez insignificante, tal y como él lo vivió; pensarlo todo, no desde mi confusión ideológica, oscilante entre la dudosa retórica libertaria y el pragmatismo cómodo, sino desde la arquitectura política del propietario Mariñas, su oportunismo sabio, su conservadurismo aristocrático, su monarquismo de nuevo cuño. Y aún más que eso: levantar desde la nada unos años que no parecen haber existido, de los que no hay constancia; una época en la que debía construir por entero al entonces joven Mariñas, con una manera de pensar en aquella época que yo desconocía, una formación imprecisa, una sensibilidad que debía ser la mía desde ese mismo momento, en adelante—. Yo puedo escribir una biografía, tan ficticia como usted quiera... Pero unas memorias... Yo no soy su marido, compréndalo... Ni siquiera nos parecemos.

»—Pues tendrá que serlo. Claro que se parece a él. Se parecerá todo lo que usted quiera parecerse. No es tan difícil. Yo le proporcionaré los recuerdos, el conocimiento, las emociones que necesite... Lo que haga falta. Usted debe convertirse en él, por completo. Debe estar convencido de que no escribe un impostor en nombre de Gonzalo Mariñas, sino el propio Gonzalo Mariñas, ahí sentado como él se sentaba, cogiendo el cigarrillo como lo hace usted ahora, exactamente como él lo hacía, recostado en el sillón con la misma cachaza.

»—Ya —dije, incorporándome hacia delante y escon-

diendo las manos, incómodo en el cuerpo de Mariñas—.
Usted sabe que no se trata de gestos, de maneras de sentarse. Tal vez aquellos que más conocieron a su marido podrían hacer este trabajo mejor que yo, ¿no lo ha pensado?
»—Claro. Pero no, es imposible. Esos mismos son los
que le han traicionado, los que le han hundido. Precisamente porque le conocían bien. Sólo usted puede hacerlo,
Santos.»

«La viuda salió del despacho. Quedé en el sillón, recostado otra vez en una postura que no era mía, fumando
como el otro, mientras acercaba los cuadernos para ojear-
los sin mucho interés, la caligrafía rígida de Mariñas, ob-
sesivamente correcta, de escritura lenta: en aquellas tardes,
sentado en este despacho, tomaría cualquiera de las plumas que encontraba ordenadas en el cajón, para escribir
despacio, sin prisa alguna, los sonidos amortiguados de la
calle tras los cristales, la luz de flexo calentando la sien del
anciano, que debió de escribir las últimas páginas poco
antes de quitarse la vida —quizás se mató en este mismo
despacho, en el sillón que todavía habitaría—, en las últimas semanas en las que ya se sabía condenado por todo lo
que aparecía en los periódicos. Noticias que gotearon primero en algunas revistas, noticias acalladas al principio
por la prensa más moderada, pero que acabaron por convertirse, a pesar del conveniente pacto de silencio, en un
clamor subterráneo durante varias semanas, que acabaría
por extenderse a la mayoría de los diarios, como una consigna unánime que hundiría la carrera de quien parecía
modelo de hombre público para unos tiempos difíciles: el
empresario Mariñas, hombre destacado de la política nacional desde que a finales de los cincuenta evolucionó,
como tantos otros, desde el triunfalismo franquista hacia
posturas reformistas, aunque sin abandonar por completo
su relación con el régimen, ante el que expresaba posicio-

nes moderadas; partidario de un progresivo aperturismo desde dentro hacia formas de parlamentarismo; mesurado siempre en su petición de reformas tranquilas, que no provocaran una ruptura violenta y un nuevo fratricidio. Pero sobre todo, desde la muerte de Franco, Mariñas se había convertido en un artesano de la política, ilusionista de la realidad, capaz de quedar bien con todos, de sentar a unos y a otros en la misma mesa y aparecer él en el centro, con su perfecta fotogenia, su mirada de confianza buscando el objetivo de las cámaras; el caballero Mariñas, participante dudoso de plataformas democráticas, embajador de la España venidera, promotor de iniciativas casi siempre en el límite de lo permitido por el mortecino régimen; hombre bisagra, fundamental por sus excelentes relaciones tanto con buena parte de la oposición como con el sector menos permeable del régimen, al que permanecía unido por lazos económicos fuertes; ministrable para un esperado gobierno de transición hacia sabe Dios lo que vendrá después, hombre de oratoria clásica, de verbo abundante pero nunca excesivo, maestro en el arte de impresionar a su interlocutor sin decir nada, de comenzar diciendo blanco para acabar en el negro mediante gradaciones imperceptibles. Hombre admirado y odiado a partes iguales, como debe ser.»

«Pero de repente —coincidiendo *casualmente* con los primeros movimientos para las venideras elecciones, movimientos que favorecían a Mariñas en detrimento de otros—, comenzaron a aparecer ciertas insinuaciones en la prensa, apenas vaguedades, nada concreto, acusaciones en todo caso: señor Mariñas, su expediente no es tan nítido como pretendía, dónde estuvo usted en los últimos años treinta, a qué se dedicó en los cuarenta, en la inmediata posguerra, cuál es el verdadero origen de su rápido enriquecimiento en aquellos años; qué sabe de ciertas detenciones a partir de su denuncia contra supuestos republicanos que, oh casualidad, eran importantes propietarios cuyos bienes, tras la detención, pasaban al cada vez más espléndido bolsillo de tan desinteresado colaborador con la cruzada como usted era; qué sabe de ciertos fusilamientos a petición suya, de favores sospechosos, negocios poco claros, la delación de aquellos que confiaron en la discreción del entonces treintañero Mariñas que escalaba puestos en la región con asombrosa rapidez, y que habría llegado a donde quisiera dentro del régimen si no se hubiese dado cuenta a tiempo de que el bando ganador no iba a ser el mismo por mucho tiempo, que el régimen impuesto por Franco tenía fecha de caducidad, que había que deshacerse de parte del equipaje y buscar nuevos compañeros de viaje, siempre con elegancia, con disimulo, sin perder viejos contactos que podrían interesarle en algún momento, sin levantar sospechas ni rencores, todo calculado, en el sitio exacto, en el momento perfecto.»

«Los cuadernos que Mariñas llegó a escribir antes de morir eran poco útiles para mi trabajo. Se limitaban a su primera juventud, de escaso interés, ningún acontecimiento destacable. Redactados en un lenguaje simple, alejado de su oratoria brillante aunque vacía; una escritura autocomplaciente que ofrecía sólo algunos datos sobre sus primeros años, su infancia en algún pueblo de Sevilla, sus primeros estudios, la Universidad de Granada y su familia, propietaria de tierras en la provincia: aunque aparecían como terratenientes con ambición de rápido ascenso social, no eran más que unos campesinos venidos a más gracias al oportunismo del padre, del que también haría gala Gonzalo con el tiempo. Una familia modesta que, en dos generaciones, se hizo con unos buenos latifundios, que no rentarían mucho en una región pobre de no ser por la habilidad del cabeza de familia, Miguel Mariñas, para ir medrando en los limitados círculos de poder de la provincia, en los despachos más productivos —a poco que uno tenga dinero y persuasión se le abren tantas puertas—; marcando así un buen precedente para el retoño Gonzalo: aprende, hijo, cómo se trabajan las relaciones con quien haga falta, con el gobernador, el alcalde, con los del casino de propietarios, con los que de verdad cortan el pastel en estas tierras. Pocas cosas interesantes pude hallar en estas páginas sobre la infancia y juventud de Mariñas: todo eran comentariosególatras sobre las muchas capacidades que ya se adivinaban en el niño que, con apenas doce años, se iba enterando de las cuentas del padre, de lo que rentaba tal o cual tierra, de lo que se hace con los jornaleros si se ponen rebeldes, se les deja un poco de hambre y así les vuelven las ganas de trabajar, se llama a la benemérita y resuelto el problema. Evidentemente, los hijos tienden a amplificar la ambición de los padres, por lo que es de suponer que el joven Mariñas, pronto teniente en el regimiento de caballería de Sevilla, se vería asfixiado en sus aspiraciones por los reducidos límites de la provincia, así que, tan pronto como tomó las riendas de las explotaciones, alargó sus influencias por el resto de la región, a las familias propietarias e industriales que de verdad controlaban aquello, en Sevilla, en Málaga o en Cádiz, y después en Madrid, por supuesto.»

«En realidad, leyendo los cuadernos de Mariñas, las páginas que rellenó en sus últimos días, yo sólo podía hacer suposiciones acerca de su verdadera personalidad, puesto que el adinerado propietario, entregado a la tarea de escribir la biografía oficial que más le convenía, había olvidado hacer en ella cualquier incómoda referencia a su capacidad para las relaciones sociales y la pura intriga con quien más interesaba, había evitado la mínima insinuación sobre su validez para ejercer con corrección el papel de cacique cuando fuera necesario. En su relato, Mariñas lo había ocultado todo bajo un idílico retrato de familia trabajadora que logra, con el esfuerzo del honrado padre, salir de la mediocridad y adquirir algunas tierras, tampoco muchas, suficientes para vivir sin apuros y poder participar en el desarrollo económico y social de la región, en la prosperidad de la tierra y todas sus gentes, y así muchas memeces por el estilo, páginas enteras que yo debía olvidar y escribir de nuevo, si es que de verdad quería conseguir una vida creíble para el agraviado Mariñas.»

«Aparte de la lectura tediosa de los diarios del difunto, que apenas me eran útiles para tomar unos datos biográficos, la viuda se entregó verdaderamente a la tarea de regalarme toda la información necesaria: recuerdos, vivencias o emociones. Al mediodía, mientras almorzábamos juntos en el comedor desolado y enorme, la viuda, que apenas probaba bocado, me contaba su versión de la historia, siempre matizada como ella quería que fuese escrita. Yo no tenía que preguntar nada, tampoco me hubiese dejado interrumpir su relato: desde el momento en que nos sentábamos a la mesa, con la criada sirviendo la comida en la vajilla demasiado elegante, la señora comenzaba su narración de algún día concreto, de momentos que para ella tenían especial relevancia —y así quería que aparecieran reflejados—, y que me refería con todo lujo de detalles: qué dijo Mariñas en cada momento, las palabras supuestamente exactas de alguna conversación, los viajes a cualquier sitio, con precisión de fechas, los hitos de la carrera política del fallecido, sus frases gloriosas, sus iniciativas secundadas por todos. Lo que me obligaba, obviamente, a la difícil tarea de manejar el cubierto con la mano izquierda al mismo tiempo que con la derecha tomaba rápidas notas en una libreta, abrumado por la velocidad con la que la viuda desgranaba los recuerdos, la precisión de que presumía, como si toda su vida junto a Mariñas hubiese sido un ejercicio de atención y recuerdo; de atender a cada instante de su vida y de imprimirlo en la memoria al momento, íntegro, sin espacios vacíos. De nada servía pedir a la viuda que me redactara ella misma las memorias: decía sentirse incapaz de ponerse en el lugar de su marido, tarea para la que suponía que yo estaba dotado de alguna gracia para mí desconocida. Pero sus recuerdos, aun siendo extensos, inabarcables, se limitaban al período vivido junto a Mariñas (desde que se conocieron y se casaron en 1948), así como a lo poco que el fallecido le había contado de su infancia y juventud, recuerdos probablemente ya falseados en aquella primera narración, y deformados después por el tiempo transcurrido, la edad derritiendo la memoria, sin remedio. Pero seguían inexistentes los años más importantes de mi trabajo, la razón de mi estancia en aquella casa: la segunda mitad de la década de los treinta y principios de los cuarenta, ausentes de cualquier escrito, y que yo debía investigar, no sólo para recrearlos o manipularlos, sino fundamentalmente para situar las necesarias coordenadas cronológicas y geográficas, de forma que lo inventado encajara perfectamente, sin fisuras. El trabajo me atrajo desde el principio, no lo niego; pero no podía evitar pensar que todo aquello era inútil, que de poco serviría restablecer la memoria del humillado Mariñas, labor válida para la dolida viuda, pero a todas luces insuficiente para todos aquellos que le hundieron y que sabían de su camaleonismo político, que sabrían probablemente mucho de aquellos años, mucho de lo que la viuda y yo ignorábamos, todo lo que ahora había que borrar y volver a escribir, como en un palimpsesto, una vieja tablilla en la que borrar de un manotazo lo escrito para volver a llenar de vida la arena sucia.»

* * *

Como ya dijimos antes, el relato entra en lo inve-
rosímil por sus propias servidumbres temporales (eso
de situarlo entre 1976 y 1977). No es ya improbable,
sino imposible e increíble, que a un tipo como Mari-
ñas (un ucedista, por el perfil que nos ofrece el autor;
un franquista moderado arrimado a la reforma demo-
crática por gatopardismo) le hiciesen la más mínima
acusación referida a su pasado, que nada de eso sa-
liese en la prensa (ni siquiera en la entonces recién
nacida revista Interviú, que sólo más tarde pudo pu-
blicar artículos sobre crímenes de la guerra), que se
utilizase el pasado como arma política en la derecha
(ni siquiera cuando en UCD empezó el degüello en el
79 se llegó a utilizar nunca el pasado franquista de
nadie como acusación), y por supuesto que las acu-
saciones se basasen en las sospechas acerca del «rá-
pido enriquecimiento en aquellos años», «ciertas de-
tenciones a partir de su denuncia contra supuestos
republicanos que, oh, casualidad, eran importantes
propietarios cuyos bienes, tras la detención, pasaban
al cada vez más espléndido bolsillo de tan desintere-
sado colaborador con la cruzada», «fusilamientos a pe-
tición suya, de favores sospechosos, negocios poco
claros, la delación...».

Es loable que el autor haya querido hurgar en uno
de los aspectos menos conocidos y más sucios del pa-
sado reciente español: el expolio, el saqueo, la utili-
zación de la guerra no ya sólo para eliminar y depurar
al adversario ideológico, sino también para robarle,
para hacerse con su fortuna. Ocurrió de forma exten-
dida al final de la guerra, pero se ha escrito poco so-
bre aquellos episodios, hay pocas investigaciones y
aún menos novelas. Sólo recuerdo una novela ex-
cepcional, Jugadores de billar, de José Avello, don-
de una compraventa de terrenos en el tiempo presen-
te acaba sacando a la luz un crimen de la guerra civil

relacionado con una usurpación patrimonial. Uno de los personajes, al final del libro, resume tajante: «En eso consistió nuestra famosa guerra civil, un robo escriturado y legalizado ante notario.» En efecto, los vencedores llevaron a cabo un auténtico expolio sobre los vencidos, apropiándose de los bienes y empresas de los derrotados, de los exiliados, tanto de los particulares como de las organizaciones políticas y sindicales. Para ello, a veces, se recurrió a la denuncia, falsa incluso, o el asesinato, legal o no, aprovechando la confusión y la sospecha generalizada en los momentos finales de la guerra, y la impunidad que daba la victoria. Que nuestro joven autor tuviese propósito de poner luz sobre aquel episodio todavía hoy desconocido, es algo que debemos reconocerle. Pero tan loable objetivo no puede llevarnos a suspender la verosimilitud más allá de cierto límite. Y lo de las denuncias con reflejo periodístico en pleno 1976 supera ese límite.

Añadir, por último, un par de aportaciones más a ese topos teatral que es ya el domicilio de la viuda (teatral y propio de cierta comedia burguesa), de nuevo con el «comedor desolado y enorme» en el que comen con una «vajilla demasiado elegante», y ese despacho de casa-museo de prócer, donde ya hemos encontrado la colección de plumas en un cajón, y la «elegante tabaquera de madera oscura, con las esquinas finamente doradas», y llena con tabaco «de marca desconocida» que produce al fumarlo «aromas antiguos», dentro de esa insistente fascinación letraherida por el tabaco literario, pues estos personajes malfuman, es decir, fuman literariamente, fuman cigarrillos de tinta, obligados por un autor que seguramente no sabe tragarse el humo pues (para fortuna de su salud) todo el tabaco que ha fumado en su vida es tabaco de novela y de cine negro, cuyo humo parece (es) de papel.

Y, por cierto, como antes la viuda, también el protagonista masculino se dedica ahora a sobreactuar, forzado por ese detallismo con pretensiones psicológicas del autor. En un par de frases de diálogo el tipo hace tal cantidad de cosas con las manos, que la viuda debe de pensar que le ha dado un ataque de epilepsia: las manos juntas en actitud de rezo, mostrando las palmas, agitando dos dedos en el aire, acariciando la mesa con la mano abierta, haciendo una cabaña, apoyando la barbilla en el puño, tamborileando la mesa... Invito al lector a que, mientras pronuncia las dos o tres frases en cuestión, reproduzca todo ese frenesí gestual, y que lo haga frente al espejo, a ver qué impresión le produce.

VII

No has dormido más de veinte minutos, el reloj te lo confirma: las tres y veinte de la tarde. Sin embargo, el cuerpo ausente de peso, el frío repentino en la carne, la boca seca: te parece que hubieses dormido durante horas, que este sol que permanece vertical no fuese el mismo sol que te vio caer en el sueño junto a la gasolinera. Las manos fijas en el volante, los dedos envarados por la presión, la mandíbula rígida, los dientes de un dolor nocturno, como si hubieses apretado la boca con rabia durante el sueño. Despacio, pones en marcha el automóvil, despertando con el ruido del motor al anciano que dormitaba junto a la gasolinera. En las primeras calles de Lubrín, el sol tiene un espesor de verano, una manta gruesa para este abril desorientado; las calles quedan vacías, perdidas de siesta, las casas cerradas por postigos de sombra y celosías, tan sólo algún perro que cojea por la calle desierta buscando un espacio umbrío, un trozo de escalón fresco donde descansar. Buscas un sitio para comer, el hambre te pellizca las entrañas: no has comido nada en todo el día, un café de puchero que te sirvieron sin más en una venta a la salida de un pueblo de nombre ya olvidado, donde una mujer de edad indefinida, ropas anchas y pelo largo, contestó sin interés a tus preguntas repetidas, *no conozco ningún pueblo de ese nombre.*

Encuentras por fin, en una pequeña plazuela de castaños, una cantina que parece abierta. Aparcas el automóvil junto a la puerta e ingresas pronto en la sombra refrescante del interior, oscurecido por persianas y una cortina de tiras de caucho que alejará las moscas del verano. Tus ojos, venidos de la luz fatal del sol, necesitan unos segundos antes de ver en la penumbra interior: formas que van naciendo a tus pupilas, algunas mesas solas, un mostrador pequeño al fondo, con sólo unas botellas sobre la madera, de un cristal que relumbró de sol cuando abriste la cortina para entrar. Te recibe un hombre pequeño, de rostro común y pelo ralo, que levanta las persianas lo suficiente para iluminar levemente la cantina, más pobre aún a la luz, ya sin la protección de la ambigua oscuridad que iguala palacios y chozas. El hombre es de pocas palabras, monosílabos llenos del acento de la tierra. Te sirve una comida sencilla, probablemente la misma que él estaba tomando con su familia en la parte trasera, no tenía nada preparado para un comensal que ningún día viene, quizás te comas la ración de algún hijo, del propio tabernero. El hambre te evita los escrúpulos y das buena cuenta de lo servido: cocina casera, pan tierno para limpiar el plato, un mal vino demasiado frío, una pieza de fruta madura y un café solo. Pagas lo que te pide y sales de la cantina, aliviado de dejar un espacio en el que no estabas invitado, en el que fuiste intruso para la normalidad cotidiana, motivo de conversación para varias semanas entre los parroquianos.

Poco más de las cuatro de la tarde, y la siesta todavía cerca el pueblo. Decides pasear por las calles, caminar despacio, haciendo tiempo para no sabes qué. Piensas dónde buscar Alcahaz, tierra incógnita, palabra incómoda en la boca de los hombres de la región que te contestan con una brusca negativa. Recorres el pueblo pegado a las paredes encaladas, acariciando con los nudillos la rugosidad de las fachadas, como hacías de niño en las paredes blancas de otro pueblo que podía ser éste, un pueblo como cualquier otro, como muchos otros, con sus calles dobladas en una ligera loma, las plazas con jardines sencillos y fuentes alegres, los kioscos de música abandonados al otoño, las iglesias bajas con campanarios de cigüeñas, los niños que juegan con una pelota de trapo o persiguen a los gatos viejos; tú mismo, a la carrera tras algún gato magullado, hasta que tropezabas y caías al suelo —la caricia bruta de la arenilla en las rodillas desnudas—, los demás niños que te adelantaban y te empujaban para que siguieras corriendo, alegría de muchachos que gritabais por las calles de la tarde, escapados del colegio: lanzabais piedras a todo bicho viviente, reíais al reproche de los ancianos, buscabais las orillas sucias del río, la ribera acolchada de verde: niños tumbados en la hierba, sin zapatos, miraban al cielo para gritar formas de nube. Tú, sentado sobre una piedra, te frotabas la herida de la rodilla con agua fresca, y mirabas a la loma parda de la sierra, por donde un día, aquel día, viste bajar algunas formas humanas, oscuras, que se concretaban con la distancia en varios hombres de capote oscuro, a caballo, que llevaban a tirones a un hombre agotado, con la camisa abierta, un hombre que se tropezaba en el descenso por los empujones de los guardias.

Has caminado durante unos minutos por las calles idénticas de Lubrín, guiado sólo por la silueta de la sierra que se adivina a la salida de las calles, sobre los tejados rojizos; hasta que has llegado a una calle descendente, de suelo roto, que te lleva fuera del pueblo, a los primeros campos de cultivo. Es fácil salir de un pueblo, piensas: basta girar dos esquinas y recorrer una calle para salir a una pradera verde y un riachuelo donde alguna mujer lava la ropa, y detrás el campo inmenso, la carretera a lo lejos, la sierra próxima. En Madrid no, piensas; en Madrid no puedes salir de la ciudad andando; puedes girar todas las esquinas, cruzar avenidas últimas, calles periféricas, circunvalaciones; pero siempre llegarás a un paisaje que no es final, cruzado de vallas metálicas, naves industriales, construcciones derruidas, camiones desguazados, alambradas flojas como cinturones de miseria, chabolas, escombreras, urbanizaciones aisladas. Fumas un cigarrillo, tranquilo, olvidándote de Madrid, mirando a la mujer que agachada frota la ropa contra una tabla a la orilla del regato —pueblos de este sur donde el tiempo se demora sin daño.

Regresas al automóvil: las cinco de la tarde espantan la siesta primera, las calles renacen, las puertas se abren, algunos cubos de agua se lanzan a las aceras. Las mujeres en bata ríen y se llaman de una puerta a otra: los hombres, amodorrados, se abrochan la camisa y vuelven a la silla de la puerta, al ocio inacabado, los menos al trabajo escaso. Las calles céntricas se organizan en una perfecta coreografía de cuerpos que caminan en orden, que se dirigen a ocupaciones rutinarias. Mujeres de negro visitan las capillas de donde partirán las procesiones religiosas de la tarde. Los niños, al salir de las casas, corren alocados, con la libertad vespertina recobrada. En el automóvil recorres otra vez el pueblo, orientándote según la lógica urbana hasta encontrar el centro, la típica plaza abierta de jardines y bancos, cuadriculada: en un costado la iglesia, sencilla, malcuidada; en otro lateral el centro social, con algunos ancianos en la puerta; en el tercer lado el cuartel de la guardia civil, con un número joven que sestea aún junto a la entrada, con la camisa abierta. Para completar el cuadrado de la plaza, el ayuntamiento, un edificio sobrio, de inspiración clásica, con columnas en la portada, una breve escalera, balaustrada corta en la primera planta, tejado de piedra a dos aguas y un reloj como único ojo. En las fachadas de todos los edificios de la plaza, excepto en el de la guardia civil, se leen inscripciones pintadas en rojo y apenas borradas por la cal, pintadas que recuerdan lo que ocurre en las grandes ciudades por estas fechas, «AMNISTÍA A LOS PRESOS POLÍTICOS», «ELECCIONES LI-

BRES YA!», y algunos símbolos borrosos como banderas de libertad, obra tal vez del único anarquista del pueblo, confuso y amargado tras tantos años de esconderse.

Aparcas el coche frente a la iglesia, en la que entran algunas mujeres de luto que caminan deprisa. Te diriges lento hacia el ayuntamiento, mientras el sol comienza el descenso sobre la sierra y trae un primer viento fresco a Lubrín. En los bancos del centro de la plaza, ancianos dormijosos bostezan y pronuncian palabras en voz baja, atentos al recién llegado, al vehículo aparcado junto a la iglesia —la matrícula forastera, la tentación de preguntarte si has venido de Madrid, acaso todos portadores de una misma historia por contar, de un mismo recuerdo del Madrid de hace muchos años, una mujer en la calle de Valverde; acaso todos esperando tu llegada para llenar de sentido sus memorias, enmollecidas de senilidad o nostalgia.

Entras en el edificio municipal, extrañamente abierto en horario de tarde. En el mostrador, un conserje de espaldas anchas te atiende con desgana, aturdido aún de siesta. Te indica un pasillo a la derecha, una dirección poco clara, «pregunte por allí, en las mesas, ya le dirán». Avanzas por el pasillo indicado, hasta llegar a un espacio amplio, mal iluminado, donde una decena de mesas de despacho se distribuyen en dudoso orden, habitadas por funcionarios que olvidados de sus obligaciones conversan distraídos, que te miran apenas antes de seguir alguna conversación de fútbol o del calor que este año madruga y anuncia un verano de coraje. Te acercas, por instinto, a la única mesa en la que un administrativo parece trabajar, operando en una máquina de escribir, con sólo cuatro dedos, lento.

—Buenas tardes —dices en voz baja, evitando interrumpir las conversaciones monótonas de los demás.

—¿Puedo ayudarle? —responde el hombre, con el cuello encogido entre los hombros, sin dejar de machacar las teclas de la máquina.

—Sí; estoy buscando un pueblo de esta comarca.

—¿Un pueblo? —el mecanógrafo te mira con desconfianza; abandona la máquina y se seca un rastro de sudor en la frente con un pañuelo—. Éste es el único pueblo de esta comarca, Lubrín, algunos cortijos, y nada más.

—Eso dicen... Pero yo busco uno que aparece en los mapas. Se llama Alcahaz.

—¿Alcahaz? —por primera vez, piensas, el nombre no suena temblón en la boca del interrogado; el funcionario lo pronuncia con voz neutra, sin sorpresa—. No sé, no me suena ese nombre. Pero es seguro que no pertenece a esta comarca; el pueblo más cercano es Vera, está a más de veinte kilómetros —y vuelve los ojos a la máquina, dando por concluida la conversación.

—Sin embargo, los mapas... —insistes tú, aburrido, pero consigues sólo una mirada de fastidio de tu interlocutor.

—Emilio —dice el hombre, lanzando la voz hacia uno de los funcionarios que conversan a dos mesas de distancia—: ¿Conoces tú algún pueblo en la provincia que se llame Alcahaz?

—Err... No... No hay ningún pueblo con ese nombre... —Emilio, incómodo, se pone en pie, duda al hablar. Es alto, delgacero, los hombros ausentes, el rostro alargado y partido por una nariz inacabada. Aunque molesto por la pregunta, vuelve a sentarse, pero sin reintegrarse a la conversación futbolística, más atento a lo que tú sigues hablando con el funcionario de la máquina de escribir, que te mira con indiferencia y te habla:

—¿Se da cuenta? Su mapa está equivocado. Quizás se trate de un pueblo de Murcia, o de Granada. Cualquiera sabe... ¿Desea alguna otra cosa? —te pregunta, con un tono cansino, invitándote a salir y no volver. No te marchas aún: recuerdas que no sólo buscas ese pueblo, que sobre todo estás haciendo una investigación sobre un hombre, sobre un pasado que debes modificar.

—Ya que estoy aquí me gustaría también consultar algunos datos que deben tener sobre una persona... Fue vecino de estas tierras, tenía algunas propiedades en la comarca... También en Alcahaz...

—¿Qué tipo de datos? —te responde, ya definitivamente irritado por la interrupción de su trabajo, por el extraño que llega con la tarde y no le deja continuar su labor.

—Bueno... Cualquier tipo de datos que tengan... Domicilios, trabajo conocido, familia, propiedades...

—Me temo que esa clase de datos no pueden ser facilitados así como así —dice el hombre, intentando acabar ya la conversación—. ¿Vive esa persona aún?

—No... Ya murió.

—Eso complica las cosas... ¿Es usted familia del difunto?

—Sí, así es —respondes con aplomo, llenando tu mentira de seguridad en las palabras—. Soy un familiar... Ésa es la razón de mi consulta.

—De acuerdo... Veré si puedo hacer algo. ¿Me dice el nombre del difunto? —el funcionario, ávido por terminar el trámite cuanto antes, olvida cautelas administrativas y ni siquiera te pide una documentación que no podrías presentar, una identidad que no es la tuya.

—Se llama... Se llamaba Mariñas; Gonzalo Mariñas —respondes con naturalidad.

El funcionario apunta con letra recta el nombre en un trozo de papel, y repite las sílabas en voz alta al escribirlas. El hombre de la tertulia cercana, Emilio, que desde que fue interpelado minutos antes no ha dejado de escuchar tus palabras, se levanta como empujado por un resorte al escuchar el nombre de Mariñas, casi tira la silla al incorporarse. Te mira con extrañeza, mientras se acerca hacia ti.

—¿Gonzalo Mariñas? —te pregunta, con un tono que tú no sabes si es amenaza o sólo curiosidad.

—Sí —respondes prudente—; ¿lo conocía usted?

—¿Es usted familia de Gonzalo Mariñas? —te pregunta, ahora revelando su tono amenazante. Te mira con cuidado, como buscando en ti algún rasgo dejado del desaparecido Mariñas.

—Así es... Soy familia de Mariñas —insistes en la mentira.

—Hijo de puta —dice el hombre con normalidad, pronunciando despacio las palabras, repetidas en voz baja—; hijo de puta...

—¿Perdón? —preguntas, incrédulo.

—Cabrón —no puedes evitar que el hombre te agarre de las solapas con gesto rápido y te sacuda hacia atrás, aunque sin violencia, con un movimiento firme, seco—. Es familia de ese malnacido hijo de puta de Mariñas —dice a los demás, como si tratase de hacerles partícipes de su indignación, para justificar así la violencia en el trato.

El funcionario de la máquina se levanta sorprendido, intenta calmar al administrativo Emilio; los demás dejan la tertulia y se acercan hacia el hombre que te sacude y pronuncia variados insultos que sólo tienen en común la invocación de Mariñas. Te arroja finalmente hacia una estantería, provocando tu caída torpe, entre legajos que caen contigo desde los estantes. Los funcionarios, blandos y sorprendidos, no aciertan a controlar al furioso administrativo que te levanta de nuevo por las solapas y te empuja contra unas sillas. Eres incapaz de defenderte, como tantas otras veces en las que, ante un momento de tensión, frente a un anuncio de pelea, se te reblandecen los músculos, te sientes incapaz de levantar un puño, como en un sueño en el que el brazo se te enreda en las gasas del aire al golpear. Caes otra vez, y te golpeas la cintura contra el respaldo de una silla que se vuelca contigo, quedándote un dolor punzante.

—¿Qué significa esto? —preguntas confuso, mientras el hombre te vuelve a levantar por las solapas, aplicado en maldecirte, desde una furia que no resulta excesiva, que parece natural, como si hubiese ensayado este momento durante años, a la espera de que algún Mariñas volviese a entrar por la puerta del ayuntamiento, y encontrase en ti la oportunidad esperada. Sin dejar que termines de ponerte en pie, te arrastra con fuerza hacia el pasillo, levantándote cada vez que caes. Los demás funcionarios os siguen sin intervenir ya, hasta que salís a la plaza y el administrativo, agarrándote de los codos, te voltea hacia el exterior; tropiezas con los primeros escalones, caes de forma estrepitosa a la acera de la plaza, donde quedas tumbado al fin, el suelo caliente de sol contra tu espalda, como un descanso.

—¡Lárguese de este pueblo y no vuelva nunca más! —te grita el administrativo, sujetado ahora sí por sus compañeros, que le impiden dar cumplimiento a su deseo de bajar las escaleras y patearte en el suelo, ante la mirada del guardia civil que en la puerta del cuartel os mira sin interés—. ¡No queremos aquí ningún Mariñas! ¡Malnacidos!

Los funcionarios, a empujones, se llevan al airado compañero de vuelta al interior, dejando los últimos insultos suspendidos en el aire de la plaza. Los ancianos miran asombrados; las mujeres murmuran escandalizadas mientras salen de misa. Esperas unos segundos antes de levantarte: la espalda dolorida, el cuello rígido, un codo magullado. Te sacudes las ropas, recuperas tu chaqueta que quedó caída junto a la puerta, en el suelo, y que te colocas bajo el sol que desaparecerá en pocas horas tras la cresta de la sierra, los canchales ya en sombra. Un funcionario cualquiera sale del interior con tu cartera, que te entrega para en seguida volver al interior, sin una palabra de disculpa o despedida.

*   *   *

El ruralismo del autor se desata en este capítulo.
El paseo por el pueblo, con su descripción de tipos,

convierte la localidad de Lubrín en un belén, donde cada lugareño representa su papel, estático a los ojos del narrador, que los recorre como una idealizada postal de «pueblo del sur». Un pueblo donde todos dormitan, todos con la camisa abierta, atontados de calor y de siesta. Un pueblo donde los ancianos, o están seniles o están dormidos en los bancos. Donde las mujeres van de luto, visitan las iglesias, o ríen en bata en las puertas de las casas mientras tiran cubos de agua. Sin olvidar esa lavandera que, a las cuatro de la tarde y mientras todos se hunden en la siesta, se coloca en la orilla del riachuelo (que líneas después se queda con menos agua y ya sólo es regato) a frotar sus trapos contra una tabla para que nuestro protagonista la vea, inmóvil en su belenístico perfil. Un pueblo donde los niños, pobres pero felices, juegan con pelotas de trapo, persiguen a los gatos (que son viejos, como los perros flacos y cojos), lanzan piedras a todo bicho viviente y se tumban junto al río a gritar formas de nube. Es decir, ellos también, los niños, en su papel belenista de niños de campo. Un pueblo donde todo se cierra con postigos y celosías, o cortinas de tiras de caucho para las moscas (que por fin aparecieron), donde no hay actividad alguna, todos dormitan o se sientan ociosos en las puertas, y donde sin embargo el ayuntamiento está insólitamente abierto por la tarde, y en funcionamiento. Atentos al detalle: un ayuntamiento trabajando por la tarde, abierto al público, en España, en un pueblo de ese sur indolente, y en plena Semana Santa (pues se habla de «las procesiones religiosas de la tarde»). Ahí es nada, todo un ayuntamiento abierto para el capricho del autor, que para cuadrar el tiempo del relato hace comparecer a todo el cuerpo de funcionarios municipales en esa tarde de siesta. Pero es que además, en este pueblo donde nadie trabaja (pues los funcionarios están de tertulia, el conserje está atur-

dido de siesta y atiende con desgana, y el guardia civil del cuartelillo ni mueve un dedo cuando presencia el linchamiento del forastero en la puerta del ayuntamiento), el único que trabaja, el administrativo municipal, lo hace de forma lenta y torpe, embrutecido como el resto; escribe en una máquina de escribir «con cuatro dedos, lento», y apunta el nombre de Mariñas «con letra recta», «en un trozo de papel» (suponemos que con un carboncillo mordido), repitiendo «las sílabas en voz alta al escribirlas». ¿Se imaginan la escena? El tipo escribiendo despacito, «con letra recta», y diciendo en voz alta «Gon-za-lo Ma-ri-ñas». Es decir, casi analfabeto, como si acabase de aprender a escribir.

Entre todos, el cantinero atontado de sueño (y que habla con monosílabos llenos del acento de la tierra), los ancianos seniles que bostezan dormijosos y pronuncian palabras en voz baja, el guardia civil (que, como todo el pueblo, lleva también la camisa abierta), la decorativa lavandera del río, los niños corriendo felices (y gritando formas de nubes, no lo olviden, qué bonito), el funcionario iletrado, las beatas saliendo de misa, todos habitantes de un villorrio donde no faltan las fuentes alegres, las iglesias con campanarios de cigüeñas y los kioscos de música románticamente abandonados al otoño; construyen esta idea de pueblo, de cartón piedra, una postal bucólica que se canta en esa frase triunfal: «pueblos de este sur donde el tiempo se demora sin daño».

Un pueblo que, por ignorancia del autor de la geografía política de este país, dice ser «el único pueblo de la comarca», como si existiesen comarcas de un solo pueblo, como si una comarca no fuese precisamente una agrupación de varios pueblos.

VIII

«En el despacho de Mariñas, con la noche ya tras las ventanas, la helada de final de febrero sacudía los cristales. En la habitación oscurecida, el flexo creaba un pozo de luz en los papeles extendidos sobre la mesa, en los cuadernos abiertos, con anotaciones rápidas en los márgenes. Durante esos meses, dedicaba a diario más de doce horas, desde la mañana hasta la noche, a rehacer la falsa vida del difunto. A pesar de las muchas horas empleadas, los días pasaban y yo era incapaz de seguir adelante en aquel trabajo, comenzaba a considerar la posibilidad de renunciar, desbordado por la magnitud del encargo, por su inutilidad acaso. No obstante, cada día estaba más atrapado, más atraído por la oscuridad del período a modificar, por mi propia oscuridad doblegada. Desde que llegaba a aquella casa —temprano en la mañana con disciplina de funcionario o de enamorado—, junto al café que la joven sirvienta me servía en taza delicada comenzaba a leer papeles, notas del difunto, borradores que nunca llegó a concretar, manuscritos vacuos, documentos y certificados de propiedad, un epistolario bien datado y, sobre todo, cientos de recortes de prensa que la viuda había coleccionado durante años y pegado en las páginas de un álbum viejo, como un dudoso retrato familiar a partir de pequeños titulares, fotografías borrosas, entrevistas, columnas de prensa y artículos firmados por Mariñas.

Aquel material era perfecto para seguir, sin vacíos, la ascendente carrera política del viejo propietario.

»Ignorando los datos que en meses anteriores habían aparecido en prensa provocando su caída y muerte —y que en realidad, excepto los supuestos crímenes que se insinuaban, decían bien poco sobre su actividad política en la primera posguerra, secretario provincial del Movimiento, alcalde a ratos, gobernador civil, nada extraño, como cualquiera de los vencedores de la guerra—, dejando de lado la época más oscura, la carrera de Mariñas resultaba cuando menos sorprendente, por su discontinuidad y sus quiebros, que parecían obedecer más a un astuto oportunismo que a flexibilidad política. Diputado por la CEDA en la República en el 33, miembro activo de la Agrupación de Propietarios de Fincas Rústicas —un discreto eufemismo para designar al grupo de caciques unidos contra todo intento de reforma agraria de la República que pudiese socavar sus privilegios. Tras la guerra —y durante ella—, aparte los cargos conocidos, y que no tuvieron realmente continuidad en el tiempo, se abre una depresión oscura de la que Mariñas resurge quince años después como un resplandor súbito: un meritorio empresario andaluz, prosperando en la villa y corte, y que en los años sesenta ya era uno de los hombres fuertes de entre los sectores reformistas, que mantenía en tribunas de prensa posturas de suave y ambigua crítica que le costaron más de una censura, e iniciaba acercamientos lentos a la oposición interior y exterior, aunque siempre desde una diplomacia en las palabras y en los gestos que limitaba su progresiva e inevitable enemistad con el régimen, jugador a dos bandas mientras pudo. En pocos años ya era un monárquico repentino y ferviente, sosegado defensor del sistema parlamentario británico en conferencias públicas, y situado en un difícil plano de equidistancia que lo mismo le servía para ser solicitado en algún movimiento de la oposición más moderada, como para servir al régimen dulcemente en el consejo de administración de cualquier empresa pública o institución. Su monarquismo tampoco tenía complejos o preferencia, y pasó rápidamente del donjuanismo absoluto —influencia de sus primeros contactos con la templada Unión Española de Satrústegui— a ser uno de los mayores validos del príncipe heredero en pocos años. Inevitablemente, su relación con el régimen se fue deteriorando ya a principios de los setenta, a medida que los movimientos debían ser más claros, toda vez que el sistema entraba en su fase final y había que estar bien colocado para el día siguiente. A Mariñas su relativa radicalización no le ocasionó más problema que su tranquilo cese como consejero en una empresa pública en la que permanecía, y cierto ostracismo por parte de la caverna del régimen, con la que no obstante mantenía vínculos económicos en su condición de propietario. Ya desde la muerte de Franco su actividad se disparó, y perdió todo complejo para sentarse junto a quien hiciera falta.

»Sin embargo, ni la abundante información de que dispuse sobre el perfil político de Mariñas, ni la soporífera descripción que de su infancia y juventud hacía el propietario en sus iniciales memorias —que tuve que volver a escribir por completo—, me resultaban suficientes: cada vez que me sentaba ante la máquina de escribir, e iniciaba alguna frase en primera persona, fijando fechas y lugares, no podía evitar, tras pocas líneas, escribir en verdadera primera persona, no en la fingida de Mariñas, sino en la mía de verdad, aportando al escrito sensaciones propias, extraídas de un recuerdo común, mezclado con la vida del fenecido. La falta de datos, de cualquier información verdaderamente útil acerca de los años sombreados, me incapacitaba para escribir ese período sin llenarlo todo de mi propio pasado, igualmente oscurecido en la memoria y que empujaba por salir en cada momento —todo mi miedo, mi propia culpa, de aquellos años borrados de la memoria individual y de la colectiva, en este ejercicio de amnesia a que todos nos obligamos.

»Me dediqué, por tanto, a dilatar en el tiempo la investigación inicial antes de comenzar la escritura: buscaba datos de cualquier tipo, necesarios o no; lo que provocaba la pronta desesperación de la viuda, que sólo podía medir mis progresos por el número de folios que yo no escribía. Esto hacía que ella, ansiosa por completar las memorias, por restituir en lo posible el buen nombre de su marido y vengarse a su manera de los autores de la afrenta, rastreara el desván de la casa, cada armario, cada cajón, para con frecuencia, en esos primeros días, entrar en el despacho con alguna caja de cartón blando, normalmente una caja grande de zapatos atada con cordones, que dejaba sobre la mesa y abría para mostrarme un interior de nuevas cuartillas, manuscritos, sobres, fotografías, similares a las que ya habían salido de otras cajas anteriores, a veces las mismas cajas, guardadas y vueltas a sacar.

»—Probablemente esto le resulte útil. Ha permanecido en el trastero desde que vivimos en Madrid, en este piso. Todo pertenece a la juventud de mi marido, creo. Algunas cartas, papeles de trabajo, y también fotografías. Échele un vistazo, puede interesarle —y salía del despacho con las últimas palabras, arrastrando el cansancio de su traje negro, la conciencia cada vez mayor de que su plan estaba llamado a fracasar, que tal vez yo no era la persona adecuada para el trabajo.

»Yo cogía la caja y, como las anteriores, la volcaba sobre la mesa, sin apartar los papeles y cuadernos, cubiertos ahora por más papeles y más cuadernos, aumentando la altura de la mesa, un mullido lecho de papel sobre el que a veces me quedaba dormido, la cabeza hundida entre los brazos, los ojos irritados de sueño y por la poca luz del flexo, el cansancio de los días, de no poder con este trabajo.

»Entre la correspondencia de Mariñas no encontré muchas novedades, aunque sí material suficiente para reconstruir su evolución ideológica desde mediados de los años cincuenta. Sus contactos, primero tímidos, con algunos disidentes del régimen, con los miembros más moderados del exilio; su cada vez más frecuente intercambio epistolar con las principales figuras políticas, a las que sabía seducir para conseguir su favor. Al contemplar juntas las cartas que recibía de los distintos personajes con quienes se carteó, resultaba más patente aún su habilidad para la intriga, la imagen tan diferente que de sí mismo sabía dar dependiendo del carácter del personaje, todo un maestro de las máscaras, dotado de discreto ingenio para situarse en el centro de los acontecimientos, llenando de calculada ambigüedad sus palabras cuando se dirigía a cualquier miembro de las familias más cerradas del régimen, con quienes se permitía coquetear si era necesario, siempre sin comprometerse del todo.

»De la correspondencia perteneciente a los años anteriores de la guerra, en cambio, salía una imagen bien distinta de quien con el tiempo sería un dechado de moderación. Durante la República, Mariñas se cartea fundamentalmente con otros propietarios como él, con los que planifica el derrumbe del incómodo régimen, el bloqueo de toda medida reformista, la recaudación de fondos para acciones drásticas, la constitución de asociaciones y partidos de propietarios. Su correspondencia, conforme se acerca la guerra, adquiere un cariz de premonición; su lenguaje, encendido aunque hermético, permite adivinar su participación en el alzamiento, al menos en lo que a la financiación del mismo hace referencia, nada extraordinario por otra parte, sabida su condición de terrateniente en esos años.

»Y nada más. Desde el alzamiento militar de julio, hasta ya mediados los años cincuenta, toda correspondencia de Mariñas había desaparecido, no sé si destruida en su afán por ocultar el pasado, o simplemente inexistente. Se iniciaba ahí la grieta, la tiniebla de más de quince años en los que, aparte los breves cargos desempeñados tras la guerra, Gonzalo Mariñas fue sólo un nombre que alguien pronunciaría, cuándo, dónde, para qué.»

«Siempre al final de la tarde, agotado, desistía de seguir leyendo: me dedicaba entonces a mirar las muchas fotografías dejadas por la viuda. Imágenes antiguas en las que aparecía siempre Gonzalo Mariñas en episodios de su vida conocida: como un niño grueso, en un forzado retrato familiar. Como un adolescente que va creciendo en cada fotografía, ordenadas en orden cronológico. Como un joven adelgazado, vestido de uniforme oscuro y botas brillantes, teniente del regimiento de caballería de Sevilla, montando un caballo blanco, en actitud ecuestre, casi estatua, soberbio. En las últimas fotografías de aquellos años anteriores a la guerra aparecía aún joven, retratado en cada una de sus fincas, que visitaba vistiendo ropa de campo, aunque sin perder la elegancia que los hombres ricos conservan aun con harapos. Un sombrero de paja, gracioso, de lado, ensombrecía el rostro alargado, certero en las formas, la mirada siempre encendida, como una energía por desbordar, una juventud sin arder aún. Alrededor de él, y sobre un paisaje indefinido, una veintena de campesinos que sonríen con respeto o miedo, todos muy flacos, Mariñas en el centro, fuerte, algo grueso, sano.

»Mientras observaba las fotografías, con la noche ya instalada en los balcones, se abría la puerta del despacho y entraba un cuerpo, lleno de oscuridad primero, acercándose al campo de luz del flexo, donde surgían unos pies pequeños que subían piernas canijas y falda plisada, anacrónico uniforme de criada, delantal blanquísimo, pecho escaso, hombros estrechos y por fin una cabeza de pelo recogido en moño, cara de niña recién despierta, sonrisa perpetua, adolescente en sus gestos. Cada noche me traía una bandeja con algo de cena, un plato caliente y un poco de vino que yo agradecía, pocos minutos antes de marcharme de la casa sacudiéndome por las escaleras los restos de Mariñas.

»—Le he preparado algo de cena, señor. No puede usted estar todo el día trabajando aquí, sin comer nada —decía cada noche la muchacha, como si fuese una novedad mi enclaustramiento en el despacho. Sonreía con su boca de leche y se marchaba tímida.

»—Espera un momento —le dije en una ocasión cuando se marchaba—. Ven, acércate —ella, obediente, buena chica, venía hasta la mesa, divertida y curiosa, sabiendo que de mí no saldría un reproche como los de la exigente viuda—. Dime, ¿cómo te llamas?

»—Teresa, señor —respondió ella con aplicación.

»—No me llames señor. Me llamo Julián.

»—Como quiera, señor —niña educada en muchos años de servicio a la señora, que seguramente escogía siempre sirvientas muy jóvenes, casi niñas, fáciles de domeñar, y que despediría en cuanto advirtiera los primeros vicios.

»—¿Cuánto tiempo llevas trabajando en esta casa?

»—Cuatro años, señor... Señor Julián.

»—Entonces conocías bien al señor.

»—¿Se refiere al señor Gonzalo? Sí, claro. Le conocía bien —su cara se iluminó, sonriente en el recuerdo del difunto.

»—¿Cómo te trataba el señor Gonzalo? —pregunté yo, iniciando un interrogatorio sin intención, simplemente por llenar el tiempo que faltaba para mi marcha, por seguir escuchando la voz delgada de la muchacha mientras cenaba.

»—¿Cómo me trataba? —la niña se mecía en las piernas, las manos recogidas en el regazo. Miraba al suelo, tímida, como descubierta en una travesura, demorándose al contestar—: Bueno... Era muy bueno conmigo... Muy bueno...

»—¿Muy bueno? ¿Cuánto de bueno? —pregunté yo, con tono pícaro, malicioso, adivinado ya el origen de la vergüenza de la muchacha, su sonrojo en las mejillas al hablar.

»—Muy muy bueno —respondió la muchacha, y se tapó en seguida la boca con las manos para contener una carcajada fina. Corrió hacia la puerta entre risas, tal vez en la oscuridad creía que yo era Mariñas y que jugaría como entonces a atraparla y sentarla en mis rodillas para darle besos cortos y tocarle los pechos bajo la blusa, como si nada hubiese cambiado en esa casa, como si el hombre que se sentaba cada día en el despacho de Mariñas, que se fumaba los cigarrillos franceses de Mariñas con la misma devoción con la que él lo hacía, que utilizaba la pluma del ya difunto para escribir en los cuadernos de Mariñas, que miraba a la sirvienta joven con la misma mezcla de ternura y confuso deseo que tenía Mariñas en los ojos; como si ese hombre, que era yo, fuese en verdad un fiel trasunto de Mariñas, el propio Mariñas regresado, nunca marchado.

»—Perdone, señora —mientras salía corriendo y riendo, la niña se tropezó con la viuda Mariñas, que permanecía detenida en la puerta abierta, escondida en la oscuridad, naciendo a mi luz al acercarse a la mesa, la risa de la niña ya borrada en el pasillo.

»—Me alegra comprobar —empezó la viuda con voz dura— que se ha tomado usted muy en serio el trabajo de investigar a fondo toda la vida de mi marido... Incluidos sus caprichos, por lo que he podido ver.

»—Fue usted quien me pidió que lo averiguara todo, ¿no? —respondí con insolencia.

»—No me refería a lo que yo ya conozco... Y menos a sus escarceos con una criada adolescente —ahora su voz era sólida, profunda; intentaba, con esas palabras, reprocharme al mismo tiempo los escasos avances de mi trabajo.

»—No se preocupe; eso no aparecerá en sus memorias —respondí a la defensiva, arrepentido en pocos segundos de mi innecesario sarcasmo—. Disculpe si la he ofendido. No era mi intención, créame. Es sólo que...

»—Es difícil que usted me ofenda, Santos —dijo ella iniciando lo que yo creía el monólogo que anunciaría mi despido—. Conozco de sobra a mi marido; sé lo que hacía y lo que no hacía; todo lo que puede esperarse de él —la mujer tomó un cigarrillo de la tabaquera y lo encendió sin prisa antes de seguir hablando—. Tal vez su pasado fuese oscuro; pero su presente era muy transparente. No se preocupaba mucho de ocultarme sus caprichos. Nada. Ni siquiera creía que pudieran afectarme en modo alguno. Él era así.

»La mujer quedó en silencio, fumando, apoyada una mano en la mesa, el otro brazo doblado hacia arriba, la mano en gesto elegante para sujetar el cigarrillo frente a su rostro. Yo, incapaz de decir más que nuevas imprudencias, hablaba demasiado:

»—Permítame la indiscreción, señora: ¿amaba usted a su marido?

»—¿Influirá ese dato en sus memorias? —respondió la viuda con firmeza, sin sorpresa alguna por mi pregunta, como si le hubiesen formulado la misma pregunta cientos de veces en los últimos meses, tal vez ella misma se lo preguntaría a su reflejo, en cada espejo.

»—Eso depende de usted, siempre.

»—Lo quería, supongo —habló ahora con una normalidad desconcertante, neutralizados del tiempo sus sentimientos—. No sé dónde terminaba la admiración y dónde comenzaba el amor. O el cariño. Tampoco importa. Usted no entendería nuestra relación. Era distinta. Simplemente distinta a la de otros matrimonios.

»Quedamos los dos callados, envueltos de la penumbra calmada, del humo tierno de los cigarrillos que acolchaba el espacio entre los dos, en silencio, incómodo para mí aunque sosiego para ella que me miraba desde detrás del humo y me veía sentado en el sillón, quizás como su marido con treinta años menos, poder decirle —decirme— tantas cosas.»

* * *

Para completar el teatral escenario que es la casa de la viuda, aumenta su aire de mansión de astracanada con la inevitable criada aniñada a la que el señor mete mano rijoso, con lo cual rozamos ya el terreno del puro vodevil: en la biblioteca, el señor sujeta la escalera mientras la criada pasa el plumero a los estantes superiores, y él se relame sudoroso ante la visión del origen del mundo oculto en braguitas de encaje infantil.

Se acentúa en este capítulo, además, un riesgo en este tipo de novelas, y en el que caen muchas de las narraciones referidas a la guerra civil: el didactismo, la voluntad informativa (y algo educadora) que sobre la desinformada ciudadanía parecen tener los autores. Desde el momento en que un novelista se plantea hacer, desde la ficción, un ejercicio de reivindicación de este tipo, es difícil prescindir de ese didactismo, pero una cierta dosis de información no implica tropezar en los habituales ladrillos donde se hace pasar por novela lo que en realidad es una investigación, una crónica o un reportaje, donde la elección de la forma novelística tiene que ver más con la pretensión de una mayor difusión —e influencia sobre los lectores— que con un interés real por los territorios de la ficción. Por ahora el autor sólo bordea esa frontera. Lo hace en esos párrafos en los que, ofreciendo un perfil posible de Mariñas, traza la trayectoria seguida por buena parte de esa derecha reformista que, desde la inicial complicidad nacionalcatólica, evolucionó hacia la apertura desde dentro del franquismo, sin romper nunca del todo.

Por otra parte, el autor insiste, por boca del protagonista (cuya voz en primera persona es idéntica a la del narrador), en subrayar la «idea fuerza» de cómo la investigación de un pasado ajeno se convierte en inmersión en el pasado propio no menos oscuro y etc., con reiteración de expresiones como «mi propia oscuri-

dad doblegada», «llenarlo todo de mi propio pasado, igualmente oscurecido en la memoria y que empujaba por salir en cada momento —todo mi miedo, mi propia culpa...». Ya deben de ser mayoría los lectores que, escocidos, exclaman: «¡Que sí, pesado, que ya lo he pillado!»

Por último, añadimos a la colección de expresiones literaturizadas y cursis una «boca de leche» (de la criada, que como toda criada literaria tendrá los pechos pequeños y origen provinciano), y ese «humo tierno de los cigarrillos que acolchaba el espacio» y que hace cada vez más irrespirable la novela por la encadenación de cigarrillos fumados por todos —aún queda el que la criada se fuma a escondidas en el lavadero, ya llegará.

IX

«Cualquier viernes, al salir del domicilio de Mariñas —el aire marchito de la noche como liberación tras las muchas horas de disimulo frente a legajos antiguos—, tomaba el coche, aparcado en las cercanías, y recogía a Laura en la esquina de Alcalá. La observaba desde lejos al acercarme, sus labios quebrados en enojo por mi habitual retraso. Al fin, una sonrisa de regalo y subía al coche para besarme sin demora e iniciar el intercambio de frases conocidas, la dulce rutina de los que se aman, qué tal el día, mucho trabajo, y tú qué tal, perdona que llegue tarde, vamos a tu casa o a la mía.

»A la mía finalmente, el apartamento en la calle Toledo esquina Segovia, apenas un salón grande donde cabe todo: la cama, la mesa de trabajo, las estanterías sobrepobladas de libros y papeles, la cocina americana en un rincón —inútil porque nunca como en casa—, las paredes empapeladas de fotografías, recortes de periódicos que amarillean a la luz, una lámina pequeña del *Guernica* que no puede faltar en el piso de ningún progresista —pretendido o cierto— en estos años. La cama, mal situada, en el centro de la habitación, molestando para todo, con las sábanas tiradas a un lado, música leve en el fondo, humo hasta el techo, Laura, con tan sólo una camisa encima, muestra sin pudor su pubis rizado, viniendo de la cocina con una bandeja y más café para prolongar la noche que se mete a bocados por la ventana abierta. Ella coloca la bandeja en el colchón y, tras encender un cigarrillo mal liado, se sienta entre mis piernas, yo desnudo, recostado contra la pared, un brazo que gotea hasta el suelo por el costado de la cama.

»Hablamos de cualquier cosa, de sus estudios y su tesis que nunca acabará, de la actualidad política que emociona a Laura y a mí me deja tristemente indiferente, una manifestación esta mañana que acabó con una breve carga policial más simbólica que efectiva; una reunión en la sede del partido y a la que prometí acudir con ella —y a la que una vez más falté—; una próxima pegada de carteles en la madrugada, vencidos todos por el aburrimiento de una clandestinidad cada vez menos clandestina, que día a día se convierte en un juego de salidas nocturnas y termos de bebida caliente, algunas risas y más compadreo que partido. Hablamos de cualquier cosa, de las elecciones venideras o de una película reciente, de sus clases de doctorado o de algún libro que hay que leer —porque así se crean en estos días los gustos, las tendencias: mediante consignas certeras que van de boca en boca por la ciudad, "este libro hay que leerlo", "esa película hay que verla", "este periodista es de los nuestros", como secretas contraseñas que nos permiten continuar esta familiaridad de lo prohibido que se va perdiendo—; hablamos de cualquier cosa, de tantas cosas, excepto de nosotros y de mi trabajo. De nosotros no hablamos, porque no somos nada en realidad, porque desde hace casi cuatro años prolongamos una disciplina de citas semanales, tu casa o la mía, alguna tarde de cineclub, una escapada a la sierra si el tiempo lo permite, paseos cortos enlazados de la mano pero no hay nada entre nosotros, estamos enamorados o no lo estamos, somos novios o no, extraña liberación de la pareja tradicional, que parece obligatoria entre nuestros amigos, entusiastas todos del sexo libre y el fin de las represiones —o su sustitución por otras más sutiles—, y que nosotros practicamos sin convicción, sin saber en realidad si somos o no.

»De mi trabajo tampoco hablamos —de mi trabajo de *negro*, se entiende—, porque ella no quiere saber —aunque en verdad sabe, y a veces no aguanta más y me lo demuestra, molesta—. Ella normalmente prefiere fingir que mi trabajo no existe, que yo no me dedico ocasionalmente a lo que para ella —y para todos sus compañeros de partido— resultaría inmoral si supieran —pero no saben o no quieren saber, prefieren conservar mi amistad al precio de la ignorancia—. Yo sigo siendo para todos ellos un compañero más, un profesor de instituto que vive dignamente de su sueldo mensual. Aunque en verdad todos comentarán a mis espaldas ("cómo es posible que él haga eso, deberíamos decirle algo, es inaceptable que colabore con el régimen de esa manera"). ¿Y Laura? En realidad no sé si ella me defiende ante los demás cuando no estoy presente y pronuncia mis propios argumentos exculpatorios ("en realidad sólo escribo discursos inocuos, temas culturales, obras públicas, celebraciones sin trascendencia, libros que nadie lee..."); o si ella es como los demás, si también ella me niega cuando no estoy y comparte con otros la idea de que soy una especie de traidor consentido, *cómo es capaz de escribir esas cosas, si al menos aceptara introducir en los discursos mensajes subliminalmente subversivos*, qué tontería, no se dan cuenta de que no hay diferencia, que yo sostengo (o sostenía) al régimen con mis trabajos en la misma medida que ellos lo sostienen (o sostenían) con su oposición de papel, su insumisión tan discreta, su acción clandestina que da apariencia de libertad.

»—¿En qué piensas? —me pregunta Laura en la inercia del momento, comenzando así un diálogo de los que integran la rutina de los amantes: él o ella silencioso, hasta provocar en la pareja la pregunta imposible, ¿en qué piensas?, queriendo tal vez atrapar al amante en su totalidad, incluido su pensamiento, que el amado no se aleje de nosotros, evitar el adulterio de la imaginación; pero siempre respondemos que no pensamos en nada, como si fuese posible no pensar en nada, dejar el cerebro en reposo y no saber ni recordar nada.

»—¿Qué? No, nada.

»—Cuéntamelo —insiste ella.

»—Nada, ya te he dicho.

»—Estás muy tonto desde que empezaste eso... —protesta, alejando su cuerpo de mi alcance.

»—¿Qué? —disimulo.

»—Lo del cacique ese, el fascista, Gonzalo Mariñas.

»—No está tan claro que fuese un fascista.

»—¿No? Vamos, Julián. Tú mismo lo decías, antes incluso de que toda esa mierda apareciese en los periódicos. Un fascista y un oportunista, ésas eran tus palabras, ¿recuerdas?

»—Siempre hablo sin saber. Es mi defecto, soy un bocazas...

»—¿Qué dices? ¿Te das cuenta? Tengo razón, estás muy tonto desde que empezaste eso.

»Al principio, Laura —que entonces era sólo una chiquilla para quien la acción opositora era una diversión estudiantil entre otras, las ya poco emocionantes carreras con los grises en la facultad, las pegadas de carteles— consideraba mi trabajo como algo sin verdadera importancia, incluso como algo divertido —cuando veíamos juntos la televisión y ocasionalmente aparecía algún personajillo oficial, y yo me adelantaba a cada palabra de su discurso que era mío—, y hasta algunas veces ella me ayudaba a escribir, e introducíamos giros gramaticales imposibles o maldades encubiertas que mis clientes —algún alcalde, cierto director general, muchos segundones del régimen— ni siquiera notarían, satisfechos como quedaban de la retórica vacía y barroca, llena de frases ingeniosas que ellos harían propias y repetirían en cada oportunidad. Con el tiempo, y con notable intoxicación política de tanto frecuentar la sede del partido, Laura dejó de creer en la inocuidad o la diversión de mi labor mercenaria, y prefería callar, no preguntar nunca, no querer saber lo que yo hacía, apagar la radio cuando alguien leía unas palabras y ella comprendía, por mi rostro, que yo era el autor. Últimamente, sin embargo, cada vez con más frecuencia, Laura estallaba en una rabia deliciosa, una indignación que parecía infantil y que deshacía en reproches contra mí, siempre con los mismos argumentos llenos de la ortodoxia lingüística del partido, hasta que, después de unos gritos sin convicción, quedaba encharcada en un silencio culpabilizador, un enojo breve.

»El enojo breve se intensificó desde que supo lo de Mariñas, mi nuevo trabajo.

»—No lo veas así, niña. Es sólo un trabajo más, como muchos otros. Sabes que no estoy muy bien de dinero últimamente... No comprendo del todo tus escrúpulos... No estoy haciendo nada tan indignante... Nada al menos que no haya hecho antes.

»—No te lo crees ni tú... Lo que estás haciendo por ese fascista es lo más sucio que has hecho nunca. Una cosa es escribir discursitos para la inauguración de una escuela o un pregón de fiestas; o escribir libros para tipos que en verdad no son nadie y que en su puta vida han escrito una frase completa. Pero esto es otra cosa, y tú lo sabes.

»—¿Otra cosa? Tú dirás.

»—Ese tipo, Mariñas, está sucio de la cabeza a los pies, y tú lo sabes bien. Todo eso que se cuenta de él es repugnante. Se trata de un asesino, que puede haber mandado al paredón o a la cárcel a muchísima gente con falsas denuncias, para quedarse con sus propiedades e incrementar su fortuna, y tú le vas a limpiar el pasado, le vas a dejar el expediente inmaculado, todo un luchador por la libertad.

»—Son sólo rumores... No hay nada demostrado...

—dije yo con un gesto vago, tratando de llevar a término la discusión.

»—¿Rumores? No trates de confundirme... Conmigo no sirve; más bien me parece que eres tú el que quieres limpiar tu propio expediente.

»—¿Qué quieres decir?

»—Que no es sólo ese tipo el que está sucio. Tú te pringas irremediablemente.

»—Llevo mucho tiempo manchándome. Para mí, este trabajo es igual que cualquier otro. Sólo soy un legionario de las letras, nada más. Yo no pienso lo que escribo, yo no creo esas cosas. Son los que lo firman, quienes lo dicen; no yo.

»—Es la primera vez que pones tanto énfasis en justificarte, en disculpar tu trabajo. Será porque sabes cuánto te has pringado ya. De alguna manera eres cómplice de lo que ese tipo hizo o dejó de hacer. Es un insulto para tantas personas que...

»—Estás sacando las cosas de quicio, niña —dije con forzada dulzura, pasando una mano por su nuca con intención apaciguadora.

»—No me llames niña, estoy hablando en serio. Lo que pasa es que ni tú mismo soportas ya tu cinismo, tu bicefalia; por delante un perfecto socialista o lo que coño seas, que ni tú mismo lo sabes, y por detrás un oscuro falsificador de pasados más oscuros todavía. No son tus ideas, vale. Pero si tú no las escribieras, tal vez esas ideas, esas mentiras, no tendrían el éxito que en la práctica tienen gracias a tu jodida retórica.

»—Siempre habría otro que hiciese el trabajo —respondo yo, creándome un escudo en los lugares comunes.

»—Pero lo haces tú. Eso es lo que debería importarte.

»Laura enciende con vehemencia un cigarrillo, y agacha la cabeza mientras aprieta los dientes. La miro con un sentimiento indefinido, algo parecido a la pena, la pena que tal vez, si ella tiene razón, debería sentir por mí, pero que proyecto sobre ella.

»—Mira, niña... Laura... Le das demasiada importancia a lo que no la tiene... En realidad, ese libro, las memorias falsas de Mariñas, no servirán para nada. Tienes razón: ese tipo está sucio. Y está tan sucio que de nada serviría toda la limpieza que yo le hiciera. Y te diré más: aunque en realidad sólo fuesen rumores, aunque Mariñas fuese realmente inocente, mi trabajo no serviría para nada. De aquí a un año, cuando haya terminado y la viuda publique las memorias, nadie se acordará de Mariñas, a nadie le importará si fue o no un criminal más en aquel tiempo de criminales. El olvido es rápido, y frecuente, y permite la condena para siempre a partir de sólo un rumor. Un rumor que, apoyado en la amnesia, adquiere certeza.

»—Entonces... ¿Por qué lo haces? ¿Sólo por dinero? ¿Y tus principios?

»—No se trata de principios. El dinero, sí, lo necesito. Supongo que es eso.

»—Claro que se trata de principios, de dimensión moral. ¿Y si el olvido no actúa esta vez como tú dices? ¿Y si en verdad tu trabajo fuese útil, y sirviera para encubrir a un bastardo como ése?

»—Aun así... Piénsalo bien... Mi trabajo es equivalente a la pasividad de otros... Me explico: tú, y como tú muchos compañeros, muchos ciudadanos, conocéis no pocos *Mariñas* entre los que ahora se arrogan un currículum democrático. Lo que pasa es que no queréis saber o recordar, y calláis, callamos todos. Si se ha denunciado lo de Mariñas no ha sido por su pasado fascista, común a muchos otros demócratas de ahora, sino por el hecho de que se valiera de la represión para enriquecerse; como si la denuncia y el crimen por motivos pecuniarios fuesen más indignantes que los cometidos por motivos ideológicos. ¿Qué diferencia hay entonces entre lo que yo hago y vuestro olvido o vuestra ceguera? Vuestro silencio, el no denunciar la inmoralidad o incluso el crimen de otros, permite la misma impunidad que puedo facilitar yo con mi trabajo.

»—No puedo creer que seas tan cínico, Julián. De verdad, siempre me sorprendes. Te concedo una parte de razón: a mí tampoco me gusta cómo estamos llevando este tiempo, estos años que transcurren entre un pasado que todos queremos olvidar, y un futuro próximo que no se adivina aún. Yo no estoy de acuerdo con estos ejercicios de catarsis, esta desmemoria colectiva que permite que sigan los mismos, que los que ayer lloraban a Franco mañana sonrían en sus escaños de diputados protodemocráticos. Pero, ¿qué hacer contra eso? ¿Denunciarnos todos, los unos a los otros? Si empezamos no terminamos... ¿Quién no tiene algo que ocultar? ¿Quién no tiene oscuridad en ciertos años de su vida? Es inevitable que muchos, casi todos, en algún momento hayan sido colaboradores o cómplices, cuando no verdugos. Cuarenta años son muchos años. Incluso los que no colaboran pero callan, son cómplices a su manera. ¿Íbamos a denunciar también al noventa por ciento de la población, a todos esos hombres y mujeres que no han colaborado con el régimen pero tampoco han hecho nada contra él? Así no vamos a ninguna parte. Pero no pienses que te disculpo con esto. Ya te he dicho que me parece una cuestión de principios, de integridad moral.

»—Entonces soy un inmoral, ¿de acuerdo?

»—Y un cínico, un grandísimo cínico.

»—Un grandísimo cínico —repito musicalmente, enojándola a propósito.

»—Un jodido cabezota. Al menos dame la razón.

»—Tienes razón, cielo. Siempre la tienes —y en sus ojos se enciende un brillo de indignación.

»—Vete a la mierda... Y no me llames cielo, sabes que me jode.

»—¿Siempre tenemos que discutir?

»—Vale, ya me callo. Sé que te importa una mierda lo que te digo.

»—Cada vez hablas peor, cariño. Te estás volviendo

una ordinaria —bromeo intentando enlazarla, aunque ella me rechaza levemente.

»—¿Sí? ¡Qué lástima! Tendrás que escribir tú mis intervenciones en público a partir de ahora. Así utilizaré un lenguaje exquisito... Jodidamente exquisito, si lo prefieres.

»Quedamos en silencio —el disco acabado en el tocadiscos, algunos ecos de ciudad por la ventana, la habitación oscurecida, apenas descubierta por una vela perfumada que languidece, terminal—. Las brasas de los cigarrillos como ojos enrojecidos en la habitación oscura. Así se nos escapa la noche, durmiendo a ratos, los cuerpos desnudos y llenos de un calor nuevo en la piel, abrazados o rechazándonos en el sueño. A veces me despierto, desvelado unos minutos, la habitación completamente en tinieblas, y mi mano busca una nuca donde hundir los dedos, un vientre caliente al que agarrarme de nuevo hacia el sueño.

»Por fin, el amanecer: la luz del primer sol desordenando la habitación, devolviéndonos los muebles, las fotografías robadas por la noche, el cuerpo de Laura encogido, la carne ahora aterida de amanecer. En pocos minutos la ciudad nos roba, somos ya sólo dos ciudadanos, las pieles duchadas, cubiertas con nuestras ropas de ciudadanos, olvidados del tiempo los amantes, recordado Cortázar:

> *Los amantes rendidos se miran y se tocan*
> *una vez más antes de oler el día.*
> *Ya están vestidos, ya se van por la calle.*
> *Y es sólo entonces*
> *cuando están muertos, cuando están vestidos,*
> *que la ciudad los recupera hipócrita*
> *y les impone los deberes cotidianos.*

»—Quiero pedirte algo, niña. Voy a marcharme unos días de viaje, tal vez un par de semanas. Me gustaría que vinieras conmigo: podemos pasar unos buenos días juntos.

»—¿Dónde te vas? —dice ella, excluyéndose ya del viaje.

»—Al sur, no estoy seguro. Algunas provincias, distintos pueblos que tengo que visitar, personas que entrevistar.

»—Se trata de lo de Mariñas, ¿verdad? No cuentes conmigo, no pienses que voy a colaborar en forma alguna en tu trabajo. Me repugna, y lo sabes —dice ella, intentando llenar sus palabras de una dureza que a esta hora es imposible, la noche tan reciente.

»—No seas así... Puede estar bien, es una región hermosa... Además, me serías de ayuda: tengo que encontrar un pueblo que no estoy seguro de que exista.

»—Déjame de misterios, que te conozco. Sólo quieres liarme, mentiroso.

»—Te digo la verdad. Es un pueblo que nadie conoce, del que no se sabe nada. Ni siquiera aparece ya en los mapas, excepto en el mío, un mapa de carreteras de hace casi veinte años.

»—No es tan misterioso entonces: hay muchos pueblos que desaparecieron con la emigración, se quedaron vacíos, se murieron solos.

»—Pero en éste hay algo más... No sé qué, no me preguntes. Es sólo una intuición, si es que existen las intuiciones.

»—Venga, ¿cómo se llama tu misterio?

»—Alcahaz —dije, y al pronunciarlo, la boca se me llenaba de tierra, de tiempo, de fotografías antiguas con hombres amarillentos y Mariñas en el centro, soberbio—. ¿No te parece un nombre sugerente? Tú eres la filóloga, sabrás qué significa.

»—Alcahaz... Es un nombre bonito, es cierto... Árabe, por supuesto... Creo que el alcahaz es una especie de jaula para pájaros, pero tampoco estoy segura, no me hagas mucho caso.

»—¿No te atrae entonces?

»—Olvídalo, pájaro —y me dejó un beso corto en los labios, antes de salir del apartamento.

»—Una jaula de pájaros... Ésa es buena.»

* * *

La torpeza del autor para construir personajes, especialmente los femeninos más allá de caracterizaciones tópicas (la viuda de hielo, la criada de pechitos), gana un nuevo trofeo con el personaje de Laura, mera comparsa sin identidad, introducido en la novela con la única misión de dar réplica fácil al protagonista, pero también reforzar sus atributos mediante el demérito propio. En otras palabras, el androcentrismo del autor, común a tantos autores, construye un personaje femenino menor para que el masculino gane altura por contraste. Laura es inocente, infantil, incluso boba, con un activismo político ingenuo, que se indigna con rabia de chiquilla (y no deja de encender con vehemencia un cigarrillo y agachar la cabeza mientras aprieta los dientes), y a la que el protagonista trata con paternalismo, superioridad y condescendencia, «pasando una mano por su nuca con intención apaciguadora» como si fuese su mascota, fierecilla domada, o se divierte provocándola, «enojándola a propósito» mediante la burlona repetición «musical» de sus palabras enfurecidas, así como llamándola con todo tipo de apelativos melosos: niña, cielo, cariño, venga, nena, no te enfades, tonta, ay, lo guapa que te pones cuando te indignas con mis cosillas, chiquitina...

En definitiva, Laura es poco más que una muñequita (mona y delicada, imaginamos) de adorno en un nuevo decorado teatral: el apartamento de Julián, otro topos acartonado con todos los elementos de ambientación propios del loser, *del maldito, del bohemio, del perdido, tal como pretende presentarnos a*

Julián con todo ese falseado atractivo del perdedor. Así, su apartamento, que hemos visto tantas veces en comedias de Fernando Colomo, está desordenado, lleno de libros y papeles, con una cocina sin utilizar (eso sí, la imaginamos llena de ceniceros sucios, vasos de papel y botellas de whisky vacías), decorado de forma improvisada (fotografías y recortes de periódico por las paredes, y la laminita del Guernica «que no puede faltar», como dice el autor no sabemos si con ironía), la residencia propia de un canalla, de alguien nocturno, que duerme poco y come mal, que debe de tener el armario del baño lleno de somníferos, ansiolíticos y anfetas que consumirá a capricho, y que bebe, fuma y lee mucho, ese seductor intelectual en cuyo reflejo todos los lectores querrían verse idealmente, esa estética de fracasado social y económico pero triunfador intelectual (moralmente lúcido, cínico, de vuelta de todo, la carne triste y leídos todos los libros).

Un tipo así, que vive en una cueva-museo como ésa, y se relaciona con una muñequita tonta como Laura, sólo puede mantener encuentros amorosos impostados, llenos de gestos y escenografía, como el descrito, que empieza con «música leve en el fondo, humo hasta el techo», continúa con «más café para prolongar la noche», el inevitable «cigarrillo mal liado» (¿a qué huele ese petardito, eh? Huy, huy...), los dos desnudos en la cama (ella con su pubis redundantemente rizado, pues no recordamos muchos pubis lisos, pero el autor no ha evitado la frase hecha y literariamente habitual, los pubis rizados como los ya citados pechos pequeños, de los que las novelas están llenos pues los autores ven en tales descripciones una exitosa sugerencia erótica), las sábanas por el suelo, el fumeteo compartido tras la sesión de sexo, que se prolonga en unos grimosos párrafos finales que resultan pegajosos en su recreación de lo que el autor cree *debe de ser una envidiable noche toledana (por lo de estar en la calle Toledo, perdonen la broma): el disco acabado, los ecos de ciudad, la vela perfumada, las brasas de los innumerables cigarrillos, el calor nuevo en la piel, los abrazos dormidos, el vientre caliente al que agarrarse, y por fin el amanecer de los amantes, la carne aterida, la realidad sucia que maltrata a los amantes, y hasta el poema de Cortázar, que inserto en esas páginas acaba pringándose del mismo carácter grimoso y parece más malo de lo que en realidad es.*

Por otro lado, el autor insiste en la idea inverosímil de las acusaciones a Mariñas, reflejadas en la prensa, «toda esa mierda» que aparece «en los periódicos», y que, como ya dijimos antes, se centran en «el hecho de que se valiera de la represión para enriquecerse», en «haber mandado al paredón o a la cárcel a muchísima gente con falsas denuncias, para quedarse con sus propiedades e incrementar su fortuna», cosa increíble en aquellos años, pues no ha ocurrido ni siquiera después, ni ahora, tantos años después, cuando la rapiña de guerra y posguerra sigue siendo uno de los episodios menos conocidos.

Por último, descubrimos ahora que el nombre del pueblo buscado, Alcahaz, tiene un significado que imaginamos cargado de simbolismo, pero para descubrirlo el autor se vale de una treta tramposa e increíble, pues por muy filóloga que sea nuestra Laura, no tiene por qué saber que un alcahaz es «una especie de jaula para pájaros», aunque añada el «tampoco estoy segura» para hacer menos increíble su conocimiento enciclopédico.

No olvidamos algunas otras expresiones cursis que no hemos recogido, pero que suponemos habrá identificado con espanto cualquier lector despierto, ahí quedan.

X

No, no te queda ya tiempo apenas, como si éste fuese el día último, el sol deslizado veloz tras los canchales, el cielo doblado en un azul sucio, espeso sobre la sierra. No, no hay tiempo apenas, una prisa fatal te empuja ahora a encontrar el pueblo, Alcahaz, como sea, antes de la noche, como si fuese ésta la última oportunidad de encontrarlo, el día final del pueblo; no podrías esperar a mañana porque entonces, con el sol naciendo sobre las lomas secas, el pueblo se desharía en pocos segundos, se hundiría en una grieta que justificara para siempre la cautela de los habitantes de esta provincia, la negación nerviosa cuando les preguntas por el pueblo, la desaparición del lugar en todos los mapas. El día se acaba y con él, intuyes, las posibilidades de encontrar el pueblo, porque así está establecido, no importa qué ni quién, así lo crees y basta.

Dejaste Lubrín mientras el sol amenazaba ya el descenso tras los tejados viejos, y el crepúsculo instalaba en el pueblo una venidera rutina de paseos y cenas familiares, comentarios a la luz de la bombilla, hombres sentados en la cocina que poco podrán contar de un día más sin trabajo, mujeres que dirán la historia corriente de cada día, la de los hechos comunes. Dejaste Lubrín sin despedida, pocos minutos después de tu atropellada salida del ayuntamiento; montaste en el coche y saliste del pueblo, con el mapa otra vez abierto sobre el volante, recorriendo los caminos de tinta roja con el dedo, dispuesto a encontrar como sea el lugar que nadie conoce, que provoca temblor en algunos, estupor en otros, furia en algún funcionario municipal que te expulsó a golpes. El sol cae y tú cruzas otra vez la carretera tantas veces transitada en los últimos dos días, conduciendo ahora despacio, imaginas cada posible desvío de la carretera, intentas orientarte con las pocas referencias que el mapa insinúa: la sierra torcida a la derecha, la carretera recta, alguna pista forestal que no encuentras, ninguna señal indicadora.

(sabrás después, ahora no importa todavía, sabrás después que ésta fue la carretera de cuarenta años atrás, el camión cubierto de banderas rojinegras, cruzando el paisaje, los más de treinta hombres, algunos niños incluso, todos de pie en la parte trasera del camión, sintiendo la proximidad de los cuerpos como una certeza de fraternidad, comparten cigarrillos, abiertas las camisas contra el sol de agosto, la calor de la primera tarde, el camión que traquetea por el irregular firme, la sierra también a la derecha, algo de nerviosismo en los rostros, canciones a media voz, decenas de hombres que cruzan la tierra hacia ninguna parte.)

Detienes el automóvil en un margen de la carretera. Has hecho el recorrido en ambas direcciones, estudiando despacio cada posibilidad en forma de camino, pista, senda insinuada junto a la vía principal. Nada. Buscas en la guantera alguna de las fotografías que traes de Madrid: recuerdas una fotografía que mostraba el paisaje de fondo, tras las casas del pueblo. La encuentras y la acercas a la luz del coche, apenas ya hay sol en la tierra, escondido tras la sierra casi por completo, tan sólo una corona rojiza en la cresta. En la fotografía, Mariñas monta un hermoso caballo oscuro. Aparece joven, fuerte, con la ropa de campo y el gorro, siempre elegante, hasta en la forma de montar el caballo, con las piernas rectas pero tranquilas, el cuerpo algo inclinado hacia delante, una mano que acaricia el cuello bajo del animal. Alrededor del joven terrateniente, una veintena de hombres, campesinos todos, con herramientas de campo. A la derecha del retrato se ven algunas casas del pueblo. Al fondo, la sierra se recorta en un perfil blanquinegro que ahora tratas de entender desde tu posición en la carretera, buscas algún recurso de orientación mediante las caras de la sierra, que ya se apaga en la noche. En el reverso de la fotografía, escrito con lápiz, casi borrado de los años: *Alcahaz, 1930*.

«Encontré la fotografía alguna tarde de finales de marzo; pero no fue en una de las cajas que la viuda, atribulada, dejaba sobre la mesa del despacho. Ocurrió en uno de los últimos días en Madrid, cuando maduraba ya la posibilidad de abandonar el trabajo, no podía avanzar más, demasiado confundido, lleno de Mariñas en todos los sentidos, creando en mí mismo un extraño personaje fruto de lo más oscuro de Mariñas y de mis olvidos, pero incapaz de plasmarlo sobre el papel. No tenía nada que presentar a la viuda, que pretendía medir mis progresos en número de folios. Pasaba las horas mirando por el balcón, la vida feroz en las calles. Sentado en el sillón del difunto, fingía ojear papeles cada vez que entraba la viuda con alguna excusa; garabateaba cuadernos sin objeto, o hacía ruido con la máquina de escribir, eco de teclas que despertaría alguna esperanza en la viuda que, al fondo del pasillo, quizás tras la puerta, escucharía, afligida por mi lentitud. En una de estas tardes, mientras distraído observaba la biblioteca —esperando tal vez el momento en que la viuda entrase en el despacho y me comunicara el cese de nuestra relación y el fin de mis actividades—, me entretenía pasando el dedo por el lomo de los libros, hasta escoger alguno al azar. Un gesto tantos días repetido, pero que en esta ocasión me ofreció la posibilidad de Alcahaz. Del interior del libro escogido, un viejo volumen de novelas breves del XIX, escapó una fotografía hasta el suelo. Al recogerla, me acerqué a la luz del sol tras el balcón, para reconocer a Mariñas sobre el caballo, los campesinos alrededor, el paisaje común, la inscripción en el reverso, como una invitación: *Alcahaz, 1930*. Aquello no tenía, en principio, nada de particular: una nueva fotografía para unir al montón de retratos que salían de las cajas, un nombre de pueblo para incorporar a la geografía pasada de Mariñas, los muchos pueblos donde tenía propiedades, nombres de cortijos, fincas, olivares. Sin embargo, pretendí encontrar algo extraordinario en aquella fotografía. Tal vez fue la manera en que llegó a mí, nacida del vientre de un libro, quizás oculta en la biblioteca durante años, negada a la luz y a los ojos. Tal vez fue el nombre del pueblo, el hecho de que no apareciera apenas en la documentación, que no hubiera ninguna otra fotografía con esa inscripción —cuando de los demás pueblos y tierras había decenas de fotografías repetidas—; o el propio nombre del pueblo como tal, Alcahaz, pronunciado con una leve eclosión en la boca, la lengua rozando los dientes. Qué importa, no hacen falta excusas. La realidad era que yo había alcanzado un momento crítico, necesitaba salir de la parálisis que me ganaba. Sin embargo, si la viuda no me despedía, yo me sentía incapaz de salir de allí, de olvidarme de Mariñas, apartarme de su rastro, de sus gestos que yo repetía, de sus escritos que copiaba con mi letra, acaso demasiado poseído por el personaje. El caso es que Alcahaz, la fotografía repentina, se presentaba como una coartada urgente, una huida cualquiera, una contraseña para escapar, de alguna forma.

»—Dígame: ¿qué sabe usted de Alcahaz? —pregunté después a la viuda, y le mostré la fotografía, que ella tomó y miró con expresión miope, acercándola mucho a los ojos.

»—¿Alcahaz?

»—Sí... Aparece citada en algunos papeles, pero siempre de forma imprecisa. Exceptuando eso, no hay nada más. Quizás es alguna de las partes que su marido quiso borrar de aquellos años. No me haga mucho caso; los presentimientos no son útiles en este trabajo...

»—Tampoco yo sé mucho. Alguna vez escuché a mi marido ese nombre, pero él no quiso explicarme nada. En cierta ocasión insistí demasiado, pidiéndole que me contara algo de ese pueblo, intrigada por el ligero temblor que tenía su boca al pronunciarlo, al negar su importancia cuando yo encontraba alguna fotografía, esa misma que usted ha encontrado. Pero él se enfurecía, me mandaba callar, perdía los nervios. Creo que allí ocurrió algo importante, no sé qué. Pero tal vez usted tenga razón... Sé que la familia de mi marido tenía antes de la guerra algunas tierras en ese pueblo, y él las heredó, claro, como todas las demás posesiones... No me pregunte más, es todo lo que sé —la mujer, ahogada, tomó aire profundo antes de seguir hablando—: Quizás debería ir usted a ese pueblo, tal vez allí le cuenten algo. Alcahaz. No es mala idea, vaya e investigue, hay que atar todos los cabos, que no quede ninguna posibilidad de que, tras la publicación de las memorias, alguien pueda desmentirlas mediante un resquicio que escape a nuestro celo.

»—¿Quiere usted que vaya? —pregunté yo, escondiendo mi satisfacción, agradecido en silencio porque la viuda me dejase la oportunidad de escapar. Probablemente ella lo hacía como una forma de prolongar en el tiempo un trabajo que estaba muerto desde el principio, demorar su finalización, alargar así la esperanza de recuperar el nombre limpio de su marido.

»—Sí, puede tomar una semana y buscar ese pueblo. Le daré dinero suficiente para el viaje. Vaya allí y averigüe. Pero asegúrese de que no deja nada detrás.

»—¿A qué se refiere?

»—Usted ya me entiende. Confío en que usted es la persona adecuada; no me defraude.»

»Fue así, recuerdas, como se abrió una válvula inesperada, una posibilidad de alejarte de Mariñas, de todo. Después, conforme avanzaban los días, has comprobado que el viaje no era lo que esperabas, que esto no es una fuga sino una caída mayor en la grieta Mariñas, en tu propia grieta, con este pueblo, Alcahaz, que nadie sabe si existió, y en el que tú sitúas ya, por instinto, la solución de todo el misterio Mariñas, aunque también de tu propio misterio, porque este pueblo que no existe es también, de alguna manera, otro pueblo, aquel que dejó de existir para ti cuando lo abandonaste hace casi cuarenta años. Y ahora te parece que toda tu vida hasta hoy no ha sido más que un desesperado movimiento circular, un volver una y otra vez al mismo sitio, recorrer siempre una carretera que eran todas las carreteras y que pasaba junto al pueblo, éste o el tuyo, que quedaba a un lado, que casi podías tocar con sólo sacar el brazo por la ventana, pero que nunca veías, quizás cerrados los ojos.

Haces ahora un último intento: el perfil de la sierra, según aparece en la fotografía, te permite cierta orientación si miras a la sierra desde un lado que crees opuesto al de la fotografía, lo cual trasladado al mapa te crea ciertas expectativas. Te pones en marcha y recorres casi un kilómetro muy lento, estudiando cada ondulación del terreno, por mínima que sea, tienes que seguir siempre la línea de la sierra, sombreada por la cada vez mayor falta de sol. Detienes el automóvil en un punto de la carretera, donde según tu mapa y la nueva orientación debería nacer el camino hacia Alcahaz. No hay, evidentemente, ninguna señal indicadora, como tampoco hay camino alguno. Bajas del coche y comienzas a caminar, a través del campo, doblando los pies en la tierra dura, hundiéndote a veces en un surco más profundo. Avanzas unos cien metros hasta confirmar tus sospechas: el camino existe, ante tus ojos nace la pista de tierra clara que se dirige hacia la sierra. Sin embargo, la primera parte del camino, los cien primeros metros desde la carretera, han sido eliminados, cubiertos por la tierra, removida y aplanada y después arada, hasta crear desde la carretera apariencia de campo continuo. Oculto el acceso, queda cerrada cualquier posibilidad de alcanzar un pueblo que nadie ya conoce, que muchos niegan, pero que sin embargo tiene una senda hasta él, el camino antiguo que sí figura en tu mapa caducado.

Cuando subes otra vez al coche, el cielo está ya completamente oscurecido, y tan sólo queda un último resplandor dilatado, que pareciera salir de las cosas, de los árboles, de la tierra, prendido todo aún de sol. Enciendes los faros del auto y giras hacia el campo, cruzas los cien metros de tierra con dificultad, el coche se atasca a veces en un surco del que sales acelerando con fuerza, hasta que por fin alcanzas suelo firme, el camino en el que no hay ninguna huella de vehículo, animal o persona, como si hubiese permanecido intransitable por muchos años, desde que decidieron su desaparición y lo enterraron al tiempo que corrían de boca en boca las consignas que lo negarían años después ante las preguntas de cualquier forastero que presentase un mapa de 1960. Es tu coche el que estrena ahora el camino, nuevo a tus huellas, las ruedas escriben un recorrido que se dirige hacia la sierra, ya desaparecida del horizonte, la oscuridad gobierna de nuevo el mundo, la luna empieza a salir de entre los montes como un falso sol, una moneda de plata vieja.

Deberías dar la vuelta ahora, cuando todavía estás a tiempo, dónde crees que vas, de noche por un camino negado, hacia un pueblo que no existe ni en el pasado. Enciendes un cigarrillo por dar más luz a la noche, la luna es incapaz de ascender, finas amarras la anclan en la montaña, como ilusión de tiempo detenido, un coche que cruza la tierra, quebrando la tiniebla oscura, y enciende con los faros un espacio mínimo, que a su paso quedará de nuevo borrado. Ya no sirve el mapa ni la orientación, la sierra ya no es la referencia, sólo queda seguir este camino, que sea el azar quien decida cada vez que llegues a una bifurcación, donde elegirás siempre la senda hacia la derecha, sin motivo lógico, sin pensar en la posibilidad de acabar, entre la oscuridad, en una barranca por la que despeñarte, porque lo que es evidente es que el coche está subiendo: el camino se encrespa por la espalda de la sierra, en algunos tramos te cuesta seguir ascendiendo, la pendiente es grande.

Deberías dar la vuelta ahora, pero el miedo no es suficiente para retenerte. Porque el miedo está presente desde ahora: el miedo antiguo, a la oscuridad, al campo anochecido, a la sierra oculta como amenaza. Un miedo que, como todos los miedos, arraiga en la infancia, en las noches en que, con sólo cinco o seis años de edad, salías del pueblo —las casas ya sin luz, las alcobas vencidas de sueño, las calles abandonadas—. Estabas dormido, pero tu madre te sacaba de la cama en mitad de la noche, te espabilaba con manotazos de agua fría y te vestía deprisa, abrigándote con un tabardo de saco para la noche helada del monte. Tú, adormilado, mirabas a tu madre con ojos que querían cerrarse, recibías el beso en la frente como una protección, y ella te entregaba el paquete de papel rugoso que guardarías bajo el abrigo, apretado contra el pecho mientras dejabas la casa, acobardado en la rutina que repetías cada tres noches. Salías de la casa a la calle desierta, el miedo acechando en cada esquina («ten cuidado si ves algún guardia», te advertía tu madre, y tú imaginabas a los guardias, no como esos tipos barrigudos que renqueaban por las calles durante el día, sino como presencias animales que aguardarían en alguna esquina a tu paso). Recorrías las calles amordazando tus pisadas, escapabas de tu propia sombra surgida de los débiles faroles, escuchabas apenas alguna conversación tras las celosías de una casa, discusiones familiares, gritos comunes o canciones en voz baja. Cruzabas la plaza, que por el día era fiesta de vida a tus ojos, y por la noche espacio para el miedo —la fuente con el chorro que multiplicaba en los soportales un crujido de hogueras, los castaños frotando las ramas al viento, alguna rata que cruzaba la calle hasta perderse en un sótano, gatos en reyerta, chillando, cualquier sonido amplificado en mitad de la noche—. Salías por fin del pueblo, caminabas unos cincuenta metros por la carretera, hundido finalmente en la oscuridad, las luces del pueblo atrás, esforzadas por romper el cerco de la noche. Entonces te desviabas hacia la izquierda, dejabas la carretera para iniciar el ascenso por la loma terrosa del monte. Te agarrabas a los troncos finos de olivo, a los arbustos fuertes, para no tropezar y poder seguir subiendo: repetías el camino de tantas noches, invisible sin sol pero adivinado por algunas señales de referencia: ciertos troncos en paralelo, la rugosidad de las cortezas, el brillo de las hojas bajo la luna, detalles imperceptibles para cualquiera que no llevara casi un año repitiendo cada tres noches el mismo trayecto. Sin embargo, la frecuencia no atenuaba el miedo, que se presentaba brutal cuando llevabas varios minutos subiendo por la ladera abrupta y no podías ya ver las luces del pueblo, ocultas en la vuelta del monte; era entonces cuando empezaba el verdadero miedo, el mismo miedo que nos apresa en una habitación oscura, cuando nos sabemos solos pero por un instante sentimos una presencia cercana, humana o no, y nos bastaría con estirar el brazo, mover la mano hacia delante para tocar una cara, un cuerpo de sueños. Caminabas deprisa en aquellas noches de hace casi cuarenta años, resbalabas a veces en la pendiente de arena, el paquete apretado contra el pecho —responsabilidad terca la de los niños, cuando les dan una moneda para hacer la compra, y aprietan la moneda dura en la mano, sin abrir el puño hasta entregarla al dependiente—. Así tú con el paquete bajo el abrigo, aferrado contra el pecho, impensable tropezar y perder el bulto en lo oscuro y seguir adelante sin nada, o volver al pueblo con una mentira que tu madre descubriría en seguida. Continuabas andando durante unos treinta minutos, sin dejar de subir la montaña interminable, te arañabas las manos con alguna rama de espinas, intentabas desoír los ruidos animales, las criaturas nocturnas de la tierra, tus propios pasos sobre la hojarasca, amplificados en el eco sordo. Continuabas andando hasta ver, a lo lejos, la brasa del cigarrillo como faro en la sierra, los dientes blancos a la luna, la voz anhelada que te llamaba en susurros, las manos surgidas de la oscuridad que te desordenaban el pelo con una caricia y te levantaban del suelo para abrazarte, Julianín, eres un hombrecito, sí señor, sin miedo ni nada, invisible a los guardias como animales.

—¿Cómo está la madre?

—Bien.

—¿Y el abuelo?

—Bien.

—¿Cómo te va el colegio?

—Bien.

—Y el profesor ese cabrón que tienes, ¿te trata bien?

—Sí.

—¿Se mete contigo algún niño?

—No.

—Te han vuelto a decir que tu padre es un cobarde.

—Sí.

—Ese putas de Ramiro, ¿verdad?

—Sí.

—Ya le arreglaré yo cuando baje una noche...

—Sí.

—¿Han ido los guardias por casa esta semana?

—No.

—Y la madre, ¿tiene miedo?

—No sé.

—¿Te portas bien con ella, *la* haces caso y la ayudas?

—Sí.

—*Dila* que en pocas semanas, cuando los guardias se cansen de buscarnos, bajaré una noche al pueblo y la veré entonces. Que no se preocupe por mí, que estamos todos bien aquí arriba. Anda, dame el paquete ese.

Después quedabais unos minutos en silencio, tu padre

fumando, su tos como de la propia tierra, sentados los dos en el suelo, su mano que apretaba tu mano temblona, hasta que él se ponía en pie y silbaba hacia arriba, en dirección a la parte última de la montaña, la zona de cuevas, de donde recibía a cambio otro silbido como contraseña que era el preludio de la despedida.

—Ten cuidao al bajar, no te vayas a caer.

—Sí.

—Estás hecho un hombrecito, Julianín. No sabes lo contento que estoy de ti, hijo.

No había mayor despedida, ni siquiera otro abrazo. Tu padre te empujaba ligeramente con la mano y tú iniciabas con prisa el descenso, ya sin parar hasta el pueblo, sólo girabas a veces para buscar a lo lejos la brasa del cigarrillo, sacudida en el ascenso por tu padre, ese ser hecho de noche, como un animal más de la sierra, sin cuerpo a la luz: tú lo pensabas exclusivamente nocturno, oculto por el día en alguna gruta, como una criatura lucífuga, los ojos hechos a la oscuridad. Por el día subías al monte con más niños, a cazar pájaros o poner cepos; y recorrías el mismo camino de la noche, irreconocible a la luz, como si toda la sierra se transformara al caer el sol, cuando la luna vencía y salían a cazar los habitantes de la noche, tu padre incluido, en ese juego de guardias civiles y hombres escondidos durante años.

A veces, por el día, al salir del colegio, llegabas a casa y encontrabas a tu madre, sentada nerviosa en una silla, los dos sillones ocupados por los guardias, con los capotes aún puestos, el rifle apoyado en una silla, los cascos sobre la mesa.

—Cuéntanos, Julianín: ¿has visto a tu padre últimamente? Y no me engañes, que sé cuándo un niño miente... Y me enfado mucho, no lo sabes tú. ¿Lo has visto esta semana?

—No —respondías, y buscabas con la mirada el perfil asustado de tu madre, con el llanto contenido.

—¿Seguro que no?

—No.

—Y si lo ves, ¿nos lo contarás?

—No.

—¿Cómo que no? ¿No nos contarás cuando veas a tu padre?

—No.

—Entonces, ¿cómo quieres que nos creamos cuando dices que no lo has visto, niño bobo?

—Vamos, déjenlo —intercedía tu madre, voz apagada—; es sólo un niño, él no sabe nada... Piensa que su padre está de viaje, ¿verdad, Julián?

—Sí.

Pero ya no puedes parar. Si no hubieses buscado con tanto ahínco, si no hubieses hallado el camino oculto, habrías considerado fracasada la búsqueda, habrías regresado a Lubrín, donde buscar un hotel barato para dormir hasta el mediodía, coger el coche entonces y hacer el camino de vuelta a Madrid, donde continuarías la comedia de las memorias durante unos días, hasta que la viuda te expulsara o tú te marcharas, y pudieras así volver a una rutina suave para la que sobraba todo, tu propio pasado, tu oscuridad o la de los demás, y Alcahaz, un pueblo imposible que pronto olvidarías, que quedaría sólo como una curiosidad, un referente literario.

Pero ahora ya no: ahora sólo puedes seguir adelante, donde quiera que lleve el camino, que únicamente puede ser un sitio. La luna vence por fin en el cielo, y la tierra toma un color grisáceo, mortecino, suficiente sólo para distinguir los olivos a los lados del camino, como cuerpos detenidos en el grito; las luces de Lubrín a lo lejos, allá abajo, invisibles en cada vuelta de la montaña; las manchas clareadas que aparecerán pronto ante tus ojos, la luna encendiendo la cal, las primeras formas que se adivinan en el horizonte estrecho como una esperanza que ahora te asusta, cuando detienes tu coche de repente, no por esperado el momento es menos sorprendente: tus ojos fijos en el final del chorro de luz de los faros, que arranca de la oscuridad el cartel, unos metros delante del coche, el poste indicador oscurecido de óxido, las letras negras y gruesas, como un grito fatal en la noche: Alcahaz.

Has llegado. Alcahaz existe. Tal vez esto es un sueño, tal vez nada.

*　*　*

El azar, el fácil recurso de los malos escritores. La casualidad, el imprevisto, el golpe de suerte, el deus ex machina *que en este caso actúa reforzado por una intuición infalible, por la corazonada que marca el camino a seguir. El azar desvela azarosamente la azarosa existencia de Alcahaz mediante una foto azarosamente caída de un libro tomado al azar (bueno, en realidad una foto bonitamente «nacida del vientre de un libro»). Por si el azar no es suficiente recurso, entra en juego la decidida intuición del protagonista, el presentimiento de que ahí hay algo sospechoso, acentuado por la revelación de la viuda de que su marido tenía un «ligero temblor» en la boca al pronunciarlo, y que «se enfurecía, me mandaba callar, perdía los nervios». Hum, qué sospechoso, pensará el protagonista, imaginamos que enarcando una ceja y rascándose la barbilla. ¿Así que enfurecía y le temblaba la boca al pronunciarlo? Hum, hum, ahí puede haber algo, veremos, veremos. La corazonada infalible se completa con lo sugerente del «propio nombre del pueblo», «pronunciado con una leve eclosión en la boca, la lengua rozando los dientes». Tal vez eso mismo le pasaba a Mariñas cuando le temblaba la boca, que simplemente se deleitaba rozando los dientes al pronunciarlo, Alcahaz, Al-ca-hazzzz, Lo-li-ta.*

Pero el azar y la intuición vuelven a conjurarse para permitir al protagonista encontrar el camino al pueblo, mediante un increíble método de orientación (la fotografía que, vista desde el lado contrario, muestra el punto exacto del perfil de la sierra, ejem) que le lleva al lugar preciso del que nace el camino, pues habría bastado que se bajase del coche unos metros más hacia allá o hacia acá para no ver nada, más siendo ya casi de noche. Pero él acierta a detener el vehículo en el cruce de donde salía el olvidado camino, el cual por cierto se conserva en muy buen estado para llevar años intransitado, como sugiere su secretismo y el que el primer tramo esté borrado. Un camino sin huellas como éste, sin ser pisado tal vez en años, ¿no lo cubriría la maleza, no lo desharían las lluvias, no lo alfombraría el campo hasta confundirlo con el resto del terreno? Pero ya puestos, una vez confiado el autor en la credulidad sin límites del lector, en que si ha tragado con lo anterior tragará con lo que le pongan en el plato, hace que el azar actúe como copiloto, y «sea el azar quien decida cada vez que llegues a una bifurcación, donde elegirás siempre la senda hacia la derecha, sin motivo lógico».

Ahí está, un hombre con suerte, al que la suerte lleva desde un piso madrileño a un pueblo perdido, con sólo tres golpes de fortuna. Podía no haber visto nunca esa fotografía, podía haber pasado de largo por la carretera, podía haberse confundido de desvío y acabar dando vueltas por la sierra. Pero entonces no tendríamos novela, al menos no con este autor, al que no se le ocurren otras formas de concluir la búsqueda, para no desbaratar el carácter misterioso del pueblo. Es lo que suele ocurrir con este tipo de escritores. Que creen que el azar seduce al lector, y que cualquier lector preferirá una foto cayendo fortuita de un libro, o un hallazgo en el último segundo, antes que una vulgar indagación administrativa más a fondo (no sé, buscar planos detallados de años atrás, de ésos del ejército que se ajustan al metro, y que le mostrarían el kilómetro exacto del que salía la desaparecida pista desde la carretera). Hay formas más verosímiles y prácticas, pero también son menos emocionantes.

La inseguridad del autor hace que insista una vez más en remitirnos al hilo conductor, por si no quedó claro, repitiendo ahora que el viaje es una caída «en tu propia grieta», o que la búsqueda del pueblo lo es también «de alguna manera, de otro pueblo, aquel que dejó de existir para ti cuando lo abandonaste hace casi cuarenta años». Pero además, por si en la acumulación de azares se nos ha despistado algún lector adormilado, reproduce ahora la presentación en flashback del camión con milicianos que ya hizo en las primeras páginas, y ahí siguen esos hombres de campo en la caja del camión, fraternales y descamisados mientras canturrean y, por supuesto, fuman.

Esperamos que la reiteración del motivo principal ya resulte innecesaria en próximas páginas, y no se nos vuelva a recordar que la indagación del pasado oscuro de Mariñas es a la vez internarse en su propia grieta oscurísima y etc., toda vez que en este capítulo se concreta del todo en qué consistió ese turbio pasado del protagonista, con ese episodio de maquis paterno que, apostamos, terminará en tragedia, tanto por la tendencia melodramática que se aprecia en el autor, como por la realidad estadística de cómo acabó sus días la práctica totalidad de guerrilleros y fugados tras la guerra.

Estas páginas, las de su pasado oscuro relacionadas con el presente de la narración, hacen que recupere ese regusto ruralista que tanto nos entusiasmó en páginas anteriores. Así, vuelve a aparecer Lubrín como un pueblo mortecino e indolente, donde los hombres se sientan en las cocinas sin nada que contar, y las mujeres dicen la historia corriente, «la de los hechos comunes» (en lugar de dedicarse a especulaciones teológicas, como hacen en la ciudad), y lo hacen «a la luz de la bombilla» (la propia construcción de la frase ya nos hace pensar, no en la bombilla, que suponemos de baja potencia y a merced de apagones, sino en una lumbre, un candil o una simple vela, a cuya luz hablan en voz baja). Pero además, al referirse al pueblo de la infancia del protagonista, el autor no sólo recae en el exotismo ruralista (con esa noche pueblerina que suena también a portal de belén: el pueblo dormido, el chorro de la fuente, las ramas de los castaños frotándose, una rata, los gatos peleando...), sino que hace un primer intento de caracterización lingüística, por la vía más fácil: para que parezca que los que hablan (el padre de Julián, y él mismo, de niño) son de pueblo, introduce un par de incorrecciones gramaticales (laísmos, en este caso), graciosamente rotuladas en cursiva para que «entendamos» la pertinencia de tales patadas al lenguaje. Por lo menos no ha recurrido, no aún, a eso tan querido por autores de fino oído para el coloquialismo: el usté, el tó, el ná, y similares apócopes, con o sin cursiva, y que nos facilitan, a los lectores, la representación embrutecida de la noble (muy bruta, pero noble) gente del terruño.

Y este ruralismo con pretensiones antropológicas no podía pasar por alto el paisaje. Ay, el paisaje, el agujero negro de la literatura española desde hace décadas. Con notables excepciones, los autores suelen prescindir del paisaje, ni lo ven cuando escriben, de la misma manera que nadie ve ya el paisaje cuando viaja, a no ser que le indiquen mirar (con una de esas señales que avisan de «vista de interés»). Casi es mejor que no lo hagan, porque cuando deciden sacar la paleta y el pincel para dejarnos un paisaje, horror de horrores. El analfabetismo paisajístico de nuestros autores hace que imposten un lirismo construido a partir de palabras y adjetivos descolocados, y que muchas veces no saben bien qué significan, tomados de algún diccionario ideológico o de sinónimos. Así nuestro autor, que no deja pasar las posibilidades pictóricas de los olivos, cuyas hojas por supuesto brillan plateadas bajo la luna, si bien presentan troncos anormalmente «finos». El paisaje preferido de nuestro autor parece ser el nocturno, que cree más sugerente, más poético, más misterioso, y así lo sobrecarga de una oscuridad que «gobierna de nuevo el mundo», una hermoseada luna como «moneda de plata vieja» que «finas amarras la anclan en la montaña», pero también, para ponernos la piel de gallina, «ruidos animales, criaturas nocturnas de la tierra», y que convierten a su padre en «ese ser hecho de noche, como un animal más de la sierra, sin cuerpo a la luz», mientras los olivos componen terroríficos y cursis «cuerpos detenidos en el grito».

Decidido a recurrir al paisaje, el autor comienza su lienzo colocando, en todo el centro de la pintura, un canchal. «El sol deslizado veloz tras los canchales.» Bien. Un canchal. Queda bien, ¿no? Suena a campo, a montaña, y nos hace la ilusión de un autor familiarizado con los términos geológicos, que sabe distinguir un cancho de un tolmo. ¿Realmente es así? ¿O, como sospechamos, la sierra de Lubrín no tiene canchales, más que los caprichosos canchales que el autor ha colocado? En tal caso, habría puesto unos canchales porque le sonaban bien, porque es una palabra eufónica, culta, y crea esa ilusión de conocimiento del medio a que me refería. Sucede algo similar con otros dos términos colocados en este capítulo: el «tabardo de saco» con que se viste el niño Julianín, y la «criatura lucífuga» con que compara a su padre. No negaremos que un tabardo es más preciso que un abrigo, o que una criatura lucífuga resulta poética, pero lo que nos preocupa es otra cosa. ¿Necesitaba el autor un tabardo de saco para vestir al niño, y una criatura lucífuga para describir los hábitos nocturnos del padre? ¿O más bien, al contrario, el autor tenía sobre la mesa, o en un cajón del escritorio, un tabardo para colocar al primer personaje que tuviese frío, una criatura lucífuga que esperaba ser parte de una comparación nocturna, e incluso un canchal que no tenía sierra donde lucir? Queremos decir con esto que es habitual (y tal vez no sea éste el caso, y pediríamos disculpas por la insinuación) ver autores que insertan en sus escritos palabras que preexistían a esos escritos. Expliquémoslo: un autor descubre, leyendo un libro ajeno, una palabra que le seduce. Es una palabra hermosa, eufónica como lucífuga, o precisa como canchal, o anacrónica como tabardo. Le gusta, y querría emplearla en algún texto propio. Así que la guarda a la espera de tener oportunidad para ello. La anota en su cuaderno (los autores suelen llevar encima un cuadernito de notas; un Moleskine los más esnobs, un simple bloc de papelería los más humildes), y ahí la tiene, calentita, impaciente por ser colocada en una página. Ahí está ese canchal, aburrido de esperar en el cuaderno desde que fue leído por primera vez en alguna enciclopedia (hay autores que leen enciclopedias para enriquecer vocabulario, y así les salen novelas que tienen la música monótona de una enciclopedia). Ahí está ese tabardo de saco, leído en alguna novela social de los cincuenta, y que cuelga en el armario del autor, con bolas de naftalina para protegerlo de las polillas, y a la espera de que algún personaje antiguo tenga frío y sea pobre como para envolverlo en un tabardo de saco. Y ahí está esa condición lucífuga, acaso sorprendida en un poema decimonónico, y que el autor conserva en un cuarto oscuro (pues si le da la luz pierde cualidades) hasta que tenga oportunidad de ponerle el adjetivo, como camiseta, a algún personaje de hábitos sombríos. En definitiva, se trata del recurso literario por el que el autor no busca una palabra para describir una situación, sino que bus-

ca (y crea) una situación para colocarle una palabra previa. El órgano que crea la función, y no al revés. Suponemos que el autor tendrá su cuaderno (¿Moleskine?) lleno de palabras elegidas, y que algunas irán cayendo por la novela. Seguramente, como la mayor parte de jóvenes novelistas, guarda un samovar leído en alguna novela rusa, algo de terminología satánica aprendida en Baudelaire, y unas cuantas flores raras de manual de botánica, aunque nos tememos que no sea ésta la novela adecuada para que los personajes beban té en el samovar, imprequen invocando mitologías del averno, o siembren en los campos andaluces extrañas (pero de hermoso nombre) plantas. La eufonía, esa tentación de los autores. Quién sabe, quizás yo mismo tenía en mi Moleskine apuntada la palabra «eufonía», y he escrito esta nota sólo para aplicarla.

Apéndice a la primera parte

Algunas opiniones
sobre Gonzalo Mariñas

I

—Gonzalo Mariñas era un cabrón. Lo fue seguramente toda su vida, y lo seguirá siendo donde quiera que haya ido a parar después de muerto, ojalá que al infierno más puto —el hombre hablaba sin detener su trabajo, claveteando la suela de una bota de piel. Sentado en un pequeño cajón, encogido en su labor, quedaba enmarcado por las paredes bajas del taller, que era una especie de cueva de ladrillo en un semisótano. El hombre parecía un ser reducido en su celda, un hombrecillo de formas quebradas, huesos limitados, frente chata. Al ponerse en pie, sin soltar la bota en reparación, su cabeza tocaba la bombilla floja que salpicaba de luz el taller, y a mis ojos pareció más alto de repente, crecido. Tenía la piel oscurecida, más por las horas de trabajo en el sótano que por causa del exceso de sol, la oscuridad mancha tanto como la luz solar, castiga de la misma forma las pieles obreras, les da ese tono trigueño lleno de grietas, más sucio que bronceado. Su carne dura parecía rezumar el mismo hedor de cuero viejo que asfixiaba el taller entero, el reducido espacio saturado de trastos, de herramientas inútiles, de zamarras y bolsos de cuero gastado, botas impares, descabaladas por las estanterías de madera oscura, hebillas colgadas de una percha, correas recomidas del tiempo. Al entrar, llegado de la calle, quedé atrapado por la falta de luz y el olor insano, el aire cerrado del taller donde aquel pequeño hombre claveteaba una bota vieja y sin par, una bota que no sería tal vez de nadie, falto de clientes y encargos como parecía, prolongando su labor de clavasuelas en un intento de crear su propia rutina, esquivar la miseria o el aburrimiento.

—Un cabrón. Si no, ya me dirá usted cómo llamaría a un hijoputa como Gonzalo Mariñas, que renunció a su propio hermano, cuando podía haberlo salvado. ¿No lo sabía usted? ¿No? Viene usted diciendo que está investigando sobre ese perro malnacido, y ni siquiera conoce una de sus mayores perrerías: que vendió a su hermano, que lo negó en vez de salvarlo cuando pudo. Hijo de puta. Ahora se dicen muchas cosas de él, cuentan en la prensa cosas muy sucias. Yo leo algún periódico de vez en cuando, números atrasados que cojo en algún banco de la Plaza Nueva. Y me he enterado así de lo que cuentan de él, todas esas villanías que hizo. Pero no dicen nada de lo de mi padre que era su hermano; no dicen nada de su mayor canallada, la traición a su propia sangre, qué le parece a usted —el remendón, nervioso en los gestos, encendió medio cigarrillo desboquillado que infectó el rincón de un humo áspero, que se mezclaba con el cuero viejo para dejar en el aire un perfume desolado, irrespirable.

Yo había llegado el día anterior a Sevilla, después de conducir desde Madrid sin detenerme más que para el almuerzo en cualquier cantina de pueblo. Sevilla era el primer destino para mi investigación, donde planeaba entrevistar a distintas personas que habían conocido a Mariñas en los años más oscuros y me podrían dar alguna información, si es que la tenían, a menos que todos hubieran cegado una década de sus vidas, todos ocultamos algo, ese pasado negado que nos es común. La marcha de Madrid, en busca de Alcahaz, se había convertido en un nuevo impulso para mi trabajo. Salir del despacho por una semana, alejarme de la viuda, me llenaba de una energía que yo confundía con la inexistente voluntad por continuar el trabajo. Fue así como, aprovechando el viaje de búsqueda, planifiqué un recorrido por los lugares de la vida de Mariñas, en la esperanza de extraer algo de los años oscuros, para reconstruirlos ya falsos. Mi primera parada era Sevilla, donde llegué ya con la luna. Tras pasar la noche en una fría habitación de un hostal cercano a la catedral, comencé mis pesquisas temprano, con el amanecer. Paseé ligeramente por la ciudad casi dormida, sintiendo el frescor de las calles mojadas de la madrugada, reconociendo la soledad en las plazas, donde los primeros automóviles pronto molestarían. Intentaba atrapar acaso, en las calles viejas, un resto de la vida joven de Mariñas, del tiempo que residió en la capital andaluza, de los meses que pasó durante el servicio militar, en el regimiento de caballería, así como las distintas ocasiones en que visitó la capital por alguno de sus negocios. Desayuné sin ganas y me dirigí temprano a mi primer destino: la casa de Valentín Luque, un viejo amigo de Mariñas: habían coincidido en el servicio militar a orillas del Guadalquivir, en el 29, y desde entonces les unió una liviana amistad, más apoyada en la distancia que en el trato frecuente, como tantas otras amistades cuya fragilidad desconocemos y que se derrumbarían de no ser por la demora en el tiempo. Así pasé toda la mañana charlando amistosamente con el anciano Luque, y fue durante el almuerzo —servido en una soleada terraza que volcaba sus flores sobre un jardín modesto— cuando conocí, por las palabras del anciano, la existencia del sobrino de Gonzalo Mariñas, un familiar inesperado, de quien la viuda Mariñas no me había hablado.

—¿No sabía usted de su existencia? —dijo el viejo señorito, mientras jugaba con los bordes del pañuelo que le envolvía el cuello—. Creo que se llama Alonso, como su padre; Alonso Mariñas. Usted sabrá que Alonso, el hermano de Gonzalo, murió en los primeros días de la guerra, aquí, en Sevilla. Era socialista o algo parecido, según dicen. El niño tendría tres o cuatro años cuando murió el padre, y se quedó solo con la madre. Alonso hijo tendrá ya más de cuarenta años. Tenía un pequeño taller, de reparación de calzado y esas cosas, por la calle Tetuán; no sé si seguirá, hace mucho que no paso por allí. Vaya usted y visítelo, aunque me temo que poco le contará de su tío Gonzalo, pues no creo que llegara siquiera a conocerlo. Pero a lo mejor tiene algo, no sé, fotografías o correspondencia de su padre, cualquier cosa que le sirva.

—Él pudo salvar a mi padre, lo tenía en sus manos, pero no quiso —sentado en un banquillo cojo, escuché con dificultad las palabras del zapatero, confundido en la maraña de tiniebla, de olores (cuero, sudor, tabaco duro, soledad, si es que huele)—. «Quizás no habría servido de nada aunque lo hubiese salvado entonces, porque mi padre era terco, y hubiera seguido luchando hasta que lo hubieran matado. No se hubiera quedado parado, con la sangría que hicieron aquí esos perros. Pero no, Gonzalo ni siquiera lo intentó, para no comprometerse. Yo en verdad no recuerdo nada de lo que le cuento, porque yo no tenía más de tres años cuando sucedió. Pero mi madre lo recordó todo, y no pasó un solo día de su vida en que no se acordara de su marido que pudo vivir si ese Caín hubiera querido salvarle. Hasta el día de su muerte, y de eso hace ya más de veinte años, mi madre se acordó de aquel día, de ese malnacido que era también de nuestra familia, fíese usted de su propia sangre. Por eso, cuando me enteré de que Gonzalo Mariñas había muerto, no crea que me alegré, porque ningún cristiano se alegra de la muerte de nadie; pero no sentí ninguna pena, nada. Ese cabrón nunca fue mi familia, nunca.

»A mi padre lo cogieron prisionero a los pocos días del dieciocho de julio. Ya sabe usted que en Sevilla los nacionales tomaron la ciudad muy pronto. Mi padre, con los del partido, resistió tres días en Triana, hasta que llegaron tropas de África y entraron a saco en el barrio. Aquello fue una carnicería: los legionarios mataban a los hombres según los cogían, con el pincho de la bayoneta incluso, para no gastar tantas balas, y dejaban los cuerpos en las aceras, para que todos lo vieran y temieran. Imagínese, en pleno julio sevillano, lo pronto que se pudre un cadáver. A mi padre, sin embargo, lo cogieron prisionero, vivo, porque él tenía un cargo en el partido a nivel provincial, no sé si lo sabe. Lo reservaron para fusilarlo al día siguiente, junto a muchos otros que habían cogido, concejales, algún diputado, secretarios de partido, gente del sindicato, todo el que era rojo o lo parecía. Al amanecer del día siguiente lo fusilaron, sin perdón, sin que su hermano Gonzalo moviera un dedo por salvarlo.»

—¿Gonzalo Mariñas sabía que su hermano estaba prisionero y que iba a ser fusilado? —pregunté, apenas levantando la voz que resonaba en las paredes bajas del taller.

—Claro que lo sabía. El muy cabrón estaba en Sevilla desde días antes del alzamiento, porque conocía la fecha, me imagino, ya que él fue de los que dieron dinero, todo el que hiciera falta para el golpe militar. No se sentiría muy seguro en el campo, en sus tierras, así que se instaló aquí, en Sevilla, en la casa de un señorito amigo, el hijo de la familia Luque, unos industriales de los más rancios de la ciudad. Cuando cogieron preso a mi padre, alguien, de entre los militares o los falangistas de la ciudad, cualquier capitoste facha, leyó el apellido Mariñas en la lista de prisioneros, y corrió a visitar a Gonzalo, antes de que provocaran una desgracia en uno de los suyos, de los más fieles. Pero él lo negó, vaya si lo negó. Me imagino la situación: estaría en el salón en sombras de la casa Luque, tomando un vino blanco, abanicándose porque eran unos días pegajosos, de calor y de tanta sangre. Entonces entraría el capitoste con la lista de prisioneros en la mano, y le preguntaría, Gonzalo, ¿tienes un hermano o un primo en Sevilla? Probablemente Gonzalo vaciló unos segundos, sin dejar de abanicarse, evaluando la pregunta con su jodida frialdad, ajeno a los vínculos de la sangre. «Mira esta lista —le diría el recién llegado—, entre los prisioneros que vamos a fusilar mañana hay un Mariñas, Alonso Mariñas. He pensado que tal vez sería familia tuya, y en ese caso lo excluiríamos.» Gonzalo bebería un sorbo de su vino, se rascaría la sien con el abanico, simulando un pensamiento demorado que en verdad no necesitaba, porque su respuesta no podía ser otra: «no, no es familia mía, es una casualidad, supongo». El capitoste, relajado, sonreiría y diría en voz baja «lo suponía; sólo quería estar seguro»; y ese «lo suponía» sería el que confirmara a Gonzalo en su postura, en su negación del hermano, porque en aquellos días Gonzalo estaba muy bien situado, y así lo demostró en los años siguientes, con los favores que obtuvo, cobrándose con creces su generosa aportación a los fascistas. Debió de pensar que si intercedía por su hermano, si reconocía tener un familiar rojo, su posición se podría ver cuestionada, y correría el riesgo de perder preeminencia. Qué carajos pasaría por el cerebro de ese perro, que parecía no pensar, cabrón.

—Sin embargo —interrumpí mientras tomaba apuntes cifrados en un pequeño cuaderno—, Mariñas dejó escritas algunas notas sobre su vida de aquellos años, una especie de memorias, en las que afirma que hizo lo posible por interceder en favor de su hermano cuando supo que estaba preso, pero que por más que lo intentó, ni siquiera pudo encontrar su cadáver para enterrarlo. No puedo afirmar ni dudar de la sinceridad de sus escritos, pero parecía realmente apenado con la pérdida de su hermano.

—Perro... ¿Eso decía? Qué bien entonces, el hermanito preocupado... Qué pena que se haya muerto ya, porque si no podría usted preguntarle por qué, si estaba tan apenado, nunca visitó a mi madre cuando quedó viuda, ni nos ofreció jamás ayuda, sobrado como estaba, y con lo mal que lo pasamos: a mi madre no le daban trabajo en ninguna parte, por haber estado casada con un rojo, y tuvo que fregar suelos y escaleras de rodillas hasta que las manos se le hincharon para siempre y quedó postrada en cama hasta el día en que murió, con lo que yo me tuve que meter en este jodido taller, en esta cueva, cuando tenía sólo quince años. Mire si estaba apenado el señorito Mariñas, que renunció a nosotros como a su hermano, nunca existimos para él.

*   *   *

El personaje Mariñas se va definiendo, nos tememos, con los atributos del malo malísimo. Un lugar donde suele recaer la literatura sobre la guerra civil y posguerra, el deslumbramiento del mal, los personajes que actúan llevados por una perversidad sádica, lo que encubre otro tipo de motivaciones. Aunque desde el principio se ha insinuado el componente del interés económico, los crímenes con trasfondo pecuniario (de hecho, se insiste en lo ya tenido por inverosímil, eso de que «cuentan en la prensa cosas muy sucias (...), todas esas villanías que hizo»), ya empezamos a ver a un implacable y despiadado desalmado, un «Caín» que vende a su hermano y que paladea un vino blanco fresquito mientras niega su sangre.

La pintura de personajes sigue siendo un poco desquiciada. De la idealización —aunque sea en negativo, es idealización— del mundo rural, del sur, de los ociosos descamisados, pasamos ahora a la idealización —igualmente negativa— del tipo obrero, con la presentación de un zapatero más embrutecido incluso que los lugareños de páginas atrás. Con el retrato de un lumpemproletario animalizado en su cueva se apuesta por una seudosolidaridad cómodamente compasiva, que pasa por la deshumanización total del retratado, propia del autor que ve al obrero como algo exótico. Nuestro zapatero sevillano es un «hombrecillo», un «pequeño hombre», «de formas quebradas, huesos limitados, frente chata» —vamos, más bien deforme, como sin desarrollar, tal vez desnutrido, o con poca capacidad craneal al menos, un borderline *casi—, que trabaja —que hace como que trabaja más bien— en un taller como «cueva» o «celda», oscuro y pestoso, de paredes bajas, con una bombilla floja, desordenado y sucio. El tipo tiene una de esas «pieles obreras» que, como las pieles campesinas bordadas de sol que hemos visto antes, posee «ese tono trigueño lleno de grietas, más sucio que bronceado», y una «carne dura» que rezuma «el mismo hedor de cuero viejo». En efecto, una idealización obrerista de manual de zoología. Vencido y desarmado el realismo social, la clase trabajadora ha sido expulsada de la literatura, y se resigna a no ser representada más que desde esta idealización, como algo pintoresco que da olorcillo a las novelas.*

Para mejor caracterizar el espacio, dentro de esa torpeza que hemos visto al construir lo mismo un salón señorial que un apartamento canalla, el autor recurre a los olores, a una serie de sensaciones olfativas que, a fuerza de ser subrayadas y exageradas, acaban por anularse. Vamos, que de tanto decir que huele mal —a cuero viejo, aire cerrado, perfume desolado, irrespirable, cuero, sudor, tabaco duro, soledad—, acaba por no olernos a nada.

Pero además está el habla del personaje obrero. Se busca un tono coloquial, incluso chabacano, propio de nuestro hombrecillo de frente chata y horas en la cueva, que blasfema constantemente y usa dichos y expresiones populares, pero que sin embargo toma de repente el tono del narrador para describirnos, con riqueza léxica y exquisitez gramatical, incluso li-

terariamente, la escena de Mariñas tomando el vino blanco cuando le comunican la detención de su hermano. El remendón malhablado pasa sin transición a hablar con prosa novelesca y palabras cultas.

II

—Gonzalo Mariñas era una gran persona, vaya eso por delante. Lo fue toda su vida. Un hombre íntegro, de fuertes convicciones, de una notable lucidez moral. Así que vaya quitándose de la cabeza todo lo que le ha contado ese zascandil, que no tiene más que tonterías en el poco cerebro que le queda después de tantos años metido en ese taller. Sí, es cierto que Mariñas se alojó en mi casa durante los primeros días del alzamiento: el campo no era muy seguro, ya se lo imagina, con tanto bárbaro como había quemando casas, iglesias y lo que pillasen cerca; así que le ofrecí mi casa. Pero es imposible que hiciera algo así con su propio hermano, que lo negara y no lo salvara. Si hubiera sabido, habría intercedido por él, claro que sí, no le quepa duda. Gonzalo era una buena persona; no puedo creer que hiciera eso, como no puedo creer que hiciera nada de lo que se cuenta, todo eso que ha aparecido en los periódicos, y que no es más que basura política, ¿se da cuenta? Son todo mentiras para hundirle, para quitarle de en medio, todo son intereses políticos. Él era un hombre importante, y tenía muchos enemigos. Y son esos mismos los que han difundido tantas patrañas, los que han acabado con él.

El anciano Luque se humedeció el cuello y las sienes con un pañuelo mojado en agua de colonia, que envió al aire de la estancia un perfume fresco, tan distinto de la atmósfera rocosa del taller donde quedó el indignado zapatero, enredado en sus trabajos interminables y sin provecho. Después de concluir la entrevista con el sobrino negado de Mariñas, decidí volver a la casa de Valentín Luque, con quien ya había conversado esa misma mañana, y de quien me había despedido con propósito de no regresar. Sin embargo, a las siete de la tarde, tras la visita al taller de la calle Tetuán, volví a entrar en el caserón de la avenida de La Palmera, que al crepúsculo ofrecía un aspecto decadente, con sus vidrieras polvorientas apenas reteniendo el último sol. Sorprendí a Luque en una siesta tardía, propia de jubilado, de la que el anciano surgió despeinado y con el rostro crispado, envuelto en una ridícula bata china que le caía grande.

Durante la entrevista matutina, el anciano vestía un traje elegante aunque pasado, como un novio antiguo, con su chaqueta ceñida y el pañuelo asomando por el bolsillo, el escaso pelo peinado con brillos. En todo momento apareció, durante esa primera entrevista, poseído por un íntimo propósito de causar gran impresión al entrevistador llegado de Madrid, de aparecer a mis ojos como un exquisito dandi de principios de siglo, en realidad un remedo burdo de lo que debió de ser años atrás, ahora a todas luces venido a menos —en lo físico, sostenido por un cuerpo enfermo y menguado; y en lo material, habitante solo de una casa enorme y casi abandonada, en la que no parecía haber personal de servicio—. El anciano hablaba limitado por su propia impostura, sobreactuando en cada gesto, intentando transmitir una ensoñación de artista incomprendido, de seductor Bradomín en sus últimas horas, del poeta que pretendió ser y que probablemente nunca fue —como profesor de literatura, yo tenía el suficiente conocimiento de autores y obras como para confirmar que ese tal Valentín Luque no era un poeta, acaso en la intimidad, como tantos—. De hecho, buena parte de la entrevista de la mañana se perdió en hablar de él mismo. Ignorando las preguntas sobre Mariñas, se ofrecía a sí mismo como un ser digno de atención, recreaba con detalle su propio pasado, su grandeza perseguida, su concepción exquisita de la vida, su sensibilidad enfermiza ante el mundo. No me sorprendí cuando, al final de la entrevista, el anciano se interesó por mi trabajo de escribiente a sueldo, de mercenario de las letras, y pretendió con rodeos que me comprometiera a escribir su pronta biografía que, según el viejo se presentaba a sí mismo, sería más bien una hagiografía.

Poca información pude obtener esa mañana acerca de Mariñas: breves relatos de la vida en común que Luque tuvo con Mariñas, pasajes de su amistad dilatados en la narración mediante una obsesiva predilección por el lenguaje enfático, la voz engolada, la retórica cargada de innecesarios adjetivos, como tratando en todo momento de demostrar su dominio de la lengua, su lirismo espontáneo. Se entretuvo durante más de una hora en rememorar, sin ahorrar detalle, los días que compartieron, el difunto y él, durante el servicio militar que realizaron en el regimiento de caballería de la capital sevillana, el mismo año de la Exposición Iberoamericana: sus paseos a caballo por las márgenes del río, a galope tierno, los caballos asfixiados del agosto que rendía la ciudad, el sudor que abrillantaba sus pieles, las moscas zumbando en los juncos, todo ese tipo de detalles que en nada sirven para enriquecer la narración y sí para extraviar la atención del oyente, como era mi caso, distraído en contemplar las paredes y techos de la casa, las molduras descoloridas, los espejos sucios, el paso de los años que destrozaba lentamente la casa hasta apagar su esplendor pasado. Idéntico estilo utilizó para narrarme los paseos nocturnos de los dos jóvenes oficiales por las calles estrechas de Santa Cruz, la cal todavía caliente de sol, las plazuelas con fuentes que refrescan el aire, la soledad rota por alguna guitarra en mesones para extranjeros, el ruido de chicharras que trabajan la noche, descripción completa del momento que, probablemente, tendría más de invención que de memoria, puesto que era imposible que, por muy intensos que fuesen aquellos tiempos, el anciano retuviera en la memoria tanta exactitud.

Sin embargo, lo que por la mañana había sido exceso y discurso hueco, por la tarde, sorprendido y crispado el anciano en la siesta interrumpida, se convirtió en un discurso conciso, la mera información que yo requería, incomodado ahora el viejo por mi presencia, deseando mi pronta partida, olvidado incluso de su propósito de biografía gloriosa. De esta forma, al atardecer obtuve en una hora lo que no pude en seis por la mañana:

—Evidentemente, Mariñas tuvo su parte de responsabilidad en aquellos tiempos, no lo pongo en duda. Pero tampoco lo critico: él tenía un interés realmente sincero por el futuro de nuestro país, y se unió al alzamiento porque ésa era la única opción posible, la única honrada, si me lo permite.

—La única posible para sus intereses —interrumpí. Yo solía colocarme en posición neutral, pero ahora me había sentido ligeramente molesto por la valoración que de aquellos sucesos hacía Luque.

—Perdone, joven: no voy a entrar a discutir con usted valores ideológicos que con toda seguridad no compartimos. Simplemente seré amable y atenderé a sus preguntas, porque sé que todo es en favor de la memoria de Gonzalo. Sólo le digo que él hizo lo que debía, o lo que pensó que era mejor. Como mi padre, que también secundó y sostuvo el alzamiento, y lo hizo desde su nobleza y su amor desinteresado a la patria, ¿entiende? Mi padre tenía buenas relaciones con Gonzalo, tanto personales como de comercio, y estuvieron muy unidos en aquellos días difíciles para todos. ¿Qué esperaba? ¿Que se pusieran del lado de los comunistas? No, no había otra opción. Y acertaron, a la vista están los resultados.

—¿Qué hizo Mariñas durante la guerra? —pregunté, cada vez más fastidiado por el discurso del que con razón seguía siendo llamado señorito en la ciudad.

—Bueno, hizo de todo, no sabría decirle con precisión. Estuvo entre Sevilla y Granada, creo. Regresó a sus explotaciones en cuanto fueron recuperadas, y comenzó de nuevo a llevar adelante sus empresas. Era un hombre de negocios, usted ya lo sabe.

—¿Le contó algo sobre su participación más..., digamos más comprometida, en la guerra?

—¿A qué se refiere? —dudó Luque, mientras se peinaba con los dedos.

—Quiero decir que... Bueno, usted conoce todo lo que se ha dicho de Mariñas últimamente, la gravedad de las acusaciones. ¿Estaba usted al corriente de las actividades de Mariñas?

—Todo eso es falso, ya se lo he dicho —protestó ahora Luque, incómodo, encendido de rabia—. Mariñas se limitó a hacer lo que tenía que hacer, a cumplir con su deber como español, y punto. Comprenda también que era una guerra, eran circunstancias excepcionales. Pero no, él nunca cometió ninguna atrocidad. Era bueno, ya se lo he dicho. Y era mi amigo: me habría contado cualquier cosa así; nadie puede hacer algo así y mantenerlo en silencio, la culpa sería muy grande, el remordimiento insoportable.

—¿Y qué hizo Mariñas después de la guerra?

—Dedicarse a sus negocios, claro. Bueno, también tuvo algunos cargos políticos. No sé exactamente de qué; alcalde o presidente de algo, no estoy seguro. Ya le dije esta mañana que nunca me interesaron esas cuestiones, yo me mantenía al margen de la política y asuntos similares. Lo que en verdad me interesaba entonces, y me sigue interesando más que ninguna otra cosa, es la poesía, la creación poética, ya se lo conté. Le enseñaré ahora unos poemas míos, seguro que le gustan. Se los podrá llevar, y así se va haciendo una idea de cómo soy; eso le ayudará cuando empiece a escribir mi vida —ahora el anciano estaba más sosegado, confiado de nuevo en el forastero—. Pero no, nunca me interesaron esas cosas de política. Y hoy en día menos que nunca, ya ve usted, con tanto partido que aparece ahora, tanta sopa de letras que ni Dios entiende, y tanto fantoche que no sabe ni dónde está. Ya sabe usted, a río revuelto... Y pescadores no faltan, nunca.

*   *   *

Ya en el anterior capítulo se insinuaba algún rasgo de un nuevo personaje, el señorito andaluz anciano y venido a menos. Valentín Luque, amigo de juventud de Mariñas, y cuyo pañuelo al cuello ya presagiaba lo que nos encontramos en este capítulo: el retrato consabido del viejo señorito amanerado y bufonesco, un arlequín plano que vive en un «caserón» de «aspecto decadente», viste un traje de «novio antiguo» con pañuelo en el bolsillo, o una «ridícula bata china», mientras se humedece el cuello y las sienes «con un pañuelo mojado en agua de colonia», y se interesa por la poesía. El propio autor es consciente de su condición caricaturesca, al referirse a su pretensión de parecer un «dandi», o la mención al «seductor Bradomín en sus últimas horas», y sin embargo no evita el tópico, acaso cómodo en él.

Pero esto es lo de menos, frente a otro problema mayor de este capítulo: la contraargumentación fraudulenta. Expliquémonos. El autor finge recurrir al dialogismo, por el que una heterofonía de personajes retrata al protagonista Mariñas desde lo que conocieron de él. Sin embargo, este recurso se plantea según una trampa habitual: el autor finge una objetividad apoyada en la multiplicidad de puntos de vista, pero tales puntos de vista son elegidos según un juicio previo. Mariñas es malo, malísimo, y sólo puede ser acusado *(por el zapatero, antes) o defendido de manera que la propia defensa ya sea otra forma de acusación; esto es, que el personaje encargado de defenderlo sea tan culpable como el defendido, y de sus palabras se intuya más una disculpa endeble que una aclaración. Es lo que ocurre con el personaje de Valentín Luque que, encargado de salvar el nombre de Mariñas, incurre en el habitual discurso autodenigratorio, por el que el autor hace hablar a un indeseable para que con sus propias palabras se retrate, se descalifique. Luque aparece como un despreciable señorito fascistoide, y de su defensa de Mariñas el lector obtiene más sospechas —incluso más certezas— del carácter maléfico de éste. Lo hace además con un discurso inverosímil, retórico, de fascista de zarzuela, que habla de «su nobleza y su amor desinteresado a la patria», o de «cumplir con su deber como español», frases que confortan al lector, que se siente tranquilo al identificar sin problema al fascista como un tipo de una pieza, granítico, enfático, insalvable, fácilmente reconocible y aislable. Así, la defensa de Mariñas no puede ser otra que la de «era un buen español» y «se limitó a hacer lo que tenía que hacer», «y punto», y con eso está todo dicho. Culpable.*

En el capítulo se hace, por último, un par de consideraciones sobre la forma que tiene Luque de contar sus recuerdos, que algún lector malicioso podría querer aplicar a la propia escritura de la novela, al menos en ciertos pasajes anteriores: «el lenguaje enfático, la voz engolada, la retórica cargada de innecesarios adjetivos, como tratando en todo momento de demostrar su dominio de la lengua, su lirismo espontáneo». Ya digo, algún lector malicioso lo pensará.

III

—Gonzalo Mariñas fue, durante muchos años, un ser fantasmal, una presencia incómoda, un nombre que no se podía pronunciar entre estos muros. Si ha muerto ya, ruego a Dios por el perdón de su alma. Pero lo hago porque me obligan mis votos religiosos; si no fuera por eso, le aseguro que no lo haría, y que Dios me disculpe si el rencor me dispone contra ese hombre, que en paz descanse. Gonzalo Mariñas no tuvo consideración con su propia hermana, no le importó en realidad lo que ella sufriera o no —la mujer, empequeñecida en su hábito oscuro y algo raído, respiró profundamente, con las manos apoyadas en las rodillas, antes de continuar hablando: «usted no conoce la historia, supongo. Ni siquiera Gonzalo Mariñas la conocería por completo, por cuanto no creo que supiera de la muerte de su hermana, hace tantos años. Ni de cuánta culpa en esa muerte temprana le correspondía a él».

Impaciente de pronto, agobiado por el fuerte olor de lejía que apresaba la habitación, hice ademán de sacar un cigarrillo pero una mirada de la monja me frenó, tendría que esperar hasta el final de la conversación para fumar en el exterior. La entrevista tenía lugar en el interior de una habitación pequeña, que parecía más una antigua celda que la sala de visitas que habían simulado las religiosas con un sofá estrecho y dos sillas, nada más, las paredes desnudas de piedra. Un doblar de campanas, breve, quebró apenas la tarde, que se deshacía final tras los ventanales abocinados. La mujer, una religiosa que tendría unos setenta años aunque parecía terriblemente anciana, de la edad de la tierra, respiró con avaricia y continuó hablando:

—Carmen, o Carmencita, como la llamaba su hermano Gonzalo, fingiendo un cariño del que carecía; Carmencita llegó aquí, la primera vez, creo que en el 29 o el 30, no recuerdo exactamente la fecha. Llegó desfallecida: había huido de su casa al anochecer, y había caminado durante toda la noche y el alba, hasta el mediodía en que llegó a esta puerta. Imagínese, una muchacha débil como fue ella siempre, y llevando eso en el vientre, ya me entiende usted. La acogimos, por supuesto, aunque sin saber, porque estuvo dos días sin decir palabra: no traía miedo sino vergüenza, porque debió de pensar que nosotras sabríamos algo, que la expulsaríamos cuando adivináramos no ya su vientre hinchado, que era entonces más que evidente, sino la oscura semilla de origen. Tardó unas semanas aún en recuperar la calma, hasta que pensó que ya nunca la encontrarían, que su hermano o su padre cesarían en la búsqueda que habrían emprendido. La pobre Carmencita, llegó a sentirse tan protegida aquí, pensando que nunca volvería a la casa, que no la encontrarían ya.

Agotado, me froté los párpados, descansando en el brillo de los fosfenos, en la penumbra caliente. Había conducido durante horas, desde que dejé Sevilla al amanecer. La noche anterior apenas había dormido, en el hostal helado, aturdido por no sabía qué presentimientos de desgracia: no de desgracia próxima, venidera; sino pasada, una fatalidad anclada en muchos años atrás, oculta en la desmemoria, y que me correspondía desvelar ahora. Con el amanecer dejé la capital, y marché hacia Linares, un pueblo no incluido en mi inicial plan de viaje. Fue Luque quien, durante la entrevista del día anterior, me descubrió la existencia del convento donde había quedado encerrada la hermana de Mariñas tantos años atrás. Me lo descubrió como antes me había descubierto la existencia del sobrino, el hijo del hermano fusilado y previamente negado por Mariñas. Mientras cruzaba la provincia jienense, las sierras chatas de Córdoba y Jaén sacudidas de olivar a los lados de la carretera, sentía la inminencia de lo funesto, un turbio pasado en el que me sumergía y que en verdad quería ignorar, porque todos los pasados son comunes, y la investigación de Mariñas se prendía cada vez más de jirones de mi mala memoria.

Llegué a media mañana a Linares, donde encontré pronto el convento, una construcción bastante ruinosa, cerrada al mundo en puertas y ventanas. Las paredes estaban sucias por algún torpe intento de ocultar las pintadas que todavía se adivinaban bajo la cal, letras enormes de color oscuro y que recuperaban las mismas palabras de tantas otras iglesias, fachadas de ayuntamientos y cuarteles a lo largo del país, *amnistía, libertad, trabajo*. Recordé un instante la noticia leída meses atrás en algún periódico, el suceso reciente que ahora no sabría situar exactamente, tal vez en Jaén o quizás en Granada o Almería, en cualquier pueblo del sur, quizás un suceso repetido en tantos pueblos que no aparecerían en los periódicos —como Alcahaz, que a duras penas figuraba en un mapa antiguo. El suceso daba cuenta de cómo un muchacho —acaso un jornalero de piel restallada como tantos que había visto desde el coche al cruzar pueblos idénticos— había recibido los disparos mortales de un guardia civil que le sorprendió haciendo pintadas en una fachada, pintadas como éstas. El cansancio acumulado jugaba con mi mala memoria, y me convencía de que el pueblo de la noticia, del suceso, era Linares, que era esa misma fachada ahora encalada la que ocultaba las pintadas y posiblemente la sangre del muchacho, salpicada tras los disparos cercanos del guardia, disparos que apenas perturbarían la quietud del convento cerrado al mundo.

Aparqué el auto en la plaza frente al convento, y tuve que rodear por completo el edificio hasta dar con una puerta abierta, o más bien una puerta quebrada, que daba paso a un pequeño huerto olvidado de cultivos. Entré en silencio, y me detuve al alcanzar el claustro primero, sintiéndome inevitablemente intruso en un espacio que parecía abandonado desde hacía muchos años. Al fondo de una galería apareció una monja, amortajada de negro profundo, y que desapareció por un pasillo al verme. Decidí seguirla, hasta que encontré por fin un refectorio soleado, en el que las mesas habían sido apartadas contra la pared, y el polvo vencía en todas partes. Una puerta se abrió con ruido y dio entrada a la monja envejecida, que se acercó a mí, al forastero o intruso, con paso corto, mientras un par de hermanas se asomaban curiosas por la puerta entreabierta.

—Disculpe el aspecto desastrado de todo, pero es que nos estamos trasladando. Nos obligan a dejar el edificio: dicen que está cayéndose a trozos y que no tiene ya arreglo, pero en verdad parece que hay un soterrado interés por construir casas en esta zona. Ya ve, el pueblo crece, muchos emigrantes están regresando, y no hay suficientes casas. Así que lo mejor es echar a unas pobres monjas, qué valor —la mujer dudó un momento, como creyendo reconocer mi rostro—. Usted perdone... ¿Viene del ayuntamiento?

—No, hermana —respondí, sin saber cómo dirigirme a la religiosa, hermana o madre o señora—. En realidad no soy de aquí, estoy buscando a una mujer... A una religiosa de este convento.

—Huy, quedamos ya tan pocas aquí. Hace años que no entra ninguna novicia, y las que estábamos nos vamos muriendo. Como tardemos mucho en el traslado, no quedaremos ya ninguna para mudarnos, un problema menos. Pero perdóneme si hablo demasiado; nunca viene mucha gente por aquí. Además, yo he guardado durante veinte años un voto de silencio, y lo he tenido que romper recientemente, para hablar con todos esos caballeros que nos fuerzan al traslado. Y ya que lo he roto, aprovecho para hablar; una también es humana, ya me entiende.

—Estoy buscando a una mujer que ingresó aquí hace más de cuarenta años. Se llama Carmen; Carmen Mariñas.

Al escuchar el nombre, la monja no pudo esquivar un temblor y un brillo en los ojos que la delataron cuando trató de negar, *no recuerdo a ninguna hermana con ese nombre, tal vez se marchó hace muchos años.* Alertado por la reacción asustada de la superiora, decidí insistir, adelantando unos pasos: «Por favor, es importante para mí obtener esa información. Sólo quiero saber qué ha sido de ella, si sigue aquí. Me gustaría hablar con ella.»

Tras una nueva negación, que la priora no pudo sostener cuando dos lágrimas se descolgaron de sus ojos tanto tiempo secos, fui por fin conducido a la pequeña y austera sala de visitas, donde nos sentamos, y la mujer me narró lo que sabía. Me advirtió de entrada que Carmen, o Carmencita, como la llamaban su hermano Gonzalo y ellas mismas, había muerto muchos años atrás, tanto tiempo que casi ya no recordaba su rostro.

«No sé hasta dónde sabrá usted de la historia, pero le contaré todo lo que sé, porque mi memoria es frágil y yo misma tengo que recuperarlo todo desde el principio, para darle sentido al recuerdo. Por Carmencita supimos, cuando llegó esa primera vez al convento, la "relación especial", por decirlo así, que ella tenía con su padre. El viejo Mariñas, el padre de Gonzalo y Carmencita, ya había enloquecido por esas fechas, y parece que en su locura confundía a su hija Carmencita con su esposa Carmen, a la que había perdido muchos años atrás. Es una historia muy confusa, yo no sé qué demencia poseía a ese hombre como para tomar a su hija por su esposa. Por lo visto, siempre fue un hombre violento, rabioso; y la demencia de sus últimos años le agravó su rabia, se tornó posesivo con la hija que creía esposa, como queriendo atraparla definitivamente para enmendar la pérdida de años atrás, como si la vida le diera una segunda oportunidad de retener a su mujer, encarnada ahora en su hija. Gonzalo, que era un par de años menor que Carmencita, se había hecho ya cargo de los negocios del padre, pues éste estaba incapacitado por la demencia para controlar las explotaciones. Es verdad que Gonzalo pasaba poco tiempo en la casa, pero él conocía de sobra la relación a la que el padre obligaba a la hija. Gonzalo lo sabía, y aun así la obligó a seguir en la casa, con el pretexto de que tenía que cuidar al padre enfermo. Él tenía dinero como para contratar el mejor equipo de enfermeras, pero no quiso, porque en verdad nunca le importó lo que le ocurriera a su hermana. Por eso cuando Carmencita huyó de la casa y se refugió aquí, en el convento, ella debió de pensar que su hermano no insistiría en buscarla por la provincia, pues le resultaba indiferente lo que sucediera con su hermana. Fue así que tuvo Carmencita, tal vez por primera vez en su vida, una existencia tranquila, aunque fue breve. Apenas cinco meses después, cuando la criatura ya había nacido y muerto a los pocos días de venir al mundo —cómo si no, estaba maldito antes de nacer, desde el momento de ser concebido, qué horror, Dios mío, pobre muchacha, pobre hombre loco su padre que no sabía lo que hacía—; entonces apareció su hermano, Gonzalo, que no había dejado de buscarla, presionado por su trastornado padre, que todavía era nominalmente propietario de todas las tierras, y amenazaba con privar de la herencia a su hijo si no le traía de vuelta a su esposa —a su hija, qué iba a saber ese pobre enfermo. Así fue que Gonzalo Mariñas, al que nada importaba más que asegurar su propiedad futura, después de rastrear la provincia encontró a su hermana, y no pudimos hacer nada por evitar que se la llevara, casi arrastrada, aunque ella no gritó ni lloró, como entregada a un destino implacable que sólo había podido demorar unos meses.»

La monja suspiró levemente, y se enjugó las lágrimas con un pañuelo blanco, moqueando sin remedio, sacudida por el recuerdo ahora recobrado, quizás velado durante muchos años, elegido el olvido. Yo, que ya no tomaba notas en el cuaderno, quedé en silencio, ligeramente aturdido por la narración, por el carácter de melodrama barato que adquiría la vida de Mariñas, su crueldad con sus hermanos, todo resultándome demasiado irreal, porque la crueldad, el mal en definitiva, siempre nos resultan imposibles, ficticios, de una ficción de novela romántica o de opereta pobre. La anciana superiora continuó el relato:

«Un año después de aquella primera fuga frustrada, Carmencita pudo regresar al convento, con nosotras. Unos días antes había muerto su padre, quien hasta el último momento, enfebrecido por la locura, retuvo a su hija junto a él, convencido de que se trataba de su esposa, regresada del mundo de los que marcharon. Pero la Carmencita que regresó al convento un año después no tenía nada de la muchacha que se refugió la primera vez. Esta vez ya no huía, sino que estaba finalmente vencida. El que huye tiene siempre la esperanza de una vida mejor; pero el que ha sido vencido, quien se ha resignado a la derrota —y Carmencita lo hizo, pues no trató de escapar más, y esperó a la muerte de su padre—, no encuentra ya resquicio a la esperanza, y eso era evidente en Carmencita, en su cuerpo de repente envejecido, sus ojos nublados para siempre, su rostro enajenado, su voz que no volvió a ser escuchada. No tenía mucho más de veinticinco años, pero parecía estar en la edad final, entregada ya al paso de los días hasta que la muerte le aliviara de todo peso. La muerte no tardó en llegar, porque ella se dejó morir, así como se lo cuento. Regresó al convento por inercia, porque a algún lugar tenía que ir, pero podía haberse dejado morir en cualquier sitio, en la cuneta de la carretera, en el campo entre olivos, en el lecho junto a su padre muerto que le retenía la mano en un último esfuerzo por no perderla. Nadie escuchó más su voz; se encerró en su celda, apenas salía al huerto, negaba los oficios religiosos, la comida, sólo para dejarse morir. Y no tuvo que esperar muchos años: pronto ganó la muerte.»

*　*　*

El capítulo no puede ser más desconcertante. El autor nos entrega, tal cual, un relato folletinesco, incluso de folletín de saldo. Y parece ser consciente de sus debilidades, pues él mismo se refiere al «carácter de melodrama barato», y a cómo la crueldad, el mal, «nos resultan imposibles, ficticios, de una ficción de novela romántica o de opereta pobre». Es consciente de ello, pero no lo evita, sino que graciosamente se pone la venda —la de antes de la herida, y la de los ojos que no quieren ver—. Y dando así por hecho, afirmando incluso, que este tipo de relatos son inverosímiles, pierde ya todo miedo de resultar increíble, y se lanza por el barranco del folletín más sonrojante, con hermano monstruoso, incesto padre-hija, embarazo maldito que acaba fatal, joven echada a perder y que se deja morir en un convento... Pero no sólo en el fondo, también en la forma, pues al relatarlo, el propio autor tropieza en maneras propias del dramón de más baja estofa, con esa monja que, al ser preguntada por Carmen Mariñas, «no pudo esquivar un temblor y un brillo en los ojos que la delataron», tras lo que «dos lágrimas se descolgaron de sus ojos tanto tiempo secos», y un poco más tarde «suspiró levemente, y se enjugó las lágrimas con un pañuelo blanco, moqueando sin remedio, sacudida por el recuerdo». Lo dicho, todo muy emocionante, imaginamos al lector con el corazón encogido ante tales momentos.

Se insiste así en el retrato inhumano de Mariñas, que devoró a sus dos hermanos. Se insiste también en las caracterizaciones algo animalescas de aquellos personajes de baja extracción social. Los campesinos, los remendones, y ahora también la monja, que además de vivir en un lugar igualmente ruinoso, sucio, pequeño y que huele a lejía, es una mujer «empequeñecida», con el hábito «raído», «terriblemente anciana, de la edad de la tierra». De la misma forma que se deja ver, como autor de unas pintadas en la fachada del convento, un «jornalero de piel restallada como tantos que había visto desde el coche al cruzar pueblos idénticos». Nuestro viajero parece ir de safari por esas tierras salvajes del sur.

Como ocurría con el zapatero, también la monja habla inicialmente en forma coloquial, incluso graciosa (cuando se disculpa por hablar demasiado, «una también es humana, ya me entiende»), pero cuando se pone a narrar lo ocurrido a Carmencita Mariñas, su voz es la misma del narrador, con usos impropios de un personaje como el descrito, y un gusto claro por la expresión más literaria.

Apuntamos, por último, alguna expresión cursi (esas sierras «sacudidas de olivar», amén de otras cursilerías folletinescas que perdonaremos), y unos apreciables «fosfenos» que parecen rescatados del cuaderno Moleskine de nuestro autor.

IV

—Gonzalo Mariñas era un hombre honrado. Ante todo un hombre honrado: no vaya usted a creerse lo que cuentan de él. Todo viene por la envidia: muchos le envidiaron desde siempre; imagínese, un hombre que triunfa tan joven, que es poderoso, que tiene todo lo que quiere. Porque eso sí, Gonzalo era ambicioso, lo fue toda la vida: aquello que quería, aquello que tenía. Y la ambición no es un pecado, ¿verdad? Pero no, esas cosas que dicen de que denunciaba a los propietarios para quedarse con sus propiedades... Eso nadie puede demostrarlo, porque todo lo que Gonzalo tuvo se lo ganó con su trabajo, que para eso trabajaba desde el amanecer hasta la noche, sin parar. Lo podía ver a cualquier hora haciendo algo, ya fuera visitando sus tierras para controlar la explotación, negociando precios en algún mercado, haciendo relaciones en el casino de propietarios. No paraba en todo el día. Que denunció a alguna gente cuando la guerra es verdad, pero nunca lo hizo en falso. Usted no se puede hacer idea de la cantidad de rojos que había en esta región; y no sólo campesinos, sino más de dos y más de tres señoritos que daban dinero para los comunistas. ¿Cómo no iba a denunciar eso? Yo mismo lo hubiera denunciado. Usted no sabe los desmanes que se cometieron en estas tierras, desde mucho antes de la guerra. Los comunistas esos quemaban las cosechas, las casas de la gente bien, las iglesias. Querían hacer su revolución con sangre. Y esos hijoputas rojos que tenían dinero, eran los que organizaban todo. Pero eso nadie lo dice ahora, ¿verdad?

El encargado dejó de hablar al tiempo que frenaba su andar. Caminando, habíamos alcanzado una terraza de la colina, desde la que se dominaba el horizonte, un paisaje rectilíneo, de viñedos hasta donde la vista llegaba. El hombre, rápido en sus movimientos, lleno de fuerza a pesar de la edad y de la tos constante, extendió los brazos, como enmarcando el paisaje todo, el campo cultivado, y habló casi a gritos, tratando de contagiarme su entusiasmo:

—¿Qué le parece todo esto? Aquí se ve el trabajo de Gonzalo Mariñas, y esto nadie lo tiene en cuenta, sólo esas mentiras. Este campo estuvo yermo toda la vida. Y Mariñas lo cultivó, lo hizo fecundo, le dio vida. De estas tierras salen los mejores caldos soleados del sur de Europa. Miles de botellas que se exportan a toda Europa, a América. Y todo esto es riqueza: no sólo para su propietario, sino para el país entero. De estas tierras viven los pueblos de la comarca. ¿Qué le parece? Nadie se lo ha agradecido a Mariñas. Él ha levantado buena parte de la región, ha dado trabajo a miles de hombres, ha enriquecido esta tierra que toda la vida fue pobre. ¿Y quién lo dice ahora? Usted tiene que hablar de estas cosas en eso que está escribiendo. La gente tiene que saber lo que este hombre ha hecho por todos. Es increíble, cuánto desagradecido hay...

Regresamos caminando a la alquería, una bella construcción andaluza, dividida en varios edificios, con patios ajardinados, cubiertos con parras de uva morena, brillante al sol. Entramos en las bodegas, una gruta enorme, falta de luz y de calor, donde las barricas, ensombrecidas, llenaban de formas redondas, fabulosas, el espacio. Paseábamos por el interior cuando un trabajador se acercó a nosotros con una bandeja en la que llevaba una botella sin etiqueta y dos catavinos. El hombre sirvió media copa de vino dorado, que estrellaba la escasa luz. Un vino seco, de estas tierras, que te dejaba en la boca un sabor a fiestas, a romería de agosto y tabernas sombrías.

—¿Qué le parece? Esto sí que es sol de Andalucía embotellado, y no esas cosas que venden por ahí.

—Muy bueno, cierto. Dígame, ¿desde cuándo conocía a Mariñas?

—Se puede decir que de toda la vida. Cuando yo era niño, mi padre trabajaba ya en estas tierras, que eran del padre de Gonzalo. Desde muy pequeño yo participaba en la vendimia, al final del verano. Gonzalo era sólo un par de años mayor que yo. Él se relacionaba con todo el mundo, con los campesinos igual que con los hombres más poderosos. Fuimos amigos desde muy jóvenes, y cuando su padre enfermó, allá por el 30, y Gonzalo se hizo cargo de todas las propiedades, me puso a mí al frente de esta explotación, porque yo conozco la uva desde que nací. Después, él venía mucho por aquí, ya le dije que estaba todo el día viajando, visitando sus tierras, controlando el trabajo. Le gustaba coger con sus propias manos las primeras uvas de septiembre, y celebraba todos los años una fiesta para la gente de los pueblos que venía a la recogida. Ya le dije que trataba muy bien a los campesinos. Cuando navidades, y en las fiestas de la patrona, organizaba una verbena, y regalaba vino y quesos a las familias de sus trabajadores. ¿Usted cree que ése es el comportamiento de un criminal, como dicen que fue? Claro que no. Mucha envidia, es lo que hay. Y mucho ingrato.

—Gonzalo Mariñas se hizo cargo de las explotaciones familiares en 1930, teniendo sólo veintidós años, ¿es así? —pregunté, fastidiado ya por el compendio de virtudes que el anciano me describía, queriendo extraer algo de penumbra de la conversación—. Bien. Y sólo dos años después, ya había doblado sus propiedades. ¿Cómo lo hizo?

—Trabajando, ya se lo he dicho. Era muy trabajador. Y además, tenía buena mano para la política, para relacionarse con los que tomaban las decisiones.

—¿Me está insinuando que era un corrupto?

—¿He dicho yo eso? Por Dios, claro que no. Él era muy hábil, y sabía trabajarse las relaciones. Pero ya le he dicho que no era en su provecho, sino por el bien de la región. Él ayudó a levantar esta tierra más de lo que lo harían cuatro o cinco repúblicas como aquélla. ¿Es eso corrupción?

—¿No obtuvo entonces favores?

—Claro que no... Él no pedía nada, todo lo negociaba. Era muy inteligente, y astuto.

—¿Es cierto que tenía una cuadrilla de hombres armados a su servicio? —pregunté, adoptando ya un tono de interrogatorio, el que hubiera hecho al difunto de estar vivo, tantas cosas que preguntarle.

—¿Hombres armados? ¿Qué quiere decir?

—Dicen que tenía un grupo de pistoleros para resolver los problemas con los campesinos... Era algo frecuente entre no pocos terratenientes y empresarios.

—Eso es otra tontería, una mentira más. Él tenía sólo algunos hombres para su protección, lo normal. Era un hombre poderoso, y con mucho dinero. ¿Cómo quiere que fuera por ahí sin protección? Ya le he dicho que estas tierras estaban llenas de comunistas. Intentaron quemar este cortijo una vez. ¿Cómo quiere que no se protegiera? Y eso de que tenía pistoleros para asustar a los campesinos es falso. No lo necesitaba, ya le he dicho que no tenía problemas con los campesinos, porque se llevaba bien con todos, era bueno con ellos. ¿Cómo un hombre que regala verbenas y quesos y vinos a sus trabajadores iba a tener pistoleros a sueldo?

—Pero sin embargo, en los días antes de la guerra se trasladó a Sevilla, porque no se sentía muy seguro en el campo. ¿Cómo era posible, si no tenía enemigos?

—Yo no he dicho eso. Claro que tenía enemigos, los

mismos que ahora van diciendo mentiras. Escúcheme, Santos. Usted tiene un trabajo importante que hacer, así que debe estar por encima de todas esas cosas. No puede ir escuchando todo lo que le cuenten. En esta tierra queda todavía mucha gente que no perdonó el éxito de Gonzalo Mariñas. No escuche a esa gente, están enfermos de envidia. Es un vicio nacional, siempre lo fue.

Me despedí del viejo encargado, tras dos horas de entrevista de la que no saqué mucha información útil, por cuanto el bodeguero se empeñaba en transmitirme, en cada palabra, la bondad innata de Gonzalo Mariñas, una imagen idealizada del difunto, que apenas se sostenía, no tanto por lo que yo conocía de Mariñas y que el hombre negaba, sino porque el entusiasmo del anciano estaba contaminado del ruido que tienen las palabras más falsas, no podía disimularlo. El hombre me acompañó hasta el automóvil, donde me estrechó la mano con fuerza, como intentando mancharme de su energía, de su admiración por Mariñas. Recordé una última pregunta:

—Dígame una cosa más. ¿Sabe algo de un pueblo que se llama Alcahaz? Creo que Mariñas tenía propiedades allí...

—No. No tenía nada. No conozco ese pueblo —las palabras del hombre se nublaron de una violencia repentina, una prisa por mi partida.

—Pero yo he visto algunos documentos de propiedad que...

—No sé nada. Ya se lo he dicho, ese pueblo no existe.

—No; usted me ha dicho que no lo conocía.

—Que no exista o no lo conozca es lo mismo, ¿no?

—Aguarde un instante... Llevo una fotografía en el coche —entré en el vehículo pero el hombre no esperó, y comenzó a caminar hacia la bodega mientras improvisaba una excusa, una tarea inminente que le requería, despidiéndose sin querer escucharme más. Quedé unos segundos detenido, sentado en el interior del coche con la puerta abierta, hasta que el hombre se perdió tras una puerta. Puse el motor en marcha y, cuando me disponía a partir, un muchacho se acercó hasta mí, haciéndome gestos para que esperase. No tendría más de catorce años, pero era largo, desgarbado por la crecida, con una sombra de bigote sobre los labios finos.

—Usted quiere saber cosas de Mariñas, ¿verdad? —preguntó con una sonrisa, apoyado en la puerta del coche—. Yo le cuento lo que quiera si me da un cigarrillo.

—Tú no puedes conocer mucho a Mariñas, eres muy joven —dije, mientras le acercaba el paquete de tabaco americano.

—Claro que sé cosas. Todo el mundo sabe cosas de Mariñas —dijo, mientras encendía un cigarrillo y expulsaba el humo por la nariz, exagerado en las caladas.

—¿Sabes algo de Alcahaz? —pregunté, por inercia.

—¿Alcahaz? No, no sé nada —dijo el muchacho, con una sinceridad que yo no había visto en tantos hombres que habían negado el pueblo.

—¿Qué puedes contarme entonces?

—¿Qué le ha contado ese maricón de Lucio? —el muchacho señaló con el cigarrillo hacia la bodega, por donde en ese momento asomó el encargado, que se acercó unos pasos y gritó al muchacho para que volviera en seguida al trabajo. El chico me miró con fastidio y, mientras se alejaba, me susurró con un guiño: «no se crea nada de lo que le haya contado este mamonazo. Éste comía en la mano de Mariñas», y acompañó sus palabras con un expresivo gesto en el que colocaba la mano como una escudilla a la altura de la boca; gesto que Lucio, el encargado, debió de comprender, ya que al pasar el muchacho junto a él, le quitó el cigarrillo de los labios y le sacudió una bofetada que el chico asumió, humillado, sin mirarme más.

—¿Qué le ha dicho el niño? —preguntó el anciano, mientras se acercaba hacia el coche, con el rostro quebrado, exagerando una tensión que no existía.

—Nada, no se preocupe —dije antes de ponerme en marcha.

*   *   *

De nuevo, el falso dialogismo, la contraargumentación dirigida y prejuiciosa. El autor decidió ya que Mariñas no merecía el beneficio de la duda y, como ya dijimos, sólo puede ser firmemente denunciado (por el remendón y la monja) o sospechosamente defendido por personajes fascistoides y repugnantes como el señorito Luque o el lameculos Lucio que ahora conocemos. Apañado está Mariñas si toda la defensa que puede esperar es la de un filofranquista como Lucio, que da muestras de fiero anticomunismo y odio a la República, y hace comentarios que al lector resultarán repulsivos. Además, se aplica en hacer un retrato de Mariñas que no puede ser más que sospechoso por hagiográfico, pues cualquier lector recibirá con suspicacia o abierto rechazo la presentación que de Mariñas se hace, como esforzado y honrado empresario que en realidad se dedicó a sacar adelante el país frente a los revoltosos y etc.

Por si el lector no se hubiera dado cuenta de la doblez del discurso de Lucio, de cómo de sus palabras se sobreentiende que era un cacique cruel, el narrador nos advierte de que «el bodeguero se empeñaba en transmitirme, en cada palabra, la bondad innata de Gonzalo Mariñas, una imagen idealizada del difunto, que apenas se sostenía, no tanto por lo que yo conocía de Mariñas y que el hombre negaba, sino porque el entusiasmo del anciano estaba contaminado del ruido que tienen las palabras más falsas, no podía disimularlo». Más claro, agua.

Y encima, para poner más sombras sobre el capítulo —aunque sean sombras chinescas—, al ser pre-

guntado por Alcahaz, las palabras del bodeguero Lucio «se nublaron de una violencia repentina», que a continuación le hacen casi balbucear, al afirmar rápidamente la no existencia del pueblo que dice no conocer, cosa que no escapa al sagaz protagonista. Con éste ya hemos visto tres momentos similares en la novela: cuando la viuda contaba cómo su difunto marido, al ser preguntado por Alcahaz, sufría un «ligero temblor» en la boca al pronunciarlo, y «se enfurecía», «perdía los nervios». Y cuando la monja, preguntada por Carmencita Mariñas, «no pudo esquivar un temblor y un brillo en los ojos que la delataron cuando trató de negar». Menos mal que a nuestro detective de pacotilla no le pasan desapercibidos esos temblores y cambios de humor de los interrogados.

Del capítulo nos quedamos, por último, en una nueva insistencia en la fallida idea argumental —que no por repetida va a ser más creíble— con «esas cosas que dicen de que denunciaba a los propietarios para quedarse con sus propiedades»; con otro niño fumador y proletarizado, y con una expresión sonrojante, la del vino seco que deja en la boca «un sabor a fiestas, a romería de agosto y tabernas sombrías», que encaja bien con la pintura turística que de Andalucía hace el autor, bien presente en esa visita al cortijo bodeguero, cuya descripción entronca con ese gracioso y castizo andalucismo literario tan querido por algunos autores.

SEGUNDA PARTE

ALCAHAZ

Todo mortal necesita defenderse con ficciones.

C. CASTILLA DEL PINO

I

NOCHE DEL 5 AL 6 DE ABRIL DE 1977

La noche vuelve lentos los relojes, atonta el paso del tiempo, minutos que contienen horas, una vida entera comprimida en unos pocos gestos, instantes en que, engañados por el sueño o la ensoñación de la mente, creímos estar conscientes mientras la vida, la verdadera, continuaba a nuestro alrededor, sin que interviniéramos en ella. Qué tiempo es el real, cuánto tiempo hemos pasado dormidos o hundidos en un pensamiento que nos paraliza los sentidos, son realmente los cuatro minutos que señala el reloj —fatal convención— o los días con sus noches que vivimos en la duermevela, en el sueño dulce de quien permanece en la frontera entre el sueño y la vida, durante esos minutos tan infinitos.

No habían pasado en verdad más de cinco minutos de reloj, pero a Julián Santos le vencía la sensación de haber permanecido inmóvil muchas horas, días enteros, varias noches sin intermedio de amaneceres. Apenas fueron cinco minutos con el cuerpo rígido y las manos apretadas en el volante, pero le parecía haber estado toda la vida así, mirando ese cartel de chapa (las letras casi borradas por la herrumbre, el nombre escondido una vez más, como en la boca de los hombres de la región que lo niegan), sumido en un paréntesis inabarcable que comenzó con la pronunciación en voz alta del nombre descubierto, Alcahaz, y que terminó con la vuelta a la conciencia y el ronroneo del motor todavía encendido. Bajó entonces del coche, olvidado ahora del miedo a la noche, y avanzó hasta quedar parado a un metro del cartel, frente a frente, no queriendo mirar más allá del letrero, ignorando las cercanas casas hinchadas de luna, como si todo el pueblo existiese únicamente contenido en una palabra, en ese trozo de chapa oxidada. Alcahaz, repitió en voz alta, cual palabra mágica que al pronunciarla hiciese aparecer el lugar que ahora sí miraba. Caminó unos pasos hacia el pueblo, sombreado en la noche, tan sólo visibles las primeras casas llenas de luz de estrellas. Se detuvo a pocos metros de la primera construcción, algo atemorizado, recuperando en la memoria y en todo el cuerpo, como un regalo del tiempo, el momento tantas veces repetido más de cuarenta años atrás, en un pueblo que no es éste pero podría serlo —la noche iguala los pueblos, los campos, las gentes—; recuperó la sensación repetida en aquellos años cada tres noches cuando, una vez cumplida su misión de clandestino porteador, con su padre perdido ya en un fondo de noche y silbidos, Julián, Julianín entonces, regresaba solo a casa, bajaba la sierra entre los olivos y llegaba a la carretera hasta detenerse en la entrada del pueblo, impresionado por el silencio de la madrugada, sintiéndose el extraño que a la noche llega a un pueblo desconocido, quizás abandonado, y del que desconoce la hospitalidad o la hostilidad de los vecinos; como el forastero que encuentra al fin un lugar que sólo existía en los mapas antiguos, en alguna fotografía de otro tiempo.

Retrocedió hasta el coche, a paso rápido. Tomó del maletero una linterna gruesa que encendió contra el suelo, salpicando de luz el camino. Apagó el motor y las luces del coche, para quedar enterrado en la oscuridad, abandonado en la noche como el propio pueblo, tan sólo unido al mundo por el gotear blanco de la linterna. Avanzó de nuevo hacia Alcahaz, y llegó a las primeras casas que eran sólo el comienzo de la calle principal y única: dos hileras de casas idénticas que se prolongaban hasta el fondo de la oscuridad, más allá de donde alcanzaba la cansada linterna. Se acercó a una de las primeras construcciones, cuyas paredes llenó con la débil luz hasta descubrir una arquitectura desolada: las paredes desconchadas, en parte derrumbadas; las ventanas de madera roída, las puertas recomidas, los tejados mellados, llenos de matorral y huecos, algunas vigas asomando como huesos gastados al cielo. Alumbró el interior por una ventana, certificando el abandono, las paredes apenas sostenidas, la malayerba que crecía en todas partes, como alfombra descuidada. La contemplación de una casa derruida siempre nos produce una tristeza honda, mezclada de nostalgia y falsa memoria, como si fuésemos los propietarios de aquella casa perdida. Cuando en Madrid, por el día, caminaba por una calle y encontraba un edificio recién demolido —víctima de los especuladores o los malos constructores, que suelen ser los mismos—, Santos se detenía unos minutos y quedaba en silencio, como en un respeto fúnebre, encontrando en los pocos restos de la casa imágenes de la vida que ya no será: las escasas paredes de pie todavía con el papel pintado de flores, algunos azulejos que resistieron la piqueta, puertas sin pared que les den sentido, cerradas al viento; las marcas de claridad donde estuvieron los muebles, el perfil quebrado donde una vez hubo escalera, algún calendario que olvidaron descolgar y que permanecerá varios años en aquel trozo de pared hundida, marcando para siempre la fecha de la destrucción, el día último en que las familias cargaron como pudieron los muebles, maletas y trastos en alguna camioneta que las alejó de allí antes de la demolición.

La destrucción, como todo proceso de cambio —como la creación, y a ella se iguala—, nos impresiona siempre. Todos compartimos la extrañeza de la creación: cómo en un solar, en un descampado sólo del viento habitado, en poco tiempo se levantan estructuras de hierro que mañana sostendrán techos que cobijarán expresiones de vida —niños jugando, amantes en un lecho, una cena de familia, la soledad en mitad de la noche, el miedo incluso— en el mismo sitio donde ayer crecía la malayerba y los escombros componían un bodegón desolado. Por tener resultados parejos, la destrucción se acaba igualando a la creación en nuestra curiosidad y en nuestra esperanza.

Si dolorosa es la mirada a un edificio recién demolido —las paredes cuarteadas como pan, las vigas manos retorcidas hacia el cielo, las bóvedas de polvo y nubes—, no menos desasosiego causa la contemplación —como era el caso de los restos de Alcahaz— de los efectos del tiempo y el abandono humano en una construcción que una vez fue habitada. Igual que un cuerpo humano al que negáramos los mínimos cuidados y atenciones, así sufre una casa habitada que al día siguiente fuese dejada en manos del tiempo destructor, de la comezón lenta de los insectos en las vigas, el derrumbe imperceptible de las paredes restalladas del viento, la lluvia que abre surcos en los tejados, primero hileras después grietas y al fin barrancas hacia el interior; la vegetación como mancha imparable o noche certera que invade las estancias: breves matorrales en los pliegues de la pared, en las esquinas, entre las tejas; y el paso de todo ser viviente que destruye —pequeños animales nocturnos que roen, pellizcan o mordisquean los muebles; niños que en su juego destrozan los sillones, alguien que pasa por allí y decide tomar en propiedad lo que no tiene dueño, las puertas de un armario, las contraventanas, los interruptores y enchufes, lo que necesite. Deberíamos ser capaces de seguir, día a día, minuto a minuto, los avances de la destrucción. De lo contrario —y es lo que ocurre siempre—, la contemplación del hogar de antaño tras décadas de abandono nos produce el malestar de lo incomprensible; como incomprensible resulta observar el orden interno de todo proceso de descomposición, los caprichos del tiempo al deshacer lo habitable, arrancando restos de vida de donde quiere, pero dejando a cambio algunas señales como memoria indeleble de la vida perdida: una botella llena de un licor difícil y que después de varios años permanece inalterada sobre una mesa, ajena a la ceremonia de aniquilación que sucede a su alrededor; un juego de tazas que ha sobrevivido a la ruina general en lo alto de un chinero de cristal astillado; una silla recordada y que continúa quieta, tal vez coja, en el mismo rincón al que nos acercábamos entonces para dejar la chaqueta en el respaldo y los pantalones bien doblados sobre el asiento, cada noche, como preludio del dormir o del amar.

Santos siguió avanzando por la calle nocturna y sola, arrimado a las casas de la derecha, comprobando en cada construcción las mismas huellas de abandono, la desolación extendida por todas las paredes, la noche que se descolgaba en el interior de cada habitación por los tejados rotos y huía después por las ventanas desarboladas. Llegó así al final de la calle, una breve avenida formada por dos filas de apenas quince casas cada una, todas tronchadas y dejadas por muchos años. Al final, cerrando la calle, había una construcción algo mayor, que Santos fue dibujando con la linterna: una parroquia de piedra, no menos ruinosa que el resto de casas. La fachada llena de mordiscos, las esquinas derrumbadas, las puertas de madera todavía en pie como último testimonio de entereza. Hacia arriba, el cañón de la linterna era insuficiente para terminar de alumbrar el campanario, que permanecía así indefinido en su altura, aunque previsiblemente desgastado de los muchos años de negligencia.

Santos quedó allí, frente a la iglesia, detenido en medio de lo que un día debió de ser una calle viva, cruzada por gentes que irían de una a otra casa, que llenarían el espacio de palabras y de risas, como guirnaldas de uno a otro tejado. Ahora quedaba el pueblo solo, habitado siquiera por la luna que llenaría de claridad las casas cuyos tejados estuvieran más mutilados. Así permaneció Santos, detenido frente a la parroquia, hasta que un ladrido de perro no muy lejano le estremeció. Sintió un escalofrío de miedo al escuchar el ladrido repetido. Quedó asustado, no por el ladrido en sí, sino por el hecho de que era un sonido vulgar, común. Hubiese aceptado un sonido inhumano, un bramido salvaje, un grito inaudito que sería más apropiado para un pueblo fenecido, que existía casi fuera del mundo. Pero un ladrido de perro no; un ladrido era una nota de realidad en un pueblo irreal, un anuncio de una cotidianidad desaparecida, un aviso de vida inesperado. Tuvo un instante de pánico, un impulso de salir corriendo y subir al coche y marcharse lejos, pero no pudo ni siquiera moverse, abrumado por la desolación que le rodeaba. Se tranquilizó con el pensamiento de algún perro que se perdió de un cortijo cercano.

De repente, una mano nacida de la oscuridad tomó su brazo, una mano de dedos rígidos como ramas, que se apretó en su brazo helado; una mano surgida de la nada, perteneciente a un cuerpo imprevisto, unos pasos que no oyó llegar, una débil sombra en el charco de la linterna. Quiso cerrar los ojos para no ver a quien le agarraba, quiso correr pero no pudo moverse, como en un sueño de pasillos infinitos; quiso gritar pero ya no sabía hablar. Brusco, se giró rápido para soltarse de la mano oscura, incapaz de pensar con la urgencia que necesitaba, levantó la linterna para alumbrar un instante tan sólo el rostro recién llegado. La linterna cayó al suelo y se apagó del golpe, pero dejó un segundo de luz previo, la claridad suficiente para ver de lleno el rostro que retuvo la luz un segundo más como si fuera de fósforo, aquella cara de hombre o de mujer, difícil precisar el sexo por las muchas arrugas que deshacían las facciones, mapa del tiempo arrasado, unos ojos apenas vistos entre los párpados pequeños, una expresión de naturalidad, una leve sonrisa anciana, un cuerpo menudo, antiguo y ennegrecido, como nativo de la noche o de la tierra, la misma cosa son. Santos permaneció paralizado, lleno de oscuridad ahora, sin saber si tenía los ojos abiertos o todavía cerrados, invisible el cuerpo frente a él, prolongación de la mano que todavía le apretaba el brazo y le impedía huir, aunque ni correr podría. La anciana —porque era mujer, lo supo entonces— habló, como una voz de la nada, como si la propia noche hablara, tal que un espectro de ropas negras, con una voz vetusta, sílabas masticadas sin dientes, voz sin sorpresa:

—Pedro, cariño; vaya horas —unos segundos de silencio en los que Santos retuvo en la mente las palabras, intentando encontrar algún significado, no ya a la frase completa, sino a cada una de las palabras, que a su mente asustada se presentaban como vocablos de un lenguaje desconocido—. «Ya pensaba que no vendrías hasta mañana, como se hacía tarde», concluyó la mujer, que aflojaba la presión de la mano.

Santos intentó hablar, la boca adormecida, olvidada de la capacidad del habla, amordazado por el miedo. Sentía la mano de ella deslizarse desde el brazo hasta la mano, y le apretaba ahora los dedos con ternura, la solidez de dos manos juntas, la carne de la mano de la anciana helada, de materia estremecida. La mujer tiró levemente de Santos hacia ella, y habló con voz amable:

—Anda, vámonos para casa, que tengo la cena preparada. Tendrás hambre de todo el día, me lo imagino.

La mujer tiró de Santos, que no opuso resistencia y se dejó llevar, manso, de la mano de la anciana, guiado en la oscuridad de la calle como un ciego repentino, como quien queda atrapado en un sueño, en una realidad impredecible o un baile de locos.

(con el tiempo sabrás, ya lo descubrirás, alguien te lo contará más adelante, que la escena de la que ahora participabas remitía a cuatro décadas atrás, 1936 seguramente:

Alcahaz todavía vivo, la calle llena del sol tenaz de agosto, las casas brillantes a la luz, las fachadas recién encaladas, geranios en las ventanas, naranjos en la calle frente a las casas, niños que corrían entre risas, las familias en las puertas de las casas, el camión detenido en la mitad de la calle, cubierto de banderas rojas y negras, unas siglas pintadas con tiza en la chapa del vehículo. Y Pedro, no tú sino el verdadero Pedro de hace cuarenta años —un campesino de buena talla, el rostro generoso, los ojos graciosos, el pelo rebelde—, tomaba las manos de su mujer, la misma mano que hoy es carne rígida y que entonces era calor y blandura, juventud.

—Venga, mujer; no te preocupes, que volveremos antes de la cena. Es sólo un puente que hay que arreglar, eso lo hacemos en un rato. El frente está muy lejos, no nos puede pasar nada. Venga, mujer... Tú prepara un buen gazpacho y unos huevos para cuando vuelva... Estaremos de vuelta antes de la cena, tú verás cómo sí... Quédate tranquila, que no pasa nada, de verdad.

Pedro apretó las manos de su mujer sin noción de despedida, y dejó un beso tierno en la mejilla. Se alejó caminando deprisa, volviéndose varias veces para decir adiós a la mujer con la mano, para lanzarle desde la distancia un beso al aire y una sonrisa de tranquilidad. Llegó hasta el camión rojo y negro, parado frente a la iglesia con los motores encendidos. Casi todos los hombres estaban ya montados en la parte trasera del vehículo, todos idénticos en sus ropas campesinas, en sus gorras, en sus herramientas o sus pocas escopetas. Todos, con la misma expresión forzada en las sonrisas, intentaban tranquilizar en el saludo a las mujeres que a los lados del camión esperaban el momento de la despedida. Pedro subió al camión, ayudado por varios compañeros que le ofrecieron las manos y tiraron de él hacia arriba. La mujer quedó quieta junto a la parroquia, en el mismo lugar en que la encuentras —te encuentra— cuarenta años después, como si toda su vida hubiera estado ahí, detenida. Pero todo esto lo sabrás después, ahora debes esperar, intuir los acontecimientos, crearte una vaga idea de lo que ocurra.)

La anciana condujo a Santos de la mano hasta una de las casas, tal vez no tan ruinosa como las otras. Santos, sin saber siquiera si tenía miedo, se dejó llevar, vencida su voluntad, desconcertado en el pueblo al fin encontrado. En el interior de la casa, la mujer soltó su mano para encender un candil, que llenó la estancia de una luz ambarina que espantaba las sombras hacia los rincones, y mostraba una habitación desnuda, las paredes desconchadas pero en pie, no más muebles que una mesa limpia y un par de sillas. Santos seguía detenido en la puerta, observándolo todo con ansiedad, sin ser capaz de atrapar nada en la mirada, desbordado por la escena imprevista. La mujer se acercó; su rostro aparecía brillante sobre el candil, las arrugas creaban leves sombras bajo los ojos pequeños.

—Bueno está... ¿Te vas a quedar ahí parado como un pasmarote? Anda, siéntate, que tengo lista la cena en un momento.

Santos, sin comprender nada, obligado por la voz imperiosa aunque afónica, se sentó en una silla que bajo su peso crujió de dolor. La mujer se alejó por un pasillo, llevándose el candil. Santos quedó en sombras de nuevo, con los ojos vueltos hacia el resplandor lejano del candil al fondo del pasillo, de donde llegaba un repicar de cacharros de lo que supuso una cocina, los sonidos domésticos que le desconcertaban por inesperados en medio de tanta desolación —un tenedor que rasca el fondo de una sartén, el romper exacto de la cáscara de huevo contra un borde, el chisporroteo del aceite hirviendo, sonidos todos que, en cualquier situación, nos retrotraen a escenas pasadas, de cenas familiares, y que en este momento, en la casa derruida, a oscuras, confundían a Santos.

Tras unos minutos, que para Santos fueron enormes, indefinidos —la noche vuelve lentos los relojes, atonta el paso del tiempo—, la luz del candil se acercó de vuelta hacia él; la sombra de la mujer, lenta y coja en su caminar, se agrandaba por las paredes hasta dejar su cuerpo en el centro de la habitación. Apoyó el candil en la mesa y colocó al lado una fuente de barro con unos cuantos huevos fritos ennegrecidos por el aceite manchado en tantas frituras, y una jarra de latón llena de agua. La mujer volvió a marchar hacia la cocina, pero dejó ahora el candil en la mesa. Santos, solo en medio de la luz, prefería tal vez la tiniebla, como si le dolieran los ojos ante lo que veía, la miseria y la destrucción que exhalaban por las paredes un ardor que le quemara los párpados. En seguida regresó la anciana, con un par de platos de barro y unos tenedores. Se sentó, sonriente, frente a Santos, llenando cada gesto de una familiaridad de muchos años. Sirvió dos huevos en cada plato antes de volver a mirar a Santos, que se fijaría esta vez en sus ojos perdidos bajo las arrugas, buscando algo en su profundidad oscura, cualquier cosa que permitiera entender aquello, la casa, el abandono, la soledad, la anciana, la confusión de identidad, los huevos fritos.

—Ya ves que he preparado unos huevos, como me dijiste —susurró la mujer con una sonrisa que, ahora sí, tenía un eco de locura—. «El gazpacho no, porque no es bueno de noche, ya lo sabes. Luego te se repite y no hay quien duerma.» La mujer comenzó a comer, partiendo con el tenedor un trozo de clara que se llevó a la boca. Se detuvo al notar que Santos seguía cada movimiento, boquiabierto aún. «¡Vamos! Empieza a comer, que se van a enfriar, bobo.» Santos, obediente, tomó el tenedor y comenzó a comer, relajado tal vez por el sabor del huevo caliente, la yema roja estallada. Durante unos segundos comieron en silencio, como si Santos hubiera renunciado a una explicación y se rindiera al desorden que vivía, en el que unos huevos fritos podían ser una llave hacia mayores desórdenes, la incomprensión. Cuando terminó de comer,

Santos, tras cruzar los brazos sobre la mesa, miró a la mujer y pensó una frase que decir, una forma de empezar a hablar, de buscar una definitiva explicación, saber. No pudo, porque fue la mujer la que soltó un inicio de conversación que aumentaría el desamparo de Santos:

—Y qué... ¿Cómo ha salido lo del puente ese?

—¿El puente? —preguntó Santos, pensando cada palabra como extraña—. ¿Qué puente?

—¿Qué puente va a ser? ¿No era un puente lo que teníais que arreglar, que le habían puesto no sé qué bombas y que no se podía cruzar? ¿Lo pudisteis arreglar al final? Desde esta mañana que os fuisteis, bien temprano que era, ya habéis tenido tiempo de hacer un puente bien bonito, porque vaya...

Santos quedó callado, con la boca abierta, una palabra que no saldría. Quería pensar en voz alta, como única manera de ordenar sus ideas. Debía restablecer el orden, reparar el malentendido, cualquiera que fuera. Pero qué orden cabría allí, en medio de aquello, de las casas abandonadas, el pueblo por todos negado pero existente, la mujer sola, anciana, familiar sin embargo, los huevos fritos, las frases tan cotidianas. No cabría más orden que el del puente, lo que fuera que esa mujer decía. Como temeroso de contrariarla, de que sus palabras aclaratorias terminaran de hundir aquel conjunto inestable, Santos se limitó a seguir la conversación, hasta donde fuera, ya se ocuparía después de arreglarlo, si podía.

—Sí... Un buen puente —musitó con una sonrisa.

—Si te digo la verdad, estaba ya un poco preocupada. Todas lo estábamos, es verdad... Ya sabíamos que no os llevaban al frente, ni de cerca, pero... Si cayó una bomba en ese puente como dicen, bien os podía haber pasado otro tanto a vosotros, ¿no? Encima, se hacía de noche...

La mujer quedó ahora en silencio, mirando a Santos y al plato vacío. Preguntó entonces, tratando de ser amable, casi cariñosa:

—¿Estaban buenos los huevos? Bien doraditos, como a ti te gustan, ¿no?

—Sí... Muy buenos, claro —afirmó Santos, seguro.

—No sé... Estaban un poco tontas las gallinas esta tarde... Sería por todo el revuelo que se formó cuando os fuisteis, el ruido del camión y esas cosas. Se asustarían, son tan tontas...

De nuevo el silencio, Santos incapaz de continuar la conversación, a pesar del tono familiar de la misma, qué podía decir de las gallinas, qué camiones habrían llegado esa tarde, qué puente en verdad, qué locura parecía dominarlo todo, no tanto la mujer como lo demás, el aire propio de la noche, encogido de miedo. No obstante la falta de respuesta, la mujer continuó hablando, tal vez necesitada de conversación.

—Yo estuve en el campo, a la tarde, recogiendo algunas verduras... Pero con esta caló no hay quien haga ná... A poco que te muevas, te pones a sudar. Habréis pasado mucha caló en lo del puente, ¿no? —Santos respondió con un gesto automático, asintiendo, el calor, el puente, lo que fuera. La mujer se levantó con trabajo de la silla, amontonó los cacharros y se los llevó de vuelta a la cocina; dejó el candil junto a Santos y caminó en la oscuridad del pasillo. Unos segundos después, el entrechocar de todos los cacharros al caer al suelo apenas sobresaltó a Santos. No quiso moverse para no romper, no ahora, la naturalidad de los movimientos, de las palabras, no tener que hacer frente a la realidad ahí fuera, a la linterna caída en algún sitio, el coche aparcado en la entrada del pueblo, el hombre que llegó con la noche. Pronto apareció de vuelta la mujer, secándose las manos en la falda o delantal negro que la cubría, y se apoyó en el respaldo de la silla para tomar aire y hablar:

—Estarás cansado a lo que me imagino. Yo también... Es la caló, ya te digo. Asín que nos podemos ir ya a la cama, ¿te parece? Ya son horas, que luego mañana...

La mujer tomó de la mesa el candil, y se giró para comenzar a caminar por el pasillo. Santos, más temeroso de la oscuridad que obligado, siguió a la mujer. Las sombras de los dos se alargaban por el suelo, el candil borraba la casa por detrás, la descubría por delante. Entraron así, Santos detrás de la mujer, en una habitación que, dibujada a la luz amarilla, se mostró como un precario dormitorio: un camastro en el centro, más jergón que cama, y un baúl junto a la pared. Por lo demás, el mismo abandono, las paredes igual de recomidas, algo de hierba brotada en el rincón. La mujer, tras dejar el candil en el suelo, se soltó con gesto torpe el pelo cenizo y se sentó con dificultad en el borde del lecho. Con movimientos lentos se fue ladeando hasta por fin tumbarse; respiró entonces en profundidad, estiró las piernas y los brazos hasta quedar plana. Miró a Santos, como a un recién llegado junto a la puerta:

—Pedro, cariño: ¿es que vas a quedarte toda la noche de pie? Venga, acuéstate ya, que luego no hay quien te levante para el campo. Y cuando sube el sol no hay quien pare por la caló. Venga, acuéstate ya.

Sin mucha resistencia, como obedeciendo a un guión preestablecido, a una vida en algún lugar ordenada, Santos caminó hacia el lado opuesto de la cama. Debería, ahora sí, decir algo, que esa casa es inhabitable, que se cae a trozos, que eso no es una cama donde dormir, que él no es Pedro, que esa mujer está loca o perdida; pero sólo puede sentarse con cuidado en la cama y tumbarse despacio, hasta quedar en paralelo junto a la mujer, el cuerpo tan cercano, la mano de ella que se acerca hasta rozarle y aprieta su mano, no como al principio en la calle, con sorpresa y provocando el miedo, sino ahora con caricia, trayendo la tranquilidad y el sueño, la ausencia de miedo, la vuelta a un tiempo que no es suyo, la mujer que se gira y apoya la cabeza en el pecho de Santos, le llena la boca de un olor antiguo, de la tierra, el pelo cinéreo que le cosquillea los labios, el candil que se extingue borrando la habitación, los amantes imposibles, desconocidos, la mano de Santos que, sin obligación, porque quiere hacerlo, porque no puede ser de otra forma, se mueve y acaricia ahora la cabeza de la mujer, que exhala un gemido hacia el sueño o la muerte, componiendo cada gesto un momento perfecto, una realidad tan necesaria. Santos, antes de entregarse al cansancio, fuerza los ojos hacia el techo que no es techo: las vigas hundidas dejan pasar la noche al interior, el cielo abierto, techo infinito, las estrellas arriba, como clavos plateados en el techo, descolgadas sobre el pueblo, que existe o no, la habitación que no es habitación, los amantes o los durmientes que lo serán.

* * *

El modelo en estas páginas, las del primer contacto con el misterioso y desaparecido pueblo de Alcahaz, parece apuntar a la Comala de Rulfo en su Pedro Páramo, si bien la distancia es enorme, por supuesto. Lo que en Rulfo es la construcción de un lenguaje que parece enfermo, infectado por la misma desolación del pueblo muerto, en nuestro joven autor se malogra pues cada vez que consigue un párrafo interesante y contenido en su belleza, se deja ir por el tobogán de lo fácilmente literario, y lo sobrecarga con una insistencia pretendidamente poética. Parece que el autor es consciente del filón narrativo que tiene un pueblo abandonado —pues en efecto lo tiene, una casa derruida, un pueblo deshabitado, escenarios que encienden la sensibilidad y el interés de cualquier lector a partir de toda una cadena de connotaciones emocionales—, y decide que no puede desperdiciarlo, que tiene que exprimirlo más, y así echa a perder unas páginas meritorias por no saber cortar a tiempo, por alargar un párrafo interesante para añadirle unas líneas innecesarias, de un lirismo gastado, que tropie-

zan en adjetivos preciosistas y en una sensibilidad exacerbada, por no decir claramente cursi, con expresiones que malbaratan todo lo bueno anterior: «las vigas manos retorcidas hacia el cielo», la ropa en la silla «cada noche, como preludio del dormir o del amar», las palabras y risas como rimbaudianas «guirnaldas de uno a otro tejado», y otra colección de expresiones afectadas, ya sea un rostro anciano que es «mapa del tiempo arrasado»; un cuerpo «como nativo de la noche o de la tierra, la misma cosa son», una «voz vetusta», una mano «de materia estremecida», un gemido exhalado «hacia el sueño o la muerte», o ese final enfático que se iguala con un arranque de capítulo estridente y retórico, hiperliteraturizado, de esos que buscan provocar la admiración boquiabierta del lector, hay que ver lo bien que escribe este muchacho... La insistencia machacona en lo desolado que está el pueblo, en lo abandonado que está todo, y en lo muy hermosa y metafórica que es la destrucción, acaban por desactivar el efecto buscado. Pasa lo mismo que páginas atrás, cuando se insistía en los olores asfixiantes del taller zapatero. A fuerza de tanto oler, acababa por no oler a nada. Pues aquí lo mismo: a fuerza de tanto mostrarnos la destrucción, ya nos deja fríos.

Pero la distancia con el modelo Rulfo viene marcada también por la inseguridad del autor. Lo que en Rulfo es ambigüedad y desorden —sólo aparente, pues tiene sus propias leyes— desde la confianza de un autor que, como Rulfo, nada teme de la comprensión de sus lectores, y deja un vasto margen para lo intuitivo e irracional; en nuestro joven autor se transparenta la inseguridad del primerizo, cuando decide, en mitad del capítulo, insertar una aclaración infantil, en forma de ese adoquín de flashback que, por si no evidencia de sobra el castañeo de dientes del au-

tor, comienza con un culpable «con el tiempo sabrás, ya lo descubrirás...» y cierra con un «pero todo esto lo sabrás después, ahora debes esperar, intuir los acontecimientos, crearte una vaga idea de lo que ocurra». Pero vamos a ver, joven autor: ¿no era que ese uso de la segunda persona iba dirigido, vía protagonista, directamente al lector? ¿A quién se está desbaratando la intriga con estas aclaraciones por adelantado? Al lector, claro. ¿No debería ser el lector, desde la certeza de su inteligencia, quien se enterase de todo en su momento, y mientras intuyese, se crease una vaga idea? Pero una vez más, el autor piensa que el lector se va a perder, que se va a despistar de la narración, y decide cogerlo de la mano, acompañarlo, sentarlo y explicarle, hablando muy alto y vocalizando bien, como cuando se habla a un extranjero o a un niño o a un anciano: mira, te lo voy a explicar: no te asustes con lo del pueblo abandonado en el que vive una anciana loca, y no te líes con el tal Pedro con quien confunde a nuestro Julianín; en realidad todo esto es por lo que ocurrió en el treinta y seis, un día que estaba el tal Pedro y llegó un camión y entonces... Por si no es bastante, más adelante, el diálogo de la anciana con Santos no puede ser más aclaratorio, más torpemente explicativo.

Con todo, las páginas anteriores, el relato del paseo de Santos por el pueblo abandonado, tienen algo que hay que reconocer al autor, y que se percibe también en otros momentos de la novela: ese runrún, esa música de fondo, ese zumbido de la prosa, que puede resultar agradable aunque pegajoso, y que hace que sigamos leyendo; esa escritura que parece ritmada, que crea una continuidad en lo leído y una sensación peligrosamente placentera, de leer sin mucha dificultad, de leer palabras que suenan bien, ideas que tienen cierto brillo, construcciones más o menos inte-

ligentes, connotaciones fácilmente seductoras, y que nos invita a seguir leyendo, que nos conduce tantas veces hasta el final de una novela que no nos interesa o no nos gusta, pero que no dejaremos de leer, hipnotizados por ese zumbido que tantos autores se trabajan, y que es una forma menor de estilo, pero estilo al fin.

Por otra parte, y terminando el imposible paralelismo con Pedro Páramo: *si en la Comala de Rulfo cabe una concesiva —y gozosa— suspensión de lo verosímil, pues se trata de un relato de fantasmas, en el caso de Alcahaz podemos conceder por ahora una suspensión temporal de lo verosímil, de manera que las muchas preguntas que con los pies en el suelo surgen (¿cómo vive esa mujer? ¿Cómo enciende el fuego para freír el huevo? ¿Y el candil?), esperamos que se aclaren con venideras explicaciones. Seguimos.*

II

«En un principio, las páginas escritas por Mariñas como inicio de sus futuras memorias resultaban inservibles en su práctica totalidad, debían ser modificadas. Aparte del artificio que transmitía su prosa recargada y huera, lo narrado allí aparecía a todas luces falso, exento de credibilidad para el lector. Fue la lectura de algunas cartas, y sobre todo los recuerdos que la viuda desgranaba sobre la mesa del comedor cada día, los que me sirvieron para ir conociendo la personalidad del suicidado y, sobre todo, para encontrar la utilidad de los textos de Mariñas. Pude así descubrir la clave que cifraba esas páginas, la fórmula para saber cuánto había de cierto y cuánto de invento en aquellos manuscritos, desentrañar sus silencios, sus omisiones, los espacios en blanco, las mentiras del texto, la fútil vanagloria.

»No obstante la información de que disponía, me resultaba imposible iniciar la escritura de las memorias. Si quería dotar de coherencia y credibilidad al texto, debía ser capaz de construir un estilo definido, certero, que estuviese en la línea de la prosa de Mariñas, que fuese reconocido como suyo por cualquier lector, pero que a la vez me resultase asequible en su elaboración, para lograr una escritura fluida y hacer un trabajo rápido. No podía limitarme a aplicar una plantilla sobre el estilo —o la carencia de estilo— de Mariñas, ya que resultaría un texto frío, falto de realidad. No podía continuar escribiendo a partir de lo ya escrito, puesto que la fractura entre lo redactado por Mariñas y lo que yo escribiera sería evidente. Tenía por tanto, en primer lugar, que reescribir lo ya escrito por él, partir desde el principio. Para mi labor me enfrentaba a no pocas dificultades. La primera, mi propia falta de convicción en lo que hacía. No era un problema de incongruencia entre lo escrito y mis pensamientos, puesto que llevaba una década haciendo el mismo trabajo para demasiados individuos situados más que lejos de mi espacio ideológico. Aunque me pesara mi propio cinismo, no sentía en verdad el mínimo escrúpulo por el hecho de falsear y limpiar la memoria de un energúmeno cuya personalidad yo conocía, cuyos pecados principales me repugnaban. No era eso. Se trataba más bien de que yo no creía, en ningún momento, en lo que estaba haciendo; es decir, sabía que todo aquello no serviría para nada, porque restituir y falsear la memoria de Mariñas requería mucho más que un voluntarioso ejercicio de redacción. En muchas ocasiones hemos comprobado lo poco que cuesta mancillar el nombre de una persona. En cambio, recuperarlo es tarea titánica.

»Junto a eso, me encontraba con el riesgo, cada día más evidente, de alcanzar una excesiva identificación con el personaje. Escribir algo tan íntimo, en primera persona, te obliga a asumir como propios unos recuerdos ajenos, unas vivencias, una historia sentimental e intelectual, una oscuridad de ciertos años que yo comparto de alguna forma. Existía el peligro de que, en lugar de suponer y asumir los recuerdos, las vivencias y el bagaje personal de Mariñas, acabase creando un extraño cuerpo híbrido en el que se mezclaran sin límites Mariñas y Santos, mis recuerdos con los suyos, mi vida con la de él, mis miedos con los que él tuvo, la oscuridad de algunos de mis años con la tiniebla personal de Mariñas. El riesgo se confirmó cuando completé las primeras páginas.

»Durante una semana, antes de que me venciera el desánimo que precedió al viaje, escribí a buen ritmo, unos ocho folios por día, de los que me sentía satisfecho. Antes de ofrecérselos a la viuda como prueba de mis progresos, decidí releerlos. En seguida comprendí que en aquellas cuartillas estaba presente la historia de Mariñas, pero no su equipaje humano. Las reflexiones, los complejos, los miedos o las pasiones que allí aparecían reflejados no eran de Mariñas: eran míos en su totalidad. Me reconocía fácilmente en aquel escrito. Aunque no era yo el que había nacido en un pueblo sevillano en 1908, aunque mi familia pasó unas penalidades muy distintas a las de la familia Mariñas que allí aparecía, aunque yo no tuve la infancia que allí se describía, el protagonista de aquellas páginas no era Gonzalo Mariñas. El protagonista, o el narrador, era yo, o un imposible ser que nos mezclara y confundiera a los dos.

»Quedaba además un elemento añadido que invalidaba aquella primera escritura: en demasiadas ocasiones yo caía en el error de hacer juicios de valor sobre Mariñas, sobre su comportamiento en la vida pasada. Es normal que en unas memorias uno haga cierta autocrítica de su propio comportamiento, pero siempre dentro de su escala particular de valores, y de forma más o menos benévola. Por el contrario, en aquellas páginas aparecían demasiados enjuiciamientos de los comportamientos de Mariñas, de su padre o de quien fuera, pero siempre a través del tamiz de mi propia escala moral e incluso política. Tuve que desecharlas y ya no pude comenzar de nuevo, ya sin tiempo, sin convicción, sin ganas.»

Memorias de Gonzalo Mariñas Carrión
Primer borrador (desechado)
Algunos textos sueltos: los primeros años.

«De aquellos primeros años en el pueblo sevillano, en Dos Hermanas, yo no conservaría recuerdos nítidos, memoria discursiva alguna. Por mi corta edad en esos años, carecía aún de entendimiento, de raciocinio. Por eso sólo retengo sensaciones, una trama de sonidos, voces, olores, texturas o calores que sobreviven al tiempo y se enredan en el confuso territorio de la memoria sensitiva. Cuántas veces un leve olor nos paraliza en mitad de un trabajo y nos devuelve de golpe a un espacio pretérito, nos subyuga sin que podamos situarlo en nuestra geografía de los sentidos. Cuántas veces, ya en nuestra vida adulta, un sonido, una palabra en boca ajena, una estrofa de zarzuela antigua que creemos inaudita, nos remontan a un pasado indefinido, a un tiempo fuera del recuerdo, en el que creemos haber habitado pero sólo en cuerpo, privados de entendimiento, de memoria, de capacidad visual, de espíritu, no más que un cuerpo que fuera marcado por todas las cosas, olores o sonidos que le rodean, las percepciones que dejaron cicatrices que algún día descubriremos sin entenderlas, huellas violetas (y violentas) del tiempo.

De aquellos primeros años, que corresponden cronológicamente a los primeros años de la segunda década del siglo, me queda sobre todo, más como sensación que como recuerdo, la cercanía física de otros cuerpos al dormir, la proximidad violenta de tantos cuerpos bajo un mismo techo, el olor de los sudores mezclados, las respiraciones entrelazadas en la noche callada, los suspiros de alguien que no veo, la somnolencia compartida. Dormíamos todos, mi padre, mi madre y mis tres hermanos, en un cobertizo que hacía las veces de vivienda para la familia y de almacén para mi padre. Era una construcción de materiales sólidos aunque pobres, más un chozo que una casa de campo. En poco más de veinte metros cuadrados había dos jergones de trapo en los que nos repartíamos todos para dormir, además de una mesa hecha con un viejo trillo apoyado sobre maderas, varios taburetes de tronco, una mecedora rescatada de alguna casa arruinada, una alacena sin puertas, varias cajas, el hogar del fuego en un rincón, y los materiales de trabajo de mi padre esparcidos por todas partes, tablillas, hierros, martillos de distintos tamaños. Evidentemente, dada mi edad de entonces, no puedo recordar por mí mismo todo aquello con tanta precisión, sino a través de lo que me fue contado por mis hermanos o mi propio padre. Un día, más de treinta años después de aquella infancia primera, regresé a Dos Hermanas y busqué, ansioso, en los campos de alrededor la finca donde estaba nuestro chozo. Después de recorrer varios caminos y cortijos, de un paisaje que el tiempo había herido de muerte, no encontré más que una construcción casi demolida tras tantos años de abandono. Al entrar en ella recuperé pronto la impresión que perdura de aquel tiempo: la miseria. Porque aquello era la miseria, en toda su magnitud, por mucho que mi padre, en su orgullo, intentara disimularla en el pueblo hablando de «la casa de campo» para referirse al chozo al que no se atrevería a llevar a nadie; por mucho que encalara cada primavera la fachada y reparase los destrozos de la lluvia en el tejado, ocultando el interior mísero con un exterior brillante y cuidado; por mucho que mi madre nos remendara trajes con viejas telas de saco para que pareciéramos señoritos en un pueblo de niños pobres.

Conservo además, de aquellos años, el terror de la noche, cuando mi padre apagaba la luz de carburo y todos dormían. El miedo a la noche es común para todos los niños, pero mayor para aquellas infancias en el campo, cuanto más miserable: el chozo se volvía pozo a la noche, hundido en la oscuridad, y sólo se escuchaban algunos pájaros nocherniegos cuyos graznidos se confundían con los ronquidos de cualquiera de mis hermanos, la respiración difícil de mi padre al dormir, el cuerpo de mi hermana que me estrechaba para arrancar de mi piel algo de calor, la viva sensación de que todos se habían extinguido con la luz y yo me había quedado solo, no dentro del chozo, sino en medio del campo, tumbado en la tierra, bajo el cielo y la noche más negra. Hoy, muchos años después, aun durmiendo en habitaciones elegantes de hotel que tienen poco de aquello, no puedo evitar, al apagar la luz, sentir a mi alrededor la arquitectura opresiva del chozo, la cercanía de los cuerpos durmientes, las respiraciones ahogadas, la humedad de los trapos en el jergón, el olor viciado de tanta carne trabajada. Y el miedo, por supuesto, extenso país el de los miedos infantiles, inagotable y por toda la vida perdurable, la oscuridad nos arroja una y otra vez a los viejos temores de la niñez.

(...)

Mi padre, Miguel Mariñas, había nacido en el mismo pueblo, en Dos Hermanas, en 1875 o en 1876 —ni siquiera él mismo estaba seguro de la fecha—. Su familia, los Mariñas, eran una más entre las muchas familias que en aquel sur miserable hacían profesión de pobreza. En el pueblo había poco donde elegir: el campo, traicionado por las sequías y vendido al capricho de los propietarios, o las pocas conserveras de aceituna que había en los alrededores. Así que el abuelo Mariñas, padre de mi padre, alternaba temporadas de paro con otras de trabajo a cambio de salarios de hambre. De ahí que mi padre no tuviese ninguna oportunidad para ir a la escuela, ni siquiera para aprender a leer y escribir, aptitudes que, como mi abuelo le advertiría, de poco le iban a servir en aquel pueblo analfabeto, sólo para que los vecinos estuviesen todo el día pidiéndole favores, que les escribiera una carta, les rellenara un documento, les leyera un papel del Estado, las noticias de las hojas informativas. Sin embargo, aunque Miguel Mariñas, mi padre, tuvo que ponerse a trabajar desde niño, pudo más su voluntad terca que el entorno desafortunado en que vivía. Así, a fuerza de tenacidad aprendió a leer a los veinte años, prácticamente a la misma edad en que se autoproclamó socialista: más por orgullo que por conciencia de pertenecer a una clase social, en un pueblo en el que apenas podía entenderse la lucha de clases si no era entre los pobres y los más pobres, ya que los propietarios, terratenientes y patronos, normalmente residían en la capital, y raramente cruzaban el pueblo en sus coches de caballo con las ventanas cerradas, por lo que eran una presencia supuesta pero difícilmente constatable. Tras aprender a leer, y aun careciendo de todo conocimiento teórico sobre el socialismo, Miguel Mariñas se ganó cierto prestigio entre los campesinos del pueblo a los que, en cualquier cantina, recitaba párrafos enteros que tomaba del periódico del partido, discursos menguados de don Pablo Iglesias que leía en *El Socialista* o en *La Ilustración Popular*, y de los que memorizaba por las noches algunos párrafos para luego, ante los prójimos, presentarlos como discurso propio. Así, se acercaba a un grupo de hombres sentados al sol en la plaza, donde aguardaban que llegara algún patrono que quisiera contratarlos para la recogida de cualquier cosecha ese día, o para podar algún campo o sembrar unas tierras. Miguel se acercaba a ese grupo de hombres airados a los que, con voz solemne, espetaba algo como «si la masa obrera padece una gran ignorancia y por lo muy explotada que está siéntese profundamente irritada, ¿qué se ha de hacer, para modificar esos dos malos estados? ¿Maldecir a sus causantes? ¿Despertar el odio contra ellos? ¿Predicar sentimientos de venganza hacia los mismos? No, porque así no se consigue que la ignorancia de los obreros desaparezca, ni da a éstos la reflexión que necesitan para que todos sus actos o la mayor parte de ellos lleven el sello del acierto, o lo que es igual, para que sus intereses sean bien defendidos».

Cierto afán de revancha, además, le empujaba hacia el socialismo, tal vez convencido de que la prometida revolución llegaría cualquier día y, entonces, podría devolvérselas todas juntas a quienquiera que fuese el culpable de su falta de futuro, ya fueran los propietarios, el gobierno o los siempre culpables burgueses —y él, en sus jaculatorias tabernarias o de plazuela, invocaba desde el vino al burgués como a un ser omnipresente y peligroso, aunque en realidad no creía haber visto un burgués en su vida, hasta que siendo ya buen mozo viajó un día a la cercana capital y creyó identificar como burgués a todo el que pasaba por la calle y vestía buenos trapos o sombreros.

Fue ese mismo talante orgulloso y terco el que le hizo ambicionar la adquisición de una cultura que le permitiera distinguirse en su mísero entorno. Conseguir el equipaje cultural e intelectual que le había sido negado desde su nacimiento fue siempre una obsesión para mi padre; un estímulo implacable que le llevó, desde que aprendió, a leer todo lo que caía en sus manos con intención de aprehenderlo: periódicos, revistas gráficas, publicaciones seudocientíficas y libros que rescataba de los carros de traperos, compendios de las más diversas ciencias y saberes, y que él leía sin comprender apenas, memorizando párrafos enteros que luego repetiría, como la teoría socialista, en alguna conversación en la cantina, o ante alguno de los jornaleros que cruzaban frente a nuestra casa en el campo y que, tal vez, se creería cualquier cosa de un hombre que hablaba, con la precisión que la memoria le permitía, de lugares incógnitos, descubrimientos científicos de veinte años atrás, procesos industriales que revolucionaban la vida en Inglaterra, métodos escandinavos para roturar la tierra, historias que él contaba como algo propio, vivido. Igualmente, no sé cómo, se hizo con una vieja e incompleta enciclopedia de varios tomos, que colocó en la alacena del chozo para nuestra admiración, libros fantásticos en los que, como él repetía con los ojos encendidos de fulgor, estaba reunido todo —y él subrayaba «todo»— el conocimiento humano: los lugares de la tierra y los mares, la historia universal desde su inicio, las guerras todas, las civilizaciones extintas —término que aprendió un día y luego utilizaba en cualquier frase, como distinción—, los grandes hombres, los países, todo lo que un hombre del siglo puede, quiere y debe conocer. Cada noche, antes de apagar el carburo, nos reunía a todos alrededor de él para leer varias páginas de la enciclopedia, siguiendo el orden alfabético de las definiciones que nos hacía repetir de memoria y que nos preguntaría como lección al día siguiente. Debido a esta práctica diaria, yo, que apenas contaba cuatro o cinco años, dormía atemorizado —dado que los métodos pedagógicos de mi padre se basaban en la *escuela* de la zurriaga y el bofetón—, repitiendo en la noche lo aprendido, hasta que el sueño me alcanzaba y disolvía a traición lo memorizado, por lo que al día siguiente despertaba sobrecogido, ya que una vez más la noche me había arrancado el conocimiento a trocitos. Intentaba entonces aprovechar una salida de mi padre para coger, a escondidas, el tomo de la enciclopedia y buscar la definición para memorizarla de nuevo. Trabajo inútil, toda vez que yo no sabía leer, y las palabras se presentaban ante mí tal que claves hechizadas que mi padre, como un taumaturgo de sueños, interpretaba en conjuros a la noche.

(...)

Desde joven mi padre se dedicó, durante años, al mismo oficio: barrilero, hacedor de barriles de madera para las conserveras de aceituna de la zona. El trabajo era de gran dureza, puesto que para encajar los corsés de hierro del tonel con las tablillas de madera, debía doblar éstas sin romperlas y dilatar los anillos, para lo que necesitaba calor que les diera flexibilidad. Se veía obligado así a trabajar inclinado sobre un fuego, una pequeña hoguera que hacía detrás de la casa y junto a la que se colocaba en cuclillas para ir doblando una a una las tablillas, dándoles la curvatura exacta para luego encajar los aros de hierro golpeando, poco a poco, con un martillo, siempre sobre el fuego, que calentaba el hierro y le reblandecía a él la carne, tostándole la piel y llenándole de humo los pulmones. Tardaba un día entero en fabricar un solo tonel. Mi imagen de él tiene, en esos años, mucho de mágico, de misterioso, de un ser oscurecido y enorme que trabajaba sobre una hoguera —el fuego, prodigio infernal a mis ojos de niño—, golpeando con cuidado las tablas y hierros, como un forzado artesano de un oficio ingrato, un forjador de armas míticas con las manos llenas de heridas y la piel desmadejada, para al final del día ofrecer una barrica de madera que yo no sabía para qué servía pero que resultaba fascinante, nacida del fuego y de las manos rotas de mi padre.

Huérfano de dignidad en su trabajo, Miguel se sintió ligeramente confortado el día que, tras buscar en la enciclopedia las voces «barril» y «tonel», descubrió en esta última la narración breve del mito de las Danaides, las cincuenta princesas que, tras asesinar a sus maridos, fueron condenadas por los dioses a llenar de agua un tonel sin fondo, hasta la eternidad, tarea de corte similar a la de Sísifo. Fingiéndose emocionado, llenando de imposibles resonancias míticas su trabajo, durante un tiempo contaba la historia de las hijas de Dánao a todo vecino que le veía cargar con un barril camino de la conservera. Entonces mi padre decía al pueblerino de turno «aquí llevo un tonel para las Danaides, pero éste sí tiene fondo, así les quito el castigo, pobres», y se alejaba, satisfecho de su efecto erudito, y dejando al vecino indiferente, acaso pensando éste que las Danaides esas serían las dueñas de alguna conservera, qué más da. Con el tiempo, Miguel se olvidaría de las Danaides como de muchas otras cosas que leyó, y sobre todo se olvidaría de los barriles, que sí que eran un castigo titánico, la condena de fabricar un barril inacabable, cada día sudando sobre el fuego.

(...)

A mi padre, desde siempre, lo recuerdo enfermo. No tanto una enfermedad física —que también existía, por la dureza del trabajo y el abuso del alcohol, algo del hígado o los pulmones, tal vez ambos—, sino sobre todo una enfermedad espiritual, una corrupción interior que le destrozaba en silencio, y que se hacía más visible cuando se sentaba en el porche, bajo el cañizo, y fumaba picadura mirando al campo, a las casas blancas del pueblo en el horizonte, maldiciendo en voz baja, entre dientes, con el cigarrillo en los labios, tirando piedras hacia el infinito, recomido por un malestar que él no sabría identificar —y no sabría definir, y eso era lo peor: alguien deslumbrado por las palabras y que no es capaz de poner voz al quebrar de su interior. Su malestar, su enfermedad, tenían mucho de frustración, de una ambición desmesurada que nunca se vería satisfecha, no por carencia de voluntad sino por la falta de oportunidades que no sabía por qué se le había impuesto desde el nacimiento, un capricho que le obligaba a él, precisamente a él, Miguel Mariñas, a dejarse la piel y los años cada día sobre una hoguera, no poder ofrecer a sus hijos más futuro que el de los aros de hierro dilatados, y no ser capaz de discutir con otros hombres si no era a través de párrafos memorizados. Asistía a reuniones obreras y campesinas, de aquel primer partido socialista casi clandestino, y se encendía en medio del entusiasmo proletario, ansioso por tomar la palabra y gritar al auditorio todo lo que le ardía dentro, sentimientos que serían de solidaridad, de emancipación, de revolución, de guerra obrera, de liberación; sentimientos que sin embargo se oscurecerían en cuanto tomase la palabra, reducido a un balbuceo en el que ni siquiera recordaba algún párrafo de reciente lectura. Abandonaba entonces las reuniones lleno de rabia, no contra él mismo y su incapacidad para dar voz a sus pensamientos —que eran más bien intuiciones, vagamente elaboradas—, sino contra quienquiera que fuese el responsable de su atraso, de su miseria económica, cultural y humana. Sobra decir que los principales afectados de la *enfermedad* de mi padre, de sus cambios de humor, éramos nosotros: mi madre, mis hermanos y yo.

Demasiadas noches, la sesión de enciclopedia era suspendida cuando mi padre llegaba con el crepúsculo, borracho de vino caliente y poseído por una violencia que exteriorizaba su inquina contra todo, su amargura vital. Al atardecer, mi madre se sentaba en el emparrado delantero, mirando al horizonte para ver venir a mi padre, que se habría marchado después de comer con un tonel a cuestas que vendería rápido para luego perderse en alguna cantina o una reunión del sindicato. En cuanto la figura de mi padre se insinuaba al fondo del camino, mi madre adivinaba en qué estado venía. Si el caminar de mi padre era rectilíneo y pausado, mi madre respiraba tranquila y terminaba de preparar la cena para dar paso después a la sesión de lectura y memorización colectiva de la enciclopedia, todos sentados alrededor de él, el enorme libro sobre las piernas, la dicción lenta, solemne. Pero cuando la figura que se acercaba por el camino se tambaleaba y tropezaba al andar, dando patadas torpes a las piedras, a los insectos; entonces mi madre se estremecía y entraba en el chozo para abrazarnos a todos, conocedora de lo que vendría después: mi padre, ebrio y colérico una vez más, se dejaría caer en el jergón para dormir profundamente una hora, tiempo en el que todos, sentados frente a él, le observábamos en silencio, con el deseo común de que no despertara ya hasta el día siguiente. Sin embargo, con contadas excepciones, mi padre despertaba pocos minutos después, con la ebriedad reforzada por el dolor de cabeza y la sequedad de la boca, lo que acentuaba su violencia que en seguida descargaría en nosotros, los hijos varones —por fortuna estaba tan borracho que apenas nos dañaban los golpes que repartía con una cuerda de nudos, ni los puños torpes en la cabeza de mis hermanos y la mía. No contra mi hermana, que era intocable para él; y menos aún contra mi madre, a la que despreciaba y humillaba pero a la que, por no sé qué respeto, no puso nunca un dedo encima.

(...)

Su rabia, su frustración ante todo y todos, se hizo mayor tras casarse con mi madre. Ella, Carmen Carrión, era hija de una familia de recursos medios, pero que en medio de tanta pobreza eran más que suficientes para vivir bien o muy bien, como los burgueses de la capital. El padre, Eduardo Carrión, era el administrador de varias de las conserveras presentes en el pueblo, así como de varias fincas cuyos dueños confiaban en él sus intereses, todo lo cual le permitía un sueldo que daba a su familia lo necesario y mucho más. Nadie entiende, tampoco mis padres me lo explicaron, qué pudo encontrar la hija de una familia ciertamente acomodada —una joven educada y de belleza delicada, hija de una de las pocas familias del pueblo que presumía de veranear en Huelva o en Málaga; una familia, los Carrión, que trajo a Dos Hermanas el primer automóvil, maravilla nunca vista, niños descalzos corriendo detrás del vehículo y riendo, perros y burros espantados a su paso—; qué pudo encontrar ella en aquel hombre, Miguel Mariñas, de brutalidad manifiesta, enemistado con todo, que malvivía con un trabajo miserable y carecía de cualquier recurso. Probablemente todo se explique por algún encuentro fortuito, en el que ella, que no contaba más de dieciséis años, inocente como fue toda su vida, sería temporalmente deslumbrada por aquel hombre arrogante que recitaba de memoria párrafos de cualquier ciencia como propios, y que se presentaba a sus ojos como un revolucionario llamado a completar futuras hazañas. Con estas mañas sería fácilmente embaucada por aquel fingidor. Sea como fuere, ella quedó embarazada de Miguel Mariñas después de una noche en que, al final de una verbena en que bailaron juntos algún pasodoble, se amaron con urgencia tras las casas últimas del pueblo, tumbados en el sembrado, su piel de jabones gallegos repentinamente ensuciada del barro y de la piel soleada del hombre que la poseía, aquel hombre ilustrado, rebelde o mentiroso. A la vista del embarazo que siguió a las fiestas del pueblo, mi padre la tomó como esposa, pese a la oposición de la familia Carrión, y se la llevó a vivir a lo que él llamaba su «casa de campo». No es difícil imaginar el impacto que en los padres de la niña causaría la contemplación de aquel chozo paupérrimo en el que su hija perdería la juventud y casi la vida. Aunque en un principio la familia, que desconocía todo sobre el novio, estaba dispuesta a cederla en matrimonio antes que sufrir la vergüenza de una hija embarazada y soltera, cuando el padre de Carmen conoció la residencia y el oficio de Miguel, se opuso a todo enlace, intentando incluso un arreglo económico con mi padre, ofreciéndole cantidades que el barrilero no podría reunir en muchos años de trabajo. Pero Miguel, orgulloso como siempre, nunca aceptaría dinero de una familia como los Carrión, y persistiría hasta conseguir llevarse a la niña con su vientre ya levemente hinchado.

El enfrentamiento de mi padre con la familia Carrión —que tuvo incluso episodios de violencia física que nunca me fueron narrados—, se prolongó por años, y fue abundando en él un desprecio silencioso hacia mi madre, fundado en el hecho original de que ella procedía de una clase social superior: la clase que, según el primitivo ideario obrero de Miguel, era culpable de la situación de explotación y miseria en la que la gente de su clase vivía, culpable por tanto de que él no tuviese educación, no supiese hablar en público, no pudiese liderar una huelga o una revolución. Ella, Carmen, con su piel delicada y blanca que mi padre quiso oscurecer a fuerza de trabajo; ella, con sus modales y su corrección que él ridiculizaba cuando bebía; con su cultura de escuela superior, de colegio de monjas, que a él le fue negada desde el nacimiento; Carmen, con sus oraciones de tarde y sus visitas a misa de domingo, a la que mi padre le prohibió llevarnos, convencido del ateísmo inherente a su socialismo: todo eso, unido a la sumisión que ella mostró desde el principio, hizo que mi padre, además de rechazar con orgullo toda ayuda económica de la familia Carrión, obligara a mi madre a una vida humillada, sujeta a sus caprichos, sometida a su desprecio, convertida en el objeto último de todo el odio que mi padre iría acumulando de forma callada durante años, durante toda su vida.

(...)

De mis hermanos poco puedo contar, ya que siempre fueron para mí unos extraños, compañeros de cama y oscuridad en la primera infancia, de juegos y caza de pájaros, llevados más por el aburrimiento de la vida en el campo que por una inexistente amistad; unos personajes a los que me unía la obediencia de la sangre, pero que mantenían conmigo una relación escasa, helada, prescindible. Antoñito, el primer hijo, fruto fatal de la noche de amor sucio tras la verbena, y culpable sin quererlo del casamiento entre los Mariñas y los Carrión, tuvo una existencia efímera, y falleció al año siguiente de unas fiebres, de lo que, sin razón aparente, también culpó mi padre a los Carrión, maldita familia. Esta muerte prematura hizo que el patriarca de los Carrión intentara recuperar a su hija, lo que dio lugar a un mayor enfrentamiento con mi padre que se prolongó hasta el nacimiento, un año después, de un segundo varón. Pablo, que así se llamaba en recuerdo del fundador del partido socialista, llegó a ser un muchacho hermoso, vitalista, que no dudó en enfrentarse a la autoridad paterna a costa de más de una paliza, y que se hizo militar sólo por tener una oportunidad de alejarse de aquella región mortecina y conocer los exóticos lugares citados en las enciclopedias, perdiendo así todo contacto con nosotros. De los paraísos dibujados a colores en el papel fino de los libros no conoció más que Marruecos, donde murió en el veintiuno, en una campaña militar, como tantos otros jóvenes que fueron enterrados en la arena ardiente de África. De su muerte tuvimos noticia algunos años más tarde, de forma casual, olvidados ya todos del hermano que marchó.

Alonso fue el tercero en nacer. Heredó de mi padre,

más por mimetismo que por genes, la rabia social, el odio de clase, la esperanza revolucionaria aprendida cuando siendo niño escuchaba a mi padre en las tabernas: «la clase obrera, mediante su organización y la capacidad que puede adquirir, no sólo mejorará su suerte, sino que se emancipará, emancipando a la vez a todos los seres humanos». Pero Alonso supo encauzarlo mejor, no limitándose a las maldiciones vespertinas en el porche de la casa ni a las noches alcohólicas y violentas, sino comprometiéndose de verdad con sus ideas —asimilando realmente la teoría socialista, no sólo memorizándola— hasta llegar a ser uno de los responsables del partido en la provincia, lo que valió el orgullo disimulado de mi padre, que no ocultaba cierta envidia porque su hijo hubiera logrado lo que él no pudo hacer, hablar en reuniones, liderar con la palabra, crear movimiento con una frase. Alonso, que nunca vio el peligro cuando lo hubo, murió en los primeros días del treinta y seis, fusilado por los soldados de Queipo en Sevilla. Su muerte me fue especialmente dolorosa, por cuanto, estando yo en Sevilla en las mismas fechas, no pude salvar la vida de mi hermano, por mucho que agoté hasta la última posibilidad, entrevistándome incluso con el mismísimo Queipo de Llano, quien me prometió una clemencia que al final no existió. Ni siquiera pude recuperar su cadáver, que se pudriría en cualquier zanja en aquel julio del infierno.

Por último, Carmencita, tres años mayor que yo, retrato fiel de mi madre en las formas, aunque libre del desasosiego que mi madre llevaba en los gestos: llena la niña de una belleza más propia de la tierra —la piel del color de los terrones secos del campo, los ojos de un verde prado, la voz arracimada de viento. De ella hablaré más adelante con detalle, puesto que fue la única que soportó los años finales de mi padre.

(...)

Durante tres lustros, desde la boda con Carmen, mi

padre negó todo intento de la familia Carrión por ayudarnos. El patriarca de los Carrión, escéptico ya por la imposibilidad de arrebatar a su hija de aquel bruto campesino, de darle a la menor de sus hijas la vida que hubiera deseado para ella —muy lejos del chozo y el barrilero dipsomaníaco—, se resignó a no recuperarla y decidió al menos ayudarnos a sobrevivir en aquella pobreza. No era extraño ver, cada pocos meses, el coche de los Carrión, un automóvil sencillo pero que a nuestros ojos era fantástico, llegando al chozo del campo, con el padre y alguno de los hijos, hermanos de mi madre. Cuando Miguel estaba en casa, los recibía con la escopeta, respondiendo con disparos al aire a las ofertas de dinero o de trabajo de Carrión, escondiendo de balas su incapacidad para expresar su rechazo con las palabras que no encontraría. Otras veces, el señor Carrión aprovechaba la ausencia de mi padre para visitar a mi madre, intentando convencerla sin esperanza para que abandonara a su marido y regresara al hogar familiar, que dejase para siempre la miseria descorazonada en la que vivía con los cuatro niños. Sin embargo ella, rendida a un destino que creía suyo, y temerosa de su marido, negó siempre esa posibilidad y se limitaba a interceder ante mi padre, convenciéndole de lo positivo que sería tomar prestado el dinero ofrecido por Carrión; dinero que mi padre, orgulloso siempre, consideraba dinero sucio, manchado. Aun así, de no ser por el dinero que, a escondidas, entregaba Carrión a mi madre, no hubiéramos podido siquiera comer, por cuanto mi padre sacaba poco dinero de cada barril, y en los últimos tiempos apenas fabricaba uno a la semana.

(...)

Fue así como transcurrieron los primeros cinco años de mi vida, perdido en una inacabable rutina levantada sobre pocos elementos que se repetían con periodicidad fatal: los cambios de humor de mi padre, las palizas cada vez más flojas, las visitas de Carrión en su automóvil, el silencio triste de mi madre a todas horas —aunque nunca lloró en ese tiempo, mujer forjada en la educación católica que preparaba a las niñas para la dureza de la vida, resignación cristiana que llamaban—, el paso de los meses y las estaciones, sin cambios, siempre el campo yermo y el pueblo pequeño como límites a nuestra vida. Hasta un día de verano de 1914 en que todo cambió. Mi padre estaba entonces, en aquella época, especialmente desesperado, encerrado en un autismo progresivo, desencantado de todo, olvidado ya incluso de la rabia, de sus reacciones agresivas; enfrentado además, cada vez de forma más violenta, a mis dos hermanos, sobre todo a Pablo, que tenía ya la edad suficiente para comprender que nuestra miseria se debía sólo al orgullo necio de mi padre, a su negativa ante todo intento de ayuda de los Carrión. Pasaba el barrilero las horas tumbado en el jergón, sin salir del cobertizo, fumando a oscuras, mientras los restos de toneles inacabados cercaban la casa como un astillero sucio o un cementerio de barcos. Así pasó Miguel varias semanas, mudo por completo, sin ingerir alimento y apenas vino, con el firme propósito de no volver a salir de aquella casa, de dejarse morir cuando llegara el momento, sin prisa, como un cínico Diógenes que al final se negase hasta el aire que respira. Ni siquiera atendía ya a los tomos desparejados de la enciclopedia, que ganaban polvo y humedad en la alacena. Pasó muchos días en esa actitud, hasta que una tarde, tras un breve intercambio de palabras con mi madre que yo no pude entender, se levantó por fin, salió del chozo y, débil como estaba, comenzó a andar por el camino en dirección al pueblo. Mis hermanos y yo lo vimos alejarse, confundidos, como si aquello fuese un adiós, seguros de que nunca más volvería.

Por lo que supe después, mi padre se dirigió esa tarde al domicilio de los Carrión, con cuyo patriarca, Eduardo Carrión, hacía casi quince años que no intercambiaba más que gritos, insultos y disparos al aire. Entró en la casa —una construcción de estilo colonial, en una pequeña plaza céntrica—, sin esperar a que le recibieran; cruzó pasillos y patios sin conocer la disposición de las estancias, hasta dar con el despacho soleado desde donde Eduardo Carrión, repasando algunos cuadernos de cuentas, le vería llegar entre los geranios del patio, pensando tal vez que aquel hombre había enloquecido al fin y pretendía matarlo. Mi padre entró en el despacho, sin violencia en los ojos, y cerró la puerta tras de sí. Quedaron encerrados los dos hombres, con el resto de la familia y el servicio doméstico espiando tras la puerta, sin escuchar una palabra en voz alta, dudando si llamar a la guardia civil por lo que pudiese ocurrir. Allí permanecieron los dos antagonistas apenas diez minutos, intercambiando frases en baja voz. Salieron juntos de la casa, seguidos por los atónitos hermanos y criadas, y subieron al coche de Carrión, para cruzar en silencio las calles del pueblo apagadas de siesta. En el chozo, mis hermanos y yo, que aún permanecíamos paralizados en el incrédulo gesto de despedida, vimos llegar al automóvil, pensando que tal vez la familia Carrión, enterada de la marcha de mi padre, acudía para llevarse a mi madre; sin saber qué pasaría con nosotros, si nos considerarían familia o sólo bastardos del hombre que marchó para no volver. Todas nuestras hipótesis cesaron al ver bajar a nuestro padre de aquel vehículo enorme, junto al elegante señor Carrión, sin que entre ellos se adivinara violencia, tan sólo desprecio callado, rivalidad de muchos años. Apenas hubo unas palabras que el señor Carrión dirigió a su hija con voz gomosa: mi madre, rápida, entró en la casa y tomó en una maleta vieja algunos trapos, se colocó un pañuelo en la cabeza y nos abrazó y besó uno a uno, sin que comprendiéramos nada, buscando saber algo por su inexpresivo rostro. Después, ella subió al coche junto a su padre, y se alejaron despacio por el camino, mi madre mirando hacia atrás, llorando por primera vez y agitando una mano que nosotros no sabíamos que era, ésta sí, de despedida, para siempre.

Al día siguiente, tras una noche en la que tan sólo mi padre dormiría —nosotros insomnes, mis hermanos y yo, estremecidos y desconocedores de lo ocurrido—, recogió las pocas cosas útiles del chozo en varias cajas, las repartió entre nosotros, y echamos a andar hacia el pueblo, dejando atrás la pequeña construcción, abandonada en adelante a los caprichos del tiempo, iniciando la lenta degradación que yo contemplaría, culminada, al volver muchos años después. Entre el escaso equipaje que salvamos como de un hundimiento, mi padre no incluyó la enciclopedia, que quedó olvidada en la casa, como una renuncia definitiva al conocimiento. Cuando yo regresé años después, busqué en vano los libros, que debieron ser sustraídos por cualquier caminante, o simplemente pulverizados por el tiempo, que destruye los libros y el conocimiento en ellos contenido.

Tras varias horas de caminar en silencio, después de cruzar el pueblo entero —los vecinos que nos verían marchar con las cajas a cuestas, Miguel Mariñas tal vez avergonzado, creyendo que sus paisanos conocerían ya su rendición—, nos encontramos, mis hermanos y yo junto a mi padre, en el interior de un vagón de tren, que se puso en marcha con destino desconocido. El viaje ha quedado indeleble en mi memoria de aquellos años en que yo nacía a la razón, con poco más de cinco años. La admiración por el tren, máquina terrible nunca vista hasta entonces más que en las enciclopedias; los campos a través de la ventanilla, colores y formas inéditos a mis ojos, fugacidad de la tierra que se sacudía al paso del tren, inhibiendo nuestras incertidumbres, sin importarnos realmente adónde íbamos, tan sólo la certeza de que viajábamos, de que dejábamos atrás el pueblo pequeño y pobre, la casa herida de lluvia, las noches de miedo y estrechura, los restos de tonel que nadie completaría, esparcidos para siempre alrededor de la casa.

El tren, en un viaje de diez horas, nos llevó a tierras no muy lejanas, pero que a mis ojos de niño resultaban al otro lado del mundo, un lugar imposible tras tantos cambios de paisaje: los campos resecos dejaron paso a unas vegas bien cultivadas, y más tarde a unos campos de olivos alineados hasta el infinito, que en la noche, desde el tren, se adivinaban por la luna restregada en la hojarasca plateada. Al fin salimos a un nuevo paisaje terroso, no tan seco como aquel del que partimos, algunas lomas suaves al fondo, una llanura interminable, cortijos dispersos entre grandes cultivos. Nuestro viaje terminó en una ciudad que sólo años después supe que era Granada. Para un niño que tenía por toda su geografía las calles enanas de Dos Hermanas, una capital como aquélla aparecía grandiosa, las casas como palacios o torres, las avenidas sombreadas, los automóviles haciendo sonar sus bocinas, las gentes vestidas como otras gentes que imaginábamos en las ciudades que aparecían descifradas en la enciclopedia, París, Viena, Londres, Nueva York..., ciudades todas que a lo largo de mi vida frecuenté en viajes, y que sólo pudieron decepcionarme, como nos decepciona todo lo que conocimos cuando niños —la imaginación también es una forma de conocimiento—, y que en el recuerdo aparece magnificado, por lo que la comparación siempre es mediocre.

Mi padre alquiló una habitación en una pensión céntrica, y nos dejó allí, con el equipaje, marchándose él sin más que una bolsa, escondida bajo la camisa, en la que guardaba varios fajos de billetes, el pago efectivo de la libertad de mi madre. Durante tres días no tuvimos noticia de mi padre, que vagó por la ciudad ese tiempo, buscando un trabajo o un futuro a la medida de su dinero reciente; aunque en realidad pasó más tiempo dentro de las tabernas que iba conociendo, en las que encontraría idéntico paisanaje que en Dos Hermanas, idénticos obreros o campesinos apáticos que apenas prestarían atención al hombre que recitaba párrafos sobre teoría socialista, roturación de los campos o métodos industriales que revolucionaban la producción en Inglaterra. Durante el tiempo que estuvo ausente, éramos alimentados por la patrona de la pensión, una mujer seca y malhablada, que desoyó la petición de mi padre de que cuidara de nosotros y no nos dejara salir, lo que nos permitió descubrir la ciudad. Mis hermanos, mayores que yo —Pablo tenía entonces doce años, Alonso diez, Carmencita ocho, y yo poco más de cinco—, cuidaban de mi hermana y de mí, cuando caminábamos sin rumbo por las calles de la nueva ciudad, maravillados por todo lo que veíamos, las calles empinadas del Albaicín, las cuevas húmedas del Sacromonte donde vivían gitanos que parecían criaturas de la oscuridad, la Alhambra, como un castillo fantástico, enrojecido a la tarde, pesebre de leyendas, y la pared blanca y plomiza de Sierra Nevada, como una ola inminente, suspendida sobre la ciudad.

Tres días después, tras uno de esos paseos, encontramos a nuestro padre al regresar a la pensión. Temimos un enfado que no tuvo lugar. Él nos esperaba con el escaso equipaje preparado para salir, y nosotros pensamos por un momento que aquello era el fin de la vida en la ciudad soñada, que regresaríamos al chozo dejado sólo unos días atrás, a aquel tiempo que ahora parecía situado en un pasado más lejano. En la calle, al dejar la pensión, la sorpresa primera fue descubrir que mi padre había comprado una bicicleta, nueva, luciente al sol. Ninguno de nosotros había montado nunca antes en semejante cacharro, por lo que, tras varios intentos de mi padre por pedalear, que acabaron con un costado arañado y risas de numerosos viandantes, la bicicleta sirvió para cargar algunos de los trastos y llevarla en adelante empujada.

Cruzamos toda la ciudad hasta salir de ella, dejando atrás la colina con la fortaleza rojiza en lo alto, las casas descolgadas del monte, las cuevas del miedo, la sierra que se derrumbaba un poco más cada día. Comenzamos a andar por la carretera principal, pegados al margen, empujando por turnos la bicicleta cargada. Mi padre, que se mostraba extrañamente locuaz —como si el dinero le hubiera permitido adquirir, además de una bicicleta y un futuro, la capacidad para hablar, la magia de las palabras—, nos orientaba sobre nuestra vida a partir de ese momento, todo iba a cambiar, se acabaron los días de dormir juntos en el chozo y malcomer cuando se podía, adiós a los barriles, adiós a tantas cosas porque él tenía ahora dinero, y eso, hijos míos, es el motor que hoy mueve el mundo. *No escuchéis a los que dicen que el vapor mueve enormes máquinas; no a los que os deslumbren con las maravillas de la electricidad; ignorad a los que os vengan con monsergas de religión o política; nada de eso: es el dinero, siempre lo fue y lo será por siempre, el que mueve todo, las cosas, la tierra, los hombres, el que nos mueve hoy a nosotros, y mueve nuestra vida y todo.* Mis hermanos y yo, agotados por la caminata, le escuchábamos con desconfianza, como si en verdad lo que decía fuera sólo uno más de los engañosos capítulos de la enciclopedia, otro de los muchos paraísos descritos que no eran para nosotros. Sin embargo, esta vez era cierto: la libertad de mi madre, pagada por Eduardo Carrión, dejó a mi padre una renta más que suficiente para cambiar nuestra vida. Como primer paso, había comprado a un propietario granadino varios centenares de hectáreas de olivar y cereales entre Jaén y Granada, que serían el comienzo de nuestra pronta fortuna.

Los primeros días de nuestra nueva vida, sin embargo, no distaron mucho de la vida anterior. Después de que un camión que por allí pasaba nos recogiera y nos llevara hasta el punto de la carretera del que partía un camino en dirección a una sierra baja, caminamos hasta llegar al comienzo de nuestra recién adquirida propiedad. Mi padre, eufórico en todo momento, abarcó con los brazos abiertos cuanto campo pudo, girando sobre sí mismo, y gritándonos que todo aquello era nuestro, tanta riqueza. Nosotros no entendíamos tanta euforia, pues no veíamos riqueza en tanto campo ni en aquellos olivos en hileras interminables. En el terreno había además una pequeña construcción, un viejo cobertizo poco distinto de nuestro anterior chozo, y en ella vivimos hasta que, varios meses después, estuvo construida la que sería nuestra primera casa, que sí podía llamarse casa. Esta demora nos hizo descreer las palabras de mi padre, sus promesas de fortuna, ya que pasamos varios meses viviendo en las mismas condiciones que antaño, durmiendo en los jergones húmedos, tan cercanos los cuerpos en la oscuridad.

Pero sí, esta vez eran ciertas sus palabras, sus promesas. Miguel Mariñas, lúcido como nunca, esperanzado por sus nuevas posibilidades, por conseguir todo lo que le había sido negado hasta entonces, administró bien el dinero restante, de forma que durara más allá de la primera cosecha de oliva, llegado el invierno. Contrató una cuadrilla de hombres del pueblo más cercano para recoger la aceituna, así como otro grupo de hombres que construían, en medio de los terrenos, la que sería nuestra casa. Un edificio de arquitectura indefinida, sujeto a los caprichos de mi padre, que cada día se sentía más enérgico y hacía y deshacía a su antojo, ordenando patios donde ayer eran habitaciones, o pasillos sin fin que alargaran la casa, ya que el tamaño era lo más importante para él: cuanto más grande fuera la casa, más digno de respeto y obediencia sería su acaudalado propietario a los ojos de los demás. Al final tuvimos una casa que, de forma inconsciente, repetía el modelo de la casa de los Carrión, los pasillos y patios que mi padre había cruzado tan sólo una vez, el día de su derrota, o de su victoria, según la escala moral con que se mida su gesto.

Para nosotros resultaba todo nuevo, asombroso: los grupos de hombres que llegaban con el amanecer, para trabajar en la casa o en el olivar, y que hacían hogueras de luz escasa alrededor de las cuales se arracimaban, helados de la escarcha de diciembre, con las manos agrietadas y temerosos de la tierra tan dura bajo sus pies, el suelo helado del que las mujeres, que también acudían, recogerían las aceitunas, dejándose las uñas contra la tierra recia. Además, nosotros entrábamos en un mundo impensable hasta entonces: las ropas nuevas, la comida abundante, la entrada en la escuela del pueblo cercano, la bonanza material, progresivamente visible... Pero la señal más inequívoca del cambio era la transformación que experimentaba mi padre, que ya no necesitaba discursos aprendidos de memoria para sentirse valioso ante los demás, y en el que ya no quedaba más que el recuerdo de su rabia pretérita, como si todo el odio anterior, toda la enfermedad de su espíritu, pertenecieran a un hombre distinto, el otro, el que se quedó en Dos Hermanas, no el que vendió a su mujer y nos trajo a estas tierras.

(...)

La transformación de Miguel Mariñas no terminaba ahí: con el olvido de su rabia anterior, de su odio contra todo y todos, se deshizo también de todo equipaje socialista, innecesario ahora que no buscaba revancha alguna, ahora que ya no pertenecía al grupo de desheredados del que huyó. Este cambio de ideas no se limitó a una mera cuestión formal, a dejar de acudir a reuniones de partido, olvidar las palabras aprendidas de Pablo Iglesias y abandonar la lectura de números atrasados de *El Socialista*. El cambio era mayor, y evidenciaba la poca fuerza de su ideario socialista, ya que se desprendió a la vez de cualquier sentimiento de clase, y de todo resto de solidaridad con sus semejantes —o al menos con los que antes eran sus semejantes, sus hermanos de miseria. Su nueva posición de rentista, de explotador de tierras, le abrió los ojos y sobre todo le despertó la ambición, que siempre estuvo latente en él, a espera de una oportunidad que ahora era cierta. No tardó en prosperar económicamente, lo que hizo que el dinero se le metiera por los ojos, cegándole o tal vez abriéndoselos de verdad, depende de cómo se mire. La explotación de sus tierras, y sobre todo el préstamo de dinero a altos intereses, lo que en una tierra de pobres no era negocio menor, hicieron que su capital se multiplicase en poco tiempo. Compró más tierras en la zona, y en otras comarcas, a las que uniría muchas otras tierras que obtuvo por el impago de deudas: pequeñas y medianas parcelas que sus dueños perderían al no poder devolver el préstamo hecho por mi padre, los altos intereses. Se hizo con un automóvil y chófer, con los que viajaba por la provincia vigilando sus propiedades. Lo más triste de su cambio fue que se convirtiera en un aprendiz de tirano contra los hombres que trabajaban sus tierras y contra sus deudores.

Esto último podría deberse, más que a una ambición desmedida por conseguir el mayor rédito, a una nueva forma de rabia: esta vez contra todos aquellos que le recordaban, de alguna manera, su pasado, lo que él fue. Es decir, todos aquellos que eran como él había sido antes de tener dinero: miserable, ignorante, humillado, nadie. De ahí que, en pocos meses, el que fuera constructor de toneles, alcohólico y violento, se convirtiera en elegante propietario —claro que siempre de una elegancia ruda, de nuevo rico—, celoso de su dinero y su tierra, implacable contra sus trabajadores, avaro hasta la extenuación. El dinero, que todo lo podía según él, trajo también nuevas amistades, forjadas en el casino de la capital y sobre todo en los muchos despachos de la región, lo cual le daba buenos contactos y la garantía de que, en caso de protesta de sus trabajadores —que eran realmente suyos, en el sentido más posesivo, pues algunos campesinos, merced a un dinero prestado y no devuelto, quedaban asignados a sus tierras hasta satisfacer la deuda con trabajo, lo cual podía alargarse por generaciones—, no tardara mucho en aparecer la guardia civil para poner orden y paz en la tierra, algo que sería frecuente en unos años especialmente conflictivos, con constantes huelgas y motines en el campo, acompañados de no pocos excesos.

(...)

Así pasaron varios años, en los que Miguel Mariñas acentuaba aún más su nueva personalidad, ya definitiva. Mi hermano Pablo, hastiado de tanto campo, no tardó en marchar, alistándose al ejército, destinado a reforzar las tropas en el Rif. Alonso, por su parte, fue acumulando contra mi padre un desprecio que le hizo alejarse también: el frecuentar desde los primeros días las hogueras del amanecer en las que se reunían los campesinos antes de trabajar, le hizo recoger la protesta de estos hombres, las ideas que explicaban de forma torpe pero clara. Sabiéndose privilegiado en la educación que recibíamos en un buen colegio, Alonso se ofrecía a los trabajadores, analfabetos en su mayoría, para leerles lo que quisieran, principalmente el periódico del partido, las mismas páginas que en tiempos mi padre recitaba a otros trabajadores no menos analfabetos y airados que éstos. Todo esto hizo que mi hermano tomara conciencia de una clase a la que en verdad ya no pertenecía, pero a la que se adscribió por voluntad propia, uniéndose a su causa desde entonces, hasta el trágico final que encontró en Sevilla.

Yo no me alejé de mi padre: permanecí junto a él, ya que, desechados mis transgresores hermanos, yo estaba llamado a heredar todas las propiedades —rentas, tierras, hombres y amistades oficiales—. Marché únicamente a Granada, para completar mis estudios, y mi padre quedó en el campo, en la gran casa, acompañado por mi hermana, Carmencita, que sufrió sus cambios de humor y su renaciente enfermedad hasta el último momento de su vida. Los últimos años que le quedaban a mi padre, hasta morir en 1931, fueron terribles para ella. Castigado durante tantos años por el vino y la rabia, hábitos que no abandonó —aunque el vino fuese ahora de mejor calidad, y la rabia de otro signo—, fue enfermando progresivamente, hasta convertirse en un anciano prematuro. Con poco más de cincuenta años estaba acabado, no tanto física como mentalmente, degenerando su breve lucidez hasta la demencia final. Esto hizo que, en los últimos años, yo me hiciera cargo íntegramente de las explotaciones, desde mi residencia en Granada, mientras él, incapacitado por completo, era cuidado por mi hermana en la casa de campo.

En los últimos días de vida, la locura embarró por completo su mente, y no distinguía ya el pasado del presente, el recuerdo del deseo, el paso mismo del tiempo; se comportaba a veces como si todavía fuese el desdichado barrilero de Dos Hermanas, recordaba de repente párrafos de doctrina socialista, que gritaba por la ventana para sorpresa de los jornaleros que sospecharían cualquier cosa al ver cómo el cacique hacía suyas las palabras que ellos levantaban contra su dominio. La víctima de todo fue mi hermana: en los últimos dos años de vida de mi padre, la degeneración era tal que comenzó a confundir a mi hermana, Carmencita, con nuestra madre, Carmen, dejada quince años atrás en Dos Hermanas, cambiada por un dinero cuantioso. La demencia, unida al extraordinario parecido de mi hermana y mi madre —poseídas ambas de la misma belleza delicada, la piel de la color de la tierra, los ojos infinitos—, facilitaron el equívoco. Por mucho que mi hermana le advirtiera, él seguía tratándola como a su esposa y, lo que es peor, como si aún vivieran en el chozo, en la época pasada, en la miseria y la rabia de entonces. Mi hermana no me contó mucho de aquel tiempo, pero algo sé: ella, resignada y deseando la pronta muerte del padre, acabó cediendo y asumiendo el papel de nuestra madre, actuando como tal. Él, ante esto, se comportó como veinte años atrás, humillando a Carmencita como si de su mujer se tratara, e incluso poseyéndola con violencia, con la fuerza que su salud le permitía. Una noche, por fin, mi padre quedó dormido en una silla para no despertar jamás. Cuando al saberlo regresé a la finca, ella ya se había marchado sin despedida.»

* * *

Nuestro joven autor parece decidido a aprovechar un recurso narrativo que suele dar mucho juego, y que hasta ahora sólo se ha mencionado como posibilidad: el de la escritura suplantada, esas memorias por encargo, ese falseamiento del pasado, que permite sacar jugo a todo tipo de relaciones (entre el personaje y su falseado pasado, entre el redactor y el personaje redactado, con la propia escritura y su poder falsificador...), así como reflexiones sobre las trampas y el potencial impostor de la literatura. Sin embargo, no le saca ese partido, pues acaba poniendo sin más la redacción al servicio de sus intereses en la novela, cosa que no sería criticable —pues es lo habitual—, si no fuera porque esos intereses parecen un poco despistados, y a veces se olvida hasta la confesada intención de denuncia y reivindicación y etc., y el único interés y estímulo parece ser el de avanzar, sumar páginas, completar una novela, la que sea.

Al comienzo del capítulo advierte de su temor a que se produzca una «excesiva identificación» de Santos con Mariñas, del retratista con el retratado. Ésta se produce, en efecto, pero de forma descontrolada, y se acaban confundiendo en una misma y única voz narrativa Santos, Mariñas y el autor de la novela, pues nada distingue el tono de las páginas de las memorias falseadas de otras escritas en primera, segunda o tercera persona en capítulos anteriores. Sólo hay una voz en esta novela, y no es la de Santos, ni la del falso Mariñas, sino la de Isaac Rosa, omnipresente hasta en los personajes más secundarios. Todos hablan igual, y eso es más apreciable cuando recaen en ese soniquete engolado y retórico (presente de forma evidente en el primer párrafo de las «memorias», puro Rosa juvenil) y en esa obsesión de hiperliteraturizar todo, de convertir cada línea en un verso mayor, esa elección de adjetivos, verbos y locuciones que se impo-

nen a otras más sencillas simplemente porque al autor le debieron de parecer «más literarias».

Pasaremos por alto la enésima insistencia en la idée fixe del pasado oscuro que Santos comparte con Mariñas (otra vez repite, casi palabra por palabra, lo de «una oscuridad de ciertos años que yo comparto de alguna forma» y más), y nos centraremos en analizar estas páginas de las memorias impostadas de Mariñas, que no tienen desperdicio.

El despiste del joven autor a la hora de lo que entiende por literario no se limita sólo a la forma, al tipo de escritura, a la preferencia por lo hinchado, por lo «bonito». Está presente también, de manera evidente, en el argumento, en lo que cuenta, en la elección de historias y en la construcción de personajes. Así, a la hora de elaborar un pasado para Mariñas, el autor ha entendido que es el momento de redactar algo muy «literario», esas asombrosas historias secundarias de las grandes novelas, donde todo es extraordinario aunque siempre con un pie en el suelo, para lograr la complicidad lectora. Se trata de perfilar un personaje que, a ojos del lector, sea «inolvidable», uno de esos personajes golosos, que todo autor busca contratar para su novela, que pesan en cada página, y que espera pesen en el recuerdo del lector. Un personaje extraordinario, un tipo novelesco, entendiendo lo novelesco en su acepción más popular: «menuda vida, es como de novela», ya saben.

Ahí tenemos al personaje novelesco, el padre de Mariñas, don Miguel Mariñas, en quien el autor aplica su sabiduría narrativa para darle todo tipo de atributos que lo hagan inolvidable, para lo cual debe ser, a ojos del lector, impactante a la vez que entrañable, que sea leído con una sonrisa. Y ahí está: el autodidacta, el hombre hecho a sí mismo a golpe de rabia y coraje, el pobre que triunfa, el analfabeto que quiere saber, el revolucionario... *Los recursos utilizados son archisabidos, empezando por eso de la enciclopedia leída por orden alfabético y memorizando artículos, ese candor del analfabeto que pone tierno al lector, pero que ya hemos visto en otras novelas. Tampoco puede faltar el matrimonio interclasista, el amor montesco-capuleto, el pobre y la rica, con oposición de las familias y melodramática compraventa de su libertad, y que siempre será del gusto de un sector importante de los lectores agradecidos, sobre todo cuando se añade la madre sufridora, tan entrañable como otro de los recursos elegidos en varios momentos del relato: el sentimentalizado* punto de vista infantil; *el* mundo visto por los ojos de un niño, *al que recurren novelistas y cineastas cuando quieren rendir al lector o al espectador de la manera más fácil, por KO emocional.*

Todo ello adornado por la habitual cháchara didáctica de este tipo de relatos: la exhibición documental del autor, *que tras pasar meses en una biblioteca, copiando todo tipo de informaciones relativas a la época, decide ofrecer un retrato de época que parece un paseo por el museo de cera.*

La cháchara didáctica, sostén del viejo reclamo «enseñar y entretener», *es el mejor enganche para el lector, que leerá con deleite un relato en el que, a la vez que se lo pasa bien, siente que aprende, que asimila informaciones interesantes, que el autor le facilita ser más culto, más instruido, ya sea aprendiendo cómo era la vida de la clase obrera andaluza a principios del siglo* xx, *ya sea viendo en vivo y en directo cómo se construye un barril (¿y lo hace en su casa, no en la fábrica? ¿Uno al día? ¿Y lo transporta varios kilómetros* «a cuestas», *ni siquiera lo hace rodar?), ya sea recibiendo de forma literal los discursos de Pablo Iglesias, etc. Y sin que falte el recurso a la alta cultu-*

ra, que además el lector aprenda algo culto, a ser posible relacionado con la cultura clásica, en este caso la sonrojante inclusión de la leyenda de las Danaides y el tonel, insertada en la novela con brutal calzador —y además inexacta, pues fueron cuarenta y nueve las princesas asesinas, no cincuenta.

Alíñenlo todo con un poco de ambientación de época, tipo museo etnográfico, donde no falta ni la luz de carburo ni la picadura para fumar (y ese interior del chozo, tan teatral como todos los interiores vistos hasta ahora, y que ahonda la impresión de que el lector no ha visto la miseria más que en esas formas documentales que fueron algunas novelas realistas de antaño, pues en este capítulo de nuevo vemos formas de idealización campesina y obrera, y hasta niños descalzos y burros asustados cuando un automóvil cruza el pueblo, ole y ole).

Por último, el sustancioso capítulo nos permite ampliar largamente nuestra lista de expresiones cursis y manidas: esa «geografía de los sentidos», un «paisaje que el tiempo había herido de muerte», un «taumaturgo de sueños», el barrilero como un «forjador de armas míticas», una casa «herida de lluvia», la «magia de las palabras», o esa «piel de jabones gallegos»; pero sobre todo esas risibles «huellas violetas (y violentas) del tiempo», en lamentable paronomasia. Mención aparte merecen las dos descripciones de Carmencita, que parecen de broma: «La piel del color de los terrones secos del campo, los ojos de un verde prado, la voz arracimada de viento.» Qué literario, qué bonito. Y añade después: «belleza delicada, la piel de la color de la tierra, los ojos infinitos», con ese detalle de lírica popular de «la color».

Reseñamos brevemente la postal turística de una exótica Granada, que parece encargada por la diputación granadina a un poeta local (con perdón por los

*poetas locales) para el pregón de las fiestas de nues-
tra señora de no sé qué, con sus «cuevas húmedas del
Sacromonte donde vivían gitanos que parecían criaturas de la oscuridad», la Alhambra presentada como
«castillo fantástico» y «pesebre de leyendas»... Apuntar
por último una preocupante acumulación de frases
hechas y expresiones trilladas que delatan cierto cansancio en el autor en estas páginas: «en su práctica totalidad», «desgranar recuerdos», «tarea titánica», «vencer el desánimo», «indeleble en la memoria», y algunas más, que parecen impropias de un autor aplicado en hacer de cada página un monumento literario,
oiga.*

III

Miércoles, 6 de abril de 1977

El amanecer le sorprendió como al resto del pueblo: desolado. El sol se levantó sobre la sierra baja, blanqueando las casas y llenando de luz las grietas en los muros, dando nueva vida a los hierbajos en los rincones, a las verduras escondidas aún en las tierras de cultivo, a los animales que traían ruidos nuevos. El sol recolocaba cada elemento, la calle abandonada, la iglesia al fondo, el campanario ahora sí, inacabado a la luz del sol, con los ladrillos mellados. Y el automóvil: el automóvil amarillo olvidado en la entrada del pueblo, de algún viajero que llegó con la noche y que ahora despertaba como el pueblo, sorprendido de sol, de la vasta luz que se descolgaba a través de la fractura del techo y agitaba las partículas de polvo en la habitación, daba relieve a su cuerpo dormido, estirado en el jergón, vestido de calle, con los ojos tapados por un brazo cruzado, cuerpo dormido, todavía.

El amanecer le sorprendió unido al otro cuerpo, al cuerpo pequeño y viejo, la mujer enlazada a su cintura, la cabeza anciana volcada en el pecho de Santos, el olor terroso del pelo que le había entrado durante toda la noche en la boca, provocándole sueños de campo, de grupos de gente que recorre las tierras a la noche, hombres, mujeres, niños, que caminan hacia el horizonte, una sola voz en tantos cuerpos, los pies doblados en la tierra dura, alguien que cae y se desolla las rodillas con una caricia lenta, un niño que se retrasa y al que el padre tendrá que llevar en brazos para no perder el contacto con los que caminan sobre los campos, hacia el punto donde el sol amenaza la noche. Cómo influye el exterior en nuestros sueños, la vida alrededor mientras dormimos, un ruido en la calle que se incorpora a nuestro sueño, alguien que habla en la habitación contigua y nosotros, dormidos, añadimos su voz y sus palabras a nuestro sueño, cambiando incluso el sentido del mismo.

Algún perro, tal vez el mismo de la noche anterior, ladró no muy lejos, rescatando a Julián Santos del sueño. El durmiente se movió levemente, acarició la cabeza de la mujer antes de abrir los ojos, esperaba probablemente despertar no en un pueblo derruido y hasta ayer incógnito, sino en su piso madrileño, el apartamento de la calle Toledo, con Laura apretada contra su cuerpo, el pelo cerca de la boca, el olor a fresco (el olor a antiguo que le despierta, ahora sí, sorprendido). Abrió los ojos de una vez, sin más demora, tragándose la luz del sol hasta el fondo de los ojos. Se sobresaltó al reconocerse durmiente bajo el cielo, sin techo mediante; al descubrir la habitación ruinosa, que no recordaba aún de la noche, desorientado del despertar, el cerebro es lento cuando despertamos, y tarda un rato en diferenciar la realidad de la ensoñación cuyos últimos restos algún viento barre. Sintió también, al despertar, cierto miedo al reconocer a la mujer sobre su pecho, la mujer que tal vez creyó sólo un sueño pero que ahora era tan real, tan llena de carne rígida, helada. Sacudió ligeramente el cuerpo de la mujer, apartándolo con cuidado para no despertarla. La mujer cayó mansa hacia el otro lado de la cama, boca arriba, con la ídem abierta y los ojos vueltos hacia el cielo. Santos acercó la mano a la nariz de la mujer, espió su aliento sin encontrarlo. Muerta.

Un escalofrío recorrió a Santos: no tanto por el hecho de descubrir un cuerpo muerto, como por haber dormido junto a él, cuánto tiempo, tal vez una hora, tal vez toda la noche, quizás ella murió en el último suspiro que él creyó principio del sueño, de un sueño no tan definitivo y fatal. Conservamos tantas supersticiones acerca de los cuerpos de los muertos: la inviolabilidad del cadáver, el entierro digno, la preocupación por los cuidados del cuerpo sin vida y, por supuesto, el miedo de que la muerte sea una enfermedad contagiosa, que tocar un muerto, dormir junto a él, nos impregne de muerte, haga nuestro final más próximo.

Santos quedó unos minutos sentado en la cama, con las manos en las rodillas, mirando al suelo, cualquier detalle del suelo sucio para distraer la atención, para evitar el pensamiento que ya le alcanzaba, qué hacía ahí, en ese pueblo en el que no sabía qué buscaba, si es que buscaba algo; cómo había llegado a dormir con esa mujer, por qué sostuvo el engaño o la locura de la mujer, debería haberle dicho que él no era quien ella creía que era, debería haberlo dicho antes de dormir, porque al no decirlo ha permitido un engaño irreparable, la mujer ha muerto engañada, pensando que estaba abrazada a un cuerpo que era otro, tal vez sea mejor así, siempre el engaño es un alivio para quien muere. Santos se levantó por fin de la cama y caminó por el pasillo de la casa, rozando con los nudillos la pared rugosa. Pensaba qué hacer con el cuerpo de la mujer, cómo presentarse en Lubrín y anunciar a la autoridad que había una mujer muerta en un pueblo que todos negaban, nadie le creería entonces, mejor sería dejar a la mujer allí, descomponiéndose al tiempo que la casa, perdida para siempre en el sueño y el engaño.

Al salir de la casa, a la calle encendida de sol, el paisaje resultaba más desamparado aún a la luz: la noche miente, esconde siempre las carencias, las fealdades, las taras, las paredes que a la noche parecen más enteras de lo que lo están en verdad, el pueblo que bajo la luna sólo parecía abandonado pero que bajo el sol resultaba destruido, una colección de ruinas fuera del tiempo. Quedó Santos parado en la puerta, sin salir del todo, mirando hacia la iglesia, al campanario que no llegó a iluminar la linterna y que ahora certificaba parcialmente derruido, con la campana apenas sujeta entre los restos de la construcción. Escuchó en ese momento unas voces débiles y unos pasos que se acercaban por entre las casas. Se retiró hacia el interior del zaguán oscuro, quedó escondido con la espalda pegada a la pared helada de sombra. Escuchó dos voces diferenciadas, voces de mujer que se acercaban a la casa, un hablar cansino, respiración dura al caminar. Pensó un instante, en un pensamiento fugaz, qué diría si le vieran, si descubrieran el cuerpo muerto, si supieran que él durmió con ella, que la engañó o no.

—¡Angelita! —gritó una de las mujeres que Santos aún no veía desde el zaguán donde la voz entró en llamada. Tras unos segundos sin respuesta —la mujer de la casa estaba muerta sobre la cama, no contestaría—, insistió, con voz más alta: «¡Angelita, mujer!»

—Deja —murmuró la otra voz, que también era de mujer—; se habrá ido ya adonde los tomates.

Santos notó cómo se alejaban las dos, sus pasos arrastrados hacia el final de la calle. Esperó unos segundos, en su refugio sombrío, antes de asomarse a la calle, sin salir del todo. Vio a las dos mujeres, que se alejaban en dirección a la iglesia: dos mujeres encogidas, muy envejecidas, tanto como la fallecida, Angelita que duerme la muerte. Las ancianas vestían idénticos delantales de campo, negros, y pañuelos oscuros atados a la cabeza, cubriendo el pelo o la carencia del mismo. Caminaban por la calle, pegadas a las casas de la derecha, buscando ya la sombra tan temprano. Llevaban una cántara grande cada una, y sendas cestas de mimbre. Caminaban con una normalidad desconcertante, como ajenas a la devastación que las rodeaba, tal que cualquier mujer que en cualquier pueblo no derruido se dirigiese a la fuente con una cántara de barro. «Entonces hay más vida en este pueblo —pensó Santos—; la mujer que ha muerto junto a mí, Angelita, no estaba sola y dejada por todos en este pueblo; aquí vive gente, cómo pueden vivir si apenas hay algo en pie, por qué viven aquí, por qué todos niegan que esto existe, que estas mujeres existen, que caminan cada mañana a buscar agua, que se acuestan a la noche para tal vez no despertar.»

Dejó atrás la casa, aturdido de sol, y caminó detrás de las ancianas, a distancia prudencial aún, pegado a las paredes desconchadas. Avanzó en silencio hasta ganar la esquina de la iglesia, donde se escondió para verlas bien sin ser visto. Ellas caminaban con dificultad, cojeando de viejas, deteniéndose a veces para refregar un pañuelo por la frente. Detrás de la iglesia Santos encontró algunas casas más, cuatro o cinco construcciones que formaban un semicírculo a espaldas de la iglesia. Casas igualmente abandonadas, dolidas de tiempo. En el centro del semicírculo, a la sombra de la parroquia, había una fuente de bomba, rodeada de un fino charco de agua y barro. Las mujeres llegaron hasta la fuente, colocaron los cántaros, y se turnaron para sacar algo de agua. La debilidad de las aguadoras, y el óxido que agarrotaba la manija de la bomba, apenas permitían extraer un chorro delgado de agua fresca, que al chocar con el fondo de las cántaras quebraba el aire silencioso de la plaza. Tal vez debería Santos acercarse y ayudarlas para sacar agua, pero primero tendría que dar muchas explicaciones, buenos días, señoras, perdonen que las moleste, llegué anoche buscando este pueblo que existe al fin, he despertado junto a una muerta, qué más da. Mejor esperar, seguir observando a escondidas.

Las mujeres, una vez tuvieron las cántaras medio llenas, cargaron con ellas y siguieron andando, hacia detrás de las últimas casas, donde acababa el pequeño pueblo y se extendían algunos campos mal sembrados. Santos caminó tras ellas, despreocupado ahora de ser visible, buscando el encuentro, hablar para arreglarlo todo. Las mujeres llegaron hasta un pequeño corral, construido con tablas y alambres, donde había una docena de gallinas encerradas. Una de las mujeres, con el agua de las cántaras, fue llenando los bebederos de las aves, mientras la otra recogía los pocos huevos y los metía en el cesto de mimbre. Santos quedó detenido a pocos metros, perfectamente visible, esperando que las mujeres terminaran la faena para presentarse. Por fin, las mujeres recogieron las cántaras casi vacías y el cesto lleno, y salieron del corral. Caminaban mirando hacia el suelo, a sus alpargatas descosidas, y de esta manera pasaron junto a Santos, ignorándole, tal vez sin verle. Santos quedó paralizado unos segundos, sorprendido de su invisibilidad. Extrañado, se acercó y caminó junto a ellas, sin atreverse a abrir la boca, perfectamente visible aunque no lo vieran o fingieran no verlo. Cuando una de ellas, cansada, se detuvo en mitad de la calle, junto a la iglesia, para pasarse un pañuelo de trapo por la frente y el cuello sudados, Santos se colocó justo delante de ella, a menos de un metro, enfrentado ahora sí a sus ojos, pequeños y muy cerrados, que no parecían verle, tan cerca, que parecían mirar a través de su cuerpo, más allá de él, más allá de todo. En los ojos de la anciana, que miraban sin ver, Santos creyó encontrar un brillo sucio, terroso, una nube tal vez de cataratas que provocaran la ceguera en estas ancianas, no así en Angelita, la que quedó muerta en el lecho, y de quien Santos recordaba, entre los párpados cuarteados y estrechos, un brillo todavía fresco, una viveza que no tenían los ojos de las dos mujeres que tenía delante ahora. Comprendió entonces la torpeza de sus movimientos, los pies arrastrados para poder medir las distancias, el caminar pegado a la pared como referencia, el palpar el suelo del corralito buscando los huevos entre la paja. Durante un minuto, mientras la mujer bebía agua fresca de un cazo que la otra le ofreció, Santos quedó estremecido, observado pero sin ser visto: sentía el impulso de tocarlas, de adelantar los dedos para rozar la piel ajada de las ancianas, hacerse tangible a ellas, ya que era invisible.

Por fin las mujeres se pusieron en marcha no sin trabajo, apenas esquivaron a Santos, rozándolo levemente al pasar. Santos quedó quieto, y retuvo el roce de las mujeres, mientras las veía alejarse, sin entender nada: qué tipo de enfermedad posee a estas mujeres, a las que no le ven o no quieren verle, a la que le confundió o fingió confundirle con otro hombre con el que dormir o morir abrazados. Así quedó unos segundos, hasta que, una vez perdidas las mujeres entre dos casas, una nueva voz, cercana, llamó a Santos:

—¡Padre! ¡Padre! —una voz nueva, grave y delicada.

Santos volvió la cabeza, lento, hacia su derecha, poseído por la lentitud que lo mojaba todo en el pueblo, como una gasa de agua que retenía los movimientos, las palabras, los cuerpos o las miradas. En la puerta de una de las casas, tan resquebrajada como las demás, con el tejado hundido y lleno de matojos, una mujer agitaba una mano en saludo.

—¡Padre, qué alegría!

Una mujer que no estaba tan deteriorada como las otras. Aunque oscurecida, no podía tener mucho más de cuarenta años, quizás cuarenta y cinco, aunque prendida en sus formas de un inicio de senectud, el pelo suelto y largo, deshilado pero todavía oscuro, la piel blanca aunque dura, ceñida en un vestido que de gastado apenas retenía el azul original. Santos, como obedeciendo una consigna, levantó una mano y devolvió un saludo torpe. La mujer, gritando en sonrisa («¡Papá, papá!»), comenzó a correr hacia él, con gestos de ilusión difusa, riendo sin gracia, sacudiendo los brazos en aspas, los ojos muy abiertos, tan negros. Santos la veía acercarse, rápida, falta de agilidad en la carrera, hasta que la mujer, sin frenar, cayó sobre él, se abrazó a su cuello y hundió la cabeza en su pecho, temblaba su cuerpo tan pequeño. Santos permaneció con los brazos caídos, sin saber qué hacer, dudaba si corresponderla en abrazo o escapar de ella, de la locura, del pueblo, de la región.

—Qué alegría, padre —la mujer hablaba sin levantar la cabeza, apretada contra el cuerpo de Santos hasta clavarle las costillas, los pechos chicos y duros—; has vuelto pronto... Pensé que te podría ocurrir algo... Cuentan tantas cosas horribles de la guerra... Qué alegría que ya has vuelto.

Santos, sin entender nada, o quizás ahora recorrido por un inicio de entendimiento, leve pero certero, acabó por abrazarla: primero con los brazos mansos, sin apretarla. Después, al sentir el sollozo de la mujer que es niña pero no es, la apretó con las manos cruzadas en su espalda, intentando detener su temblequeo. Pasó una mano en caricia por el pelo de la mujer, por la cara cruzada de llanto.

(con el tiempo sabrás, ya lo descubrirás entonces, que la escena en la que participabas remitía de nuevo a cuarenta años atrás, a un pasado que pocos recuerdan, al mismo día en que marchó Pedro, como otros hombres, en el camión rojo y negro, las mujeres tristes en la despedida. Una niña, la misma que tú apretarías cuarenta años después escondida en cuerpo de mujer, cruzó aquel día la calle corriendo, hasta llegar al hombre que no eres tú pero deberías serlo, el verdadero padre, que dejó la escopeta en el suelo para tomar con los brazos a la niña y levantarla hacia el cielo, no como tú que inicialmente la rechazabas, asustado o confundido. El hombre, el padre que en nada se parece a ti ni con los años, apretó a su hija contra él, riendo, mirando de reojo al camión, los hombres ya subidos casi todos, otros aún despidiéndose de las mujeres.

—¿Vendrás pronto, padre? —preguntó la niña, apretando con las manos pequeñas la cara del padre, marcándole los carrillos de barba.

—Claro, mi niña. Esta noche, a más tardar. Es sólo levantar un puente; tu padre hace eso en un santiamén —dijo él, y aupó a la niña al cielo con una mano para mostrar la fuerza con la que él levantaría un puente en un santiamén y estaría de vuelta pronto.

—¿Por qué te llevas la *copeta*? —preguntó la pequeña entre risas, señalando el arma en el suelo, el metal que brillaba al sol.

—Por si me encuentro un lobo —bromeó el padre, provocando la seriedad en el rostro de su hija—. Aunque los lobos prefieren niñas tiernas —dijo antes de morder la barriga de la niña, que se deshacía entre carcajadas y chillos.

La madre, una mujer joven, hermosa y sencilla, se acercó, divertida por la escena pero contrariada por la realidad del camión con el motor ya en marcha, los hombres que forzaban una sonrisa al despedirse, mientras los milicianos fumaban en la cabina del camión, reían por tanto drama en una despedida que no debía ser tal.

—Ahora tú te vas a quedar con madre, y te portarás bien hasta que yo vuelva, ¿vale? —dijo el padre, dejando a la niña en el suelo y recuperando la escopeta, cambiaba hija por arma, lo que provocó un presentimiento sombrío en la madre, que apretó a la niña entre sus piernas.

—Tendrás cuidado, cielo —musitó la mujer, con tristeza.

—Sabes que no pasará nada... Es sólo ese puente, ni siquiera nos acercaremos al frente... Estaremos lejos de cualquier tiro, estate segura, mujer.

Por detrás se acercó otro hombre, con una carabina vieja, de otras guerras, colgada a la espalda; apoyó una mano en el hombro del de la escopeta, y le indicó la inminencia de la partida.

—Vamos, hombre —dijo el recién llegado—; que se nos hará de noche y estaremos todavía con las despedidas... Parece mentira, ni que nos fuésemos a la guerra. Y es sólo un puente ahí al lado.

Los dos hombres sonreían e intercambiaban unos cigarrillos, ignorando la tristeza de las mujeres. Caminaron hasta el camión, subieron a la caja y buscaron asiento entre los demás.

—¿Y eso? —preguntó alguno, señalando a la escopeta que el hombre apretaba en las manos.

—Ya ves... Una escopeta.

—¿Para qué?

—Por si acaso, no sé.

—Ya —dijo burlón el hombre, agarrando la visera de la gorra y con un gesto de complicidad a los demás—; que si te ven los regulares o los legionarios con eso salen todos huyendo, ¿verdad?

Todos rieron, encontrando así una coartada contra el miedo.

—Mejor esto que nada, ¿no? —protestó el de la escopeta, molesto por las burlas.

—Lo que te va es a sobrar. Vamos a trabajar; ya lucharán otros. A nosotros no nos toca, no todavía.)

La mujer que en su locura o su desmemoria se cree niña tantos años después, se desprende y toma la mano del viajero al que cree o desea padre regresado. Tira de él hacia la casa, y Santos se deja llevar, resignado. Cruzan la puerta para ingresar en una oscuridad asfixiada, él llevado por la mano temblona de la mujer o de la niña.

—¡Madre, madre! ¡Ya está aquí padre! —grita, y su voz se pierde en la penumbra interior de la casa.

Santos camina tirado de la mano, hasta que su rodilla golpea algún mueble. La madera recomida de los postigos filtra mínimos chorros de luz que, una vez acostumbradas las pupilas, dibujan el interior de la habitación: una mesa redonda en el centro, unas sillas en pie, otra silla tumbada en el suelo, con las patas rotas. La mujer empuja a Santos, que se deja sentar. La silla no sugiere mucha resistencia bajo su peso y los años o la carcoma. El riesgo de rotura es mayor cuando ella se sienta en las rodillas de Santos, le rodea el cuello con los brazos, sonríe, en una postura más propia de enamorados que una supuesta relación padre-hija —tan imposible, siendo la mujer de la edad de Santos—, aprieta su cuerpo contra el suyo, los pechos agudos, endurecidos, clavados en el costado de Santos, que permanece quieto, sin querer hablar o moverse, prefiere el silencio, acaso el sueño.

—Cuéntame, padre: ¿has visto allí alguna bomba? ¿Y disparos? ¿Hubo algún disparo en el puente? ¿Usaste la *copeta*? —Santos sigue mudo, asustado. La mujer insiste: «Cuéntame, ¿estuviste de verdad en la guerra? Dime cómo era...»

Santos se mantiene estatuario, mira a la mujer con ojos perplejos, qué locura es esa que domina a esta mujer, a las otras, a las que todavía no conoce y tal vez existen, es acaso ésta la razón por la que todos niegan el pueblo, tal vez todos saben lo que aquí ocurre pero no quieren saber, como si la locura, la ceguera, la infancia eterna, la desmemoria, se extendieran por toda la región. La mujer, sobre sus rodillas, columpia los pies, provocando un mayor quejido de la silla. Ella vuelve la cabeza hacia el interior de la casa y grita de nuevo:

—¡Madre! ¡Ya está aquí padre!

(silencio absoluto. Insiste:)

—¡Madre! ¡Padre volvió ya de la guerra!

(silencio. Ella grita, desesperada.)

—¡Madre! ¡Madre! ¡Madre!

La mujer estalla en llanto, se levanta de un salto y sale de la habitación. Santos queda en mitad de la estancia, envuelto de oscuridad y humedad, aspirando todavía el perfume de sudor viejo de la que ya ha salido. Escucha los pasos y el llanto de la mujer por todos los pasillos de la casa. Él no se mueve, porque no quiere saber más, porque quizás la madre reclamada está en alguna cama, se acostó con la noche, con o sin engaño, para no despertar más. Santos querría llorar, huir, correr, dejar el coche y correr por la sierra, tropezar con los olivos, caer, levantarse y correr de nuevo, llegar con la noche hasta la cresta de la sierra, encontrar allí a los hombres junto a unas brasas sin luz, a alguno que a la escasa luz tuviera los rasgos secos de su padre, quedarse entonces allí, en la sierra, como un animal más de los muchos que sostienen la noche. De nuevo, desde alguna habitación interior, la mujer grita llamando a su madre. A cada grito sigue un mayor silencio que hace que el siguiente grito sea más angustiado que el anterior, hasta que Santos no lo soporta más y se levanta para salir de la casa, mareado.

Alcanza la calle, con el rostro descompuesto y un vértigo de cansancio que le dobla el cuello; los gritos de la mujer salen de la casa por las ventanas mal cerradas, llenan la calle soleada. Santos corre y tropieza y se levanta y sigue corriendo, entorpecido, avanza a zancadas y latidos frenéticos, hasta que alcanza las traseras de una casa donde, escondido, se apoya en la pared, agitado, respirando difícil. Se deja caer despacio hasta quedar sentado en el suelo, enciende un cigarrillo y fuma unas caladas urgentes. Coloca los brazos sobre las rodillas y hunde pronto la cabeza entre los brazos, para que el sueño le alcance pronto, como una huida sin fin.

* * *

La inseguridad púber del autor vuelve a transparentarse en estas páginas. Ya lo hemos visto en varios momentos de la novela: cuando la trama parece fluir y el autor parece coger seguridad, de repente se asusta y toca el freno, piensa que se está dejando a los lectores por el camino, que los está confundiendo, y decide tomarlos de la mano, explicarles las cosas por si se hacen un lío. No se preocupe usted, señor lector, que ya le aclaro yo las dudas. Es como si al autor, por verde, el argumento le viniera grande: como si pensase que tiene entre manos una bomba narrativa, una gran novela, y le entrase pánico al principio de cada capítulo, por lo que una y otra vez decide blindar el relato, apuntalarlo con vigas que cree más sólidas y pilares de la más basta argamasa novelesca. El edificio se resiente, claro, y siguiendo esta metáfora arquitectónica, donde podríamos encontrar una construcción ligera y luminosa, con espacios suficientes para la circulación del aire, nos topamos con gruesos muros cuya ordinariez se intenta disimular, eso sí, con unos bonitos adornos de escayola pintada de dorado.

Así, en este capítulo vuelve a adoquinar la página con un flashback idéntico al utilizado páginas atrás, cuando Santos paseó por primera vez por el abandonado Alcahaz. Y para más delito, utiliza la misma fórmula introductoria, insultante para cualquier lector inteligente: «con el tiempo sabrás, ya lo descubrirás entonces...». A lo que cualquier lector responderá: «¿cómo que "con el tiempo" sabré? ¡Si me lo estás contando ya!». Para colmo, el flashback de marras no puede ser más ingenuo, lleno de aclaraciones y diálogos explicativos, donde el autor coge al lector, lo sienta en sus rodillas y le explica despacito lo del camión, lo del puente, lo de los hombres, lo de las mujeres, para que no se piense cosas raras y no saque los pies del tiesto propuesto por el autor. Y por si a algún lector borrico aún le quedan dudas, al cerrar el paréntesis añade la enésima aclaración, ésta ya en román paladino: «la mujer que en su locura o su desmemoria se cree niña tantos años después»; por si no nos ha quedado claro qué hace esa señora comportándose como una niña; y «toma la mano del viajero al que cree o desea padre regresado», como si tras el paréntesis aún no hubiésemos entendido el alcance del malentendido.

La temblona inseguridad del autor, tan extendida

en otros jóvenes (y no tan jóvenes) escritores, le lleva a echar mano de otros recursos con forma de flotador, aunque la piscina sea pequeña y haga pie de sobra. Así, en dos ocasiones hace eso tan maleducado de poner voz al pensamiento del lector, disimulando con algún personaje. El autor hace que el personaje piense, en voz alta, lo que cree que a estas alturas debería estar pensando el lector con la información recibida. De esta forma, si el lector no ha formulado aún las preguntas pertinentes, se las ofrece masticaditas. Así hace en dos ocasiones: «Entonces hay más vida en este pueblo —pensó Santos—...» y continúa enumerando las incógnitas que todo lector debe manejar a estas alturas. Y en un segundo momento del mismo capítulo, cuando Santos se pregunta «qué locura es esa que domina a esta mujer, a las otras, a las que todavía no conoce y tal vez existen, es acaso ésta la razón por la que todos niegan el pueblo, tal vez todos saben lo que aquí ocurre pero no quieren saber...». Lo dicho, el autor, el personaje y el lector, todos piensan en voz alta, qué sincronía de voces, qué ruido, todos hablando a la vez.

En términos menores, el capítulo incluye otros aspectos reseñables. Por ejemplo, la insistencia en comenzar los capítulos con arranques «de pegada», que cojan de las solapas al lector, según consejo de las escuelas literarias más agresivas, que se lanzan al cuello del lector desde el primer renglón, sin dejarle respirar, no sea que se aburra y se vaya. Nuestro autor lo hace como acostumbra, hiperliteraturizando el primer párrafo.

También se aprecia una insistencia machacona en el uso de imágenes luminosas. Y digo lo de luminosas, no porque sean brillantes y arrojen luz sobre el texto, sino porque se construyen a partir de elementos lumínicos. Lo hemos visto en los capítulos anteriores, y continúa en éste. La luz del sol, que despierta, crea, *coloca, descoloca, recoloca, iguala, desmiente... La luz de la luna, habitualmente restregada en las hojitas de los olivos o en la encendida cal de las paredes. La luz eléctrica de faros de automóvil, linternas, bombillas de diversa potencia, carburos, brasas de cigarrillo. La luz que chorrea, que gotea, que moja, que se vierte. En fin, a vueltas con la fotoliteratura, si se me permite acuñar un término que sería aplicable a otros autores con igual gusto por la cosa luminosa.*

El capítulo nos deja además otras dos figuritas para colocar en nuestro ya nutrido portal de belén. Esta vez dos ancianas que nos vienen al pelo como aguadoras para colocar junto al arroyo de papel de aluminio o junto al pozo. Ahí están, viejecitas, tan graciosas ellas con sus ropas negras, sus pañuelos «de trapo», sus alpargatas descosidas, sus cántaras (de barro, lo que deben de pesar para ir hasta la fuente y luego de vuelta con ellas llenas) y sus cestas de mimbre. Y ese gesto tan belenesco, en el que podemos congelarlas para colocarlas ya en el Nacimiento: una dándole agua a la otra con un cazo.

Añadamos, por último, un par de expresiones cursis para el ya abultado listado («Angelita que duerme la muerte», las casas «dolidas de tiempo»), y un guiño entrañable traído desde el submundo literario infantil (la «copeta», aún sonrío al pronunciarlo).

IV

Queda siempre, de alguna manera, un silencio último, un lugar oscuro de donde no escapen las palabras, cerrada franja de sombra en la que nos escondemos y nos esconden. Queda esa parte que no podría contar de Mariñas aunque quisiera, no sólo porque la viuda me pague para lo contrario —para dar forma de palabra al silencio, a lo oscuro—, sino porque en realidad no importa, nadie querría recordarlo, pertenece ya a un pasado que destruimos tiempo atrás, maldito pueblo de lotófagos.

La parte de las memorias de Mariñas que no podría escribir, la que debería falsear o no contar, podría ser algo así —siempre que pudiera contar la verdad:

«La muerte de mi padre, el desistimiento de mis hermanos —muerto Pablo en Annual, marchado Alonso a la capital, con el partido—, y la desaparición inmediata de mi hermana, me convertían definitivamente en el único responsable de todas las propiedades, y de su explotación. Las hectáreas de olivares compradas inicialmente por mi padre se habían convertido en pocos años, y gracias a su trabajo —y a sus manejos—, en un gran territorio repartido por varias provincias. Extensiones de olivar, frutales, cereales, viñas, un par de cotos de caza y una sierra de montería; considerables propiedades en explotación o arrendadas, que rendían cuantiosas rentas monetarias. Cerca de dos mil hombres, de distintos pueblos, dependían directamente de nuestras tierras, del trabajo en ellas. Además, la casa primera, de caprichosa arquitectura, había dado paso a varias casas, de residencia o descanso, una en cada finca: casas de campo, cortijadas, alquerías de distintos tamaños. Resulta difícil entender la buena mano que demostró Miguel Mariñas para los negocios tras tantos años de miseria e ignorancia. Buena mano y, sobre todo, una increíble capacidad para hacer amistades de conveniencia, principalmente entre delegados gubernamentales, alcaldes, mandos de la benemérita y, en general, todo aquel que pudiese procurarnos favor alguno. A esto añadiremos la conciencia que mi padre tenía sobre lo que la pobreza significaba, su seguridad en el valor de cada peseta que tenía, su rechazo a la disipación, su avaricia extrema y, sobre todo, los pocos escrúpulos que demostró para incrementar su fortuna, especialmente a la hora de actuar como usurero, prestando dinero a sus vecinos y trabajadores a intereses imposibles de pagar, lo que le permitía obtener, en caso de impago —y esto era frecuente, dada la acumulación de la deuda por los intereses—, fincas particulares que incrementaran su patrimonio o incluso, cuando el moroso no poseía una mala hectárea de nada, su servidumbre de por vida, el trabajo del deudor y su familia para resolver una deuda imposible.

»Los primeros años, a pesar de la creciente prosperidad, fueron de gran austeridad: todo el dinero que ganaba con sus iniciales propiedades era automáticamente invertido en nuevas adquisiciones. Fue así como, durante dos años, tuvimos la mejor casa de la comarca, una enorme construcción de dos plantas, llena de inútiles pasillos y patios de luz, habitaciones para nadie y salones redondos, pero completamente vacía, sin mueble alguno. La austeridad, el ansia por acumular lo máximo posible en el menor tiempo, hizo que mi padre dejara la compra de muebles, incluso los más básicos, para tiempos mejores. Con seis años que yo tenía, puedo recordar la casa mucho más grande de lo que era en realidad, tanto por la magnificación natural del recuerdo infantil, como por la impresión de tanto vacío, tantas habitaciones, grandes o no, vacías: salones de paredes blancas e interminables, patios sólo llenos de cielo, una docena de dormitorios en los que arraigarían el polvo, los insectos y algunos hierbajos. Ocupábamos únicamente dos habitaciones en el extremo más soleado de la casa, con dos jergones para dormir que en nada diferían de los catres de Dos Hermanas. Por eso, si bien era evidente que nuestra situación había cambiado, mis hermanos y yo no lo notaríamos hasta dos años después de llegar, cuando mi padre pudo respirar aliviado y decidir los primeros gastos: un camión cargado de muebles rústicos, nada elegantes, que fueron llenando poco a poco las incontables habitaciones de la casa. Aún habría que esperar otro año más hasta que comprase un automóvil y contratara un chófer. Hasta entonces, agobiado por la posibilidad de un revés de suerte que diera al traste con su fortuna, prefería no hacer muchos gastos, y se desplazaba a todas partes a caballo o incluso en la bicicleta comprada en Granada, en la que aprendió a montar. Frío o lluvia no eran obstáculos para recorrer hasta sesenta kilómetros para visitar algunas propiedades. Poco a poco, conforme fue acumulando un capital de seguridad suficiente, y sus contactos oficiales le daban idéntica tranquilidad, mi padre fue introduciendo cierto lujo en nuestra vida; sin estridencias, siempre lleno de una austeridad penitente, sopesando bien cada adquisición, no olvidando nunca la miseria de la que venía. Había algo más: con el tiempo supe que la austeridad de los primeros años no era sólo una opción de ahorro para la subsistencia, sino que además estaba motivada por el incesable orgullo de Miguel Mariñas. Él, que nunca quiso aceptar nada de la familia Carrión, consideró el dinero —el pago por la libertad de mi madre— como un mero préstamo; de ahí que, desde el primer día, ahorrara una buena parte de sus ingresos para devolver cuanto antes el préstamo, lo que le costó dos años, tan cuantiosa era la cantidad entregada por el padre de los Carrión. Fue así como, dos años después de nuestra llegada, sin haber comprado todavía el coche y apenas amueblada la casa, mi padre desapareció un día sin más equipaje que una bolsa con el dinero, oculta bajo la camisa, exactamente igual a como llegó dos años antes a la provincia, repitiendo ahora el viaje, simétrico en el tiempo. Es de suponer que llegara, en tren o como fuera, a Dos Hermanas, y que se dirigiera directamente a la casa Carrión. Los vecinos del pueblo, probablemente recordándole, le mirarían con poca extrañeza, ya que por muchas historias que se contaran en el pueblo ("que vendió a su mujer y se hizo rico"), no podían encontrar en él ningún indicio de riqueza, las mismas ropas sencillas aunque no tan raídas, el cuerpo igual de magro, afilado, la miseria de siempre en los ojos. Llegaría a la casa de los Carrión, donde entraría despacio, recorrería pasillos y patios tal vez para certificar la exactitud de su propia casa, hasta alcanzar el despacho de Carrión y, sin mediar palabra, dejar el dinero sobre la mesa y salir sin despedida, sin dirigir una palabra a mi madre, a la que encontraría tal vez en un patio, sentada bajo una higuera, hermosa bajo el sol, limpia la cara como nunca. Ella, quizás, le miraría con temor, pensando acaso que Miguel Mariñas regresaba para reclamar lo que era suyo, su mujer, la recuperación de la prenda entregada en fianza una vez devuelto el dinero. El propio Carrión, acaso nervioso al ver el dinero de vuelta, ante la posibilidad de que su yerno hubiera regresado para recuperar lo suyo, saldría alarmado de su despacho, gritando y pidiendo ayuda hasta que llegara una pareja de guardias civiles que expulsaría del pueblo, no sin cierta violencia, al hombre que en ningún momento reclamó lo que por derecho le pertenecía.

»En 1916, bien asentada ya nuestra fortuna, y teniendo yo ocho años, mi padre me envió a la escuela del pueblo cercano, para que recibiera los estudios que él nunca pudo tener porque la riqueza le llegó tan tarde. Ingresé en un internado religioso, del que salía los fines de semana para volver a la casa de campo donde mi padre, celoso de mis adquisiciones de conocimiento, no cesaría de examinarme a todas horas, preguntándome cualquier cosa que él recordara de sus lecturas anteriores, países ignotos, procesos industriales revolucionarios, sistemas de cultivo nórdicos, vencedores de todas las guerras, cuestiones que yo no habría aprendido aún (y algunas nunca las aprendería, claro), pero que él consideraba fundamentales en la totalidad del saber. Dado que dos años después, y a pesar de tanta escuela, yo seguía sin conocer lo que a su juicio era la esencia del saber, mi padre decidió que aquella escuela no era lo suficientemente buena y me envió a un nuevo internado, esta vez en Granada, que él consideraba bueno sólo por el prestigio en la provincia, y del que no salía más que en vacaciones y un par de fines de semana al año. A pesar del cambio, y de que el colegio granadino fuese realmente el mejor de la provincia, donde los principales caciques enviaban a sus primogénitos, yo no logré adquirir los conocimientos que él esperaba, pero esto ya no importó por cuanto la degeneración de mi padre había comenzado, lenta, borrándole al principio los saberes adquiridos en años de lecturas y memorizaciones desordenadas. Sólo de vez en cuando insistía mi padre en preguntarme algo aislado, pero no persistía, y se contentaba cuando a cambio yo le exponía algún conocimiento académico que, aunque no fuera tan fundamental como él esperaba, le bastaba para ver que aprendía cosas.

»Cuando en 1926 me disponía a iniciar mis estudios de Comercio en la universidad granadina, mi padre me consideró ya preparado para ir tomando responsabilidades, y decidió instruirme para el futuro. Él se sabía final, su salud se desgastaba por meses, y mis hermanos habían marchado ya, quedaba tan sólo mi hermana, a la que él nunca consideraría capaz de nada. Los primeros pasos en mi instrucción como futuro propietario no consistieron en visitar las distintas explotaciones, ni en explicarme los libros de cuentas, ni nociones sobre patronazgo. No. La primera lección fue más práctica, lo que él consideraba más útil. Me vistió un buen traje y me llevó con él de gira por los principales despachos donde apoyaba buena parte de su fortuna: gobernadores civiles, alcaldes, propietarios, banqueros, comandancias de la guardia civil..., varias decenas de personas a las que fue presentándome de forma más bien somera, directo en sus intenciones:

»—Éste es mi hijo Gonzalo, y pronto estará a la cabeza de mis negocios. Así que vete acostumbrando a tratar con él. Y cuidado, que es duro como el padre, o más —explicaba al figurante, apoyado en mi hombro, apretando los dedos agudos en mi clavícula, yo asustado pero sonriente, intentando asimilar sus maneras, su soltura al hablar, su espontaneidad y su manifiesta falta de escrúpulos. Después, el personaje en cuestión, uniformado o trajeado, servía algo de licor para los tres y ofrecía unos cigarros. Yo aún no había fumado, ni probado más alcohol que el vino de eucaristía; pero la mano de mi mentor en la clavícula, apretando cuando debía asentir, me obligaba a aceptar todos los cigarros y todas las copas con una sonrisa, yo era duro como mi padre, pronto estaría a la cabeza de nuestros negocios. Como fuera que las visitas se hicieron en un solo día, con el automóvil de un pueblo a otro y a la capital, de un despacho a otro, una copa y otra, un nuevo cigarro, pronto mi conciencia se fue deteriorando, hundido de coñac y tabaco, mareado además por el automóvil, por el aliento agrio de los señores que me acogerían con un abrazo o un estrechón de manos, hasta que en el último despacho, en el de cualquier alcalde menor, me desplomé al tiempo que mi padre decía "y cuidado, que es duro como el padre". Me desmayé de vértigo, borracho y mareado, cayendo hacia delante y golpeándome de boca contra la esquina de una mesa de roble, lo que me costó un par de dientes y los consiguientes reproches de mi padre, de vuelta a casa. Durante unos meses me retiró su confianza, desesperado en silencio porque consideraba que no tenía heredero posible, que todo se perdería, tanto esfuerzo por acumular riqueza para que al final no hubiera quien recogiera su testigo. Al final, su propia degeneración mental le hizo olvidar el incidente, y olvidar incluso que ya habíamos hecho la ronda de los despachos, por mucho que yo le insistí en que ya habíamos hecho las visitas correspondientes unos meses antes. Él, terco, lo negaba, "cómo no iba a recordarlo entonces, me tomas por tonto, tú lo que pasa es que eres un cobarde, te da miedo entrar en esos despachos, piensas que esas gentes están por encima de nosotros, pero te equivocas, cualquiera de sus despachos no vale la mitad de mi dinero, ten eso en cuenta, y compórtate como debes, no hagas que me avergüence de ti, ya no eres un niño". Hasta que volvimos al primer despacho, de un alcalde cualquiera, y mi padre repitió la presentación de la vez anterior, "éste es mi hijo Gonzalo, y pronto estará a la cabeza de mis negocios...", a lo que el alcalde, cortés, respondió con educación hasta dejarle claro que aquello ya había tenido lugar meses atrás. Al salir del despacho, de vuelta a casa, mi padre guardaba silencio, impresionado por su propia desmemoria, consciente desde entonces del inicio de su declive, irreversible. Poco tiempo después, apenas iniciados mis estudios superiores, tuve que ocuparme casi por entero de los negocios, ya que cayó en un estado de total postración, sin salir de casa, hasta que un año después pareció recuperarse, se hizo de nuevo cargo de los negocios, pero sólo para unos meses más tarde volver a caer, esta vez de forma definitiva, ya para siempre metido en casa, a cargo de mi hermana, atormentándola hasta su muerte.»

(hasta aquí, tal vez, se podría contar todo; los hechos no comprometen mucho a Mariñas, tan sólo habría que suavizar un poco los juicios, aligerar la falta de escrúpulos del padre, disimular el peso real de los contactos privilegiados, las corrupciones cotidianas. Es a partir de este momento cuando hay que mentir, alterar la historia, y el propio Mariñas ya lo hizo en las primeras páginas que llegó a escribir, ocultando tantas cosas que sin embargo no hizo desaparecer de su abundante correspondencia de aquellos años: varios centenares de cartas, breves y uniformes, remitidas por otros propietarios de la región, por no pocos gobernadores civiles, alcaldes, banqueros, diputados..., cartas de las que, tras la lectura continuada, se van desprendiendo como escamas los aspectos negados de Mariñas en aquellos años previos a la guerra civil, final de los veinte y primera mitad de los treinta, cuando Gonzalo se hizo cargo de la explotación y recogió el ejemplo de su padre para ir más allá, mucho más allá.

Del joven tímido y delicado que fue presentado en cada despacho cuando sólo tenía dieciocho años, poco quedaría cuando, apenas tres años después de aquella primera gira, se dirigiera, firme y seco y sin la compañía del padre ya enfermo, a los mismos despachos, en los que ahora aceptaría la copa gustoso, fumaría el cigarro ofrecido y algún otro más, y hablaría con seguridad, sin necesidad de la mano paterna en el hombro. Si fue su juvenil ambición o el empuje del padre lo que transformó al muchacho no lo sabremos ya, pero comoquiera que fuere, Gonzalo Mariñas cambió radicalmente, la responsabilidad le endureció, le hizo implacable, adulto a fuerza de necesidad. Caminaba por dependencias oficiales como si fueran propias; se dirigía al director o secretario de turno con una familiaridad que resultaba a veces amenazante; daba órdenes sin empacho a los alcaldes de los pueblos cercanos, armado con la autoridad que le confería saberse dueño no sólo de la tierra sino también del trabajo: de él dependían el presente y el futuro laboral de la mayoría de hombres de esos pueblos, braceros y jornaleros de piel oscura y maneras humildes, que llegaban con el amanecer para torcer la espalda durante horas, y que apenas protestaban por unos salarios risibles, acumulando a cambio una mezcla de miedo y odio hacia aquel joven, Gonzalo Mariñas, que con poco más de veinte años se paseaba altanero por sus tierras a lomos de un caballo oscuro, tocado con un sombrero de campo y unas ropas de campero aunque elegantes, amenazaba sin levantar la voz, daba órdenes que siempre eran inmediatas, despedía a quien protestara y compraba el favor de los más influyentes.

Gonzalo recogió la herencia moral de su padre y la redobló: la ambición, que en Miguel Mariñas era angustiosa y venía marcada por tantos años de carestía, por el miedo a perderlo todo y regresar a la miseria, en el vástago esa ambición se volvería ansia de posesión, de dominio, de ser dueño de todo y de todos, de las tierras y de quienes las trabajan, de las decisiones y de quienes las toman, dueño de las vidas de los demás, de sus palabras. La rabia, que en Miguel Mariñas tenía antecedentes claros, y que con la fortuna tomó un signo distinto, de desprecio hacia la clase de la que había salido —los hombres desposeídos, los hijos de la miseria, los que nada tienen más que su trabajo cuando lo hay, como decían en el partido—; esa rabia del padre, que primero fue contra los culpables de su desherencia, y que al cambiar de clase se volvió contra él mismo a través de los demás, los que eran culpables de su miseria por no atreverse a hacer la revolución tan predicada; esta rabia que, aunque en Gonzalo no tendría fundamento por cuanto creció ya en un ambiente de suficiencia, él la tomaría también en herencia, en forma no ya de desprecio sino de odio hacia una clase, la obrera, que reclamaba algo que no era suyo: por qué tenía él que repartir lo que tanto había costado a su padre reunir, que se lo trabajen ellos, en vez de protestar tanto.

Junto a la ambición y la rabia, Gonzalo adoptó la totalidad de rasgos de su padre, aunque siempre ampliados.

La usura, que permitió a Miguel Mariñas cimentar su fortuna en los primeros años, adquirió su pleno significado con Gonzalo, quien podía permitirse abandonar el cultivo de las tierras durante meses —lo que al mismo tiempo era un arma de presión contra los ayuntamientos, al dejar en paro pueblos enteros—, perdiendo cosechas enteras, y sin que sus rentas se resintieran, pues la mayor parte de sus ingresos vendrían del negocio del dinero prestado, en una tierra en la que él era banquero cuando quería, y fijaba a su parecer el precio del dinero —que no era barato, eso ya se lo enseñó su progenitor—. Por otro lado, si Miguel Mariñas demostró, en sus años de bonanza y antes de la decadencia, una innata habilidad para las relaciones sociales al nivel más interesante, de despacho en despacho y por cuantos pasillos fuera necesario, en su hijo esta habilidad se tornó arte mayor desde joven, todo un artista de la intriga, de negociar por un lado para sacar por otro, de organizar cenas fastuosas donde ganarse el favor del diputado de turno. En este sentido, lo único que Gonzalo no heredó de su padre fue la austeridad. La bandera austera de la que hizo gala en toda su vida Miguel Mariñas —en los primeros años por necesidad, siendo pobre; al final, ya con dinero, por inseguridad, por miedo a revivir el pasado—, fue definitivamente enterrada por Gonzalo, que sin preocupación económica alguna gracias a la situación solvente que recibió como legado, fue un notable amigo de todo tipo de derroche, paladín del bolsillo alegre. Las casas dejadas por el padre, todas ellas grandes pero sobrias, fueron transformadas por el hijo favorito, que añadió balaustradas de mármol y naves adosadas donde pudo, cambió el mobiliario rústico y parco por un inacabable gusto de la antigüedad, de las piezas únicas, asiduo de subastas y anticuarios, sin más criterio que el del precio, lo más caro es lo mejor. El único automóvil que el padre aceptó en vida, fue aparcado a su muerte y superado por media docena de vehículos groseramente ostentosos en una tierra de mulas y carros, por la que pasearía sus deportivos de importación y motocicletas de coleccionista como un signo más de distinción. La aspereza de Miguel en el vestir fue olvidada por Gonzalo, que prefería un generoso ropero, señorito de uniforme campesino y botas de cuero de Valverde por el día, y señorito de traje cruzado y gorro fino por la noche, cuando no chaqué y pantalón rayado si la ocasión lo requería. La frugalidad en el comer que mantuvo Miguel, cuyo estómago nunca se recuperó de tantos años de patata y sopa de nada, fue reemplazada con su heredero por un desproporcionado gusto por la buena mesa, entendido lo de bueno más en la cantidad que en la calidad de la cocina, que también. Tampoco era Gonzalo amigo de cenar a solas, y pronto fueron conocidas, en la región primero y luego en buena parte del sur y centro del país, sus memorables cenas, fiestorros y todo tipo de jarana, que comenzaban en una buena y abundante vianda, regada con generosos caldos de la tierra, seguido de copa y puro, música hasta el amanecer y lo que surgiera después. Eventos sociales donde se cimentaron la mayor parte de sus relaciones especiales con quien interesara, dado lo bien que casa siempre el poder, en todas sus formas y negocios, con el sarao en cualquiera de sus manifestaciones. Por último, la continencia del padre hacia el sexo —tras dejar a su mujer, cuya piel nunca olvidó, no encontró más mujer que, en sus últimos años y mecido por la demencia, su propia hija, que a todos los efectos era una versión senil de su mujer—; este ascetismo hacia la carne fue olvidado en la casa desde el momento en que el padre faltó, siendo como era Gonzalo aficionado a la carne rosada y tierna, cuanto más joven y fácil mejor, siempre disponible al final de sus fiestas.

No merece la pena establecer comparaciones desde el punto de vista moral entre el padre y el hijo, porque de lo malo lo peor, el uno y el otro. Pero desde el punto de vista de los resultados más mesurables, el rendimiento de la explotación, parece claro que el sistema del hijo fue más eficaz, por cuanto en pocos años duplicó el legado del padre: en vísperas de la guerra, sólo cinco años después de la muerte del padre —acaecida en 1931—, Gonzalo ya era propietario de tierras en Almería, Granada, Córdoba, Jaén, Murcia y Ciudad Real, con más de cinco mil hombres trabajando en sus explotaciones, y unas rentas que le ponían a la altura de las principales familias de terratenientes e industriales, ya se llamaran Benjumea o Larios, lo que fuere. En proporción a este crecimiento, Mariñas fue extendiendo su área de influencia; pasó a frecuentar los casinos de la capital sevillana, haciendo ocasionales visitas a Madrid incluso. Con la llegada de la República vendrían los primeros problemas serios para Gonzalo Mariñas. Aunque ya desde años atrás la conflictividad en el campo era grande, y las huelgas violentas muy frecuentes, la buena relación de Mariñas con los gobernadores civiles le garantizaba la paz en el campo, al menos en sus tierras. No obstante, desde 1931 los incidentes se multiplicaron y agravaron, y Mariñas optó por instalarse de forma permanente en la ciudad, dejando sus casas de campo para fiestas y ocasiones.

En el treinta y uno, los resultados municipales en la región no estuvieron poco influenciados por Mariñas y otros terratenientes como él que gustaban del juego político y sabían cómo inclinar el voto para un lado u otro. En el caso de Mariñas, los cinco mil campesinos que ya dependían del trabajo en sus fincas eran en la práctica cinco mil votantes que trabajan, y eso da poder. A pesar de su intriga, y la de tantos otros en la región y en toda España, la República fue proclamada, y al día siguiente ya inició Mariñas contactos con sus homólogos en la zona para comenzar, desde ese mismo momento, la demolición del nuevo régimen. Su antirrepublicanismo, que en verdad tenía poco fundamento ideológico, se reforzó con los primeros intentos de Reforma Agraria en el parlamento nacional, momento en que los campesinos se sintieron legitimados para ganar terreno y dejar de agachar la cabeza. Para Mariñas, esto último no ocasionó más inconveniente que pequeñas molestias por tener que dedicar a la cuestión más tiempo del que a su entender merecía. Su buena relación con los responsables de las fuerzas del orden, independientemente de los cambios políticos, permitía vacunar sus tierras contra cualquier conato de protesta: le bastaba una comunicación, una llamada, para disponer de una docena de guardias civiles que sabrían hacer su trabajo. Con el tiempo la situación se radicalizó, y alguna mano anónima lanzó piedras contra las ventanas de su casa o dejó correr el agua una noche sobre las frutas. Mariñas decidió con buen criterio crear su propio cuerpo de guardia, una decena de hombres armados, que contaban con el beneplácito —o al menos la vista gorda— de la autoridad competente, y que lo mismo espantaban a un grupo de huelguistas que visitaban por la noche a algún sindicalista en su casa para «aconsejarle amablemente» que se retirara.

Como la evolución de los acontecimientos no era del todo de su agrado, los conflictos cada día eran mayores, y el riesgo de una verdadera reforma en el campo estaba cada vez más presente, Mariñas decidió, como tantos otros en su situación, dar un paso más. Si ya no podía confiar en sus validos de otros tiempos, lo mejor que podía hacer era ocuparse él mismo de la situación. Así, al tiempo que dedicaba una parte de su sobrante dinero para financiar cualquier intento de desestabilización, decidió participar de forma más directa, saltando a la política, consiguiendo un escaño de diputado en 1933; puesto que perdería en las elecciones del treinta y seis.

Todo este relato, que está construido sobre especulaciones a partir de tanta información dispersa, cesa por completo en febrero de 1936, donde comienza la verdadera oscuridad. Que Mariñas contribuyó económicamente al alzamiento de julio no necesita mucha demostración documental: lo extraño sería lo contrario, que, tan derrochador como era, no diera una parte de su dinero para una causa tan beneficiosa a sus intereses. Pero después de eso llega la sombra. La tiniebla se extiende durante dos décadas, hasta principios de los años cincuenta, cuando aparece el nuevo Mariñas, encarnado en hábil político que sabe de qué lado ponerse, que sabe anteponerse a futuros cambios para estar en el mejor sitio, donde siempre supo estar en cada momento. Pero, ¿y durante más de quince años? ¿Qué fue de Mariñas, aparte de lo ya sabido —cargos menores en el régimen? Ése es el terreno para la invención.

Lo aparecido en la prensa estos últimos meses, las acusaciones reiteradas que tiraron por tierra su imagen de moderado, lo excluyeron de todo proyecto político de transición y lo llevaron al suicidio, no arrojan mucha luz en la sombra de esos años. Son sólo vaguedades, afirmaciones basadas más en ciertos testimonios anónimos que en evidencias: que financió el alzamiento —lo cual no es raro ni le apartaría de la vida política automáticamente—, que favoreció la represión de los primeros años en la zona, que señaló a muchos de los que debían ser fusilados, que formó escuadrones de castigo, que visitaba las cárceles para escoger a los que más rabia le daban [algún labrador del que recordara una mala palabra, un gesto de disconformidad, cualquier cosa]. Ésos son los años incógnitos, el tiempo que alguien ha escrito sobre la nada y que debo borrar —si es que hay algo que borrar— y reescribir desde la mentira o desde la ausencia de verdad.

También los años anteriores, el período que transcurre desde que se hace cargo de las tierras hasta que estalla la guerra, deben ser modificados ligeramente, una mera cuestión de lenguaje, de palabras: la influencia y el soborno practicado en esos años pueden ser transformados en una gestión económica hábil de los recursos. La trampa económica con la que se hizo rico en poco tiempo, conviértase en esfuerzo y tesón en el trabajo, réditos de su sudor, no de la usura. La facilidad represiva con la que ponía fin a cualquier intento de protesta, tórnese en negociación con los trabajadores. El desprecio hacia todos, transfórmese por la mentira en un carácter difícil. La inmoralidad en ¿qué? ¿Cómo se puede encubrir la falta de escrúpulos? ¿De qué se disfrazan? No importa. Sólo hay que encontrar la palabra adecuada, el adjetivo que modere una actitud, el sustantivo que relativice lo que hizo. Es cuestión de palabras: para transformar la historia pasada sólo hace falta utilizar distintas palabras para contarla, ya sea la historia universal o la personal; todo se reduce a un juego de palabras.)

* * *

Tras otro arranque de capítulo que se pretende impresionante para el lector cuyas solapas están ya más que arrugadas, nos encontramos con un capítulo que continúa en buena parte lo ya leído (y ya criticado) dos capítulos atrás, cuando se proponía una redacción de las posibles memorias de Mariñas. Seguimos viendo cómo las voces son una sola, la del narrador, pues la primera persona discurre de la misma forma que la segunda o la tercera, y toda la novela está narrada en un solo tono.

Por lo demás, se completa el retrato del padre de Gonzalo Mariñas, y el suyo propio. En esta ocasión se deja de lado la inclinación hacia lo extraordinario, impresionable o entrañable a ojos del lector, se abandonan los fáciles recursos, y la novela sale ganando en estas páginas. Se opta a cambio por tirar de documentación, y construir un personaje que está hecho de muchos Mariñas que sí existieron. El retrato del cacique es perfectamente creíble, sensato, conocido. Incluso demasiado conocido, y éste es el principal problema, aunque esta vez no podemos culpar al autor.

Está comprobado que la clase dominante (y especialmente algunos subgrupos, como el caciquil) se protege de ser desenmascarada a golpe de cliché, refugiándose en una imagen construida de tópicos, de manera que cualquier intento de presentarla tropiece en el lugar común, cansino para el lector, que dirá eso de «bueno, ya está el típico cacique...».

Lo vemos en estas páginas. Nada de lo que se cuenta es inverosímil, exagerado, irreal. Todo es perfectamente posible, así eran los caciques. Y sin embargo, algo chirría cuando vemos al señorito a caballo con sus botas de cuero y su sombrero recorriendo la explotación; o cuando el cacique y el gobernador se toman un licor y se fuman un puro, o en otros muchos momentos del retrato caciquil. Y es que la clase dominante, como decíamos, se protege de ser desvelada mediante su congelación en el estereotipo, que a fuerza de mostrarla la encubre, no sé si me explico. Es difícil retratar a un ricachón, no se dejan fácilmente. De ahí que el autor, como en tantas ocasiones, se limite a enumerar, en una relación casi documental, sus propiedades, hábitos de vida, lujos, comportamientos empresariales, etc. Y acaba retratando un señorito (andaluz, para más brillo del cliché) que, a fuerza de ser real (usurero, explotador, intrigante, disipador y libertino —esa típica afición a la «carne rosada y tierna»—), resulta poco interesante, cansa, está muy visto. Aun así, es de agradecer que el autor no haya querido huir del cliché por la vía de lo extraordinario, como hacen otros autores, con resultados menores. Es admirable esa coraza en que se encierra la clase dominante, por la que invierten el efecto de la verosimilitud: cuanto más verosímil, más inverosímil por la vía del tópico, deviniendo en personajes planos, también belenísticos.

Por otra parte, y hablando de verosimilitud, se in-

siste en la idea ya rechazada por increíble de «lo apa-
recido en la prensa estos últimos meses», ahora am-
pliando las informaciones, por lo que resulta aún más
improbable. ¿Alguien se imagina —y no hace falta
imaginar, acudan a la hemeroteca— la prensa de
1976, todavía en plena dictadura aunque sin dictador,
reproduciendo «acusaciones reiteradas» relativas a que
«financió el alzamiento», «favoreció la represión de los
primeros años», «señaló a muchos de los que debían
ser fusilados», «formó escuadrones de castigo» o que
«visitaba las cárceles para escoger a los que más rabia
le daban»?

Al menos, el sobrio aspecto de relación docu-
mental biográfica que tiene este capítulo evita la con-
taminación de lo cursi. Sólo apuntamos, por pura ru-
tina, una moleskinada: los lotófagos del primer párra-
fo, propios de una incipiente erudición a la violeta.

V

A veces, en el cansancio o en la duermevela, dormimos unos pocos minutos y nos parece haber descansado durante horas, misterioso mecanismo el del sueño, que dilata el tiempo real o lo desmenuza, podrías contar en alta voz todo lo que soñaste durante diez minutos de intenso dormir, todo lo que recuerdas, y la narración del sueño duraría mucho más que el tiempo que estuviste realmente dormido, dónde estabas entonces.

Al despertar, Santos, como tantas otras veces, dudaba cuánto tiempo había dormido, si fueron minutos u horas, si el sol que le abrasaba era el mismo que le vio escapar hacia las traseras de una casa de Alcahaz, donde se dejó dormir como en una fuga hacia dentro, sentado en el suelo, la espalda apoyada en la pared, la cabeza hundida entre las rodillas. Despertó con el cuello lleno de pinchazos por la incómoda postura. Junto a él, un perro enteco, con el pelo a bocados, le olisqueaba entre las piernas. Lo espantó con un golpe de la mano, y el perro —tal vez el mismo que ladró a su llegada, la noche anterior— se alejó sin ganas, andando de espaldas y dejando algunos ladridos vagos contra el intruso que se puso en pie y se estiró para notar los músculos entumecidos, el cansancio bañándole el cuerpo.

Miró a los campos frente a él, pobremente cultivados,

y el sol clavado sobre los montes bajos del fondo, amenazando su descenso inminente. Se frotó los ojos, escondiendo la luminosidad en los párpados, y se detuvo un momento, apoyado en la pared. Trataba de pensar deprisa, recordar sin falta todo lo sucedido en las últimas horas —si es que no llevaba más tiempo durmiendo—: la mujer que murió entre sus brazos y por la que debería hacer algo, las mujeres que no le vieron o no quisieron verle, la mujer que fingía ser una niña. Pensó estar asistiendo a una representación enorme, un teatro del mundo del que era víctima antes que espectador, un fantasmagórico recorrido por el alma humana, por la locura o el olvido. La locura, como toda enfermedad, como la vejez o la muerte —que son otro tipo de enfermedades—, nos llena de un respeto riguroso, de un miedo silencioso ante el enfermo, al que miramos siempre sin consuelo, sabedores de que la próxima vez puede que nosotros seamos los locos y sean otros quienes nos miren desde unos ojos de cordura, quienes espíen nuestros gestos nerviosos, nuestras palabras sin sentido, nuestra locura manifiesta, con un respeto que debería ser divertido si no fuera por tanta superstición.

Pronto, un tañido de campana interrumpió sus pensamientos. Era aquél un sonido de campana mansa, sin fuerza, de una sola campana pequeña, no en muy buen estado por la inconstancia del sonido. Recordó el campanario de la iglesia al fondo de la calle, en el que, a pesar de estar derruido parcialmente, se veía una pequeña campana, que debía de ser la que ahora sonaba. Se dejó llevar por su sonido, que cruzaba la aldea como una llamada incesante, una voz que no se podía desoír. Antes de salir a la calle central, quedó parado en la esquina, escondido en la sombra entre dos casas. Desde ahí pudo ver cómo salían mujeres de distintas casas, mujeres viejas y encogidas, vestidas de negro raído, que caminaban a toda prisa, llevadas por el sonido de la campana, a paso ligero, alguna cojeaba despacio de puro vieja, todas en dirección a la iglesia, hacia la campana, una voz que no se puede desoír. Santos reconoció, por separado, a las dos ancianas que le negaban la visibilidad en la mañana; no en cambio a la mujer más joven, la que fingía ser niña sobre sus rodillas, y que tal vez todavía deambulaba por el pasillo oscuro de la casa, llorando a una madre que no respondía, que no existía, y a un padre que volvió a marchar. Todas las mujeres se acercaban a la iglesia y entraban sin demora en el edificio. Santos contó hasta ocho mujeres, lo cual le sacudió de espanto: sumando a la ya muerta y a la falsa niña, eran una decena de mujeres en aquel pueblo, mujeres que probablemente compartieran el mismo tipo de demencia que las demás, no podía ser de otra manera si vivían en esas casas demolidas, en un pueblo que no era tal.

La última mujer, más retrasada, un cuerpo vejarrón que arrastraba los pies y se apoyaba en un bastón corvo, entró en la iglesia, cesando entonces la campana, dejando la calle desierta y silenciosa, como si nada hubiera pasado, como si todo hubiese sido una alucinación, un sueño de mujeres atraídas por el repique de la campana. Santos salió entonces de su escondite y se dirigió hacia la iglesia, caminando despacio, pasó junto a la casa donde pernoctó y donde debía de seguir el cuerpo muerto bajo el cielo.

Al entrar en la iglesia, llegado de la claridad de la tarde, la oscuridad se le metió bajo los párpados a manojos. Poco a poco, acostumbrando las pupilas a la escasa luz que entraba por las troneras y grietas del tejado, Santos fue desvelando las formas del interior. La iglesia era una única nave pequeña, baja, de piedra bruta, con mínimo ornamento religioso —unas telas malpintadas por las paredes, una virgen enana y oscurecida, una pila sencilla de agua bendita. En el frontal, ausente el altar, tan sólo colgaba una cruz en la pared, con unos brazos de Cristo crucificado, sin el resto del cuerpo, arrancado o caído con el tiempo. Los bancos de madera vieja, perfectamente alineados, eran la única señal de orden en el interior del templo. Las dos primeras filas estaban ocupadas por bultos oscuros, idénticos entre sí, las ocho mujeres encogidas, con la cabeza humillada, los arrapos más negros en la sombra, volcadas hacia delante en actitud de oración. De rodillas como estaban, todas se levantaron a la vez, como obedeciendo a la indicación de un inexistente párroco que oficiase la misa; murmuraron unas palabras que Santos no pudo entender, y volvieron a arrodillarse en plegaria. Santos quedó varios minutos allí, detenido junto a la puerta, observando la escena casi hipnotizado, dudando si decir algo que interrumpiera el momento, con el miedo del que no se atreve a despertar a un sonámbulo. Memoraba, en las sombras, el miedo que todo niño de su generación tuvo a las iglesias, los oficios de misa, el pueblo entero vestido de un luto doloroso, los rostros manchados de gravedad, como pagando una culpa interminable; él mismo, tan pequeño, forzando un gesto de seriedad en su cara, llevado de la mano de su madre, sentado en un banco y obligado a arrodillarse y levantarse en un juego que no entendía, en el que balbuceaba palabras aprendidas de memoria y sin significado para un niño, rogaba por su padre, porque así se lo exigía su madre, «ruega por la vuelta de tu padre», sin saber él a quién le pedía la vuelta de su padre, quién podría escuchar sus ruegos si rezaba en voz baja, quién iba a ayudarles, a su madre, potencialmente viuda, y a él, llamado a formar parte en breve del enorme batallón de huérfanos que rezaban sin saber a lo largo del país.

—Si tu padre se entera de que vas a misa, es capaz de bajar de la sierra, sin importarle los guardias, sólo para darte una buena zurra. Pues bueno era él con la Iglesia —comentaba divertido el abuelo, encendido de vino aguado, con los ojos húmedos, y Santos, Julianín por aquel entonces, se asustaba cada vez que estaba en la iglesia, miraba de reojo hacia la puerta, esperando que en cualquier momento su padre entraría en el templo, con la gorra ladeada y la carabina colgada a la espalda, con los guardias persiguiéndole, y se acercaría a su hijo para darle una buena zurra por ir a misa y pedir a nadie por su vuelta.

Por fin, una de las mujeres, en un extremo del banco, se levantó mientras las demás permanecían de rodillas. Se santiguó tres veces, hizo una leve reverencia, y caminó hacia la puerta, con la cabeza agachada. Santos, que tal vez esperaba pasar otra vez invisible ante aquella anciana idéntica a las otras, quedó quieto en la puerta. La mujer, a mitad de camino, levantó la mirada y descubrió al hombre inesperado, detenido bajo el arco de la puerta, deformado su perfil por la luz del exterior, irreconocible en el contraluz. La anciana apretó los ya de por sí arrugados ojos al mirarle, creyendo reconocerle. Nerviosa en sus gestos, volvió hacia atrás y se inclinó hacia una de las suplicantes, a la que susurró unas palabras que la hicieron levantar todo lo rápido que sus años lo permitían, y girarse con sorpresa para reconocer el perfil de Santos que, al fondo de la iglesia, deformado por el contraluz, podía ser cualquier hombre delgado y de mediana estatura. Pronto un murmullo recorrió la nave, y una tras otra fueron levantándose las mujeres, apoyándose cada una en el hombro de la de al lado, gimiendo del esfuerzo. Se acercaron para ver al hombre en la puerta, rodeado de luz como una aparición.

Las mujeres avanzaron juntas hacia Santos, como un mismo cuerpo astrado lleno de cabezas y piernas, una cojera repetida, un mover de ropas negras que dejaba crujidos por la iglesia. Se acercaron hacia Santos, que las vería venir, en lo oscuro, como formas increíbles, espíritus de repente visibles, cuerpos sin embargo tan reales, tan viejos, y con los ojos tan humedecidos, que lo rodearon y estrecharon, con manos de carne verdadera que lo tocaban, como dudando de su presencia. Santos, inmóvil, no pudo evitar quedar rodeado por las mujeres, que se apretaban contra él, hablando algunas entre dientes, otras en voz alta, solapándose unas frases con otras hasta crear un rumor ininteligible. Santos giraba sobre sí mismo, intentando escuchar y entender algo, tratando de mirarlas a todas, de atrapar cada rostro, cada cuerpo temblón.

—Por fin llegasteis; estábamos ya algo preocupadas...

—Pedro, ¿y los demás hombres?

—No oímos llegar el camión...

—¿Fue todo bien?

—¿Volvisteis todos sin problemas?

—Tardabais, y ya nos temíamos lo peor...

—Rezábamos por que no os ocurriera nada...

—¿Y mi marido, Pedro? ¿Está ya en casa?

—... rezábamos y no nos enteramos cuando llegó el camión...

—... se cuentan tantas cosas horribles de la guerra en la provincia...

—... gracias a Dios habéis vuelto sin problema...

Mareado de dar vueltas, atosigado por las palabras repetidas de las mujeres, por las manos que le palpaban la cara, Santos empujó poco a poco hasta salir del círculo de cuerpos, mientras las mujeres no dejaban de hablar, le agarraban la camisa, le acariciaban con urgencia el rostro, mientras repetían las preguntas que Santos no respondería.

—Pedro, ¿y mi marido?

—¿Volvisteis en el camión? No escuchamos el motor y...

—¿Por qué tardasteis tanto, si sólo era un puente?

—¿No estaríais demasiado cerca de los combates?

—Nos dijeron que la guerra estaba más cerca y...

Al salir de la iglesia, desprendido al fin de las manos como tenazas que le retenían, el sol de la calle le golpeó la frente, mareado como estaba de girar en el interior oscuro, de las voces monótonas de las ancianas, del olor a antiguo de sus ropas; de forma que vino a caer al suelo, levantando una breve nube de polvo y dañándose las rodillas. Se puso en pie y caminó a paso ligero, alejándose de la iglesia, del grupo de mujeres que se atascaban en la puerta por querer salir todas a la vez, tropezaban y caían, alguna más ágil lograba saltar y, tras caer, se levantaba y malcorría tras el hombre que huía sin dar respuestas.

Santos, con las rodillas magulladas, caminó deprisa, urgido por un miedo repentino, por un pavor irracional a ser alcanzado y derribado por las mujeres, y que éstas le intoxicaran con su locura como un virus del cerebro. Al pasar junto a la casa ya antes visitada, la mujer que actuaba como niña salió a la puerta, advertida por los gritos de las mujeres que corrían desde la iglesia. Al ver a Santos, salió a su paso, agitando al aire los brazos abiertos, hacia quien creía su padre, aullaba casi en lágrimas, tan grotesca como triste.

—¡Padre, padre! ¿Dónde vas? ¡Llévame contigo, vamos!

Santos apretó el paso, pudo esquivar a la mujer, a la niña, a la que tuvo incluso que empujar, provocando su caída. Quedó la mujer, la niña, unos segundos en el suelo, llorando como la niña que quería ser, pero se levantó al momento y retomó la carrera tras el que escapaba, hasta tropezar de nuevo y quedar ya de forma definitiva en el suelo, sumida en el llanto mientras el resto de mujeres la adelantarían sin detenerse, concentradas todas en una carrera de viejas, a cual más coja, más risible, perdían los pañuelos y algún zapato por el camino, gritaban al ver cómo se alejaba el hombre sin responder a sus preguntas, el hombre que alcanzaba el coche en el que llegó —no el camión de banderas rojas y negras, como comprobarían entonces—, el coche que seguiría aparcado en la entrada del pueblo, junto al cartel oxidado que decía «Alcahaz».

Santos se detuvo menos de un segundo antes de abrir la puerta, en la duda de subir al coche, pues no encontraba las llaves en sus bolsillos. Decidió ganar la sierra a la carrera, buscar el refugio de los olivos y los matojos: las mujeres no podrían seguirlo monte arriba. Intentó trepar por una cortada del camino, pero sus zapatos de ciudad resbalaron en la gravilla, por lo que cayó arrastrado, arañándose una mano y doblándose ligeramente un tobillo. Quedó dolido, en tanto que las mujeres llegaban hasta él y le rodeaban, llenas todavía de preguntas.

—¿Qué sucede, Pedro?

—¿Les ha ocurrido algo a los demás hombres?

—Dinos lo que sea, estamos preparadas.

—Pero deja de correr, habla.

«¡Yo no soy Pedro!», gritó Santos, al tiempo que se levantaba y empujaba a un par de mujeres para poder correr de vuelta al automóvil; recordaba ahora que las llaves estaban puestas en el contacto desde la noche anterior cuando llegó. Las mujeres, paralizadas por el grito de Santos, tardaron unos segundos en reanudar la carrera hacia él, ya tan sólo cuatro mujeres, el resto dejadas por el camino, exhaustas, tosiendo y escupiendo al suelo.

Santos subió al auto, comprobó aliviado que las llaves estaban en su sitio e intentó ponerlo en marcha. El motor estaba frío tras la noche serrana, y tuvo que intentarlo tres veces hasta que consiguió escuchar el ronquido del carburador. Las mujeres ya estaban casi encima del coche, con rostros suplicantes, los brazos extendidos hacia delante, como un triste ejército de seres hambrientos. Santos no tenía apenas espacio para maniobrar, por lo que aceleró y giró en el corto tramo de camino que quedaba, a punto de caer en la cuneta, hasta que pudo enderezar el volante y acelerar más, alejándose al fin, sin querer mirar al espejo retrovisor para no ver a las mujeres que aún correrían unos metros fuera del pueblo, tras el automóvil en el que huía la esperanza.

*   *   *

Tras el esperado comienzo enfático, que además da otra vuelta a la ya vieja murga de lo onírico, de las fronteras del sueño y la vigilia, las realidades parale-

las, la otra vida que vivimos al dormir, etc. y etc. y etc.
—lo que una vez más confirma en la novela un gusto
por la digresión de bajo vuelo; sobran ejemplos en la
novela, sin ir más lejos en este mismo capítulo, lo re-
ferido al sueño con ese infantil y asombrado «miste-
rioso mecanismo el del sueño» al que sólo faltan los
signos de exclamación; pero también en la página si-
guiente una impresionante disquisición sobre la locu-
ra y su contagio, en fin. Como decíamos, tras el es-
perado comienzo enfático, la novela decide ir más le-
jos aún en lo ya narrado sobre la visita de Santos al
enigmático pueblo. Y ese ir más lejos hace que se
fuerce en exceso el margen de lo verosímil. Por su-
puesto que, como en toda novela, a los lectores nos
es exigible una cierta suspensión de la realidad, ese
pacto narrativo que concede al autor el dominio de lo
real y de lo posible; en definitiva, olvidar las claves rea-
les de lo verosímil, siempre que la propia narración lo
haga viable —pues si un texto salva la coherencia na-
rrativa, hasta lo más imposible resultará creíble.

En este caso, echamos de menos ciertas amarras
que tal vez aparezcan en posteriores capítulos. No ne-
gamos que el argumento es curioso, atractivo, quién
sabe si original, con muchas posibilidades. Las muje-
res enloquecidas que esperan durante décadas el re-
greso de los maridos, olvidadas del mundo y por el
mundo. Sin embargo, la propia escritura del joven au-
tor tensa los bordes de lo verosímil, y empiezan a apa-
recer agujeros. A no ser que en posteriores páginas se
aclaren algunos elementos dudosos que ahora deja-
mos en espera —desde cuestiones prácticas sobre la
supervivencia tan prolongada en esas circunstancias
de abandono, hasta asuntos más bien psiquiátricos
sobre lo sostenible de una locura colectiva como la
descrita—, el relato se columpia cada vez más en lo
inverosímil, y nos hace temer el resbalón.

En este capítulo, por ejemplo, el autor confunde lo misterioso con lo que da miedo. Algo puede ser misterioso sin dar miedo, o mejor dicho, dando otro tipo de miedo, menos explícito. Pero el autor opta por un miedo de cine de terror, aplicando la plantilla de clásicos del susto y la huida desesperada. Así, la persecución de las ancianas recuerda escenas del cine sobre zombis, y tal vez hay intención en el autor en evocar esos referentes, pues las ancianas no dejan de ser muertos vivientes, dadas las circunstancias. Aun así, el patetismo de la persecución casa mal con la profundidad perseguida, y ese final, con el coche que tarda en arrancar mientras los zombis golpean las ventanillas, nos suena a algo ya tan visto que se diría parodia.

Comentamos por último algo que ya nos había sorprendido en páginas anteriores: la increíble capacidad de Julián Santos para quedarse dormido en los momentos y circunstancias más contrarios al sueño. Así, se quedó dormido por unos minutos (aunque siempre se advierte que podrían ser horas) al llegar a Lubrín, en el coche. Se quedó también, si no dormido, al menos traspuesto, al entrar en Alcahaz la primera vez, mirando fijamente el cartel anunciador del pueblo. Se quedó frito en los brazos de la vieja demente, en la cama, en una situación en la que no creo que muchos se quedasen dormidos, y nada menos que toda la noche, un sueñecito de pijama, orinal y padrenuestro. Y ahora se vuelve a quedar dormido detrás de una casa, tras huir de una de las locas. Le basta sentarse en el suelo y quedarse cuajado. También, recordamos ahora, decía quedarse dormido en el despacho de Mariñas, sobre los papeles y cuadernos que le llevaba la viuda («mullido lecho de papel sobre el que a veces me quedaba dormido», leemos en el capítulo octavo de la primera parte). Tal vez nuestro protagonista sufre narco-

lepsia, si bien nuestro autor aún no se la ha diagnos-
ticado.

Anotamos brevemente un par de términos: enteco
(el perro enteco, flaco como todo perro de esta nove-
la) y vejarrón, que más que en un abultado cuaderno
Moleskine nos hacen pensar en un diccionario de si-
nónimos en permanente uso sobre la mesa de nues-
tro escritor, que antes de decir que un perro es flaco
o que un cuerpo es anciano, prefiere buscar el sinó-
nimo más literario posible. Enteco, vejarrón.

TERCERA PARTE

LA MALAMEMORIA

Pasará el tiempo que pasará. Cómo pasará, eso nadie lo sabe; pero lo evidente, lo que nadie podrá ocultar, olvidar ni borrar es que se mató porque sí. Es decir, porque fulano le tenía ganas a mengano, con razón o sin ella (...) Hoy ya se ha olvidado mucho, dentro de poco se habrá olvidado todo. Claro está que, a pesar de todo, queda siempre algo en el aire. Como con los carlistas, pero eso aún fue ayer. Antes debió de pasar lo mismo, y pisamos la misma tierra. Yo creo que la tierra está hecha del polvo de los muertos.

MAX AUB, *Campo de los almendros*

* * *

La cita de Aub, además de incorrecta en su elección —puesto que no es realmente un pensamiento de Aub, como podría parecer por la primera persona («Yo creo...»), sino de un personaje que interviene en la adenda de Campo de los almendros—, subraya una idea peligrosa que ha hecho fortuna en la literatura española sobre la guerra. La vieja patraña del cainismo español, de los odios ancestrales, del rencor larvado durante generaciones, de las venganzas al calor de la guerra, como forma de explicar la gran matanza de la guerra civil. Por supuesto que en muchos casos «se mató porque sí. Es decir, porque fulano le tenía ganas a mengano». Pero eso no debe hacernos olvidar que por parte franquista hubo una auténtica política de exterminio contra los republicanos, que no respondía precisamente a venganzas personales. Podríamos dar muchos ejemplos de ejecuciones, tanto en la guerra como en la posguerra, en las que ningún fulano tenía ganas a ningún mengano. Ejecuciones en frío, burocratizadas, con trámite administrativo. Pero también muchas otras en caliente, pero cuyo calor no procedía de una venganza, de cuentas pendientes, sino de la decisión golpista de aprovechar la guerra para limpiar el país. Recordamos ahora al capitán Alegría que retrata Alberto Méndez en Los girasoles ciegos; el desertor franquista que denuncia la estrategia de exterminio disfrazada de guerra: «no quisimos ganar, queríamos matarlos».

I

JUEVES, 7 DE ABRIL DE 1977

Desde el sueño —hacía meses que no dormía sino a intervalos, sin disciplina, allí donde le venciera el cansancio— alcanzaron a Santos imágenes antiguas, de otro tiempo, imágenes ciertas pero deformadas por el soñar —que falsea los diálogos, los rostros invisibles, los personajes que no vemos aunque son reconocibles—. La mecánica onírica mezcla siempre los tiempos, pasado y presente y quién sabe si futuro, personas muertas o vivas junto a otras que acaso no existieron, cuánto habrá de memoria y cuánto de deseo en lo soñado. En el ensueño reciente, del que poco recordaría Santos al cabo, aparecía nítidamente un niño que mezclaba rasgos del propio Santos, de su infancia, con otros del muchacho, no tan niño, que recogió en el coche camino de Lubrín dos días atrás —su cuerpo adulterado, sus ropas viejas que sí tenían mucho de la pobreza en el vestir de Julianín—, y con un rostro no muy definido, como todos los que surgen en los sueños.

Aparecía también un pueblo poco preciso, formado por algunas casas, blancas y acaso derruidas, que bien podía ser una recreación a partir de mezclar Alcahaz y su propio pueblo natal, o bien cualquier pueblo del sur, todos de casas blancas, desordenadas, idénticas, sin más límite a sus calles que los campos de cultivo, tal vez la vega de un río. Él, protagonista del sueño, y que se recordaba a ratos niño y a ratos adulto, caminaba por la calle solitaria, con las manos en los bolsillos como un niño arrancado de la infancia a golpes. Se detuvo en la esquina de otras veces, esperando el momento que ya sabía: desde un callejón que llegaba al centro del pueblo como prolongación de una cañada que bajaba de la sierra, un grupo de hombres se acercaba: cuatro guardias a caballo, despojados de sus capas, con las camisas algo abiertas, tan sólo uno de ellos conservaba el tricornio de negro charol. Traían rostros agotados, faltos de sueño, de tanta noche peleando por los olivares de la serranía, disparando a la oscuridad, corriendo por las pendientes hasta tropezar y caer y volver a caer en los riscos, en desventaja como estaban frente a los hombres fugados, habitantes de la noche, que conocían bien el terreno, sus curvas y grietas, los pedrizos donde protegerse. Ahora, con la mañana, regresaban al pueblo, agotados pero satisfechos de lo apresado: un hombre joven, de piel denegrida —de noche o de sol, tal vez los dos manchan la piel—, pelo crespo y barba de semanas. El hombre, como presa, caminaba descalzo y sin camisa; llevaba las manos juntas y atadas a la silla de uno de los caballos con una soga larga, que le obligaba a seguir el ritmo de los que cabalgaban. Al llegar a la calle central del pueblo, el prisionero, fatigado de correr huyendo durante toda la noche, resbalando por los pedregales y disparando sin fortuna contra todo lo que se movía a su espalda, y agotado también de haber tenido que caminar detrás de los caballos desde el alba, cayó ahora al suelo, sin más fuerzas. Los pantalones jironados permitían ver sus rodillas desolladas. Todo en él era desgarro; los pies sangrantes, de caminar descalzo por las cortadas de la sierra; la boca o la nariz llenas de un resto negruzco ya seco. Los jinetes se detuvieron, mientras el hombre quedaba de rodillas, con la cabeza hundida y los brazos levantados porque el guardia a cuyo caballo iba atado tironeaba la cuerda para obligarle a ponerse en pie. El niño, que era Santos aunque compartía rasgos del mozo de Lubrín, reconoció el cuerpo que no podía levantarse, el mismo cuerpo que había visto la noche anterior arriba en la sierra, insinuado en el contraluz de las brasas, el rostro que entonces no tenía sangre ni sudor, sólo el miedo súbito del padre al ver llegar a su hijo tan temprano, inesperado, como las sombras de los guardias que aparecían entre los olivos, los primeros disparos y las carreras.

El niño, Santos, corrió, asustado, hacia el cuerpo arrodillado, al que se abrazó llorando de miedo, no de culpa, por cuanto era demasiado pequeño para relacionar la captura del padre con su imprudencia infantil de la noche anterior. Se apretó contra el cuerpo del padre, llenándose de su suciedad y su cansancio pegajoso. El prisionero, con las manos atadas y tensadas desde el caballo, no podía abrazar al hijo, y se limitaba a apoyar la cabeza en el hombro del pequeño, en un gesto de agotado cariño que Santos querría identificar, durante tantos años, como una última expresión que le exoneraba de culpa. El guardia que montaba el caballo al que iba atado el prisionero hizo retroceder al animal, hasta situarse a suficiente distancia para estirar el brazo y agarrar de los pelos cortos al muchacho, tirando hacia arriba de él.

—Lárgate de aquí, niño —dijo el guardia sin soltar los cabellos de Julián, Julianín, que lanzó un aullido de dolor o rabia.

El padre, al ver cómo su hijo era maltratado, se puso en pie, con más orgullo que fuerza, tensó la cuerda y rodeó al caballo hasta que la soga quedó arrollada en la cintura del jinete. Sólo hizo falta un tirón para que el guardia cayera al suelo con violencia y se golpease la espalda. El padre se lanzó sobre el guardia caído, enrolló la cuerda en su cuello y apretó hasta casi romperle la garganta. Esto último lo impidió otro guardia, que desmontó de un salto, tomó el rifle de la silla, y dio un solo golpe, seco y duro, con la culata del arma en la nuca del preso, que cayó desplomado al suelo. Quedaron los dos tumbados, un hombre inconsciente por el golpe, el otro con la tráquea partida, casi asfixiado.

Aunque en realidad tal vez no hubo sueño, sino que todo fue una confusión de la duermevela, una llamarada del recuerdo encendida cuando un guardia civil, tan parecido a los de décadas atrás, golpeó con los nudillos el cristal de la ventana del coche de Santos, despertándole mal y llenándole de imágenes pretéritas que pronto se extinguieron.

—Salga del coche —ordenó el guardia, mientras Santos se desperezaba en el interior estrecho. El durmiente limpió con la manga de la camisa la respiración que empañaba los cristales, y descubrió así el rostro del guardia, de cabeza chata, nariz rotunda y bigote corto.

—Buenos días —murmuró Santos, frotándose los ojos al salir del coche.

—¿No sabe que hay hostales en el pueblo? No se puede dormir así, dentro de un coche, en mitad de la plaza —protestó el guardia, tratando de llenar de indignación sus palabras, señalando con la mano la plaza toda, la fuente en el centro, los jardines y los ancianos sentados al sol, como un territorio en el que dormir fuera una profanación, algo de mal gusto.

—Perdone... Llegué muy tarde al pueblo, ya de madrugada, y no pensé que me fueran a atender en ningún hostal a esas horas. No pensé que...

—¿De dónde viene? —preguntó el guardia, sin interés ya por el posible delito de dormir en una plaza, dentro de un coche forastero.

—De Madrid... Vengo de Madrid... Estoy buscando... —comenzó Santos, sin saber si debía justificar su viaje, dudando qué decir, si hablar de Alcahaz, de lo que allí vio, no le creerían.

—¿Ha venido de Madrid en ese coche? —preguntó el guardia, recuperando así el aburrido protocolo de los hombres de la región, y anunciando el final de las pesquisas, el escaso interés que le despertaba el meteco.

Cuando el guardia, una vez comprobada la documentación, se alejó, caminando algo zambo hacia el cercano cuartel, Santos (entre maldiciones hacia el guardia, como cada vez que veía a un agente de verde, como si la culpa de la muerte de su padre se transmitiera de uno a otro guardia a lo largo de las generaciones) evocó cómo había llegado esa madrugada a Lubrín. Después de dejar Alcahaz con el crepúsculo, huyendo a gran velocidad de las mujeres que le perseguían para que contestara a sus esperanzas, descendió el camino de la sierra a una velocidad de riesgo, cercano a perder el control en alguna curva, hasta llegar por fin a la carretera —tras cruzar el tramo de barbecho donde había sido borrado el camino— y tomar la dirección de Madrid, convencido de que no pararía hasta pasar el Cerro de los Ángeles y ver las luces primeras de la capital, difuminadas en la niebla; iría directo a la casa de Mariñas, no importaba lo tarde que fuera, llamaría a la puerta hasta que le abriera la criada aniñada con los ojos llenos de sueño, y apareciera la viuda envuelta en una bata de seda vieja, con una expresión de normalidad en el rostro, porque tal vez ella sabía y callaba, nada le sorprendería.

Sin embargo, tras casi dos horas conduciendo sin parar, Santos se detuvo en medio de la carretera. Ni siquiera se apartó al arcén: dejó el coche en el centro de la calzada y se bajó del automóvil, ahogado; respiró la noche a bocanadas, con el deseo de abandonar el coche para seguir huyendo a pie, por los campos oscuros, por las quebradas de la sierra. Se tranquilizó fumando un cigarrillo, con los ojos vueltos hacia el cielo encendido de astros, la noche quieta, la carretera desierta a esas horas. Pensó —se obligó a pensar, con imágenes y palabras— en Alcahaz, en lo ocurrido, en aquellas mujeres, en la demencia que las encadenaba al pasado, a la esperanza que creían haber visto en él. No podía marcharse de allí ahora, debía saber más, averiguarlo todo, comprender qué sucedía, por qué aquella locura. Y lo más importante: debía hacer que los demás supieran —que supieran los que no sabían o no querían saber, que recordaran los que se empeñaban en olvidar. Como un deber moral recién adquirido, quizás acomplejado por su precipitada y cobarde salida de Alcahaz, escapado de un peligro que no era tal, hizo propósito ahora de que aquel pueblo no quedara sumido en un silencio de cuarenta años más hasta que las mujeres murieran todas, abandonadas, y el pueblo se terminara de descomponer, engullido por la tierra. Recordó la visita a Lubrín dos días atrás, en el ayuntamiento, los escrúpulos de los funcionarios, la violencia de aquel hombre que le expulsó a golpes. Recordó ahora todas las negativas, las miradas de desconfianza desde que llegó a la provincia, las muchas veces en que había sido rechazado en la región cuando pronunciaba el nombre del pueblo. Todos sabían, no podía ser de otra manera, todos sabían algo —tal vez no todo, no lo de las mujeres, no que seguían vivas— y callaban, o peor aún, negaban.

Subió entonces al coche y dio la vuelta en la carretera, acelerando en dirección a Lubrín, donde debía aclararlo todo. Tras más de tres horas de conducción, en mitad de la noche más oscura, alcanzó a ver Lubrín tras una loma, el pueblo apenas encendido en la noche, pocas farolas en las calles, el pueblo todo dormido cuando entró despacio, recorriendo las plazas abandonadas al sueño. Convencido de que a esas horas no hallaría posada en ninguna parte, aparcó en un lateral de la plaza central. Incluso el cuartel de la Guardia Civil estaba cerrado a la noche. Una sola farola grande, de cuatro brazos, repartía su titubeo luminoso por la plaza. Santos recostó el asiento y buscó acomodo en el interior angosto del automóvil, colocándose las manos en la nuca como carnosa almohada. Retuvo algunas imágenes, guardándolas para el sueño. El reloj del consistorio, luna de números, marcando las tres de la madrugada, fue la última visión que Santos se llevó hacia el sueño.

Ahora, vencida ya la mañana en la plaza, mientras el guardia se alejaba hacia el cuartel y los primeros tenderos levantaban las persianas de sus comercios y barrían las aceras, Santos, olvidado ya del sueño o recuerdo confuso de la noche, se acercó hacia un bar próximo, donde tomar un café y hacer tiempo mientras llegaban los funcionarios al ayuntamiento. Un café no muy decente, una tostada más de suela que de pan, y un periódico del día anterior, conformaron un aciago desayuno mientras esperaba, sentado en un taburete desde el que dominaba la fachada del ayuntamiento, donde ya entraban los trabajadores más madrugadores.

—¿Viene usted de muy lejos? —preguntó el camarero, obligado a sacar conversación del único cliente.

—De Madrid —respondió Santos sin abrir mucho la boca, adivinando ya el diálogo monocorde.

—¿De Madrid? ¿En aquel coche?

Una mujer entró en el bar, atrayendo la atención de Santos. Era una mujer cercana a su edad, tal vez algo más joven, frisando los cuarenta años en todo caso, pero claramente desprovista de amargura, plena de esa relajación propia de quien no hace penas de cada año cumplido. Vestía de forma sencilla, unos pantalones de pana fina y una blusa oscura que traslucía un cuerpo de formas redondas, nada falto de carne. No llevaba maquillaje —o, si lo llevaba, era imperceptible—, ofrecía un rostro limpio, apenas del tiempo castigado, tan sólo una espiga de cansancio en los ojos, y el pelo recogido en una trenza. Se sentó en un taburete al otro lado del mostrador, sonriendo con educación a Santos, que le hizo llegar unos buenos días. La mujer pidió una copa de ginebra, petición que chocó a Santos:

estaba acostumbrado a ver, en Madrid, tantas mujeres degradadas por los años y el tedio, que apenas despertaban se ponían una bata para bajar al bar más cercano y beber una copa de cualquier alcohol temprano. Lo que le sorprendía ahora era ver a una mujer como aquélla, respetada por los años, sin sombra de fracaso en la mirada, que tomara una copa a las nueve de la mañana en un gesto que la igualaba a miles de mujeres entristecidas en cada ciudad. La recién llegada encendió un cigarrillo y bebió despacio la ginebra, mirando hacia la plaza, y cruzó sus ojos algún instante con los de Santos, estableciendo acaso esa complicidad que se da entre dos desconocidos, cuando a veces, en un lugar público e incluso concurrido, dos miradas se encuentran en la distancia, a través de muchos cuerpos, e inician una comunicación silenciosa sin que nadie lo sepa, un intercambio de miradas furtivas y hasta vergonzosas que invitan a conocer al otro, aunque casi nunca se dé el siguiente paso, tan encadenados como estamos a las convenciones sociales, a las reglas que impiden que una mirada sea excusa para conocerse cuando hay una atracción repentina, un interés no confesado.

La mujer, como urgida por algo que ahora recordara, no terminó la ginebra ni el cigarrillo, y salió del bar sin devolver una última mirada a Santos, que la observaría mientras cruzaba la plaza a paso rápido y entraba en una sucursal bancaria, perdida quizás para siempre una relación que nunca fue.

Cuando Santos, minutos después, entró en el ayuntamiento, conocedor ya del edificio, no preguntó al conserje que dormitaba junto a la puerta, y se dirigió directamente a la oficina de la visita anterior. Los funcionarios, recién llegados y con la chaqueta todavía puesta, charlaban en corrillos y reían a voces. Al entrar Santos, los hombres cesaron la tertulia y lo miraron en silencio, al tiempo que se acercaban a sus respectivas mesas, y le lanzaban miradas de rechazo, murmurando alguno con el más cercano.

—Ustedes lo saben, ¿verdad? —preguntó Santos al primer administrativo, el mismo que le atendió en la anterior visita, y que fingía archivar papeles en su mesa.

—¿Perdón? —dijo el hombre, sin levantar la vista de los papeles.

—Ustedes lo saben, siempre lo han sabido pero callan —gritó ahora Santos dirigiéndose a todos, sorprendido de su propio grito.

—Creo recordar que le pedí que no volviera por aquí, ¿ya se le ha olvidado? —preguntó Emilio, el funcionario violento que le expulsó a golpes la primera vez y que ahora se acercaba con idéntico impulso.

—Es por eso que me echaron... Porque no querían que supiera, que lo averiguara, ¿verdad? —dijo Santos, firme ante el acoso del hombre.

—Salga de aquí ahora mismo o... —amenazó Emilio, dando un primer empujón en forma de aviso.

—Yo he estado allí.

—Lárguese ahora, no le queremos —el funcionario acompañó sus palabras de un segundo empujón, más persuasivo esta vez.

—He estado allí —insistió Santos, inmóvil frente a los empujones—; sé lo que sucede en Alcahaz. Lo he visto.

—¿Qué dice?

—Que estuve en Alcahaz, ayer mismo.

—Eso es imposible —la voz le tembló a Emilio, de forma casi imperceptible—; Alcahaz no existe, no ha podido...

—Claro que existe... Borraron el camino, pero lo encontré. Usted sabe que existe.

—Miente... No sabe de qué habla... Ese pueblo nunca ha existido... Es sólo una invención... Márchese ahora —el funcionario parecía apagado de repente, suplicando más que amenazando.

—He visto el pueblo y a las mujeres... Quiero saber qué sucede... Por qué ellas...

—Debería marcharse de estas tierras —intercedió otro trabajador, mientras sujetaba a Emilio para tranquilizarlo—. Aquí sólo encontrará problemas. Si la gente se entera de que usted es un Mariñas...

—¿Mariñas? ¿Qué tiene que ver Mariñas con todo esto? —preguntó Santos.

—¡Fuera de aquí! —Emilio estalló ahora, nervioso, en un empujón fuerte que lanzó a Santos contra una mesa, haciéndole caer al suelo y arrastrar varias carpetas. El resto de funcionarios quedaron paralizados mientras el agredido se ponía en pie.

—¿Por qué lo ocultan? ¿Qué sucedió allí? —insistió Santos, que pudo esquivar el primer puñetazo torpe, pero no el segundo, que le alcanzó frontalmente en la nariz, un impacto recto que le nubló la vista y le hizo retroceder unos pasos cortos antes de caer al suelo, de espaldas, con la nariz estallando en sangre.

Emilio levantó a Santos por las axilas, y lo arrastró por el pasillo sin ruido, sin despertar siquiera al ordenanza de la entrada. Lo enderezó un poco y aferró las solapas de la chaqueta. A Santos, casi desmayado por la conmoción del golpe, la sangre le goteaba en la camisa.

—Y ahora salga de aquí... Coja su coche y salga de Lubrín, y no se detenga hasta que llegue a Madrid. Si le vuelvo a ver le costará caro.

—Pero... ¿Por qué...? —fue todo lo que acertó a balbucear Santos, con la sangre que le entraba en la boca, antes de que el hombre lo lanzara hacia el exterior del edificio, donde Santos repitió la salida atropellada de la primera vez: perdió el equilibrio en el primer escalón y cayó inerte hasta llegar de espaldas a la acera de la plaza.

Quedó allí, un tanto desmayado, tumbado en la acera recién barrida, sintiendo un calor afilado en las sienes, además del dolor en la nariz, el sabor dulce de la sangre en los labios. Con la cabeza vuelta hacia un lado, la mejilla apoyada en la acera, Santos vio unas piernas de pantalón verde y botas negras que se acercaron hasta su cabeza vertida.

—Levántese —dijo la voz del guardia, sin que Santos llegara a verle la cara, tan arriba.

—Déjeme a mí, Ramiro; yo lo conozco, me haré cargo —dijo otra voz, que provenía de unas piernas distintas a las otras, unas piernas algo más cortas, metidas en unos pantalones de pana fina y unas botas de cuero pardo.

El guardia se alejó de vuelta al cuartel, y la mujer se agachó para tocar la frente de Santos, que vio ahora su cara, la mirada cómplice que minutos antes creía perdida. Se incorporó, ayudado por la mujer, hasta quedar sentado en la acera.

—¿Se encuentra bien? Ha sido una mala caída —dijo ella, agachada junto a él, colocándole bien el cuello de la camisa por hacer algo, incapaz de tocar la nariz ensangrentada, no por asco sino por miedo a dañar más al hombre al que, desde la sucursal bancaria de la plaza, había visto salir del ayuntamiento a trompicones y caer en la acera, empujado por alguien de quien sólo vio los brazos saliendo de la puerta del consistorio.

—¿Por qué ha dicho que me conocía? —preguntó Santos en voz baja, limpiándose con la manga la sangre de la boca.

—Los del cuartel son unos brutos, y siendo usted forastero, no le tratarían muy bien... Además, le conozco un poco, nos vimos en el bar, hace un rato, ¿recuerda? Venga conmigo, vivo cerca de aquí... Necesita una pequeña cura de urgencia —dijo la mujer sonriendo, al tiempo que ayudaba a Santos a ponerse en pie.

Caminaron juntos; la mujer sujetaba a Santos por el brazo, ya que estaba todavía mareado y amenazaba desmayo. Salieron de la plaza hacia una calle comercial, donde los tenderos, que preparaban sus escaparates y bajaban los toldos para el día soleado, miraban con reproche a la extraña pareja, a la mujer conocida de todos, del brazo de un extraño que llevaba la camisa y la barbilla ensangrentadas y que había llegado días atrás al pueblo, a la provincia, haciendo preguntas repetidas, queriendo saber. Santos, conmocionado, caminaba mirando al suelo, sus pies y los de ella al paso, y sólo de vez en cuando levantaba la mirada para buscar, en algún escaparate, el reflejo de la atípica pareja, su nariz deformada y la sangre como un pañuelo que le amordazase la boca.

Se detuvieron en el portal de un edificio de reciente construcción, de tres plantas, de ladrillo rojizo y manchas de humedad por las primeras lluvias. Ella encontró en el bolso un llavero abultado y abrió la puerta, haciendo entrar a Santos en un zaguán fresco, con olor a lejía. Subieron la escalera, Santos agarrado a la barandilla y empujado por la mujer, hasta entrar en el piso de la segunda planta, en el que las persianas estaban bajadas y el interior oscurecido. Ella dejó a Santos en un sillón pequeño y mullido de donde el herido no querría levantarse, y comenzó a izar persianas, llenando la casa de una luz total que denunciaba el vacío de la vivienda, apenas amueblada, todo demasiado nuevo, oliendo a silicona y pintura fresca, algunas cajas todavía en los rincones, testimonio de reciente mudanza.

La mujer condujo a Santos al cuarto de baño, donde lo sentó en el borde de la bañera y, con una toalla mojada, le fue limpiando la cara, la sangre ya seca, con cuidado en la nariz dolorosa. Santos, que iba recuperándose del impacto, miraba con ojos somnolientos a la mujer, que tomó un algodón y alcohol y fue desinfectándole la nariz, mientras con una mano le sujetaba la cabeza, con dedos largos y duros que se hundían en la nuca de Santos.

—¿Hace esto a menudo? —preguntó el de la nariz maltrecha, al que el alcohol escocía la herida.

—¿Curar narices? No, no muy a menudo. Mi especialidad son las fracturas de esternón —la mujer sonrió con un guiño, mientras tocaba con cuidado la herida. «¿Se re-

fiere a si voy por ahí recogiendo almas indefensas y tra-
yéndolas a casa? No, no crea.»

—Se lo agradezco. Si no es por usted...

—Habría acabado en el cuartel, donde no le curarían
con tanto cuidado como yo, se lo aseguro.

Quedaron unos segundos en silencio, mientras la mujer completaba la desinfección; los dos algo avergonzados
del silencio y la cercanía. Santos buscó los ojos de ella, que
se levantó escondiendo la mirada.

—Creo que se la han roto. La nariz...

—Eso es imposible —dijo Santos, tocándose con los
dedos la mencionada.

—Créame, está rota.

—Le creo, pero no me la ha roto ese tipo. La tenía ya
rota antes... Fue un guardia, en una manifestación, en Madrid, hace diez años... Yo no hice nada, casi se puede decir
que pasaba por allí... Pero me llevé un buen palo, me par-
tió el hueso —explicó Santos, que se levantó para mirarse
en el espejo del lavabo la nariz hinchada y cárdena—.
Vaya; me la han terminado de romper esta vez.

Minutos después, sentados sobre dos cajas que había
en el salón —ninguna silla en toda la casa, tan sólo el pequeño sillón en que Santos se sentó al llegar, y que estaba
mullido por varios abrigos—, tomaban café en vasos de
plástico y sin azúcar —«no sé dónde están la mayoría de las
cosas, tengo tantas cajas todavía cerradas»—, sumidos en
un silencio del que sólo podrían salir mediante el recurso a
frases hechas, las conversaciones sin compromiso.

—Se ha mudado hace poco, ¿no? —dijo Santos, ofreciendo un cigarrillo a la mujer; buscaba así la cercanía del
tabaco, la comunión de los que fuman juntos.

—Sí, de hecho aún no vivo aquí... Estoy todavía en
casa de mi madre, hasta que traiga al menos una cama... Y
unas sillas, claro... Dirá usted que ya soy un poco mayor-
cita para vivir con mi madre...

—No; usted es joven —dijo Santos intentando ser

amable, recordando que ni siquiera se habían presentado, desconocían sus nombres. Jugó unos segundos a adivinar el nombre de ella por su cuerpo, por su rostro, sus ojos o sus gestos al fumar. Marta o Ana, tal vez Carmen—. «Perdone, ni nos hemos presentado. Me llamo Julián.»

—Yo soy Ana —dijo ella, estrechando la mano de Santos satisfecho—. Usted no es de la región, ¿verdad?

—No, en realidad vengo de Madrid.

—Tiene que haber un motivo muy interesante como para que haya venido hasta aquí. No lo digo por la distancia, sino por este lugar horrible.

—Exagera... No es un sitio tan horrible, tiene cierta belleza... Común a estos pueblos del sur... Esas casas tan blancas que duelen los ojos, el sol vertical, el campo de ese color, yermo...

—No bromee... ¿Qué hay en Lubrín que pueda interesarle?

—En realidad todavía lo estoy buscando —dijo Santos, iniciando un juego de seducción que no estaba seguro de controlar.

—Vaya... Alguien que busca... ¿Alguna pista?

—Es un misterio —dijo Santos, sintiéndose al momento ridículo, torpe como era en el trato con mujeres, incapaz de dar encanto a sus palabras. Por eso rectificó: «Estoy haciendo una investigación en la zona, buscando algunos restos del pasado, huellas. Pero no está siendo fácil.»

—Tampoco está siendo seguro —dijo ella, acariciando con un dedo la nariz hinchada de Santos—. ¿Se la han roto por eso? ¿Tiene que ver con su búsqueda?

—Sí, en efecto. Hay gente que no quiere que se sepan ciertas cosas. El pasado siempre es doloroso, y es mejor callarlo.

—Pero usted quiere que se sepa, ¿no? Bueno, cuénteme un poco más. Yo soy como usted, también quiero saber.

—Bueno, se trata de un pueblo. Un pueblo en el que ocurrió algo que todos callan, no sé aún qué.

—¿Un pueblo? ¿Qué pueblo?

—Se llama Alcahaz —dijo, firme, Santos, intentando vencer el estremecimiento que le sacudía cada vez que pronunciaba el nombre.

—¿Alcahaz? —sonrió ella de repente, y la cara entera se le iluminó tras el humo, conteniendo una carcajada—. Vaya, esto sí que es divertido.

—No lo entiendo... ¿Qué es lo divertido? ¿Conoce usted Alcahaz?

—Sí, claro... Desde hace muchos, muchos años —dijo ella divertida, bromeando.

—¿Ha estado usted allí? —preguntó Santos, que no entendía lo gracioso del asunto.

—Claro que he estado... Muchas veces, cuando era pequeña —y ahora estalló en una breve carcajada, que frenó al ver la seriedad de Santos—. Perdone... ¿A qué viene esa gravedad?

—No lo entiendo —dijo Santos, confundido—. Supongo que no nos referimos al mismo Alcahaz...

—Vamos, usted está bromeando, ¿verdad? Alcahaz no existe.

—¿Entonces? ¿De qué conoce usted Alcahaz?

—Bueno —ella se sonrojó, dulce—; Alcahaz es... Una invención... Una tontería... ¿No lo sabe? Un pueblo inventado, una historia para asustar a los niños... Es como un cuento de miedo, esas tonterías, ya sabe a qué me refiero. En todos los pueblos hay ese tipo de historias... Leyendas que se cuentan, que pasan de padres a hijos... Sin ningún fundamento real, pero que enriquecidas con cada generación... No más que tradiciones orales... Y sirven realmente para asustar, vaya que sí... Yo tengo malos recuerdos... Mi madre me contaba la historia de Alcahaz como otros cuentan la del ahorcado o la de las ánimas del bosque; ella me metía miedo jugando, era terrible... Imagínese: un pueblo, decía ella, perdido en ninguna parte, y habitado por seres fantásticos, mitad mujer, mitad pájaro... Terribles...

—¿Mujeres pájaro?

—Sí, mujeres con forma de pájaro negro... Atrapadas para siempre en ese pueblo que es como una jaula para ellas, y el que se acerca queda atrapado... Ya ve, servía para asustar a los más pequeños, para que no nos alejáramos de casa solos... En realidad, el cuento tiene su fundamento etimológico, por así decirlo... El alcahaz es una jaula de pájaros, supongo que de ahí surgió el nombre.

Quedaron los dos en silencio, en el salón vacío, encendiendo nuevos cigarrillos apenas apagados los anteriores. La mujer, divertida aunque con una sombra de tristeza en el rostro, tal vez perdida en un recuerdo de infancia, de cuentos a la noche, historias de mujeres pájaro, malos sueños de una niña miedosa. Santos, contrariado, tratando de sacar algo en claro de toda aquella historia de los cuentos de niños, aunque creía entender la relación.

—Pero bueno —habló ella—; ¿qué le han contado a usted de Alcahaz?

—No es lo que me han contado. Yo he estado allí.

—¿En Alcahaz? —ella rió, sin evitarlo—. Ésa sí que es buena... Perdone... Sigue usted bromeando, ya vale.

—No bromeo. Escúcheme, Ana —Santos adelantó el cuerpo, y tomó una mano de ella, que se sintió aturdida, sin entender el sentido de aquella broma, porque sólo podía ser una broma. «Yo he estado allí. Ese pueblo existe... Está olvidado, en la sierra, a menos de una hora de Lubrín. Han borrado el camino, pero existe. Y está habitado: viven mujeres, están trastornadas, atrapadas en una extraña locura, una esperanza que no entiendo. Viven... Parecen representar una vida que no es la suya, una tragicomedia de rutinas, de paseos, de trabajo en el campo, misas en una iglesia derrumbada. Y luego están los hombres.»

—¿Los hombres? —preguntó ella, desconcertada, apretando la mano de Santos.

—Sí, los hombres... Hay una presencia... Sería más

exacto decir una ausencia... Una ausencia de hombres que se marcharon o que murieron... Maridos, padres... Y ellas parecen esperar a los hombres... Me confundieron con alguno de ellos.

—No lo entiendo —Ana recuperó la mano, creando distancia—. Debe de ser un error... Será otro pueblo, una coincidencia. Los cuentos de mi madre no...

—Su madre ha estado allí —afirmó Santos, rotundo.

—¿En Alcahaz? —dudó ella.

—Sí; ella ha estado allí, seguro, por eso lo conoce. ¿De dónde es su madre?

—Bueno, en realidad no lo sé seguro... Nació en el campo, en una casa de labranza, por la sierra, pero se vino de joven a Lubrín...

—Su madre conoce Alcahaz. Estuvo allí, tal vez vivió incluso allí. Y se marchó. Por eso le contó el cuento, a partir de aquella realidad.

—Perdone, pero esto tiene poco sentido. Compréndame... Aparece usted, sin conocernos siquiera... De forma tan accidental... Y me cuenta esta historia de un pueblo que se llama también Alcahaz, en el que hay mujeres que están locas y hombres y no sé qué más. Estoy un poco confundida, no entiendo que...

—Su madre —interrumpió Santos, que veía una salida—. Ella... ¿Vive todavía?

—Sí... Ya le dije que vivo aún con ella...

* * *

Pues nada, que otra vez se nos había dormido el angelito. Lo dicho, un caso clínico de narcolepsia, no hacen falta más pruebas. Desde que llegó a la comarca se ha ido quedando dormido por los rincones, y ahora se nos vuelve a quedar frito en el coche, y encima sueña, vaya si sueña. No recuerdo ahora quién dijo que lo de contar sueños en una novela era algo que nunca debía hacerse, un error típico a evitar. En este caso, el autor utiliza la treta fácil del sueño, de la duermevela, para, tras una ya cansina digresión a vueltas de nuevo con la matraca del sueño y la realidad —otra vez la «mecánica onírica», esta vez con toques esotéricos, pues insinúa que tal vez hasta el futuro aparece en los sueños—, insertar bajo apariencia de sueño un descarado flashback, de una explicitud informativa demasiado obvia.

En una novela deberían estar prohibidos dos verbos: soñar y pensar. Es el recurso más socorrido para el autor que quiere introducir información por la vía rápida: hace que el personaje sueñe, o hace que piense casi en voz alta, de manera que cuando un personaje, como el nuestro, piensa algo, simplemente busca que el lector lo piense a su vez; o cuando de repente recuerda algo, es una forma simple de recordárselo de paso al lector, por si se despista.

Después, una vez de vuelta a Lubrín, a ese sur indolente donde el conserje del ayuntamiento duerme a pierna suelta ya desde las nueve de la mañana (ni se despierta cuando Santos es arrastrado hasta la calle) y los funcionarios siguen de tertulia, y donde los guardias civiles son muy guardias civiles, se llaman Ramiro y tienen rasgos lombrosianos (cabeza chata, nariz rotunda, bigote corto y, por si fuera poco, caminar «algo zambo»). Una vez de vuelta a Lubrín, como decíamos, se produce el gran encuentro tan esperado, en el que el voltaje de la novela subirá varios grados. Ya lo avisamos capítulos atrás, que era inminente. Y por fin está aquí: ella.

En efecto, el ángel redentor hace entrada en escena. Una mujer madura y atractiva, liberada e independiente —lo cual se manifiesta en ese toque canalla de quien se toma una ginebra a las nueve de la mañana, ahí es nada—, que cual enviado del cielo rescata a nuestro hombre, no sólo del percance sufrido, sino de su vida toda, de sí mismo, del dolor del mundo, de su pasado. Parece que la mujer en la novela española, cuando no recibe un protagonismo en clave «literatura femenina», es a menudo reducida a un papel secundario y funcional, mera comparsa. En este caso, como en tantos, es la sanadora y el amor que ya no se esperaba encontrar. Es el momento en que los autores introducen el factor «romance», la historia de amor que no puede faltar en ninguna novela, y que en un relato de viaje personal como éste sólo puede tener un componente de liberación.

Como si la mera mención a un personaje femenino no bastase para que cualquier lector, habituado a estas convenciones narrativas, atase cabos y adivinase el inminente romance, nuestro autor insiste en dejarnos algunos elementos que apuntan al flechazo fatal: así, tras las miradas de complicidad de la cafetería, nuestro ángel redentor salva al agredido Santos, le toca la frente mientras está en el suelo, le coloca el cuello de la camisa, lo levanta, lo lleva del brazo hasta su casa, le cura la nariz, le limpia la sangre, le sujeta la cabeza hundiéndole los dedos en la nuca, le acaricia la nariz, le aprieta la mano, mantiene con él un diálogo de coqueteo, un «juego de seducción», se buscan los ojos... El autor parece relamerse en estas páginas, con prisa por ofrecernos unas escenitas de amor (incluso eróticas, horror), y así nos va ambientando con tanto detalle, para que todos nos demos cuenta ya de que aquí hay «tomate». Se comprueba una vez más que en una ficción no pueden cruzarse un hombre y una mujer sin enamorarse. Pues eso, que el flechazo está servido, aunque sea un plato un tanto precocinado y pasado por el microondas.

II

Al entrar en la casa de la madre de Ana —una construcción no muy antigua, típica de aquellas tierras, con tejado bajo y un gran patio de geranios y gitanillas en el centro—, la oscuridad del pasillo —todas las ventanas cerradas con celosía— les veló la mirada, viniendo como venían con los ojos llenos de sol. Santos buscó, por instinto, el brazo cercano de Ana, y ella le tomó de la mano hasta entrar en una habitación, tibio contacto de las dos manos en la oscuridad. Pasaron a un salón también en penumbra, tan sólo iluminado por la luz irreal de un televisor encendido, que calcaba de gris la estancia, los muebles: una mesa camilla en el centro, un par de sillones de orejera, un aparador, un chinero vacío y macetas por todas partes. En una mecedora en el centro, como un mueble más, inmóvil, la madre, anciana y pequeña, con la cara pintada de la luz azulina del televisor, los ojos cerrados en sueño. El televisor, sin sonido, mostraba imágenes de cualquier película antigua.

—Madre —susurró Ana, acariciando el pelo recogido de la anciana—. Madre... Se ha quedado dormida —dijo a Santos, en baja voz—. Se sienta frente al televisor y se hipnotiza... Siempre se acaba durmiendo... En verdad no le interesan los programas, apenas los escucha, sólo le gusta ver a la gente moverse ahí dentro, como ella dice.

—¿Qué pasa? —habló fastidiada la madre, llegada desde el sueño, mirando a Santos sin mucha extrañeza, como si su presencia en el salón fuese una continuación del sueño interrumpido.

—Madre... Este hombre es Julián Santos.

—Sí, Julián Santos —dijo la madre, natural—; claro que me acuerdo de él... ¿Cómo estás, hijo?

—Bien, señora, gracias —sonrió Santos al despiste de la mujer.

—Madre; usted no lo conoce... Julián acaba de llegar al pueblo.

—¿Es de la provincia? —preguntó la anciana, que miraba ahora con desconfianza a Santos, y se colocó unas pequeñas gafas para escrutarlo.

—No, madre; viene de Madrid.

—De Madrid... —la mujer hizo una señal a Ana para que se acercara, y le susurró al oído, aunque pudo oírlo Santos: «¿Es tu novio? Está muy canijo, verdad...»

—No, madre. Es sólo un amigo... Quiere preguntarle algo.

—Siéntese, joven; no se quede ahí de pie.

—Gracias, señora —respondió cortés Santos, mientras se sentaba en un sillón, a la derecha de la madre.

—Es muy educado —dijo la mujer en baja voz—: ¿De verdad no es tu novio, niña? —Ana hizo una señal a su madre para que guardara silencio y escuchara a Santos. Éste comenzó:

—Escuche, señora... Quería saber... Preguntarle algo —dudaba cómo iniciar su difícil pesquisa.

—Ande, no tenga tanto misterio —intervino la madre—. ¿Quiere usted casarse con mi hija? ¿Es eso lo que quiere decirme? No le dé vergüenza, joven, ande —Ana miró a su madre con dulzura, y sonrió después a Santos, que entendió la confusión.

—No, no es eso. Quería saber si usted conoce un pueblo... Se llama Alcahaz... ¿Lo conoce? —Santos fue directo, sin rodeos, y parpadeó a continuación con lentitud, como si no quisiera ver la sorpresa de la mujer al escuchar ese nombre. La anciana quedó un momento callada, escondiendo su estremecimiento, aunque dejó escapar un leve brillo en sus ojos que para Santos fueron, en esos momentos, unos ojos manchados de la misma angustia que la mirada de las mujeres de Alcahaz, las que lo vieron marchar sin remedio. No obstante, la madre se mostró serena:

—¿Alcahaz? Sí, claro... El de los cuentos... ¿Te acuerdas, hija?... A mi Anita, cuando era niña, le asustaban mucho esas historias de...

—No hablo de cuentos, señora —se sorprendió Santos de su tono seco, recto—. Alcahaz existe, ¿verdad?

—No le entiendo, joven, ¿qué quiere decir?

—Yo he estado en Alcahaz... Ayer mismo.

La madre quedó, ahora sí, sobrecogida, con la palabra detenida en el borde de la boca, quizás una negación, tal vez un grito o una risa loca. Ana miró a Santos, temerosa del imprevisto daño que sus palabras provocaran en la anciana mujer, a la que los ojos se le iban poblando de llanto, la boca le temblaba ligeramente.

—¿Qué ocurre, madre? ¿Conoce usted Alcahaz? —Ana se agachó junto a la mecedora de la madre.

—Ese pueblo... No existe... No existió nunca... Nos lo inventamos —su voz era apagada, floja.

—Sí existe. Yo he estado allí —afirmó Santos, incapaz de mostrarse prudente, decidido a que Alcahaz no fuera negado ni una sola vez más ante él.

—Díselo tú, hija —imploró la madre, tomando la mano de su hija, la mano templada que unos minutos antes estuvo entre los dedos de Santos, furtiva en la penumbra del pasillo. «Cuéntale lo de los cuentos que yo te contaba cuando eras niña... Ese...»

—Yo he estado en Alcahaz, señora —insistió Santos, mirando al fondo de los ojos grises de la mujer, donde se adivinaba un pellizco de miedo—. Alcahaz existe: tiene una calle central ancha, con casas pequeñas y blancas a ambos lados... Y una iglesia al fondo, pequeña, de ladrillo. Detrás de la iglesia hay unas pocas casas en semicírculo, y una fuente de bomba.

—No existe, no existe, es mentira —lívida, la madre apretaba la mano de su hija.

—Alcahaz existe... Y las mujeres de negro... Usted lo sabe, porque estuvo allí, ¿verdad?

La anciana se levantó, más ágil de lo que parecía por sus años y su cuerpo encogido. Salió deprisa del salón y se perdió en la penumbra caliente del pasillo. Ana, entristecida de repente, encendió un cigarrillo y miró a Santos, que intentaba una disculpa: «Perdone... No quería provocar una situación así... Yo...» Ana le hizo una señal con la mano para que no insistiera, todo estaba bien, sólo que su madre estaba un poco cansada, se había excitado demasiado al hablar. La madre regresó, un minuto después, enjugándose las primeras lágrimas en un pañuelo doblado. Quedó de pie junto a Santos, y le ofreció un papel con la mano temblona, un papel que Santos tomó y acercó a la luz plomiza del televisor. Reconoció al momento la fotografía, más desgastada que la que él guardaba en la cartera: Gonzalo Mariñas, joven y elegante, montado en el caballo, con el sombrero campesino ladeado, y a su alrededor una treintena de hombres, muy juntos, los niños entre las piernas, apretados para salir en la fotografía, con esa expresión de superstición en la mirada, común a los que eran fotografiados por primera vez, supersticiones que decían que la cámara te roba el alma en cada retrato. Santos sacó de su cartera la fotografía que traía de Madrid, la encontrada en un libro de la biblioteca de Mariñas, y que era idéntica a la que trajo la anciana. La comparó a la luz y se la ofreció entonces a la señora, que se colocó las gafas y la miró sin sorpresa.

—No es extraño —dijo ella, más tranquila ahora—. Mariñas traía un fotógrafo de la capital un par de veces al año, hacía retratos a todos los hombres del pueblo y después regalaba uno a cada familia. Debe haber muchas como ésa, si es que alguien las conservó.

—Gonzalo Mariñas vivió en aquel pueblo, en Alcahaz, ¿no?

—No exactamente —la madre se sentó de vuelta a la mecedora y habló sin temblor ya—; Mariñas era dueño de casi todas las tierras de la zona... Y tenía una casa grande en el pueblo, en Alcahaz, una casa de patios y salones como todavía no he visto otra igual. Pero iba poco por allí... Mientras vivió su padre fue distinto, porque don Miguel no era malo en verdad, y sí vivía algunas temporadas en aquella casa, con su hija, una muchacha encantadora, preciosa, que se hacía querer. Entonces, también Gonzalo se portaba bien... Era cuando nos hacía las fotografías esas, y organizaba verbenas en el pueblo, al final de la cosecha... Después murió don Miguel, y la hija se marchó para no volver. Gonzalo, que lo heredaba todo, se marchó también de aquella casa, a vivir a Granada, creo, y a otras casas que tenía en la región. Descuidó las tierras por completo, pero eso sí, no se olvidaba de cobrarnos por cultivar en ellas... Se creía dueño no sólo de las tierras, sino del pueblo entero, de las gentes. Varias veces al año venía a la casa del padre, deshabitada aunque cuidada por dos guardeses. Venía con gente de la capital, de Sevilla incluso; gente importante, a lo que parece, con coches grandes y trajes de mucha pluma, ya me entiende. Hacían fiestas en la casa durante dos o tres noches, con música que llenaba el pueblo entero. Después se marchaban y ya no volvían hasta muchos meses después, para una nueva fiesta. Así fue hasta cuando la guerra, bueno, hasta un poco antes de la guerra, cuando lo de Andrés y la niña.

—¿Qué pasó entonces? —Santos se había sentado, también Ana, y escuchaban el relato de la madre.

—Ya le he dicho que se creía el dueño del pueblo... Y de la gente... Creía que éramos propiedad suya, como los olivares, las cosechas o la ermita que construyó su padre; pensaba que podía utilizarnos a su antojo.

La anciana inició en ese momento, con tono cansino, un relato amplio de lo sucedido en aquellos años, probablemente en 1934 o 1935, cuando lo de Andrés y la niña, había dicho como adelanto. Santos, mientras escuchaba, relacionaba lo narrado con lo ya conocido de Alcahaz, recuperando ahora las casas, la calle del pueblo, los nombres que escuchó; de forma que no atendía a palabras ni a frases, sino que iba reconstruyendo la historia mentalmente a medida que era narrada, como en un nuevo sueño. La mujer hablaba de forma sucinta, parca en detalles, y era Santos el que, en su imaginación, añadía al relato los adjetivos, las palabras adecuadas, las casas, la sierra como decorado de fondo, la campana de la iglesia sonando a ratos.

«Cuando Andrés entró aquella noche en su casa, una de las primeras del pueblo, su mujer, joven y algo gruesa desde el último parto del que no se recuperó —y de eso hacía ya casi trece años—, cortaba verduras en un cubo que sujetaba sobre las rodillas, sentada junto al fuego, única luz que repartía sombras por la estancia. Andrés, como una sombra más, entró en la sala con los ojos preocupados. Era un hombre ya maduro, de construcción fuerte, los hombros recios aunque algo encogidos, la piel soleada de campo, las manos nerviosas, de dedos largos que siempre tenían que sujetar algo, un cigarrillo liado, una herramienta, un terrón de campo, unas habas que masticar.

»—¿La has encontrado? —preguntó la mujer, soltando el cuchillo y las verduras.

»—No... Nadie la ha visto en toda la tarde —respondió Andrés, mientras abría una alacena de la que sacó una vieja escopeta, de cachas plateadas aunque ya sucias. Se llenó los bolsillos de cartuchos rojos, y puso dos en el cargador del arma, que crujió con un chasquido de oscuros presagios.

»—¿Qué vas a hacer con eso? —preguntó ella asustada, sabiendo lo que iba a ocurrir, preguntando sólo como una única esperanza de influir sobre su marido, para que dejara el arma y se sentara junto al fuego a esperar, aunque no hubiera nada que esperar.

»—¿Tú qué crees? —preguntó él, colgándose la escopeta del hombro—. Voy a la casa, a por ese cabrón de Mariñas.

»—¿Crees que él...?

»—¿Quién sino? Ese malnacido le tenía el ojo echado a la niña desde que era pequeña, le gusta la carne fresca, el hijo de mil putas... Tenía que haberme dado cuenta antes... Hoy tiene una fiesta, con gente de la capital.

»—Pero la niña no iría allí, con esa gente que... —susurró la mujer, invocando la inocencia de la niña, el cuerpo pequeño, ya casi de mujer, a falta de un hervor más.

»—Claro que no... Pero se la ha llevado a la fuerza, ese hijo de perra —dijo él, mientras salía de la casa.

»—Pero no puedes presentarte así —dijo ella para nadie, ya su marido marchado.

»De la casa de Mariñas, al fondo del pueblo, tras las últimas construcciones, nacía la música de una pequeña orquesta venida de la capital, suficiente para llenar el pueblo con polcas de ritmo conocido. De todas las ventanas en la planta baja salía luz, y a través de los cristales empañados de respiración se adivinaban perfiles de bailantes, mujeres borrachas, hombres cojeando de alcohol, risas y voces al compás de la música, que se confundían en el exterior con la lluvia que, repentina, levantaba con goterones gordos el polvo de las calles y repicaba como dedos nerviosos en el techo de los automóviles aparcados alrededor. Cuando Andrés entró en la casa —la ropa y la barba empapadas, la escopeta en la mano, brillante de lluvia, la mirada de desprecio pero también de miedo—, los invitados, todos elegantes, algunos disfrazados con antifaces de papel charol, miraron al recién llegado como una atracción más de la fiesta, una muestra de tipismo local que el anfitrión ofrecía a sus convidados, una diversión inesperada y bienvenida. Lo rodearon con sus risas, mientras alguna mujer ebria se agarraba a él y lo movía en baile. Uno de los sirvientes, con librea anacrónica, salió al paso sin soltar la bandeja.

»—¿Qué haces aquí? ¿Estás loco? Tú no puedes entrar aquí, Andrés, ya lo sabes...

»—¿Dónde está mi hija?

»—¿Qué haces con esa escopeta? No te das cuenta de que...

»—¿Dónde está mi hija? —gritó de nuevo Andrés, repitiendo el grito varias veces, hasta confundir su voz con las risas y la música de la orquesta que iniciaba ahora un pasodoble, mientras la gente bailaba alrededor del hombre armado, haciéndole muecas o empujándole. Con un golpe de la culata de la escopeta, Andrés tiró todas las botellas que había sobre un mostrador, y el sonido de los cristales al romperse contra el suelo de madera impuso el silencio en el salón, la orquesta cesó en su ejecución, los invitados se detuvieron y callaron, con gesto de fastidio, mirando a Andrés con ojos torcidos de ginebra, tambaleándose algunos, sus cuerpos habituados al baile y que no se tienen en pie cuando están quietos sobre suelo firme. Andrés, con el rostro descompuesto, avanzó entre los invitados, que se apartaban ahora a su paso, asustados tal vez, empujados aquellos que no se apartaban a tiempo. El campesino dio varias vueltas por el salón silencioso, hasta que, enfurecido —o queriendo aparentar furia, asustado como estaba—, arrojó al suelo una mesa llena de copas y platos con restos de pastel, que al caer dieron nueva música a la fiesta, la de los cristales y porcelanas al quebrarse. Encendido, y envalentonado por el silencio que había provocado en el salón, subió la escalera que llegaba al piso superior, y comenzó a abrir dormitorios, golpeando con la escopeta las puertas. Por fin, una puerta al fondo del pasillo se abrió. Salió al pasillo Mariñas, con el rostro calamocano en sonrisa, el pecho desnudo, los pies descalzos y el pantalón sólo a medias abrochado y sujeto por un tirante, con una botella de licor en la mano. Dio un trago sin dejar de mirar a Andrés, sonriendo grosero. Andrés se acercó hasta quedar frente a él, tan cercanos, atreviéndose por primera vez en muchos años a sostenerle la mirada, porque ahora era él quien tenía la escopeta.

»—¿Dónde está mi hija?

»Mariñas se limitó a sonreír, y ofreció la botella a Andrés, que la apartó de un manotazo y derramó el líquido en la moqueta. El campesino, adivinando lo que sucedía, rodeó a Mariñas y entró en la habitación abierta, que estaba oscurecida, apenas una vela aromática en un rincón, luz insuficiente para llenar la estancia. Andrés se movió a tientas, agobiado por el olor a ginebra y sudor, hasta que palpó una de las columnas de la cama. Recorrió con manos rápidas el colchón, las sábanas tiradas en el suelo, la humedad en el lecho, hasta encontrar un cuerpo pequeño, encogido y tiritando en un llanto reconocible. Levantó el cuerpo de la cama, la niña se colgó de su cuello, toda ella temblor, la piel escarchada. Al salir al pasillo, con el cuerpo en brazos y la cabeza de la niña hundida contra el pecho del padre, vio a Mariñas, que fumaba apoyado en la barandilla de madera, mirando hacia abajo, al salón donde los invitados, paralizados aún, devolvían la mirada hacia arriba, al padre que con la hija en brazos, desnuda y envuelta en una sábana, pasó junto a Mariñas que le negaba la mirada, e inició el descenso de la escalera, con el arma colgada al hombro, pasando entre los invitados que, probablemente, apenas esperarían a que el pueblerino hubiera salido de la casa para que alguna risa temulenta e incontenible sirviera como excusa para reanudar la fiesta, la música en la noche, las bromas y el baile, olvidados todos del incidente, como en un juego.

»Al entrar de vuelta en su hogar, Andrés dejó a la niña sobre un jergón, junto al fuego donde la madre, llorando en silencio, la cubriría con una manta lanuda, la niña todavía ocultando el rostro, avergonzada y miedosa, deseando con seguridad un baño de agua hirviente para arrancarse de la piel, como excrementos, el olor de alcohol vertido, el sudor de aquel hombre brutal que la había invitado a entrar en la casa con cualquier pretexto, y que la había encerrado en una habitación bajo amenazas, donde quedaría escondida hasta que, al caer de la fiesta, con el fondo de música que todo lo silencia, pudiera poseerla como un preciado caldo reservado en la bodega; esa niña a la que Mariñas observaría desde hacía años en el pueblo, ayudando a su madre con los animales, creciendo por días en sus piernas y su pecho de niña que ya no lo es.

»Andrés, con la escopeta en la mano, y sin que su mujer pudiera impedirlo —tal vez no quiso impedirlo, mientras apretaba a la niña en su regazo—, salió de nuevo a la lluvia del exterior, cruzó la calle, las casas oscurecidas de la madrugada, un solo farol junto a la iglesia competía con la lluvia por iluminar el pueblo. Dejó atrás las últimas casas, acercándose de nuevo a la casa de Mariñas, que en la noche, bajo la cortina de agua, se encendía como un barco encallado de risas y canción. Al llegar a la puerta, donde estaban aparcados una veintena de automóviles grandes, elegantes, de carrocería espejeada, tomó la escopeta con firmeza y disparó contra el primero de los coches, un Dodge negro cuyo cristal delantero estalló como una lluvia más afilada que la de las nubes. Disparó contra un segundo auto, un Hispano Suiza rojo y blanco, ya la música desvanecida en el interior de la casa, los gritos de los primeros invitados que salían al porche para ver cómo aquel hombre airado destrozaba los cristales, los faros, las ruedas y puertas, cargando el arma, con la mano llena de cartuchos que cargaba y disparaba con rapidez, sin apuntar siquiera. Por fin Andrés, satisfecho con la destrucción, entró en la casa, y todos los invitados se apartaban al paso del hombre armado.

»En el interior, los miembros de la orquesta estaban detenidos, con sus instrumentos en el gesto congelado de la última nota, mientras algunos invitados se escondían bajo las mesas cuyos manteles de paño blanco los ocultarían. Andrés disparó contra una estantería de madera maciza, que se dobló en astillas como un animal herido, mientras Mariñas, orgulloso en sus movimientos, descendía la escalera, acariciando la baranda con la mano, sonriendo con desprecio, vestido ya con una camisa azul que tenía parches de humedad. Andrés disparó una vez más, esta vez contra un sofá de estilo francés, que se deshizo en cientos de plumas por el aire viciado del salón. Sacó otro par de cartuchos del bolsillo, dejando caer otros tantos, y cargó el arma con temblor, no de miedo sino de rabia. Se acercó a Mariñas que, parado en el segundo escalón, con el cuerpo apoyado en la baranda, se abrochaba los puños de la camisa sin preocupación. Andrés levantó el arma y apoyó el cañón en la mejilla de Mariñas, mirándole a los ojos, los suyos humedecidos, los de Mariñas secos y dilatados, el dedo que temblaba en el gatillo. Quedaron así unos segundos, inmóviles, como un extraño grupo escultórico, el resto de invitados desaparecidos, bien escondidos, bien afuera evaluando los destrozos de los autos. Por fin, Andrés, delatado por la tensión de su mandíbula, bajó el arma. Mariñas hizo apenas un gesto de alivio, y Andrés se giró para marcharse, pero tan sólo había dado un paso cuando, en un movimiento rápido, inesperado, se giró de vuelta, con el arma levantada, y golpeó con fuerza la cara de Mariñas con la culata dura del arma, haciéndole caer desplomado, con las dos manos se tapaba la cara, un hilo de sangre se le escurría entre los dedos, un gemido seco y una maldición entre dientes. Andrés salió de la casa.

»Dos días después, el sol del mediodía sería el primero en encontrar el cuerpo tieso de Andrés, doblado en una cuneta de la carretera, visitado de moscas en cada disparo como flores abiertas en su cabeza y su pecho. Un perro solo ladraba a su lado, y un mulo con las alforjas caídas, detenido en la carretera, miraba al automóvil que se alejaba del lugar, los cuatro hombres que llevaban en sus manos las pistolas todavía calientes.»

La anciana, agotada por el relato, se detuvo un momento, se limpió con el pañuelo la saliva seca de los labios, tomó el vaso de agua fresca que la hija le trajo. El salón, encendido aún de gris por el televisor, se abultaba del humo de los cigarros, el cenicero lleno sobre la mesa junto a las dos fotografías idénticas de Mariñas con los hombres del pueblo, tal vez alguno de ellos sería Andrés, pensó Santos buscando algún rostro entre tantos, imaginando más un rostro muerto que viviente, lleno de disparos en la frente, como cuando miramos una fotografía de quien ya está muerto, y esperamos encontrar en su rostro retratado, en su gesto normal, un anuncio, por mínimo que sea, de la desgracia ya consumada, un presagio que no supimos ver antes en sus ojos.

—¿Qué ocurrió entonces? —preguntó Santos, invitando a la mujer a seguir el relato:

—No se pudo acusar a Mariñas de la muerte de Andrés, no había pruebas, y la guardia civil no pensaba investigar nada contra él. Así que el pueblo, indignado tras tantos abusos, y envalentonado desde la proclamación de la República, se tomó la justicia de su mano. Habíamos aguantado demasiado tiempo los caprichos de Mariñas —Santos notó que, por primera vez, la anciana se incluía entre los habitantes de Alcahaz—. «Lo de Andrés fue la colmadura. Los hombres del pueblo fueron a por él. Imagínese. Mariñas pudo escapar más por la inocencia de los hombres que por su propia maña. Se llevó algún coscorrón, pero pudo salir del pueblo antes de que lo lincharan. El muy bastardo había pensado que después de lo de Andrés podría seguir por el pueblo como si nada. Esa misma noche, los hombres quemaron la casa de Mariñas. Eso le hizo mucho daño, porque aquella casa era de gran valor, preciosa, qué patios, y qué muebles. No he olvidado la imagen de la casa encendida en la noche, como una hoguera de San Juan que calentaba el aire del pueblo y nos llenaba de un miedo raro, sin saber cuál sería el castigo, porque era evidente que habría castigo. Mariñas no se atrevió a volver después de aquello. De hecho, ya no volvió nunca más. A cambio, su buena relación con el gobernador, que venía mucho a sus fiestas, hizo que la guardia civil fuese al pueblo y, a falta de un culpable confeso, detuviese a todos los hombres del pueblo. Ya ve usted, en plan Fuenteovejuna, el pueblo entero había quemado la casa, todos culpables. *Detenieron* a todos sin distinción: viejos y jóvenes, algunos casi niños todavía... Llegaron los guardias con un par de camionetas y se los llevaron a todos, quedándonos solas las mujeres...»

—¿Fue así como desaparecieron los hombres del pueblo? —preguntó Santos, que creía entenderlo, ahora sí, todo.

—No, no —respondió la anciana, dejando en sus palabras un breve reproche a la impaciencia de Santos—. Eso fue después, un par de años más tarde. Lo que le estoy contando tuvo que ser en el treinta y cuatro o el treinta y cinco... Seguramente en el treinta y cinco. Entonces se llevaron a los hombres al cuartelillo de aquí, de Lubrín. Al que menos le rompieron tres o cuatro dientes... Pero ninguno muerto, no... Sólo palizas. Como hacía poco tiempo de lo de Asturias, y había revueltas por todo el país, en el campo también, acusaron a los hombres de algo de eso y los llevaron a la capital, donde los metieron a todos en prisión, también a los más chavales. Las mujeres del pueblo nos quedamos solas entonces, y con la angustia de no saber qué pasaría con ellos. Estuvieron cerca de un año presos, y en ese tiempo nosotras nos hicimos cargo de todo: la cosecha del año, los animales, vender los productos en el pueblo, y pagar a los hombres de Mariñas, que pasaban puntualmente a recoger su pellizco... Cuando las elecciones del treinta y seis soltaron a todos los presos de la provincia. Los hombres volvieron entonces a Alcahaz... Aquello sí que fue una fiesta —la mujer dejó la palabra suspendida, los ojos enrojecidos, tal vez recuperando imágenes de aquel día, el pueblo engalanado modestamente, las mujeres en la entrada del pueblo recibiendo con gritos a los hombres (maridos, padres, hijos), que volverían tal vez caminando por la carretera desde la capital, los abrazos y besos, las lágrimas.

—¿Qué hacía mientras tanto Mariñas? —interrumpió Santos.

—Tramar algo, supongo... A lo que dicen, ese malnacido estuvo soltando dinero, desde un año antes, por toda la región, para ir preparando la guerra en todas las provincias. Supongo que, a la hora del golpe, él tuvo mucho que decir... Conociendo los beneficios que sacó de la guerra, está claro que estaba en el ajo. Nosotros, en el pueblo, con los hombres de vuelta, no esperamos a la guerra para hacer nuestra propia revolución. Desde la vuelta de los hombres, como Mariñas no regresó más, las tierras eran nuestras, del pueblo. No hubo que ocupar lo que Mariñas no se atrevía a reclamar como suyo, y el gobernador había cambiado con las elecciones, así que tampoco contaba con la guardia civil para darnos palos como otras veces. Alguna vez, un grupo de pistoleros llegaron en un coche, pero tuvieron que salir por pies cuando los hombres plantaron cara con las pocas armas que teníamos. Aquel tiempo fue bonito. Usted es joven, no puede hacerse una idea de lo que fue aquel tiempo, aunque sabíamos que no duraría para siempre. Sólo duró unos meses, pero fue el único tiempo en que de verdad el pueblo era nuestro.

Santos dejó de escuchar a la mujer, evadido unos segundos, algo perdido en su propio pasado, en su infancia, claro que sabía lo que fue aquello, la ocupación de las tierras, centenares de hombres, mujeres, niños, animales, cruzando los campos en la madrugada, él llevado de la mano de su madre, sin entender nada, miraba a su padre que, al frente de los compañeros del sindicato de trabajadores de la tierra, arengaba a los más temerosos («la tierra es nuestra, pero tenemos que ganarla»); cruzaron durante toda la noche el campo helado, la tierra dura de escarcha que arañaba las rodillas a los que tropezaban, hasta que con el amanecer llegaron a las tierras elegidas, las que llevaban años, generaciones, trabajando para el beneficio de otro, del propietario que esa madrugada no se atrevería a estar presente en las tierras porque no podría hacer nada cuando ellos, hombres, mujeres, niños, animales, los que llegaron con el alba, repartieran las herramientas y comenzaran a trabajar la tierra mientras cantaban al amanecer, la tierra tan dura que apenas se hundía la azada en ella, como una piel curtida de viejos animales.

—Y llegó entonces la guerra —murmuró Santos desde el ensueño pasajero, intuyendo lo sucedido, tantos pasados comunes, el suyo propio, el de Alcahaz, el de tantos otros que fracasaron entonces y que ya han sido olvidados, cubiertos con una cortina de desmemoria que sólo levantan algunos nostálgicos, a quién interesan esas historias de viejas.

—Sí, la guerra —susurró la mujer, entristecida como si la guerra fuera algo que ocurriera ahí fuera, al otro lado de la celosía, en la calle misma, hoy—. «Y llegó entonces el camión.»

—¿El camión? —preguntó ansioso Santos, recuperando en su memoria el camión del que hablaban las ancianas de Alcahaz con las bocas llenas de esperanza al verle. Ana permanecía en silencio, escuchando, fumaba, impresionada por la tragedia de su madre tantos años callada.

—Sí, el camión. Desde que empezó la guerra, los

hombres estaban esperando su oportunidad de unirse a los que iban a luchar a Córdoba o Málaga. Era como una continuación de la alegría y el miedo que vivíamos en el pueblo esos días, desde que la tierra era nuestra. Los hombres vinieron, todos, a Lubrín, para alistarse en el local de la CNT. Volvieron al pueblo y esperaron unos días, a que les llegara la oportunidad de defender la República, de ser útiles, de luchar contra todos los Mariñas de la región. Entonces llegó el camión. Parecía que aquélla era la oportunidad que esperaban... Había mucho jaleo esos días, no había noticias, ni siquiera se sabía del todo quién controlaba la provincia... Se luchaba en todas partes, había disparos por las carreteras, mucho ruido. No sabíamos...

«El camión llegó por la mañana, temprano, un cacharro grande y antiguo, cubierto de banderas rojas y negras como identificación obligatoria, y lleno de pintadas con las siglas de rigor, CNT, FAI, escritas con tiza y mano torpe. Entró en el pueblo haciendo sonar la bocina, y un miliciano, con medio cuerpo fuera de la ventana, hacía ondear una gran bandera de trapos malcosidos. Todos salimos de las casas, los niños corrían detrás del camión como en una fiesta, los perros ladraban y los hombres vieron el camión como una señal, ya era el momento. Del camión bajaron varios hombres, con monos de milicianos, pañuelos o gorras en las cabezas, fuertemente armados, con cananas cruzadas en el pecho y revólveres en el cinturón. Los niños se subían al camión, agitaban banderas, se ponían las gorras, hacían corros a los visitantes, que traían cierto cansancio en los rostros. Pedro, uno de los hombres de Alcahaz, se adelantó a saludar a los del camión.»

—¿Pedro? —interrumpió Santos, recordando de repente a la primera mujer que encontró en Alcahaz, la que le sirvió la cena y murió en sus brazos: ella le había llamado así, Pedro, y debía de estar ahora, todavía, en la cama, muerta bajo el cielo, creyendo engañada que aún duerme en sus brazos, en los de Pedro regresado. La anciana siguió el relato, que de nuevo se fundía con la narración que Santos creaba en su mente.

«Pedro era el marido de Angelita, y era uno de los más lanzados de entre los hombres del pueblo. Se acercó a preguntar a los recién llegados:

»—Salud, compañeros —dijo levantando el puño, inocente—. ¿Qué se os ofrece?

»—¿Quién es el responsable de los hombres del pueblo? —preguntó uno de los milicianos, sin quitarse el cigarrillo de la boca, tosco en sus gestos.

»—Un servidor: Pedro Cienfuegos.

»—Bien, compañero Pedro: necesitamos hombres. Los rebeldes se están haciendo fuertes en el sur de la provincia... Ha venido un par de columnas desde Córdoba para ayudarnos. Pero hay un problema inesperado: los cuatro o cinco de Falange de Lubrín, que huyeron del pueblo cuando lo tomamos, están actuando por la provincia, montados en sus coches. Anoche, para impedir que lleguen los nuestros, volaron con dinamita un puente de paso en la carretera nacional. Ya comprenderás la situación, compañero: tenemos que reconstruir el puente o preparar un vado para que pasen los nuestros, y tiene que hacerse inmediatamente, para que nuestros compañeros puedan llegar pronto a la zona sur, antes de que lo hagan los africanos.

»—No hay más que decir, compañero. Tendrás todos los hombres que hagan falta. Estábamos esperando a que nos llegase el momento, qué mejor que éste.

»—¿Cuántos hombres hay que puedan coger una herramienta?

»—Unos cuarenta... Los más viejos están fuertes, y no quieren ser menos... Y si se trata sólo de reconstruir un puente, y no hay peligro, pueden venir algunos niños, que echarán también una mano.

»—Todos entonces... El paso tiene que estar listo antes de que anochezca.

»—¿A qué esperamos entonces? —sonrió Pedro, mientras los hombres del pueblo se iban acercando al camión.

»Pronto, decenas de hombres se movilizaban, trayendo herramientas quienes tenían alguna que sirviera ("las azadas no sirven", advirtió un miliciano, "sólo picos y palas, quien tenga. Si no, ya tenemos nosotros herramientas"). Las mujeres, asustadas, en las puertas de las casas, mirábamos la procesión de hombres, ancianos, jóvenes, niños, que corrían de un lado para otro, abrazaban a las mujeres, pronunciaban palabras tranquilizadoras. Estábamos nerviosas. En principio no había peligro alguno, se trataba sólo de un puente. En verdad nos despedimos más preocupadas por el calor de aquel agosto, que no invitaba a trabajar todo el día en un puente sin sombra, que por el riesgo que no parecía existir.

»—¿Cómo te vas a llevar al niño? —preguntaba una mujer a su marido, que tenía al niño sobre los hombros, el pequeño reía divertido, aquello era como un juego, la madre no tenía motivo para esa mirada de preocupación.

»—¡Que sí, mujer, que no pasa nada! Que donde vamos no hay peligro... Además, éste está fuerte ya, y nos echará una buena mano. ¿Verdad, chiquitín?

»El hombre se alejó con el niño a hombros, y subió al camión, a la parte trasera, donde ya había entrado una veintena de hombres, maridos, padres, hijos, hermanos; todos subieron al camión, llenos de una ilusión nueva, prolongación de las emociones de los últimos meses. Por fin, con todos los hombres a bordo, el camión se puso en marcha, salió despacio por la calle central, hasta el camino, levantando polvo. Algunos perros corrieron un tramo tras el camión, ladrando a sus dueños que marchaban, mientras las mujeres, en la entrada del pueblo, quedamos congeladas en un gesto de despedida, algunas niñas lloraban porque querían ir también con sus padres o hermanos.»

La anciana quedó ahora callada un instante, respirando con dificultad, agotada. Ana había apagado el televisor y abierto la ventana: la luz del día mostraba el interior humilde de la casa, el rostro encogido de la madre, que siguió hablando, jadeando:

—Los hombres no regresaron esa tarde como esperábamos. Tampoco al día siguiente, ni al otro. Ninguno de los hombres regresó jamás. Estuvimos esperando una semana, negando que aquello hubiera sido una despedida definitiva, sin tener noticias, inventando excusas, que se había alargado el trabajo del puente y no tenían manera de decírnoslo, que había peligro y aguardaban a que éste pasara para regresar..., hasta que, en Lubrín, supimos que los habían matado, a todos. Pero nunca supimos con certeza más que eso, ni el lugar ni cómo murieron, nunca vimos sus cadáveres, ni sus tumbas. Nada. La muerte fue sólo un anuncio, una palabra, un mal sueño de agosto —la anciana quedó una vez más transida, recuperando algún rostro perdido en aquel verano, su padre, un hermano, tal vez un posible noviazgo aplazado para siempre por el inicio de la guerra, rostros todos que quedarían en algún lugar con la boca y los ojos llenos de tierra, cubiertos de la misma tierra que da frutos y se sacude con un latido repetido de tantos cadáveres que nadie sabe, que nadie (o casi nadie) recuerda ya.

—¿Y Mariñas? —preguntó Santos—. ¿Fue él responsable de aquello?

—Sí... Parece que él lo preparó todo: una trampa, unos falsos milicianos que eran en realidad pistoleros suyos, un puente que no existía, un fusilamiento en cualquier aparte de la carretera, nada más que eso. Una venganza contra el pueblo, por lo de la casa, por lo de Andrés, por lo de las tierras, por su propio odio que no sé de dónde sacaría: matar a todos los hombres, padres, maridos, hijos. Matar al pueblo. Pero sólo a los hombres; a las mujeres no: al principio pensé que por compasión, por algún escrúpulo. Después comprendí que no: era sólo una forma más de crueldad, abandonarnos con el recuerdo, con la esperanza de aquel día, sin saber.

La mujer quedó ahora suspendida en un tierno llanto, abrazada a su hija. Santos insistió, con la voz atorada en la garganta:

—¿Fue entonces cuando comenzó la...? Bueno... La espera... La desesperación —Santos intentó adjetivar lo que había visto en Alcahaz, la demencia de tantos años.

—Se refiere a la locura... Llámela por su nombre, no tema. Aquello no era desesperación, no sólo eso. Era locura, brutal e inacabable locura. Pero no comenzó entonces, sino algún tiempo después.

*　*　*

Llegamos en este capítulo a una de las piedras de toque de la novela. Como tantas narraciones sobre la guerra civil, ésta muestra un episodio de represión con el que se intenta representar la brutalidad de la guerra, en clave de denuncia. En este caso, la matanza de cuarenta hombres y niños de un mismo pueblo, Alcahaz. Bien. Matanzas similares hubo muchas. En algunas localidades andaluzas se contaron por cientos las viudas y huérfanos. La represión fue sistemática, incluso en pueblos donde no había habido combates ni incidentes «castigables». En algunos lugares hubo fusilamientos masivos durante toda la guerra y siguieron hasta los primeros años cuarenta. Son decenas de miles de asesinados en toda España. Se podrían escoger muchos ejemplos válidos en funciones representativas para una novela. Lo hemos visto en otras ficciones, donde se relatan hechos similares, con el mismo propósito.

Sin embargo, muchas de esas novelas cojean en un punto: la explicación de las causas. Y eso es lo que le ocurre a esta novela. Para comprender la matanza, nos metemos en el terreno de las venganzas personales, el odio acumulado, el cainismo, el rencor, los ajustes de cuentas pendientes. Los hombres de Alcahaz no son asesinados por ser republicanos, ni comunistas, ni anarquistas, ni sindicalistas, ni de izquierda. Tampoco por haber apoyado a la República, ni por haber hecho una huelga, pedir trabajo o tierras. Son asesinados por una venganza personal, la de un cacique que busca castigar el incendio de su casa, la humillación sufrida. Grave error de tantos relatos sobre la guerra civil, y que enlaza con la peligrosa cita de Max Aub que antes comentamos.

Porque, por supuesto, hubo en la guerra civil asesinatos por rencor, por cuentas pendientes. Muchos. Pero sobre todo hubo, desde el bando sublevado, una política de exterminio por motivos ideológicos, la decisión de eliminar físicamente al enemigo político. Explicar la represión en clave de venganza es una forma de exculpar, de rebajar responsabilidades, mediante la disolución de la responsabilidad principal (la de Franco y los suyos) en una multitud de pequeñas responsabilidades individuales, privadas. La guerra, la represión, como acumulación de rencores personales. Y no fue eso, no sólo eso, no principalmente eso. Pero siempre será más fácil, más cómodo, y más efectista, contar la guerra en términos de venganzas personales, de odio privado, antes que de políticas de exterminio, de fascismo, que eran también venganza, pero una venganza institucional, estatal, una «política de la venganza», en expresión de Paul Preston.

El autor, además, cae en el esquematismo, el reduccionismo, el juego maniqueo. Opone, como tantos otros, el buenismo, la épica ilusionante, la emoción de los campesinos, idealistas, solidarios, justicieros —de hecho el autor se entusiasma al embellecer las ocupaciones de fincas, esos hombres trabajando una tierra dura «como una piel curtida de viejos animales». Los campesinos, dentro de ese tipismo zoológico, son muy campesinos, muy de época, y se llaman Pedro Cienfuegos, que es un nombre tan epónimo como el del guardia Ramiro.

Como decíamos, opone esa idealización con la maldad sin fisuras del cacique Mariñas, que es una mala bestia que se recrea en su protervidad. Así, el relato del incidente en la fiesta, con la hija del tal Andrés, nos pinta, además de una escena previsible, un retrato de Mariñas que es tan malo malísimo que hasta sobreactúa en su maldad. Es un malo de película, de mala película. Lo que se dice un villano. Un terrorífico Barbazul que secuestra y viola a las niñas del pueblo. Un ogro que da miedo desde su castillo-mansión, donde organiza orgías para los potentados de la capital mientras esquilma y mata de hambre a los campesinos de sus tierras, de los que se cree el dueño. Un salvaje que gusta de «la carne fresca», que se encapricha de una niñita y se la lleva a su castillo, donde la degusta como un «preciado caldo». Un implacable villano que no mueve una ceja cuando le sorprenden en su villanía. Al contrario, se muestra chulesco, impasible, semidesnudo y descalzo, con la botella en la mano de la que ofrece un trago al ultrajado padre. Después se apoya en la barandilla, donde fuma altanero. Por último, ante el padre que busca limpiar su honor, el barbazulesco Mariñas desciende la escalera sonriente, y hasta se abrocha los puños de la camisa «sin preocupación». Por supuesto, no tiembla ante el cañón de una escopeta, y no tarda más de dos días en cobrarse la cabeza del osado campesino.

Una vez más, el mal. No los intereses, no el enfrentamiento social, no el fanatismo ideológico. No, el mal. Nos quedamos más tranquilos pensando que hay hombres malos, malísimos, porque son identificables en su maldad, son descriptibles, son controlables, podemos imaginarlos. Es más fácil eso que concebir otro tipo de actitudes. Llegados a este punto, la novela se desprende de la posible carga política, y opta, como tantas novelas de tema guerra civil, por la vía sentimental, por la «humanización» del relato. Ya no es una cuestión de enfrentamiento entre progreso y reacción, entre revolución y fascismo, entre republicanos y franquistas. Ya es más una cuestión de hombres malos y hombres buenos, de un hombre lleno de odio que quiere vengarse...

Por otra parte, continúa la insistencia del autor en «sugerirnos» que entre Santos y Ana hay asunto, por si no nos hemos dado cuenta de cómo se ha despertado la chispa del amor entre ambos. Así, nuestros protagonistas no dejan de magrearse, se agarran del brazo, se toman de la mano. Un hacer manitas que, por si nos ha pasado desapercibido en tanto que flirteo, nos es presentado como «tibio contacto de las dos manos en la oscuridad», o «mano templada que unos minutos antes estuvo entre los dedos de Santos, furtiva en la penumbra del pasillo». Le ha faltado describir el cosquilleo de toboganes que les da en la barriga cuando se cogen de la mano, y cuya omisión puede hacer que algún lector se despiste y piense que se dan la mano castamente.

La madre de Ana es otro vodevilesco personaje, como lo es su casa, puro decorado teatral, en el que no falta un «chinero», mueble que ya apareció páginas atrás, al comentar la destrucción de Alcahaz. El chinero debe de ser un mueble que ya quemaba en el Moleskine del autor, que estaba deseando encontrar una casa antigua donde colocar su chinero, ahí bien plantado, con sus platos y sus porcelanas. La madre de Ana, como decíamos, se presenta vodevilesca, atolondrada y un poco sorda, más bien senil, pensando en los novios de su hija. Sin embargo, y previo detallismo psicológico (le brillan los ojos, le tiembla la boca), su-

fre una transformación, y la vieja gagá se lanza a narrar los sucesos de Alcahaz con envidiable pericia narrativa. No vale el truco fácil de decir que «el relato se fundía con la narración que Santos creaba en su mente», o que él añadía «los adjetivos, las palabras adecuadas...». El autor nos ha soltado una anciana relatora y ni se ha molestado en caracterizarla en su habla, para qué. Como mucho, obliga a la señora a decir «detenieron», para que no olvidemos que es vieja, pobre y de pueblo.

III

«Fue muy duro, imagínese: de un día para otro pierdes a tus seres queridos, tu padre, tu hermano, quizás tu marido o tu novio, un hijo. Y ni siquiera lo sabes con certeza, te lo dicen pero tú puedes elegir entre creerlo o no creerlo, ya que no hay una tumba donde llorar y dejar flores, no hay cadáver que velar, no hay pruebas ni certificado médico. Nada. Sólo la muerte contada, alguien que en Lubrín comenta, sin intención, "dicen por ahí que mataron a todos los hombres de Alcahaz, junto al viejo cementerio". Yo estuve allí, en el viejo cementerio de la carretera. Y no encontré nada: ni una tumba, ni restos de sangre, de ropa, de algo. Sólo, en una de las paredes, algunos agujeros en la piedra hechos por lo que podía ser el impacto de una bala. Pero podía no serlo. En la sede de la CNT no sabían nada, ellos no habían mandado ningún camión ni sabían nada de ningún puente. Nadie podía demostrarnos que habían muerto, que no volverían ya, que aquella despedida inocente fue un adiós para siempre. Como tampoco podían demostrarnos que estaban vivos. En esa situación, entiéndalo, es fácil la locura. No como una forma de desesperanza, sino todo lo contrario: la locura como esperanza, como ilusión: entregarte a una locura en la que sigas pensando que los hombres volverán hoy o mañana a más tardar, porque hay tantas pruebas de que estén vivos como de que hayan muerto. ¿Entiende?»

(la anciana se frotó los ojos con un pañuelo, un gesto acostumbrado, porque ni lágrimas le quedaban. Llevaban más de dos horas metidos en aquel salón; ella hablaba, Ana y Santos escuchaban)

«Al principio intentamos sobreponernos, qué remedio, aceptar la pérdida de los queridos. Resignarnos y continuar la vida, sacar adelante el pueblo, nuestros hogares, las hijas, lo poco que quedase. Lo más sensato hubiera sido marcharnos de Alcahaz en ese momento, aunque no tuviésemos dónde ir. Pero decidimos quedarnos a pesar de todo, tal vez respondiendo —aunque nadie lo confesaba— a un último latido de esperanza, de que todo hubiese sido un error, de que volverían pronto los que marcharon en el camión. Así pasamos varios meses, llenas de tristeza, claro, pero enteras, nos creíamos fuertes, nos apoyábamos unas en las otras, llorábamos a escondidas para que las demás no se contagiasen de la pena, evitábamos cualquier referencia a los hombres, hablar de lo ocurrido, aunque a solas cada una pasaba, pasábamos, nuestro particular hundimiento. Era terrible, tenías que presentarte fuerte, llena de vida, porque el desfallecimiento de una traería el de las demás, en cadena. El luto era la única señal de nuestra condición de viudas y huérfanas. Seguimos trabajando como toda la vida, sacamos adelante la cosecha de ese año, la vendimos en el pueblo. Las tierras seguían siendo nuestras porque Mariñas no volvió ya, no sé bien por qué, no por miedo ni vergüenza, estaría más ocupado en su guerra. La guerra. La guerra no llegaba a Alcahaz, estábamos apartadas de todo. En todo el tiempo que duró, lo más que llegó la guerra allí fue en forma de aquel condenado camión. Por lo demás, en Lubrín, cuando íbamos a vender lo poco que teníamos que vender, se escuchaban algunos comentarios, noticias exageradas, pero de una guerra que no era nuestra, que podía estar sucediendo en cualquier país, no en el nuestro, nunca en Alcahaz, que ya había sido destruido de alguna manera. Así pasaron varios meses hasta que, al final del invierno, llegó la locura. No crea, no llegó como un viento de tormenta, fuerte, no. Fue algo pausado, con el tiempo, lenta e imparable, como una peste desconocida o una crecida de río que lo fue inundando todo sin remedio.

»Al principio, en los primeros días, la locura era difícil de entender como tal, porque se confundía con la desesperación, con la tristeza que todas guardábamos. El que alguna mujer desvariase en un momento dado no tenía el mayor misterio: qué se puede esperar de alguien que lo ha perdido todo sin esperarlo, que se ha quedado sola en el mundo, con suerte le queda una hija, o nadie, como era mi caso. Yo era joven, tenía poco más de veinte años, y sólo tenía en el mundo a mi padre, y se lo llevó el camión, la guerra mentirosa, la muerte. La locura, decía, llegó despacito, pequeña, confundida en la tristeza, escondida en las formas de engaño que practicábamos para sobrevivir. Usted sabe cómo es la gente. Como decía mi pobre marido, que no era tonto y sabía hablar bien: todo el mundo intenta engañarse para vivir, todos nos inventamos una realidad propia frente a un mundo que no podemos soportar. Así fue como llegó la locura, en el momento en que alguna mujer, destrozada, no supo —o no quiso— diferenciar el ensueño de la realidad, el pasado del presente, la ilusión de la mentira. Algún día, dos mujeres del pueblo —tal vez yo era una de ellas, no importa— caminábamos por la calle central, con los cestos para ir al trabajo de la mañana, y nos deteníamos en la puerta de la casa de otra mujer, con la que íbamos juntas todas las mañanas a lo del campo:

(de nuevo, la narración era tamizada al gusto de Santos, que la recordaría tiempo después no con las palabras exactas de la anciana, sino con un discurso más complejo, la memoria no precisa de exactitudes:)

»—¡Angelita! —grité yo desde la puerta, hacia el interior de la casa de Angelita, la de Pedro. Repetí el grito de llamada un par de veces, sin obtener respuesta alguna.

»—Deja; se habrá ido ya a lo de las gallinas —dijo la

otra mujer, comenzando a andar, alejándose de la casa sin respuesta.

»—Ve tú pa'lante, que ahora te alcanzo —respondí, y entré en la casa de Angelita mientras la otra se marchaba al corral. El interior estaba entreverado de sol y sombra, perfumado acaso de flores silvestres, ese olor fresco de las casas de pueblo (y Santos, al escuchar el relato, no podría evitar recordar la casa de Angelita, la mujer que le confundió con el marido marchado y murió en sus brazos, la casa como él la había conocido cuarenta años después, nada de frescor, todo abandonado y derruido). Una vez dentro, en el zaguán, dejé el cesto en el suelo y avancé por el pasillo, hasta cruzar el primer patio de geranios. Del fondo de la casa, recibí con el aire el tono familiar de una copla cantada con delicadeza, *ojos verdes, verdes como el trigo verde y el verde, verde limón*, y seguí andando hasta cruzar el segundo patio, atraída ahora sí por la canción, hacía tantos meses que no se escuchaba una canción en Alcahaz, tantos meses de luto como mordaza, *y el verde, verde limón*, hasta llegar a la cocina, donde la canción en voz de mujer se confundiría en el aire con el olor pegajoso de la miel caliente, del pan frito en la sartén. Angelita, ajena a mi llegada, cocinaba mientras canturreaba con alegría, *verdes como el trigo verde*, la estrofa repetida.

»—Ángela... —murmuré, sorprendida por la jovialidad de mi amiga.

»—Ay, mujer —exclamó la cocinera cantante, sin perder la sonrisa—, que no te había sentido entrar...

»—¿Estás bien, Ángela?

»—Claro, hija, qué preguntas —dijo Ángela, limpiándose las manos en el delantal, levantando una pequeña nube de harina al sacudirse.

»—¿No vienes al campo hoy? —pregunté con gravedad, contrariada todavía por la actitud de Ángela. El hecho de que disimuláramos nuestra pena no quiere decir que dejáramos espacio para la alegría, que estaba desterrada del pueblo para siempre. De ahí mi sorpresa al ver a Ángela sonreír y cantar como nadie lo había hecho en Alcahaz en tantos meses.

»—Si te esperas un poco, igual voy —dijo la interpelada, chupándose un dedo pegajoso de azúcar—. En ná que termine estos pestiños, voy... Es que los quiero dejar ya hechos, para que estén fríos a la tarde, cuando vuelvan...

»—Cuando vuelvan —dije sin entender—: ¿Cuándo vuelva quién?

»—Ay, hija, qué preguntas —rio la cocinera, mientras amasaba un pestiño en la tabla—. Pues quién va a ser, los hombres —a continuación, me sonrió en complicidad y susurró como una confidencia: "Es que a Pedro le encantan los pestiños, ¿sabes? Le vuelven loco..."

»Quedé entonces unos segundos paralizada, muda, mirando a la mujer sin entender, la hilera de pestiños sobre la mesa, el aceite hirviendo en el fuego, Ángela iniciando de nuevo una copla en media voz, sonriendo, *era hermoso y rubio como la cerveza*, hasta que reaccioné, aún sin comprender: "¿De qué estás hablando?"

»—Que le gustan los pestiños... ¿Qué tiene eso de malo? —protestó Ángela, inocente, al tiempo que echaba trozos de masa al aceite chisporroteante.

»—¿Qué te pasa a ti ahora? —pregunté, tomando de los hombros a mi amiga y sacudiéndola con violencia, provocando la caída de un frasco de azúcar al suelo.

»—Ay, hija, a ti sí que te pasa algo —dijo Ángela, que se soltó y recogió el frasco del suelo—. "Ya me dirás; pues no estás tú hoy tonta ni ná, Amparo..."

»—Ángela... Los hombres... Tú sabes —comencé, sin saber qué decir, temerosa de la dureza de mis palabras, moderándome—: Tú sabes que Pedro no regresará...

»—No regresará a tiempo, bueno —me interrumpió Ángela—. Si no les da tiempo de terminar el puente hoy, llegarán mañana... No importa, los pestiños están más ricos de un día pa' otro, ¿verdad?

»Ante esto, y prefiriendo no entender lo que sucedía, queriendo pensar que era sólo un trastorno pasajero, un mal despertar que sería olvidado a la tarde, salí de la casa acompañada por un estremecimiento, como huyendo de la primera locura, dejando atrás a la mujer que, consciente o no, arrastraba su copla repetida.

»Fue así como comenzó todo. Casi sin darnos cuenta, sin evitarlo: primero era alguna mujer que hablaba de los hombres como si estuviesen vivos y no tardarían en llegar, y las demás mujeres, por seguirle la corriente, no nos atreveríamos a contrariar a la delirante, convencidas nosotras —las sanas, por así decirlo— de que todo era algo transitorio, un síntoma más de normalización, que todo terminaría bien y saldríamos adelante. Poco a poco, otras mujeres, acaso las más débiles, las más desesperanzadas, que parecían seguir la corriente a las más locas, fueron asumiendo a su vez los mismos comportamientos, hasta hacerlos suyos, como contagiadas de la misma locura, una tras otra.

»Cada tarde, a la vuelta de las tareas del campo y los animales, íbamos todas a misa. A pesar de la fiebre revolucionaria que trajeron los hombres —y que se los llevó—, las mujeres nunca perdimos el hábito de ir a misa, más por costumbre o superstición que por sentimiento religioso. Después de la pérdida de los hombres, la misa quedó más justificada, como una forma de encontrarnos con los seres perdidos, de rezar por ellos, recogidas en silencio —y cada una, en nuestro interior endurecido, rezaríamos por su regreso, como una última esperanza de que alguno de ellos, acaso nuestro hombre, hubiera quedado vivo y estuviera en una cárcel hasta el final de la guerra, no habíamos visto sus cadáveres, teníamos derecho a esa tenue esperanza, cada día más imposible. En la iglesia, pequeña como era, no había párroco, pero cada tarde venía un cura desde Lubrín para dar la misa, a la que asistíamos todas las mujeres. Alguna tarde, días después de conocer lo de Angelita, salíamos todas después de la misa, enlutadas de forma uniforme, en silencio. Cuando yo salía, escuché cómo Luisa, la ya viuda de Paulino, hablaba con su hija pequeña:

»—Madre, me voy donde las vacas, con la Pili —gritó la niña al alejarse, a lo que la madre respondió:

»—Pero no tardes, hija: vente pronto para casa, que padre llegará en seguida.

»La niña se alejó a la carrera y yo, que había escuchado la conversación de la madre, me acerqué. No estaba muy extrañada, por cuanto la niña era pequeña y probablemente no supiera nada de la muerte de su padre, de todos los hombres, pues muchas mujeres que tenían hijas pequeñas optaron por no decir nada a las huérfanas, ocultarles la tragedia hasta que tuvieran edad para comprender tamaño disparate. No obstante, suspicaz, pregunté:

»—¿Por qué le has dicho eso a la niña?

»—Porque luego Paulino se enfada si la niña está fuera de casa tan tarde —respondió ella con naturalidad, lo cual me hizo comprender que Angelita, la de Pedro, ya no estaba sola en su demencia y sus coplas de ilusión.

»—Tú sabes que Paulino no volverá hoy —dije, apretándole los dedos en el brazo.

»—Ay, no sé... Decían que antes de la noche... Pero es verdad, igual no lo terminan hoy y tienen que quedarse en el puente hasta mañana... Mientras no les pase ná...

»—No volverán —dije, encogida de tristeza, por la locura de la mujer pero también por el recuerdo de los hombres—. Tú sabes que ellos...

»—Ay, mujer, qué mosca te ha picado a ti ahora —protestó la mujer, apartándose de mí, indignada—. Pues anda que estás tú buena... ¿No ves que no es ná más que un puente? Sólo eso. Ni siquiera están cerca del frente, no puede pasarles nada. Si tú estás preocupada, por lo menos cállate y no nos metas el miedo a las demás en el cuerpo.

»Luisa se alejó, irritada, y yo quedé junto a la puerta de la iglesia, conteniendo el llanto. Las demás vecinas iban saliendo del templo, pasaban junto a mí rozándome apenas, tal vez llevaban ya la locura prendida en sus lutos. El cura, un hombre bastante mayor, salió de la iglesia empujando la bicicleta con la que seguía viniendo de Lubrín cada tarde a pesar de la guerra y las amenazas de los anarquistas. Tenía una pesada bicicleta de hierro, en la que pedaleaba con la sotana remangada, sin pudor por sus piernas blancas y canijas. Me acerqué a él, necesitaba hablar, contarle a alguien lo que sabía:

»—Padre, perdone... Quería hablarle, es importante.

»—Dime, hija —sin detenerse, hablamos caminando por la calle, él empujando la bicicleta con prisa, por cuanto tenía que estar de vuelta en Lubrín para la misa de las ocho.

»—Verá usted... Están pasando cosas extrañas en el pueblo —comencé yo, sin saber muy bien cómo explicar algo de lo que no estaba muy segura—: algunas mujeres... Bueno, se comportan de forma.. No sé cómo explicárselo, padre... Dicen cosas que... Se comportan como si... Los hombres...

»—Hija mía —dijo él, apoyado en el sillín de la bicicleta—. ¿De qué te extrañas? Lo que ha ocurrido en este pueblo es terrible: de la noche a la mañana, todos los hombres desaparecen... Eso es muy difícil de asumir. Estas mujeres, todas, están destrozadas... Perdona... Quiero decir estáis, porque sé que tú también estás destrozada por la pérdida de tu padre, ese buen hombre que no hizo mal a nadie. Pero tú eres fuerte, hija, y te has sobrepuesto a la desgracia muy rápidamente... Eso es admirable, aunque sé que por dentro sigues hundida, es natural. No te extrañe que estas mujeres sufran aún... Es natural, tienes que tener paciencia. Pasará mucho tiempo antes de que la normalidad vuelva a este pueblo, si es que alguna vez vuelve. Mientras eso no ocurra, tienes que ayudar a las demás, hija mía.

»El cura tomó impulso para hacer andar el pesado vehículo, y de un salto se subió y comenzó a pedalear, enseñando sus canillas rosadas a la tarde, dejándome en medio de la calle, llena de dudas, mirando a las mujeres, a mi alrededor, como a unas extrañas, queriendo confiar en las palabras del padre, todo volvería a la normalidad con el tiempo.»

—En poco tiempo —continuó narrando la anciana, con los ojos cerrados para reforzar el recuerdo— la cosa se hizo insoportable. Cada vez eran más las mujeres que se comportaban de la misma manera. Una vecina aparecía normal una mañana, trabajábamos juntas, hablábamos de lo de todos los días... Pero al día siguiente, sin más, esa misma mujer comenzaba a hacer comentarios sobre su marido, o su padre o su hijo: que si llegarían antes de que oscureciera, que si mañana por la mañana a más faltar, que si un puente no da para tanto... Se juntaban dos mujeres que ya estaban... locas, por decirlo así... Se juntaban dos locas y comenzaban a hablar entre ellas con naturalidad, que si tu marido tal, que si el mío cual... Se iban a la cama con la esperanza de que al día siguiente regresarían los hombres. Al día siguiente, se levantaban y continuaban con la comedia, esperando a los hombres que siempre estaban al llegar. Por la tarde, sin embargo, era como si se olvidaran de todo y volvieran de nuevo al día anterior... No sé si me entiende lo que le explico... Empezaban a comportarse, no ya como si esperaran a sus hombres desde el día anterior, sino como si estuviesen otra vez en el día del camión, como si esa misma mañana se hubieran marchado los hombres, olvidándose ellas de la espera del día anterior y de todos los anteriores. No es que repitieran el mismo día, sino que no se enteraban ya del paso del tiempo, como si el tiempo se hubiera quedado parado en aquel día en que marcharon los hombres, sin que nada de lo que sucedía alrededor (el paso de los días, de las estaciones, de las cosechas) sirviera para desmentirlo. Así, día tras día, siempre las mismas conversaciones, las mismas frases repetidas, los mismos gestos, las mismas cenas preparadas cada noche para tirarlas (y olvidarlas) a la mañana siguiente. Por lo demás, hacían una vida normal, trabajando la tierra, cuidando los animales, yendo a misa. Todo igual, todo tan normal. A lo mejor si las demás, las que todavía estábamos sanas, hubiéramos hecho más por desmentirlo... Pero no: ellas no nos escuchaban, se cabreaban como si las demás estuviéramos conchabadas para engañarlas o asustarlas. Además, nosotras tampoco insistíamos mucho, porque casi no nos atrevíamos a hablar de lo que sucedía a nuestro alrededor, como si hablar de la locura bastara para el contagio.

—Cada vez íbamos menos a Lubrín, hasta que dejamos de ir porque ya no teníamos nada que vender o cambiar, y bastante teníamos con poder vivir de lo que sacábamos del campo y de los animales: olivas, harina, algunas verduras, huevos, algún pollo para comer una vez a la semana. Para colmo, el cura, que era poco menos que nuestro único contacto con el resto del mundo, dejó de venir: en una de las veces en las que Lubrín, durante la guerra, fue conquistado o reconquistado por unos y otros, un grupo de milicianos pegó fuego a la iglesia que hay al lado del ayuntamiento, y el cura no quiso salir de ella y no salió jamás. Así es que nos quedamos aisladas en Alcahaz, o más exacto sería decir encerradas. Porque aquello era un encierro. En poco tiempo, casi la mitad de las mujeres del pueblo, unas quince, estaban perdidas en aquella locura de esperanza. Porque aquello, en el fondo, era una forma de esperanza, de inventar una esperanza que no habría de otra manera, de negar la pérdida hasta más no poder, entregarse a la locura para no saber ni recordar nada. Si le digo la verdad, yo misma, y supongo que como yo el resto de mujeres sanas, quería, en algunos momentos de flaqueza, dejarme llevar por la locura, caer en ella como un descanso. Escuchar cada día a aquellas mujeres hablar de los hombres, de que regresarían esa misma noche, impedía que cerráramos la herida, aumentaba nuestro dolor, y por eso había momentos de debilidad en los que deseaba con toda mi alma que viniera la locura, como una forma última de esperanza, algo a lo que agarrarse cuando no hay ni una tumba donde llorar.

Ahora sí, la anciana sacó lágrimas de donde le quedaran y lloró sin esconderlo. Sus manos cercaban las sienes de piel vetusta, apretaba la mandíbula para contener alguna palabra. Ana abrazó a su madre, probablemente también ella lloraba, después de tantos años sin conocer la tragedia vivida por su madre, engañada por un cuento de niños y la negación del recuerdo que su madre impuso en la casa. Santos, pleno de desasosiego, apagó el último cigarrillo y habló, sin estar seguro de hacerse oír, falto de voz:

—Es increíble... Nunca había escuchado algo así: una locura colectiva, una demencia contagiosa... No, no es ésa la expresión correcta. Más bien se trata de una demencia de la que todas participan, que apoyan las unas en las otras. Una sola de esas mujeres no podía volverse así, tan trastornada... Pero si encuentra el espejo de sus compañeras, si habla con otras que comparten su locura, esta locura se amplifica y se enraíza en ellas, se prende en la costumbre, en la rutina de cada día, hasta quedar tan trastornadas que por principio niegan la memoria más oscura. Crean entonces una ilusión, una esperanza que sostienen entre todas... El tiempo detenido, todas viviendo en un único día, repitiendo una y otra vez la misma secuencia a lo largo de los meses, los años, sin importar en realidad lo exterior, que cambie el tiempo, que llueva o haga calor, porque ellas, cada día, olvidan la jornada anterior, recuperan un día pasado que convierten en nuevo, en actual, volviendo cada tarde a una única tarde en la que aún esperan a los hombres, en la que aún los piensan (los saben) vivos, trabajando en el puente, volverán a la noche o por la mañana... Es asombroso... Terrible, claro; pero extraordinario... La locura, en cualquiera de sus formas, es extraordinaria: una tragedia sobrevenida nos hace crearnos defensas, inventar un refugio, y la locura es la coartada perfecta. Queremos la locura como única salida, y al final la conseguimos. Como usted ha dicho bien, probablemente la mayoría de mujeres se creerían, al principio, ajenas a esa demencia; pero compartirían la locura con las ya afectadas, como una forma de engañarse y crear una esperanza artificial, para respirar durante unas horas y olvidar lo trágico. Pero al final, la locura acaba venciendo, o tal vez son ellas las que, desesperadas, abandonan cualquier defensa y se dejan derrotar, porque para hacer frente a la vida, sobre todo cuando ésta es insufrible, lo fácil es la locura, el engaño, el delirio, crear el mejor mundo en el que podríamos vivir: y para estas mujeres, el único mundo en el que están a salvo es un mundo detenido en las últimas horas en las que fueron felices, cuando aún esperaban el regreso de los hombres, cuando no habían recibido la noticia y ellos aún estaban vivos (o tal vez estaban ya muertos, quizás los mataron a la salida del pueblo, en pocos minutos, pero ellas entonces no sabían, y el que no sabe...).

—Pero no todas acabaron así —interrumpió Ana, que sostenía a la madre entre los brazos—: Madre... Usted salió de allí, no quedó atrapada por aquello.

—Y no creas que no lo quise... Pero como yo muchas otras... Muchas mujeres quedamos sanas, no se nos pegó la locura... Nos marchamos: ya he dicho que aquello llegó a ser insoportable: para las que no estábamos locas, cada día que pasaba junto a las otras era un dolor, tener vivo el recuerdo de los que murieron...

—Y a la vez, el riesgo de acabar también locas —remató la hija.

—El riesgo sí... O la esperanza, no sé.

—¿Cuánto tiempo duró aquello, madre?

—Bueno... Poco a poco, las mujeres que no estábamos trastornadas nos fuimos marchando del pueblo... No podíamos seguir allí... Ya he dicho que estábamos aisladas, encerradas, no sabíamos si la guerra había terminado, no había vida más allá de la sierra... Aquello se estaba convirtiendo en un pueblo fantasma.

—Una jaula —dijo la hija, recordando el cuento, comprendiendo el sentido de aquella historia.

—Así es, hija... Una jaula: ¿te acuerdas de los cuentos? Eran reales, ahora ya lo sabes. Esas mujeres, atrapadas como pájaros negros, sin poder escapar... Yo fui una de las últimas, de entre las sanas, en marcharme. No tenía a nadie fuera de Alcahaz: mi padre había desaparecido con los hombres, y mi madre llevaba mucho tiempo muerta, desde el 28. Así que me vine a Lubrín, como otras mujeres, y aquí trabajé en lo que pude, limpiando casas, hasta que me casé con tu padre, al que conocí ya en Lubrín. Tu padre, que en paz descanse, nunca supo nada. Para nosotras, dejar Alcahaz era como hacer un juramento de silencio, de olvido. Nunca volvimos allí, a Alcahaz... Mucha gente en la provincia, no obstante, sabía lo que ocurría en aquel pueblo; pero preferían ignorarlo, hacer como que no existía el pueblo... Olvidarlo; algunos por la vergüenza que Alcahaz era entre las muchas vergüenzas de la guerra. Otros, porque olvidarse, negar aquello, era la única manera de no comprometerse, de no tener que preocuparse por aquellas locas. Lo fácil hubiera sido que se supiera, que aquellas mujeres las llevaran a algún sitio, un hospital o algo de eso donde las atendieran, donde las curaran si era posible. Pero no. Elegimos, todos, olvidar, ignorar. Y así hasta hoy, cuando los más viejos de entonces ya han muerto, y ya poca gente sabe siquiera que Alcahaz existió alguna vez... Las mujeres que quedaron allí, supongo que murieron poco tiempo después, allí no había forma de vivir... Así se perdió por completo Alcahaz.

—No murieron todas —dijo Santos, obligado—. Yo he estado allí, ayer... Están vivas algunas, todavía.

—Pero... Eso es imposible —la madre estaba ahora sobrecogida, el cuello tenso, los ojos muy abiertos, cristalinos—. Hace muchos años de aquello... Cuarenta ya...

—Créame: son pocas, pero están allí, todavía. Ancianas todas, claro. Siguen instaladas en la misma locura de hace cuarenta años, por increíble que parezca. Representando el mismo día, la misma tarde de entonces... La locura, si no es curada a tiempo (y en este caso además fue favorecida por el ambiente, por la locura de las demás), se acaba volviendo perpetua, incurable probablemente. Si esas mujeres hubieran salido a tiempo, si alguien hubiera hecho algo por ellas... Pero seguir allí en el pueblo, solas las mujeres dementes, reforzando cada una su locura en la de las demás... Eso ya no tiene remedio. ¿Qué ocurriría con cada una de esas mujeres si la sacaran del pueblo, si las intentaran convencer de su error? Es imposible. A mí me confundieron con alguno de los hombres, y eso lo agrava todo. Porque ahora ya no es sólo una difícil esperanza, sino una realidad: ellas han visto en mí a uno de los hombres, vivo, regresado. Y detrás, piensan, llegarán los demás, esta noche o mañana, y así de nuevo día tras día. Para ellas, yo soy la prueba de que la espera no ha sido vana.

—Eso es imposible... No puede ser —repitió la madre, hundiéndose de nuevo en el llanto, en los brazos de su hija, que le acariciaba el pelo gris.

* * *

Nos vamos enterando. Como es esperable en un autor inseguro y obsesionado con no dejar flecos que puedan despistar a los lectores, sirva este capítulo como aclaración, hasta el mínimo detalle, de todo lo visto hasta ahora. Si teníamos alguna duda o alguna interpretación propia sobre lo que sucedía en Alcahaz, el diálogo entre Santos y la madre de Ana lo explica todo, todo, todo, con exactitud, recurriendo incluso a unas nociones rudimentarias de psiquiatría que seguramente divertirían a cualquier profesional de la salud mental que leyese esta novela.

Ya habíamos alertado páginas atrás sobre el riesgo de inverosimilitud, pero concedimos mantener la credulidad en suspenso a espera de nuevos acontecimientos. Ahora ya lo sabemos todo, y cuesta creerlo. La locura. Una locura colectiva, contagiosa. Una forma de demencia que, literariamente, es muy atractiva, no diremos que no. Tiene una fuerte y seductora potencia metafórica. La locura de un pueblo como representación de la locura de todo un país que eligió olvidar, que eligió no saber. No entraremos en las debilidades políticas de tal analogía —caer otra vez en el tópico de la amnesia colectiva, del país desmemoriado, como si no hubiera habido desde las instituciones una voluntad de olvido inducido, que no es plaga ni enfermedad, sino política de olvido. En fin, la locura es un recurso siempre efectivo para caracterizar ciertos momentos históricos. El punto de vista de los locos, el espejo que los dementes ofrecen al comportamiento igualmente demente de los supuestamente cuerdos. Viene al recuerdo, por ejemplo, la excelente aunque poco conocida película de Manolo Matji, La guerra de los locos, desde presupuestos mucho más verosímiles que esta novela —un grupo de enfermos mentales que, escapados de un psiquiátrico en plena guerra civil, combaten en uno y otro bando por igual—. En fin, la locura es siempre un plano explicativo atractivo y válido.

El problema es que la vuelta de tuerca que hace el autor es excesiva, y la verosimilitud se resiente, tanto más cuanto menos dispuesto esté el lector a conceder. Tal vez en otro tipo de relato, con otro planteamiento, ese tipo de locura sería perfectamente creíble. Formaría parte sólida de la verdad narrativa de la novela, si se plantease desde una narración más, digamos, fantástica. Sin que sea necesario recaer en formas de realismo mágico, pero sí apoyarse en formas de irrealidad que acaban construyendo su propia lógica hasta hacer que lo inverosímil sea el realismo. Hay todo un espacio de la ficción que se mueve en una irrealidad llena de referentes reales, caracterizado por lo fabuloso, lo impreciso, y no por ello menos creíble —piensen en Kafka, y de ahí para abajo. No olvidemos que la literatura no se mueve en el terreno de la verdad, sino en el de la verosimilitud. Así, con otro tipo de relato nada habría que objetar a una locura como la descrita, ni a una historia de fantasmas tipo Pedro Páramo, si así lo hubiese decidido el autor y su escritura fuese coherente con tales escenarios.

Pero nuestro autor no ha querido moverse de un realismo con aspecto de crónica, que se ancla en fechas exactas —la datación de los días del relato, por ejemplo—, en nombres, en elementos históricos, y que además muestra un afán de representación de su tiempo, de juicio a la transición y a la gestión de la memoria en España. Y con tal enfoque, la verosimilitud salta en pedazos. Ya no sólo que quince mujeres se vuelvan locas y se alimenten unas a otras su insania. Algo así puede ocurrir entre los muros de un psiquiátrico. La vuelta de tuerca se da cuando además pretende que repitan una y otra vez el mismo día, que al levantarse cada mañana sigan clavadas en el día del camión, y así un año, y otro, y otro. Tal propuesta abre una vía de agua en el relato por donde ya se escapa todo. Si la verosimilitud se pone en peligro, todo el conjunto se ve afectado. Porque ahora, por ese carácter increíble, por esa psiquiatría ingenua y de andar por casa, consigue que nos fijemos en detalles que de otra forma (en el relato de fantasmas, como decía) habríamos pasado por alto, no nos habrían parecido importantes, pero que ahora se nos antojan nuevas grietas en un barco a punto de naufragar. Nos fijamos desde ahora en todo tipo de cuestiones materiales, incluso anecdóticas, que hacen más grande la inverosimilitud. Desde la dudosa supervivencia de esas ancianas durante cuarenta años, hasta el grado de desgaste de unas viejas alpargatas descosidas que aguantan cuatro décadas, pasando por el candil que la primera mujer que encontró en Alcahaz encendió al entrar en la casa, y que ahora nos preguntamos cómo lo encendió, cómo conserva cerillos, aceite y mecha durante tantos años. Es lo que pasa cuando se fuerza tanto el relato. Que de repente algo se resquebraja y todo se acaba rompiendo, y nos acabamos fijando hasta en ese miserable candil que ahora se nos antoja imposible, heroico.

Seguramente el autor leyó antes de escribir la novela algún libro de divulgación psiquiátrica, que le dio la inspiración para la audaz metáfora de la locura colectiva. Como ya hemos visto dos citas de Carlos Castilla del Pino, debemos mirar en esa dirección. Ya que la novela se publicó originalmente en 1999, miramos las fechas anteriores y encontramos un libro que seguramente lo explica todo: El delirio, un error necesario, de Carlos Castilla del Pino, publicado en 1998. Es decir, seguramente lo que leyó nuestro autor al escribir la novela. Es de suponer que tenía en proyecto una historia sobre la guerra civil, y la lectura de Castilla le dio pie para apoyarse en esa forma de locura, en el delirio. En efecto, un rápido hojeo del libro citado nos confirma en lo cierto: es la inspiración original, es de donde el autor saca la interpretación «social» del delirio como una forma de autoengaño para soportar una realidad dolorosa, que va más allá de una locura, y por la que «todo el mundo intenta engañarse para vivir, todos nos inventamos una realidad propia frente a un mundo que no podemos soportar». La cita no es de Castilla del Pino —cuyo libro, por cierto, es muy interesante, y en modo alguno responsable de las flaquezas de nuestro autor—, sino que la leemos en boca del marido de la anciana relatora del capítulo, «que no era tonto y sabía hablar bien», y que al parecer habría leído también el citado ensayo.

Que el marido (que no era tonto y sabía hablar bien) se ponga a teorizar sobre las formas sociales de la locura no debe extrañarnos, una vez hemos leído cómo habla la señora. La viejecita senil que dormitaba frente al televisor porque «le gusta ver a la gente moverse ahí dentro» ganó de repente una capacidad verbal envidiable, un registro narrativo exacto, un lenguaje rico. No nos sirve el truco repetido en este capítulo de que «la narración era tamizada al gusto de Santos, que la recordaría tiempo después no con las palabras exactas de la anciana, sino con un discurso más complejo». Esto, antes que un recurso literario (hacer más complejo un discurso simple), es una forma de pereza, de buscar la vía más fácil para transmitir una información al lector. Porque en efecto estos capítulos son puramente informativos, son de tesis. La anciana no sólo cuenta los hechos pormenorizadamente, sino que además teoriza sobre la locura y propone metáforas elaboradas (la locura como una peste desconocida o una crecida de río) con una rapidez de pensamiento impropia en quien minutos antes chocheaba sobre si era o no el novio de su hija. Pero dentro de esa voluntad altamente informativa, el autor inseguro vuelve a ponerlo todo en claro, por si quedan dudas. Así, esta vez el protagonista no sueña ni piensa, sino que directamente se pone a hablar en voz alta (en ese largo parlamento que inicia diciendo «Es increíble...»), recapitulando todo lo dicho por la anciana, y poniendo en limpio las ideas principales y los conceptos a recordar por el lector. La información acaba resultando redundante, y dice poco de la confianza del autor en su propia pericia narrativa y, peor aún, en la inteligencia del lector.

Por otra parte, en el relato que la anciana hace de los sucesos de Alcahaz volvemos a encontrar algo que ya señalamos en otro momento: el intento risible de reproducir el habla popular mediante interjecciones y apócopes campechanos: ná, pa', pa'lante... Es de esos autores que piensa que por escribir tó, ná y algún «de que», ya nos crea la ilusión de estar escuchando a los campesinos hablar. La ambientación popular pasa también por incluir unos entrañables fragmentos de copla en la voz de una campesina que fríe pestiños. Lástima que la elección de Ojos verdes y Tatuaje esté un poco desviada, pues tales coplas se hicieron populares después de la guerra, ya en los años cuarenta. Como poco creíble resulta el curita cañón que, siendo un «hombre bastante mayor», es capaz de ir cada tarde desde Lubrín hasta Alcahaz pedaleando en «una pesada bicicleta de hierro» «con la sotana remangada», y estar de vuelta en Lubrín para la misa de las ocho. Nos impresiona la fuerza que tienen esas piernas «blancas y canijas», sobre todo si recordamos cómo era el acceso a Alcahaz cuando lo hizo Santos (una pista forestal que trepaba por la sierra, un camino que «se encrespa por la espalda de la sierra», de gran pendiente, por donde casi no podía subir el coche). Aunque tampoco debería sorprendernos mucho, pues a fin de cuentas el cura tiene el vigor propio de la gente de estas tierras, indolentes pero de gran fuerza, incluso los ancianos y los niños. Recordemos a aquel niño de dientes de leche que en el tercer capítulo de la primera parte aseguraba ir todos los días, al salir de clase, al campo a ayudar a su padre, treinta kilómetros de ida y treinta de vuelta, en bicicleta e, imaginamos, sin dejar de fumar.

Detalles todos, en fin, que hacen que nos distraigamos de lo que podría ser un texto inapelable por la dureza de lo narrado —unas mujeres golpeadas por una tragedia—, pero que por la inmadurez del autor se desfigura y malogra hasta sus intenciones originales.

Nos apuntamos, por último, para no descuidar la colección que estábamos ampliando, una expresión de cursilería destacada: dicho de la melodramática anciana (de la que se nos dijo que «ni lágrimas le quedaban»), «sus manos cercaban las sienes de piel vetusta». Ahí es nada.

IV

—Me siento extraña... Después de tantos años apenas conocía a mi madre, su vida, su pasado. Y lo que es peor: ni siquiera me había interesado, no había hecho nada por saber, no le había preguntado.

Ana calló e hizo un gesto de fastidio mientras volvía la mirada hacia la ventanilla, donde la sierra acortaba el paisaje, y el sol comenzaba una tarde más su descenso lento hacia el lecho de la noche. La carretera se extendía delante del automóvil, interminable y sola, y sobre su calzada, Santos y Ana, en silencio, podían imaginar perfectamente, incluso ver, delante del coche, el camión de cuarenta años atrás, el viejo cacharro enorme y destartalado, cubierto de banderas como sábanas, y los hombres —ancianos, jóvenes, niños—, sentados en la parte trasera, en el cajón, riendo para esconder el miedo, algunos de pie, apoyados en los adrales a punto de vencerse de peso, apoyados como en un balcón de cualquier calle, fumando cigarrillos compartidos, cantando tal vez estrofas sueltas de canciones de coraje, o mirando al vehículo de detrás, al coche amarillo con matrícula de Madrid en el que un hombre y una mujer, con los ojos llenos de tiempo, completaban o imaginaban un viaje incierto hacia un pasado que no era el de ellos, o tal vez sí.

—No conocemos a nadie, todo es un engaño —dijo

ella, mirando apenas a Santos, que desatendía la carretera para espiar el perfil de la sierra y poder recordar el lugar exacto donde comenzaba el camino borrado. «Vivimos treinta, cuarenta años junto a una persona, compartiendo cada día, cada momento, hablando de todo, de cualquier cosa, creyendo que intimamos pero en verdad no sabemos nada, vivimos con una persona desconocida.»

—Todo el mundo tiene su secreto, si es a lo que se refiere —añadió Santos, que desaceleraba el coche, creyendo cercana la desviación.

—No es sólo eso. Entiendo que cada uno posea un terreno cerrado a los demás, la intimidad es necesaria, pero el problema es otro: que en realidad no queremos saber, unas veces por indiferencia, otras porque en verdad es preferible no saber. Ella es mi madre, es la única persona en el mundo con la que he tenido una relación tan estrecha. Ni mis amigas de la juventud, ni mis compañeros de trabajo, nadie. Ella. Y yo creía saberlo todo, pero no: desconocía lo más importante, la mayor tragedia que tuvo en su vida, algo en lo que ella no habrá dejado de pensar ni un solo día en cuarenta años, y nunca me contó nada... Ni yo le pregunté nada. Yo no podía adivinarlo, claro. Pero tampoco le dije nunca «¿hay algo en tu vida de lo que no me hayas hablado y quieras hacerlo?». Incluso, cuando yo era adolescente, tuve cierta distancia con ella, ya sabe, las peleas propias de una madre y una hija, pero tal vez en algún momento ella quiso hablar y yo no escuché. Hoy lo he sabido todo por una casualidad, porque ha aparecido usted que quería saber. Si no... Ella podía haber muerto esta misma mañana, cualquier día, está muy mayor. Y yo nunca habría sabido, ¿se da cuenta?

—No se preocupe, lo suyo no es una excepción, es algo común. Quiero decir que es algo muy extendido, es lo normal: vivimos rodeados de completos desconocidos, incluso las personas que creemos más cercanas. Usted tiene razón, nadie quiere saber... Y peor aún: los que saben, olvidan. Debe de haber cientos de sitios como Alcahaz, miles de personas que, como su madre, guardan un pasado oscuro. Cada uno tiene, tenemos, una parcela de oscuridad en nuestro pasado, un tiempo que preferimos enterrar, que confiamos al olvido.

—Pero se trata de mi madre, mi familia. ¿Cuánta gente habrá que lo desconozca todo de sus propios padres, de la vida que llevaron antes de que se casaran y le tuvieran como hijo? Pienso en mi padre: murió hace casi veinte años, y yo creía, hasta hoy, saberlo todo de él. Un hombre sencillo, de campo, trabajador desde pequeño, conductor del ayuntamiento, murió en accidente de coche. Pero hoy dudo; tal vez él tenía un pasillo oscuro en su juventud, en su infancia, al que yo nunca llegué... Al que no quise llegar. Si lo pienso ahora, me doy cuenta de que ni siquiera sé qué fue de él durante la guerra. Sé lo básico, lo anecdótico: que lo movilizaron los republicanos y condujo ambulancias hasta el final de la guerra. Ni siquiera era republicano, pero cumplió cuatro años de cárcel. Y eso es todo. Nunca le pregunté por esos años, qué sintió, qué miedo pasó, si tuvo que matar alguna vez. Cosas que tal vez condicionaron el resto de su vida, y que yo no quise saber.

Quedaron unos segundos en silencio, abandonados al paisaje, al ruido del motor, a la carretera. Por fin ella habló, adoptando un tono cercano:

—¿Y usted?

—Yo, ¿qué? —respondió Santos, intimidado.

—Usted, su pasado. ¿Tiene muchos pasillos oscuros? Ha dicho que todos los tienen, y se ha incluido en ellos.

—Así es... Todos tenemos —dudó Santos, que deseaba encontrar pronto el camino para no tener que seguir hablando, para no tener que contar lo suyo, su oscuridad que en los últimos días era de una claridad insoportable, luminosa.

—No se preocupe, no tiene que hablar de ello si no quiere... Pero hábleme de sus padres... Usted, ¿lo sabía todo de ellos? Quiero decir si cree que hay alguna oscuridad que no llegó a conocer.

—Digamos que mis propios pasillos más sombríos son comunes a los de mis padres... Es algo que ocurrió en mi infancia, sobre lo que no quería volver más... Pero los acontecimientos de estos días, lo de Alcahaz, su madre... Me han hecho volver a aquellos días, que yo creía prácticamente olvidados... Yo era muy pequeño entonces, esas cosas se olvidan si uno quiere, el olvido en el fondo es una elección. Y yo elegí olvidar, pero al parecer no puse mucha voluntad, por cuanto hoy el pasado se me viene encima como un tardo equipaje del que no llegué a desprenderme.

—¿Se siente culpable?

—Motivos tengo para sentirme así. Pero creo que no, no me siento culpable de lo que ocurrió, porque yo era un niño, ajeno a la culpa como a otros sentimientos. A cambio, me siento culpable por haber elegido olvidar, por haber vivido tantos años de espaldas a mi pasado, a la memoria de mis padres de la que soy el único responsable, el único albacea. No tengo hermanos, ni más familia, por tanto de mí depende que mis padres, lo que fueron o dejaron de ser, se recuerde o se olvide para siempre, como las vidas de tantos miserables, ese inmenso tropel de muertos anónimos sobre los que se ha levantado el mundo, sobre los que se escribe la historia toda... Creo que era Camus quien escribió algo así. Pero quién se acuerda de Camus ya, quién se acordará en unos pocos años más.

—Usted se acuerda... No debe sentirse culpable... Usted no ha olvidado: ha elegido saber, y también que los demás sepan, me refiero a lo de Alcahaz. Usted estuvo allí, ha sabido lo que pasa... Y ha elegido seguir, cuando lo fácil sería marchar de vuelta a Madrid, y olvidar, porque al final todo se olvida.

—No crea que no lo he pensado... Quiero decir que no sé si merece la pena esto: han pasado cuarenta años, ya no tiene remedio y...

—Pero ha elegido hacerlo. No podemos dejar que esto se olvide, que pase el tiempo y ese pueblo desaparezca del todo y mueran los pocos que lo recuerdan, y ya nadie más sepa nunca lo que ocurrió... Eso permitiría la impunidad de los responsables, ¿no cree?

—Sí, tiene razón —dijo Santos, breve, eligiendo ahora el silencio para no seguir hablando, porque entonces tendría que contar mucho más, hablar de sí mismo, no ya sólo de sus pasillos más oscuros, los de aquel incidente fatal en un pueblo extremeño, su pueblo, sino de los más recientes, de su trabajo actual, que más que permitir, concedía la impunidad a un criminal como Mariñas, le regalaba el olvido, falseaba la memoria.

—¿Qué piensa hacer después? —preguntó Ana, sacando a Santos del ensueño—. Me refiero a qué haremos con esas mujeres, si están vivas como usted dice.

—Supongo que avisaremos a las autoridades... Esas mujeres necesitan ayuda. Aunque poco se puede hacer por ellas, es cierto. Son demasiados años, demasiada locura continuada.

Habían dejado Lubrín después de un almuerzo rápido y sin apetito en casa de Ana, con la madre aún conmocionada tras el relato. Comieron en silencio, evitando hablar más del pueblo. Santos, cordial, provocó cualquier otro tema de conversación, algo anecdótico para espantar malos recuerdos: divirtió a las mujeres durante la comida, hablando de su trabajo *negro*, de los discursos que escribía a pequeños prohombres del régimen, cómo retorcía frases barrocas pero huecas que hacían las delicias de sus clientes —por supuesto, contó sólo una parte de su trabajo, la más inocente, nada que le comprometiese, nada sobre Mariñas. Parodió algunos discursos que recordaba de memoria, imitando como podía la voz del concejal o director general de turno, llenando de solemnidad sus palabras vacías. Inoportuno para los chistes, optó por contar la dudosa anécdota de los españoles ilusos, siempre recurrente:

en cierta ocasión un alto funcionario —no Santos, él no era elegido para asuntos tan graves— tuvo que preparar una intervención para el mismísimo Jefe de Estado, Caudillo de España, Jefe Nacional del Movimiento y Generalísimo de los Ejércitos de Tierra, Mar y Aire, con motivo de un encuentro de regiones fronterizas entre España y Portugal a cuya clausura asistía y participaba nuestro ya enterrado bienhechor. En medio del discurso, que recuperaba momentos históricos de fraternidad entre los pueblos, el pequeño general —de quien se podrían contar tantas anécdotas como crueldades— hacía en varias ocasiones un llamamiento a los dos pueblos, en tono vocativo, y en lugar de decir «¡españoles y portugueses!», se atuvo al texto escrito por el funcionario de confianza —que se había esforzado por lograr una prosa brillante, culta— y levantó la voz, ya fatigada, para gritar «¡españoles y lusos!», que venía a decir, en su grito, *españoles ilusos*, lo cual tenía no poco de sarcasmo en boca de tan gran ilusionista, y dio lugar, tras la retransmisión del discurso en la televisión y el NO-DO, a un fácil chiste que tuvo éxito por todo el país.

Convinieron en salir tras el almuerzo hacia Alcahaz: era necesario que fueran, ya que ellas aún no podían creer que hubiera alguien vivo en aquel pueblo maldito, por mucho que Santos hubiera descrito cada minuto que pasó junto a aquellas mujeres enfermas. Decidieron por tanto ir, para una vez comprobada su existencia —el propio Santos llegaba a dudar de lo visto, como una alucinación o un mal sueño, tal vez pensando en un fenómeno fantasma parecido a *Pedro Páramo*—, acudir luego a la guardia civil o incluso al gobierno civil en la capital de la provincia, para dar parte de lo que allí sucedía. No obstante, cuando después de comer llegaron a la plaza y se dispusieron a entrar en el automóvil de Santos, la madre sufrió un ligero desvanecimiento, seguido de náuseas que ella achacó al mal estado de algo en el almuerzo, pero que tenía más de miedo, de buscar un pretexto para no regresar a Alcahaz, para no enfrentarse a sus antiguas vecinas. Así fue como ella, con unos paños de agua fría en la frente, se quedó tumbada en la cama, mientras Santos y Ana marchaban en busca del pueblo.

Cuando, tras varios errores que hicieron a Santos desandar el camino, encontró el lugar donde debía desviarse de la carretera, atravesaron el tramo de tierra removida hasta llegar por fin al camino, mientras el sol ya escondía parte de su escudo tras la cresta de la sierra.

—Es increíble. Está claro que querían negar el pueblo en todos los sentidos, que nadie supiera nunca más. Incluso borraron el camino, qué barbaridad —dijo Ana indignada, mientras el coche daba saltos por entre las piedras.

Comenzaron el ascenso a la sierra, el camino ya por Santos conocido, que había hecho de noche la primera vez, cuando subió al pueblo, y recordaba ahora cómo debía actuar en cada cruce, tomando siempre la desviación de la derecha, para ascender el lomo terroso de la sierra, dando vueltas entre bosques de sombra hasta que, en una vuelta del camino, detuvo el coche en una pequeña terraza que caía hacia una garganta encajonada en la montaña. Bajaron del auto y miraron hacia la garganta: a menos de trescientos metros estaba Alcahaz, que ahora, visto desde la altura y a la luz del día, aparecía más desolado si cabe: se veían bien todos los tejados mellados, las paredes ruinosas, la iglesia herida, la cicatriz abierta del tiempo en cada piedra.

—No se ve a nadie —dijo Ana, encogida ahora por el viento acuchillado de la sierra y la visión del pueblo. Tal vez hasta el último momento se había agarrado a la esperanza de que ese pueblo no existía, prefería creer que Santos mentía (un hombre extraño que llega a Lubrín, no hay por qué creerle). Ahora, al ver el pueblo como una postal destrozada, intentaba convencerse de que aquellas casas estaban deshabitadas, que no existían las mujeres o pájaros negros, recuperando de golpe todos los miedos de la infancia, Alcahaz.

—Estarán metidas en las casas. Cuando yo llegué, hace dos noches, tardé un rato en encontrar a alguien. Bajaremos.

Continuaron el camino en el automóvil, hasta llegar a la entrada del pueblo, donde Santos aparcó en el mismo lugar de la primera vez en que sus faros alumbraron el cartel oxidado que ahora, con el crepúsculo, retenía un chispazo del último sol. Santos bajó del coche, mientras Ana tardó aún medio minuto, paralizada como estaba en la visión del cartel, el nombre arrancado de las historias de terror para niños, Alcahaz. Tal vez su estremecimiento era mayor porque el pueblo, ahora al fin visto de cerca, ofrecía demasiadas semejanzas con el que su imaginación había construido durante años, piedra a piedra, la calle, las casas, la iglesia, la devastación. Tan sólo faltaban las mujeres, los seres que vivían fuera del tiempo y del mundo, encerradas en el pueblo que era una gran jaula, Alcahaz, *al-qafas* en árabe, jaula grande para pájaros, para estas mujeres hasta ayer irreales.

—Vamos, no tema —dijo Santos, ofreciéndole la mano a Ana, que bajó del coche y entró en el pueblo tomada de la mano de Santos, como una mano última a la que agarrarse mientras cruzaban el territorio de la memoria y del miedo (la memoria de él, el miedo de ella, intercambiables en verdad), las casas en ruinera, el viento que asolaba el pueblo a placer, entrando en la intimidad de las construcciones a través de las grietas, silbando en las maderas quebradas de las puertas. Apretada la mano de Santos, Ana caminaba despacio, llevada por él como en un mal sueño en el que no podemos elegir el camino, observando cada detalle de una nitidez dolorosa, una teja hendida, una pared mal apoyada, un resto de cortina ondeando bandera a la tarde, un pedazo de viga en el suelo; Ana espiaba cada detalle con afán de encontrar un indicio de falsedad, una prueba de que aquello no era cierto, que no sucedía; temiendo el momento en que alguna mujer saliera de una casa, imaginando para esa mujer un rostro común, para que de esa forma la sorpresa fuera menor (es más fácil hacer frente a un rostro que ya conocemos, aunque sea imprevisto). Pero por más que lo intentaba, un único rostro acudía a su mente, unos ojos, una cabeza pequeña, la de su madre: esperaba ver salir a su madre de cualquier casa, correr hacia ellos con la mirada llena de locura, porque Ana era consciente de que su madre se salvó pero igualmente podía haber quedado entre las mujeres que desde entonces repiten un mismo día, podía ser una más de las locas, de las mujeres atrapadas, ella reconoce que incluso lo deseó, como una difusa esperanza para vivir, para seguir. Durante cuatro décadas, su madre había sido un ser común, sin misterio, alguien que vivió un pasado indefinido que narraba como una infancia ordinaria en una casa de campo, como tantas otras infancias del sur, la de Mariñas, la de Santos. Ahora no, ahora su madre era otra, la otra, la mujer que vivió entre estas paredes manchadas de olvido, y que lo ocultó a todos durante décadas, a su hija, a su marido, a ella misma en lo más íntimo.

—No parece que haya nadie —insistió Ana, sin levantar la voz, hablando en susurros por temor a que su voz pudiese despertar a alguien que durmiera en el interior de una casa. Conservaba la esperanza de que no encontraran a nadie y regresaran en el automóvil a Lubrín y pudiera, ella también, olvidar.

—Tranquila... Ahora veremos —dijo Santos, que no quería soltar su mano, sus dedos de carne rígida, cerco de seguridad entre dos manos unidas. Avanzaron hasta detenerse en una de las casas, junto a la puerta, de cuyo interior salía la oscuridad a bocanadas: «No se asuste por lo que vea —advirtió él en voz baja—. En esta casa encontré una mujer que me confundió con su padre regresado... Es algo estremecedor: ella se comporta aún como la niña que sería en el treinta y seis, repitiendo el comportamiento durante años, negándose a crecer porque crecer, madurar, sería renunciar al día en el que los hombres, su padre, regresaban por la tarde... Espere aquí un momento.»

Santos soltó la mano deseada y entró solo en la casa, apartando una puerta derrumbada, como si nadie hubiese entrado en muchos años, ni él mismo el día anterior. Desapareció en el interior, engullido por lo oscuro, y Ana quedó en la calle, sintiéndose sola, ahora sí, como si hubiese llegado sola al pueblo, como si Santos no existiera y no fuera a salir nunca de esa casa. El viento más helado le recorrió la cara; cerró los ojos para no ver nada, que vengan las mujeres, yo no las veré, me rodearán, me tocarán, pero no abriré más los ojos, así de niña cuando se acostaba, sola, y apretaba los párpados para negar la luz, la vida o el miedo. Fue la mano de Santos, conocida, la que le devolvió la vida.

—¿Qué sucede?

—No hay nadie —dijo Santos para su alivio—. No está aquí, no sé.

Continuaron caminando hacia la iglesia; la ausencia de vida era cada vez más evidente en el pueblo:

—Julián, perdone... No parece que haya nadie... Tal vez...

—Sí hay... Están aquí —dijo Santos, como invocando una presencia oculta que surgiría con su sola palabra, como si bastara pensar o nombrar las cosas para que sucedieran o existieran—. Sólo tenemos que esperar. Venga —y Santos tiró de ella, andando deprisa, ella resistiéndose levemente, hasta llegar a otra casa, otra puerta descolgada y mal apoyada contra la pared:

—Entre conmigo y verá, no tema. En esta casa había una mujer que me confundió con su marido desaparecido; creo que es esa Angelita que su madre dijo. Me dio de cenar, hablando con normalidad de cosas cotidianas, del campo, del puente que había que reparar; y después me llevó hasta la cama. Yo estaba como hipnotizado, me dejaba llevar sin remedio; no podía oponerme, como si yo fuese en realidad un trasunto del hombre que ella decía, el marido que se marchó cuarenta años atrás y que aún no ha vuelto, o sí ha vuelto, era yo. Pedro, ése era el nombre, así me llamaba, segura en sus palabras. Al despertar, por la mañana, la mujer estaba muerta a mi lado... Como si, tras tanto tiempo de espera, pudiese al fin descansar, morir sabiendo que el marido regresó, que la espera (y la locura) no fueron en vano.

Entraron en la casa tomados de la mano. Él, conocedor del interior que no había olvidado desde su primera visita, avanzaba en la penumbra húmeda, llevando a la desconfiada Ana de la mano, como también él fue llevado por la vieja mujer, Angelita, de la mano en la oscuridad del pasillo, repitiendo ahora la escena pero él en el lugar de la fallecida, él como único fantasma. Cruzaron un patio en el que se vertían restos del día. Llegaron al dormitorio, en el que el claro del techo era todavía de sol, e iluminaba el interior, el jergón vacío, la ausencia de vida o del cuerpo muerto, ni siquiera la huella de su relieve. Nada.

—Estaba aquí —dijo Santos, sorprendido o asustado, mirando fijo al camastro vacío. Se agachó para mirar debajo, por si el cuerpo había caído en un último espasmo. Nada—. «Estaba aquí... Muerta... Estaba muerta, tumbada... No ha podido moverse.» El viento serrano entraba a través del techo y barría la estancia, algunas hojas secas por el suelo. Santos pensó en el cuerpo muerto de la mujer, cerró los ojos y podía verlo, la postura en que quedó, las piernas encogidas, un brazo estirado donde estuvo el pecho del amado que no era tal.

—No sé —dijo Ana, aliviada por la ausencia—. No parece que aquí haya vivido nadie en mucho tiempo...

—¿No me crees aún? —preguntó Santos, brusco, adoptando el tuteo por primera vez.

—No es eso. Todo es extraño. Este sitio es especial,

tiene algo como hipnótico, sí... Quiero decir que... No sé, puedes acabar viendo cosas que no...

—¿Crees entonces que me lo he inventado todo? ¿Es eso?

—No he dicho eso —dijo Ana, sorprendida por el tono airado de Santos—. Es sólo que...

—¡Ya sé! ¡La iglesia! —gritó Santos, arrebatado por el recuerdo, tomando a Ana de la mano y tirando de ella hacia el exterior—. «¿No escuchaste las campanas cuando nos acercábamos al pueblo?»

—No escuché nada —mintió Ana, a punto de tropezar en el patio, llevada a tirones por Santos: ella había escuchado una floja campana al acercarse, pero no quiso escuchar, prefirió pensar que el viento del crepúsculo sacudía la pequeña campana.

—Tienen que estar todas en la iglesia, vamos —dijo Santos, al tiempo que salían a la calle atardecida, caminando deprisa hacia el templo, Ana apenas seguía sus pasos, torpe en el paso ligero. Sin embargo, a unos cuarenta metros de la iglesia Santos se detuvo brusco, chocando Ana en su espalda:

—¿Qué pasa ahora?

—¡Calla! —exigió él en voz baja, colocando un dedo temblón en los labios de la mujer.

—¿Qué pasa? —insistió ella en un susurro.

—Escucha —ella obedeció, y quedaron en silencio, detenidos en la calle, junto a una de las casas de la que, cuando el silencio fue pleno, pudieron escuchar cómo salía una voz de mujer, una voz débil que relataba algo en tono neutro, sin emoción ni tristeza. Santos tiró de Ana hacia el interior de la casa, sin hacer ruido, aunque ella se resistía porque no quería entrar, porque ahora sí había escuchado y no quería seguir escuchando, no quería ver a la mujer que hablaba, cuyas palabras, ahora sí, entendían:

—Ya te lo conté ayer... ¿No te acuerdas? Angelita... Ángela, la mujer de Pedro, ¿recuerdas a Pedro?... Pues sí, la Angelita... Se murió ya, la pobre, estaba vieja, muy vieja... Pero no te creas: hasta el último día estuvo en el campo trabajando, yendo a Lubrín por las tardes, a vender la verdura y comprar sus cosas... Era una mujer fuerte para sus años, sí señor, como te lo cuento... Pero se murió la pobre, sola en su cama que la encontramos... Por lo menos no sufrió... Se quedaría dormida y ya no despertó. Hoy la enterramos, ya ves...

Santos y Ana, en silencio, ocultos en la penumbra, descubrían ahora el interior de la casa, sorprendente: a pesar del derrumbe de los años, la casa estaba cuidada, extrañamente limpias las habitaciones y el pasillo en el que se ocultaban. Desde allí veían a la mujer que hablaba, tan vieja como las demás, enlutada a lo suyo, sentada en una silla pequeña, vuelta hacia la pared, junto a un armario grande lleno de loza. La mujer, ignorante de los recién llegados, hablaba sola, o más bien hablaba con la pared, puesto que estaba así sentada, de frente a la pared desnuda y al armario, mientras hablaba en voz algo baja:

—Ya quedamos pocas de las de entonces... Nos hacemos viejas, y las más jóvenes se marchan a la capital... Nos vamos quedando solas, qué remedio, y cada vez somos menos...

Ana apretaba la mano de Santos, y casi le rompió un dedo del susto cuando escuchó una nueva voz, esta vez una voz de hombre que no supo situar, que salía de ninguna parte, o más bien de un punto indefinido en la pared, en el armario; una voz ronca, jadeante, dura como la tierra:

—Venga, mujer, no te pongas así... Que como te pongas triste tú, yo igual... Todos los años que hemos aguantado y los pocos que nos quedan... Ya llegará cuando yo pueda salir y todo sea como antes, ya verás, mujer... No seas así, no me llores ahora —decía la voz de hombre salida de la nada, mientras la anciana se descomponía en un llanto breve. Santos, sobrecogido como Ana, retrocedió un paso imprudente, y el suelo viejo crujió bajo su pie. Quedó paralizado por el crujido que le delataba, mientras la anciana, sorprendida, giraba la cabeza despacio hasta descubrir a los inesperados visitantes. Quedaron quietos, sin saber qué hacer, ella estrujando su mano, mientras la anciana se ponía en pie, con trabajo, y se acercaba para reconocerlos, pensando tal vez que eran un par de las mujeres del pueblo. Al reconocerlos (o más exacto, al no reconocerlos), se llevó las manos a la boca, conteniendo un grito del que sólo escapó un principio de aullido.

—¿Qué pasa, mujer? —preguntó la voz de hombre, que ahora se localizaba claramente en el armario o detrás de él.

—Cállate, Antonio, cállate —dijo ella, susurrando entre lágrimas, intentando que Santos y Ana no escucharan sus palabras.

—Señora... Nosotros —comenzó Santos, sin saber bien qué decir.

—¿Qué? ¿Quiénes son ustedes? ¿Qué quieren? —preguntó la mujer de negro, muy asustada, exagerando sus palabras para hacer comprender a quien estuviera detrás del armario que ya no estaban solos.

—Perdone... Usted no... —dudó Santos, sorprendido porque la mujer no tenía en sus ojos, en su voz, la locura de las otras mujeres. Santos preguntó: «Perdone... ¿Hay alguien escondido ahí?»

—No... No, no hay nadie... Estoy sola —apenas le llegaba la voz a los labios, nerviosa.

—Pero... Hemos oído hablar y...

—Hablaba sola... Siempre lo hago, ¿qué tiene de malo? Estoy sola —dijo ella, más segura ahora, apretando los puños.

—Tranquilícese, por favor —se adelantó Santos hacia ella—: no tiene nada que temer con nosotros... Sólo queremos ayudarla... Pero dígame... ¿Quién está ahí metido? —y se acercó hacia el armario.

—No, por favor, no —se arrodilló la anciana, llorando en súplicas, agarrando a Santos para que no se acercara más al armario—. No se lo lleven... No pueden llevárselo... Él no ha hecho nada a nadie... Él sólo...

—No se preocupe; levántese, no venimos a llevarnos a nadie —dijo Santos, tomando de las manos a la señora: al levantarla notó la fragilidad de su cuerpo antiguo. Miró a Ana, que permanecía junto a la puerta, con los ojos brillantes. En ese momento, un disparo atronó la habitación, estallando la parte central del armario en astillas, y cayendo varios platos al suelo, la habitación llena de ruidos. Santos se lanzó al suelo e hizo un gesto a Ana para que se agachara, mientras un segundo disparo detonaba. La bala salió a través del agujero hecho en el armario por el primer disparo, alcanzando ahora los pocos azulejos de la pared, que reventaron en pedazos pequeños.

—¡Dejadla a ella, cabrones! —gritó el hombre escondido, y su voz se localizaba ahora sin duda, como los disparos, a través del agujero en el armario—. ¡Es a mí a quien buscáis, no le pongáis un dedo encima a ella, cabrones!

—Tranquilo... No dispare más, por favor —suplicó Santos, asustado desde el suelo—. No vamos a hacer nada.

—No se lo lleven, no —lloraba la anciana en el suelo, pataleando, sujetada por Santos. Un nuevo disparo salió del interior, limpiando de los últimos cristales una de las ventanas. Ana, desde el suelo, se arrastró hacia Santos y le susurró:

—Vámonos de aquí... Vámonos, por favor.

—Espera... Quédate tumbada, no te muevas —Santos se incorporó, quedando de rodillas, y habló tranquilo hacia el armario—: No estamos armados. No queremos hacer nada. No dispare más, por favor.

—¡Una mierda! —gritó el hombre, tosiendo, mientras se escuchaban sus movimientos al cargar el arma—. «¡Sabía que acabaríais viniendo a por mí, hijos de puta! ¿Cuántos sois, cobardes de mierda? ¿Cuántos habéis venido?», y remató sus palabras con un nuevo disparo, que se estrelló esta vez contra el techo, provocando un pequeño derrumbe sobre los tumbados.

—Deje de disparar —insistió Santos, que apretaba la cabeza de Ana contra el suelo—. Somos sólo dos... Una mujer y un hombre... Venimos de Lubrín, no tenemos armas... No sabíamos que usted estaba aquí... No sabemos qué sucede...

—¿Por qué voy a creerles? ¿No será una trampa? —preguntó el escondido, que a continuación gritó a su mujer, que lloraba en el suelo—: ¡Lola! ¿Son guardias o no?

—No lo sé, Antonio —murmuraba la mujer, apretada en sí misma.

—No somos guardias civiles... Se lo prometo —gritó Santos, rotundo.

—¿Quiénes sois entonces? ¿Qué queréis?

—Ayudarle... Sólo ayudarle —afirmó Santos, que ya comenzaba a comprender la escena, lo que allí sucedía, la razón del hombre escondido, la desconfianza y los disparos.

*   *   *

Tenemos un problema con los diálogos en esta novela. En realidad es un problema habitual en muchas novelas españolas, por no hablar del cine español, donde los diálogos suelen ser desastrosos. El problema es que los autores, nuestro autor en este caso, no saben qué hacer con los diálogos. O sí saben qué hacer, sólo una cosa: utilizarlos en un plano meramente informativo. Diálogos que no dicen nada de quien habla, no nos muestran una psicología. Ni siquiera nos conducen la acción como tal. Son diálogos explicativos, aclaratorios, de ampliación de información o de fijación de la misma. Lo hemos visto en va-

rios momentos de la novela, y en este capítulo se observa mejor.

Por ejemplo, el diálogo de Santos y Ana en el coche. Es un mero diálogo de tesis. No hablan porque necesiten hablar, sino que el autor los hace hablar para que desarrollen y refuercen la tesis de partida de la novela, la idea contenida en el prólogo, ese «nadie conoce a nadie». Lo que Santos y Ana opinan es en realidad el tipo de opiniones que, a criterio del autor, debería haber alcanzado el lector a estas alturas de la novela. Pero por si algún lector no ha llegado por sí solito a esas conclusiones, el autor se las «propone», le da directamente las ideas masticadas, con la estructura y las palabras adecuadas. Al lector le basta con leer en voz alta las opiniones de Santos o de Ana, y hacerlas propias. Pero además, el autor lo hace con una insistencia machacona, esa tendencia a repetir varias veces una idea por si no ha quedado clara a la primera. Que sí, que ya nos hemos enterado, que no conocemos a nadie, que vivimos engañados, vivimos entre desconocidos, que no queremos saber, preferimos no saber, y los que saben prefieren olvidar, haciendo además una peligrosa extrapolación de lo individual a lo colectivo, como si el problema español en la gestión del pasado fuese un olvido elegido, que los españoles no sabemos porque no queremos saber, porque elegimos el olvido, y no porque «nos lo eligieran». Además, los diálogos se ocupan de subrayar ciertas conclusiones, por si no caemos en ellas. Sea, en el capítulo anterior, el sentido de la locura de las mujeres; sea, ahora, y en otros momentos, el juego etimológico entre el nombre del pueblo y la jaula para aves, que ahora se repite por si no nos hemos dado cuenta del guiño. Igualmente los diálogos se empeñan en aclarar puntos que cree podían haber pasado desapercibidos, ya sea el carácter de la locura de la mujer que «se comporta aún como la niña que sería en el treinta y seis...», ya la muerte de Angelita interpretada como que «tras tanto tiempo de espera, pudiese al fin descansar, morir...».

Caso distinto es el diálogo entre Lola y Antonio, los dos nuevos personajes que aparecen en la novela. Su diálogo es completamente funcional, pero además el autor lo introduce con poca maña. No sólo se transmiten entre ellos información redundante pues hablan cosas que ya saben, y en realidad las dicen para Santos y Ana, y en último término las dicen para el lector, un problema habitual de la literatura y el cine españoles: los diálogos en los que los personajes hablan para el lector o para el espectador. Además, este tipo de personajes empiezan a hablar justo cuando interesa que hablen. En este caso, el diálogo, o su parte interesante, comienza justo en el momento en que pasan por allí Santos y Ana. Si llegan un minuto más tarde se hubiesen perdido —nos habríamos perdido los lectores— una información importante; pero han pasado justo en el momento en que ella cuenta lo que han hecho con el cadáver de Angelita (despejando así la duda de su desaparición). El resto de su diálogo es igualmente comunicativo para nosotros, no para ellos, que repiten cosas que saben de sobra.

La observación de todos estos defectos —ya sean ahora los diálogos, ya en otros momentos el preciosismo, el recurso al azar y lo fabuloso, las caídas argumentales, etc.— nos permite, al menos, realizar un ejercicio más interesante que la mera lectura de esta novela —por otra parte entretenida y fácil de leer, no pidamos mucho más—: la identificación de ciertas maneras literarias a lo largo de estas páginas nos permite ir de lo particular a lo general, y ampliar el diagnóstico más allá de esta obra. Aseguraba Paul de Man que la literatura escrita por los jóvenes «suele ser un buen lugar para descubrir las convenciones de un determinado período y para ver sus problemas desde dentro». Así, los libros, generalmente precarios o mediocres, que muchos escritores publicaron en su juventud, deben ser observados desde esa condición, pues los jóvenes autores «parecen ser más receptivos que nadie a los manierismos y los lugares comunes de su época, especialmente a aquellos que su obra posterior rechazará más enérgicamente». Tomo la cita de un interesante libro de crítica literaria, Trayecto, de Ignacio Echevarría, quien afirma que «uno de los más útiles servicios que un crítico puede hacer al joven escritor consiste precisamente en señalar en su obra esos lugares comunes y esos manierismos de los que difícilmente se sustrae un libro primerizo». En efecto, La malamemoria no hace más que reproducir las convenciones narrativas, tanto estilísticas como argumentales, de su tiempo, y ése puede ser el valor de esta lectura crítica.

Por otra parte, y volviendo al texto, avanza a buen paso el romance entre Santos y Ana, apoyado siempre en la vía manual. Aunque se hablen de usted, ahí están todo el día de la manita, sin soltarse, y por si se nos escapa ese contacto y no apreciamos el sutil crescendo erótico-amoroso, el autor insiste en que lo de tomarse la mano no es un mero contacto de piel y carne, sino que toman la mano «como una mano última a la que agarrarse», y caminan todo el tiempo con la mano «apretada», la «estruja», y «no quería soltar su mano, sus dedos de carne rígida, cerco de seguridad entre dos manos unidas», hasta aclarar por fin que es una «mano deseada», poco antes de, en el colmo del calentón, ponerle «un dedo temblón en los labios de la mujer». No, si al final va a resultar que se han gustado, verás tú.

El lirismo del autor, que parecía de capa caída en los últimos capítulos (y que denota cansancio en expresiones como la de esa carretera que se extiende «interminable y sola»; menuda pereza expresiva, mejor no decir nada), el lirismo remonta el vuelo en estas páginas, que nos dejan un buen puñado de cursilerías a subrayar: la «cicatriz abierta del tiempo en cada piedra», «el territorio de la memoria y del miedo», «un resto de cortina ondeando bandera a la tarde», las terribles «paredes manchadas de olvido», o ese topicazo del pasado que vuelve «como un tardo equipaje del que no llegué a desprenderme».

Señalar por último la referencia a Pedro Páramo que el autor hace, imaginamos que a modo de reconocimiento, y subrayar también una circunstancia curiosa: cómo la hasta ahora única mención al dictador Francisco Franco en toda la novela (tratándose de una historia que debe no poco al Generalísimo y su acción sobre España) es en clave humorística, desde la pincelada bufa, con el chiste de los españoles ilusos. Una vez más el retrato cómico del generalito, la dictadura de sainete de la que se cuentan más chistes que horrores.

V

Fue sólo treinta años después de concluida la guerra, a finales de los años sesenta, cuando los topos comenzaron a salir de sus madrigueras. No se trataba de una expresión de confianza en la dudosa benevolencia de un régimen que consumía su lenta y limitada apertura, sino el cansancio de treinta años encogidos en sus refugios —encogidos físicamente por lo estrecho, pero también en otro sentido, reducidos como personas, sin más dignidad que el miedo— lo que hizo que esos hombres amanecieran al día nuevo. Decenas de hombres que, en un lento goteo por toda España, repetían escenas de un drama íntimo: cuerpos oscurecidos de sombra, ojos dolorosos a la luz, rostros lívidos de vergüenza y terror, hartazgo de demasiadas noches iguales al día, días como la noche más larga. No fue tanto la ley que prescribía todos los delitos de la guerra, como la desesperación lo que les hizo asomar: después de treinta o más años oculto en un agujero ya nada importa en realidad, y tan sólo deseas ver el sol por unos segundos, abrazar a tus queridos, aunque sea al precio de cárcel o muerte. Esto último no se produjo, y la no represión contra los resucitados hizo que por toda España fueran apareciendo otros en la misma situación. Mijas, Moguer, Benasque, San Fernando, pueblos que fueron dibujando la geografía de los reaparecidos, aquellos hombres que creíamos en América o muertos en la Guerra Mundial, y que estaban más cerca de lo que pensábamos, tan cerca como los ladrillos que les tapaban, fácil metáfora de la tierra que cubría a tantos otros que no tuvieron tiempo para elegir ser topos. En todos, la historia era similar: hombres que quedaron atrapados en la zona nacional o que no quisieron (o no pudieron) escapar al final; concejales republicanos, cargos menores, sindicalistas, o simples ciudadanos que no tenían más motivo para ocultarse que algún incidente minúsculo —una militancia conocida, una afrenta con un propietario, un orgullo levantisco— y que, ante la brutalidad de la represión de aquellos primeros años, optaron por el escondite.

Otros hubo que eligieron la sierra, las quebradas de la noche, donde huir y mantener las fuerzas para cuando llegaran los refuerzos que nunca hubo. Éstos fueron cayendo con el tiempo como fruta pasada, abatidos en alguna cacería serrana, en enfrentamientos con la guardia civil, traicionados por los más cercanos; o vencidos por el paso de los años y la conciencia de la derrota irreversible: volvían entonces a los pueblos, o se dejaban atrapar después de tantas persecuciones, esperando una clemencia que no existió. Hombres que eran temidos o venerados en las comarcas, como románticos bandoleros de otra causa, que poblaron sin voluntad tantas leyendas provinciales, y que serían fusilados en plazas públicas o, con suerte, encarcelados para una muerte más larga. Otros hubo que rechazaron el exilio, la sierra o la topera, y se quedaron a esperar, confiados en su inocencia por cuanto no tenían más falta que unas ideas liberales conocidas en el pueblo, algunos artículos publicados en el periódico de un sindicato, o un apoyo circunstancial al Frente Popular. En muchos casos, estos hombres no fueron castigados con la muerte física ni la muerte carcelaria, sino con una versión sólo en apariencia más soportable: la muerte civil, la imposibilidad de volver a sus trabajos (profesores, médicos de prestigio, profesionales liberales), la pérdida de sus propiedades y derechos, títulos, oportunidades...

Pero aquellos otros no. Aquéllos se escondieron en cualquier parte, en sótanos sellados, en falsos techos, en dobles paredes, en habitaciones cegadas tras un armario, en grutas junto al corral, en pozos secos, esperando que la guerra y lo que viniera después pasaran pronto, que lo suyo fuera cosa de unos meses, a lo sumo un par de años. Pero pasaron los años, diez, veinte, treinta, y nada cambiaba, las noches eran idénticas a los días, se comunicaban con el exterior apenas por una grieta por la que recibir comida y palabras de ánimo o consuelo (los que tenían más suerte podían tal vez salir algunas noches, dormir junto a su mujer, abrazar a sus hijos para con el alba retornar a la madriguera). El tiempo pasaba y el miedo aumentaba, cuanto más tiempo estaban escondidos más grande sería el castigo si salían. No temían por ellos (cobardes no eran), sino por sus familias, por lo que les harían a sus mujeres e hijos después de haberlos mantenido escondidos durante años, engañando a las autoridades que los reclamaban periódicamente («se marchó a Francia, murió en la guerra, no lo vimos nunca más»).

Hasta que —después de la ley de 1969 por la que prescribían las responsabilidades penales por hechos cometidos antes del uno de abril de 1939— alguno de ellos, probablemente desconociendo la existencia de muchos otros como él, tal vez creyéndose el único topo en un país de miedo, decidió un buen día que ya no aguantaba más, y salió del agujero. Evidentemente, aquello fue una noticia, una conmoción para muchos, cómo puede un hombre aguantar treinta años escondido, qué miedo le retenía. Como fuera que no le pasó nada (apenas un interrogatorio sumario y un par de días de calabozo preventivo, qué son dos días después de treinta años de celda), otras familias, conocedoras de lo ocurrido por la prensa, alertarían a los suyos, y éstos irían naciendo a la luz, despacio, sin prisa, porque el tiempo mata la impaciencia, podían salir en ese momento o esperar otro año, qué más da. Así, durante más de cinco años, la aparición de un hombre vuelto a la vida desde las tinieblas se convirtió en una noticia repetida en la prensa cada pocas semanas, con fotografías de aquellos hombres de barba enmarañada y mirada abrasada por la luz nueva, como una atracción divertida para tantos que no conocían o no recordaban la guerra, que no podían entender aquello al no haber vivido —o haber olvidado— el miedo de entonces, el horror cotidiano de varios años.

Pero hubo otros que no, hubo quienes no se fiaron de medidas de gracia y esperaron aún cinco, seis años, hasta la muerte del supremo sayón. Aquéllos, tal vez porque se consideraban portadores de una culpa que no encontraría clemencia —dirigentes locales o provinciales del Frente Popular, milicianos que fusilaron a nacionales, verdugos también ellos, a su manera—, o porque directamente se negaban a vivir en un país que no era el suyo, por lo que fuera no se atrevieron a salir todavía y, acostumbrados ya a su situación, podían vivir otros treinta años escondidos si era necesario. Así, tras la muerte de Franco, todavía hubo unos meses en los que, al mismo tiempo que los exiliados regresaban entre fiestas, los últimos topos —los que quedaban vivos— dejaban sus cubiles, no sin desconfianza, olvidados ya por todos.

Ayudado por Ana, Santos retiraba el pesado armario para dejar salir al anciano escondido en un hueco de la falsa pared, y en ese momento recordaría restos de un diálogo que meses atrás mantuvo con uno de estos hombres ocultos. Apenas un año después de la muerte del Generalísimo, Santos hizo un viaje a su pueblo natal, después de casi cuarenta años sin volver, y sin que nada quedara allí que le vinculase, más que un par de lápidas en el cementerio.

Conocedor por los periódicos de que uno de los vecinos del pueblo había permanecido escondido durante más de treinta años en el doble fondo de un sótano, decidió entrevistarlo y grabar la conversación con vistas a un libro sobre el tema que algún día tal vez escriba. Éstos son algunos extractos de aquella conversación que ahora recordaría:

«—¿Cuándo se escondió usted?

»—En agosto del 36, cuando los nacionales llegaron a la provincia con el Ejército de África. De camino a Badajoz tomaron el pueblo. Entonces me escondí.

»—¿Por qué se escondió? ¿Qué temía?

»—Me hubieran matado. Llegaban a un pueblo y hacían una primera purga, de emergencia, indiscriminada. Liberaban a los facciosos que teníamos encerrados en la escuela, y éstos eran los que guiaban a los soldados, los que señalaban a los que debían morir. Todos los hombres del pueblo estábamos asustados, cómo no estarlo. Llegaban refugiados de los pueblos que ya habían caído, y lo que contaban era terrible: no había juicios, ni siquiera fusilamientos: los moros sacaban a los hombres de las casas y los mataban a bayonetazos, para no gastar munición, ¿sabe? Mutilaban los cuerpos y todo, a lo que dicen, y los dejaban en medio de la calle, para que todos lo vieran. Así que cuando llegaron aquí, ni siquiera hicimos resistencia. El gobernador republicano nos había prometido doscientos hombres de Badajoz, y un avión. Pero nunca llegaron, y éramos muy pocos para hacer frente. Algunos se fueron a la sierra, a esconderse. Yo estuve tentado, y de hecho seguí a los que se iban, pero cuando empecé a subir me arrepentí y volví. Hice bien, porque ésos cayeron todos, con el tiempo. Como tu padre, a lo que me dijeron, ¿no? Pues eso. Otros, en cambio, cogían a sus familias y se marchaban a Badajoz. Ésos también cayeron con la ciudad, porque no pudieron pasar la frontera a Portugal. Yo elegí esconderme, porque pensé que sería por un tiempo, hasta que la República reconquistara la región y terminara la guerra. Pero ya ve, las cosas fueron de otra forma. Así que me quedé escondido ahí, donde le he enseñado antes. Todos estos años.

»—¿Qué había hecho usted para que quisieran matarle?

»—Aunque no hubiera hecho ná. Se los cargaban a todos, no distinguían. Si tenías la señal de la culata del rifle en el hombro, como un moratón del retroceso al disparar, ya sabían que eras republicano, y te mataban. Y luego dependía del capricho de los cuatro señoritingos, que nos tenían ganas desde antes que les encerráramos. Pero yo además era del sindicato, de la UGT, de los de la tierra. Yo estuve con tu padre, tú lo sabes, cuando ocupamos las fincas en marzo. Y eso no me lo iban a perdonar, no. Yo estaba marcado.

»—¿No pensó en salir del escondite después de los primeros años? No haber esperado tantos años...

»—No crea que soy un cobarde. Si no lo hice antes fue por mi mujer y los niños. Por lo que le hicieran a ellos por haberme escondido. A lo primero registraban todas las casas, tiraban incluso las paredes para buscar a los que se escondieran. Ahí al lado, donde lo de Marisol, pillaron a uno, a Jesús, tú no te acuerdas, eras muy pequeño entonces. Se había escondido muy mal, en el corral, en una covacha bien cerrada pero mal disimulada. Le encontraron porque un perro suyo se puso a olisquear el sitio, buscando al dueño, qué iba a saber el animalito. Como el Jesús se negó a salir, y los fachas no querían perder mucho tiempo, le metieron una granada y saltó por los aires con cobertizo y perro incluidos. El pobre. Yo tuve más suerte. Pero bien que me buscaron. Porque un hijo puta me había visto en el pueblo hasta el último momento, y sabía que no me había largado a la sierra. Durante dos meses venían casi todos los días a casa, una pareja de la civil, y registraban todo otra vez. Interrogaban a mi mujer, y a los niños, que eran pequeños y menos mal que no sabían nada, porque lo hubieran dicho, qué iban a saber los pobres. Sin aviso se presentaban en la casa, y yo les oía gritar, pegándole collazos a mi mujer. Se me ponía la sangre que no salía y me los cargaba porque sabía que no sólo me matarían a mí, sino también a ella. Luego, con el tiempo, no te creas que dejaron de venir. Por lo menos una vez a la semana venían, convencidos de que yo estaba en la sierra y bajaba por las noches. No dejaron de buscarme hasta un par de años después, cuando acabó la guerra. Entonces mi mujer me dijo que probara a salir, pero yo sabía que no podía. Ella es la que peor lo ha pasado todo este tiempo. Tú imagínate: cuando salí, en el setenta, llevábamos casados treinta y nueve años, y sólo habíamos estado juntos los cinco primeros años. Hay que joderse, ¿eh?

»—Durante todo ese tiempo, ¿no salió del agujero?

»—Ya te he dicho que se presentaban en cualquier momento, sobre todo de noche, despertaban a mi mujer yo creo que por joder. Ni rastreaban ni preguntaban ná, pero todo era joder un rato. Así que lo mejor era quedarme ahí metido. Además, había cerrado una pared de ladrillo para que no me encontraran, y sólo dejé abierto un agujero de una cuarta por el lado que daba al corral, y por ahí me daba comida mi mujer y me hablaba por la noche. No podía salir sin romper unos cuantos ladrillos... Ni siquiera me cabía la cabeza pa' darle un beso a la mujer, qué te parece.

»—¿En qué condiciones vivía ahí dentro?

»—Tú qué crees; prueba a meterte en un agujero y pasa un día entero. Así treinta años y más. No, con el tiempo me arreglé un poco. El sitio era pequeño, dos zancadas de largo y otras dos de ancho. No tenía ni cama, sino una estera para dormir. Y un cajón para sentarme. Tenía una lámpara de aceite, y más adelante tuve una linterna, así que podía leer algunos libros que me traía mi mujer. El tiempo se te hace enorme, no sabes qué hacer con él. Yo apenas sabía leer y escribir más mal que bien cuando entré ahí, había aprendido en la casa del pueblo, no sé si te acuerdas de Joaquín, que enseñaba a leer a los jornaleros. A mí me enseñó él. Al pobre también se lo cargaron, en la sierra, cuando cogieron a tu padre y a los demás. El caso es que he salido del agujero y leo como nadie, tú te crees. Tampoco había muchos libros, así que me leía los mismos una y otra vez. Y periódicos pocos, porque mejor no leerlos, pa' lo que contaban. Todavía en los cuarenta, seguía los periódicos que me traía la mujer, porque me interesaba la guerra europea, ya ves, creía que después de liberar Francia iban a seguir para abajo los aliados y nos iban a liberar a nosotros también. Pero resultó que no, que Franco no era tan malo como Hitler, o yo qué sé. Lo malo era que, tanto los periódicos como los libros, mi mujer me los tenía que conseguir a escondidas, porque ella no sabe leer, y hay mucho chivato en el pueblo que hubiera dicho a la guardia civil que dónde iba la mujer del Palomo con unos libros si no sabe leer ni ná. Qué gente, Dios. Y mi pobre mujer, lo que ha tenido que aguantar. La crueldad de todo el mundo, que decía que su marido era un cobarde, y que estaría por ahí escondido, en la sierra como un bicho, en vez de cuidar de la mujer y los hijos.

»—Ya sé que la pregunta es obvia: ¿llegó a desesperarse?

»—No te creas. Eso es al principio. Luego, el tiempo te da lo mismo, la impaciencia se te pasa en pocos años. Es una rutina. Es cambiar tu rutina de siempre por otra distinta, al final da lo mismo irte al campo a trabajar que dar vueltas en una topera. Eso sí, tiempo pa' pensar he tenido pa'burrirme. Pero no, con los años no me desesperaba por mí. Sí por mi mujer, claro, que se hacía vieja sin tenerme al lado. Y mis hijos, que crecían sin que los viera más que por el agujero, y sólo a partir de que tuvieron doce o trece años, porque hasta entonces mi mujer los engañaba y les decía que yo estaba en América, porque ellos eran pequeños y podían decir algo, en el colegio, a los amigos; y este pueblo está lleno de chivatos, ya te lo he dicho. Y desesperado también por el país, aunque no te lo creas. Me desesperaba ver en lo que se había convertido España, lo poco o nada que quedaba de todo lo que hicimos, no sólo de la República, sino de lo que hicimos en el campo, de tantas cosas. Me desesperaba ese lagarto cabrón, que parecía que no se iba a morir nunca, que iba a ser eterno por la gracia de Dios o de su puta madre. Eso también me desesperaba, pero no podía hacer ná.

»—¿Por qué decidió salir cuando lo hizo, en el setenta, estando Franco vivo todavía?

»—Ya antes me había contado mi mujer lo de otros escondidos que habían salido, y no les había pasado ná, que no les pedían cuentas por lo de la guerra. Pero yo no me fiaba, ¿sabes? No por los guardias, no por la autoridad, que ni se acordaría de mí. No me fiaba de más de un cabrón de este pueblo, que no se habría olvidado y me la tendría jurada todavía. Y no es que tuviera miedo, sino que estos cabrones que te digo tenían y tienen poder, y son capaces de todo para joderme a mí y a mi familia. Así que no me di prisa en salir, sino que dejé pasar un poco de tiempo, ya ves tú, qué prisa iba a tener, después de treinta años qué más da uno más o dos. Cuando salí fue cuando murió el mayor de los cabrones de este pueblo, que en el infierno esté. Te hablo del hijo puta del Vélez, tú sabes quién era. Antes de la guerra era dueño de medio pueblo, pero ahora era dueño de todo y más. Y ése me la tenía jurada a mí, igual que a tu padre, lo sabes. Cuando se murió, me sentí contento como nunca en mucho tiempo. No sólo porque ya no tenía mucho que temer, sino porque yo le había sobrevivido, porque él se había muerto antes y yo iba a ser el que se cagara en su tumba. Vaya si lo hice, ¿no te lo crees? Una noche, cuando ya llevaba tiempo fuera, me fui tranquilo dando un paseo pa'l cementerio, entré, me eché un cigarrito delante de su tumba, cagándome en todos sus muertos de los que me acordaba (y los que veía en las lápidas con su apellido), y por fin eché la cagada. Como te lo cuento, una cagada enorme, de dos días que llevaba sin hacerlo. Encima de la tumba, qué placer, el hijo puta. Ni miedo me daba estar en el cementerio de noche, y si me hubiera dado miedo tanto mejor, más habría cagado, ¿sabes?

»—¿Qué pasó cuando salió?

»—No hace falta que te lo cuente, tú ya te lo imaginas. A lo primero, no me atrevía a salir a la calle. Salí del agujero pero me quedé todavía unas semanas encerrado en la casa. Me asomaba por la ventana, escondido, y veía que ése no era mi pueblo, me entraban ganas de volverme al hoyo. Por fin una noche salí, pero tarde, cuando estaban todos acostados. Di un paseo por el pueblo, no me había olvidado de ná, porque en tantos años encerrado te da tiempo de imaginar mucho, y yo había pensado cada detalle del pueblo, cada día. Me lo sabía de memoria. Después, un día salí a la calle por la mañana. Estuve paseando, desconfiado, pero nadie me reconocía. La mayoría eran niños o no habían nacido cuando yo me escondí. Y de los hombres, los más cercanos a mí estaban muertos, matados o se marcharon. Alguna vieja me miraba con ojos curiosos, pero era más porque no le sonaba mi cara y pensaba que era de fuera. Por fin, un viejo se me acercó y me reconoció, pero me saludó como si nada, como si me hubiera visto el día antes, cada día. Fui a buscar a los míos, a los pocos que quedaban. El encuentro fue emocionante, no sólo por tantos años, sino por sabernos vivos después de tanto sufrir: el que menos había estado en la cárcel no mucho menos tiempo que yo en el agujero, y le habían hecho de todo. Los antiguos compañeros eran hombres destrozados, restos humanos. Les habían hecho más daño que si los hubieran matado el primer día: les dieron cárcel, palizas. Les apartaron de todo, del trabajo, de sus casas, de lo poco que tenían. Los trataron durante años como apestados. Al final, ese mismo día, por la tarde, una pareja de guardias civiles, enterada por cualquiera, vino a casa y me llevó al cuartelillo. Pura rutina: comprobación de mi identidad, un par de hostias para que no me confiara, y una noche en el calabozo. Nada. Después de tanto tiempo, aquello era pura miga. Lo peor era en casa, con la familia. Imagínate: mis hijos, el chico tenía treinta y seis años, y el mayor se había ido, emigrado, a Cataluña. Ni me conocían, claro. No era lo mismo tratarme por el agujero que ahora en persona. No había relación entre nosotros, éramos extraños. Con mi mujer más o menos. La primera noche, en la cama, con ella al lado, nos pusimos a llorar como tontos y así nos pasamos la noche entera. Luego, yo me sentía raro en todo lo que hacía. Los gestos más simples, los actos más cotidianos, todo era extraordinario, todo nuevo. El primer paseo por el campo, por la orilla del río. El primer vino en la taberna. El primer amanecer, la primera puesta de sol. El primer huevo frito. Tú no sabes lo que es un huevo frito, uno sólo, después de treinta años comiendo más que mal, fruta y verdura y poco más. Un huevo frito. Con la yema rojita, el pan mojado, los dedos manchados y te los chupas. Tú no te puedes hacer una idea.

»—¿Cree entonces que ha merecido la pena?

»—Estoy vivo, ¿no? Algo es algo. Otros no han tenido mi suerte. Si tu padre hubiera hecho lo mismo, y se hubiera escondido en lugar de correr pa' la sierra, igual estaba vivo todavía. Aunque a él lo hubieran buscado más que a mí, porque él sí que era un buen pájaro, con la guerra que dio a más de uno, ¿verdad? Además de estar vivo, he tenido la suerte de sobrevivir al hijo puta más grande de todos los hijos puta que en el mundo han sido. Franco, claro. Cuando salí del hoyo, todavía tuve que esperar cinco años hasta que se murió. Pensaba que me moriría yo antes, y me angustiaba. Parecía que no se moriría nunca.

Y se murió, el cabrón que en el infierno más hondo esté y bien que se queme. Y aquí estoy yo, ná más que esperando que me llegue la hora. Te diré una cosa: el agujero, ya lo has visto, está todavía como lo dejé al salir. Algunos días, aunque te parezca raro, me meto en él y paso la noche ahí metido. No sé por qué, pero lo hago. Todos tenemos manías, ¿no? Pues la mía es ese hoyo.»

Cuando consiguieron retirar por completo el armario de cocina —Santos y Ana empujaban, mientras la anciana Lola permanecía en una silla, encogida en llanto—, quedó al descubierto un boquete en la pared, un cuadrado abierto en el ladrillo, de poco más de medio metro de lado. Asomó entonces una cabeza pequeña, muy avejentada, de aspecto oscuro, barbirrucio, los ojos apretados ante la mínima luz de la cocina. Antes de que retiraran el armario, se observaba una separación de apenas quince centímetros entre éste y la pared, y a través de ese mínimo hueco se había comunicado la mujer con su marido durante años, y le había suministrado lo necesario. Santos arrancó algunos ladrillos que se deshacían en arcilla cansada, aunque resultaba innecesario, por cuanto el anciano era pequeño y magro, con los huesos marcados por todo el cuerpo. Ayudado por Santos, el hombre salió con dificultad, como si se fuera a quebrar en cualquier momento, todo él fragilidad. Al colocarlo en el suelo, mal se tenía en pie, y se sentó en una silla, junto a su mujer, que lejos de mostrar alegría continuaba llorando con la cara oculta entre las manos. El hombre, con las ropas consumidas y falto de un zapato, oliendo a cerrado y a sudor condensado, pasó una mano canija por la cabeza cenizosa de su mujer, para después toser con dureza, acostumbrado quizás al aire negro del interior, desbordado ahora de aire limpio.

—¿Está... Están seguros de que no hay peligro? —preguntó el hombre, desconfiado, con la escopeta apoyada en la pared junto a él—. ¿Y si vienen de repente? Nunca se sabe...

—Nadie va a venir —sentenció Santos.

—No sé... ¿Por qué está tan seguro de ello, joven? Esa puta guerra se cobró tantas vidas, ha crecido tanto el odio... Siempre hay alguien que...

—Escuche, Antonio —Santos se detuvo, miró con tristeza a Ana, que ya comprendía la situación. Miró también a la mujer, que se deshacía sin lágrimas. Sacó un cigarrillo antes de hablar. Ofreció uno a Antonio, que lo recibió con fuerte tos en las caladas. Habló entonces al hombre viejo, al topo inesperado: «Nadie va a venir a buscarle. Nadie. La guerra... La guerra terminó hace muchos, muchos años... Y Franco está muerto. Todo aquello ya pasó. Ahora no hay nada que temer, ¿entendido?»

—¿Qué dice? ¿De qué me habla? ¿Es eso cierto? —el hombre, atónito, abría los ojos al máximo. Levantó la barbilla de su mujer y le miró la cara, recorrida de llanto—. ¿Has oído eso, Lola? Todo acabó ya... No tenemos nada que temer... Ya no tendré que volver al agujero... Ahora viviremos tranquilos, los dos, para siempre.

El hombre, muy nervioso, abrazaba a su mujer con la poca fuerza que tenía y gemía de emoción, sonriendo a Santos, besando la frente de la anciana. Aún insistió a Santos, que intercambiaba con Ana miradas de desolación:

—¿Están seguros de lo que dicen? Esto es... Esto es lo más grande... Hay que celebrarlo, claro que sí... Pero bueno... ¿No está la gente del pueblo celebrándolo? No oigo la fiesta ahí fuera. ¿Es que no lo saben todavía? Lola, cariño, vámonos a la calle a celebrarlo... Quiero ver el sol, la gente, la calle —levantó a su mujer en brazos, ella escondía los ojos—. Vamos, palomita... Ya se acabó todo... A comenzar de nuevo la vida...

El hombre, eufórico, soltó a su mujer casi tirándola, estrechó la mano a Santos, besó a Ana como si fuera su hija, apretándola en los brazos con lágrimas de alegría, todo de un patetismo lúgubre, como un mal actor de una película barata. Tomó a su mujer de la mano y tiró de ella hacia fuera, hacia la calle donde, según gritaba, deberían estar ya todos celebrándolo, ellos tenían que ir también, era un día grande. La mujer se resistía, muda, pero era arrastrada por la euforia de su marido.

Al salir a la calle, el sol casi ausente hizo más soportable el desengaño. Las primeras sombras del lubricán hacían más fácil la primera visión del pueblo para el hombre, la desolación de las casas era levemente disimulada en el crepúsculo. Tirando de su mujer, se plantó en la mitad de la calle. Cegado por el mínimo sol, se tapó los ojos un instante, y poco a poco fue apartando la mano, abriendo los ojos despacio, con una sonrisa, mientras su mujer se arrodillaba y continuaba el llanto desde el suelo. El desengaño llegó pronto: donde esperaba encontrar una calle idéntica a la del recuerdo, alisada con grava y recorrida por naranjos como columnas, sólo vio un camino polvoriento, escombrado, sin más vegetación que los matojos que entraban y salían de las casas. Donde las casas blanquísimas, de cal como espejo, tan sólo los restos de las paredes, la piedra podrida, las vigas asomando como ramas sin fruto. Soltó la mano de la mujer, que se desplomó en el suelo sin peso. Dio unos pasos alrededor, mirando con ojos asustados tanta destrucción, sin entender nada, tal vez pensando que un último coletazo de la guerra terminada había asolado el pueblo segundos antes. Durante tantos años, él habría conservado una imagen que esperaba contrastar con la realidad. Para él, la sorpresa era como la de quien sale un momento del dormitorio y entra en el baño, y al volver al dormitorio, unos segundos después, todo está destruido, sin haber escuchado ruido alguno, sin aviso. Para él, los cuarenta años encerrado a oscuras habían sido como esos segundos: nada podía haber cambiado, no tenía sentido esa calle embarrada, esos tejados derrumbados, esa ausencia de vida alrededor. Miró a la puerta de su propia casa, ruinosa, donde estaban Santos y Ana, sobrecogidos, sin saber qué decir, sin poder contestar a las preguntas que el resucitado hacía sin hablar.

Fue entonces cuando el topo, atraído por un rumor recién iniciado, volvió la mirada hacia la iglesia, de donde comenzaban a salir las mujeres, viejas de negro, con los ojos arrasados de locura, tal como habían salido atropelladas para perseguir a Santos un día antes. Ana se refugió en la espalda de su compañero, abrazada a él, asustada al encontrar por fin a las mujeres, sus lutos desarrapados, la demencia evidente en cada gesto. Antonio, en medio de la calle, las miró sin comprender nada, como una pieza más del desorden total que le rodeaba. Las mujeres, al ver a su vecino regresado, de la misma forma que cuando vieron a Santos la primera vez, comenzaron a caminar deprisa, cojeando alguna, corriendo la que podía, hacia el hombre que, paralizado, las vería acercarse sin reconocer en ellas a sus antiguas vecinas, que le rodearían y le tocarían como dudando de su tangibilidad, hablando todas a la vez, gritando sus preguntas repetidas:

—Por fin llegasteis; estábamos ya algo preocupadas...

—Antonio, ¿y los demás hombres?

—No oímos llegar el camión...

—¿Fue todo bien?

—¿Volvisteis todos sin problemas?

—Tardabais, y ya nos temíamos lo peor...

—Rezábamos por que no os ocurriera nada...

—¿Y mi marido, Antonio? ¿Está ya en casa?

—... rezábamos y no nos enteramos cuando llegó el camión...

—... se cuentan tantas cosas horribles de la guerra en la provincia...

—... gracias a Dios habéis vuelto sin problema...

Girando sobre sus pies, Antonio, agobiado de las manos que le agarraban y de las voces idénticas, monótonas, miraría los ojos de las mujeres, sin encontrar mucho resto de las mujeres que conoció. Miraría entonces a su mujer, que seguía recogida en el suelo, temblando en el llanto, ocultando el rostro.

—Antonio, ¿y mi marido?

—¿Volvisteis en el camión? No escuchamos el motor y...

—¿Por qué tardasteis tanto, si sólo era un puente?

—¿No estaríais demasiado cerca de los combates?

—Nos dijeron que la guerra estaba más cerca y...

Algo más tarde, después de que las mujeres se hubieran tranquilizado y hubieran marchado a sus casas para preparar las cenas de sus maridos, padres e hijos que pensaban próximos en el regreso —porque la presencia de Antonio así lo indicaba, y él no se había marchado huyendo como Pedro/Santos el día antes, no—; Santos, Ana, el propio Antonio y su mujer estaban sentados en silencio en la cocina de la casa, con el agujero abierto frente al topo, como una invitación a regresar a la madriguera, que de escondite podría pasar a ser nicho definitivo. El topo fumaba en silencio, con la mandíbula sacudida de nervios y los ojos húmedos de rabia, de incomprensión. Su mujer, en una silla alejada, con las manos en el regazo y la cabeza agachada, sin expresión en los ojos, como si hubiera muerto o renunciado a la vida por unos minutos, mostraba a las claras que, a diferencia de lo que Santos pensó en un principio, ella no era ajena a la locura, con la salvedad de que su insania era de otro color, fruto del miedo a perder a su marido como tantas otras perdieron a los suyos.

—Ustedes no pueden entenderlo —comenzó Antonio con voz lastimosa—. Son tantos años encerrado... ¿En qué año estamos?

—En 1977 —respondió Santos, en voz baja.

—¿1977? Entonces son más años de los que creía... Son

—el hombre hizo rápidas cuentas con los dedos de ambas manos—... Son cuarenta y un años metido en ese agujero... Cuarenta y un años sin esperanza —miró ahora directamente a su mujer, y llenó de reproche sus palabras—. Cuarenta y un años engañado... Escuchando las historias que ella me contaba... Escuchando historias de una vida que era mentira, que no existía en el pueblo... Contándome cada tarde una vida, una rutina, que era imposible en un pueblo abandonado como éste... Pero yo no sabía... Yo creía lo que ella me decía: me contaba cualquier chisme, que se inventaba, claro, ahora lo sé. Por las tardes, hasta ayer mismo, me decía que se iba a Lubrín a vender algunos huevos y comprar otras cosas, y ya ve usted, en verdad las cuatro horas que estaba fuera las pasaría qué sé yo, sentada en la puerta de la casa, mirando al campo, o con esa pandilla de locas que quedan vivas. Me decía que los guardias civiles paseaban por el pueblo, que entraban a veces en la casa y le preguntaban por mí... Cuarenta y un años de miedo, de pensar que en cualquier momento llegarían y me matarían, y a ella también por esconderme.

—Las cosas no son tan sencillas, Antonio —intervino Ana por primera vez, apenada por la mujer que comenzaba de nuevo el llanto—: ella no le engañaba sin más, como usted cree... Ella... No puede usted culparla así...

—¿Cómo sino? Me ha tenido encerrado durante cuarenta años con su engaño. Yo, por lo que ella me contaba, creía el pueblo normal, lleno de vida... Sin hombres, claro, pero vivo... Y ya ve...

—Ella lo hacía para protegerle... Tendría miedo a que se lo llevaran a usted, como a los demás hombres...

—Pero, señorita: eso se puede entender un año, cinco, diez, veinte años... Pero cuarenta años... Yo ya ni sabía en qué año estábamos, cuánto tiempo pasaba... No sabía el día o la noche... Cuando me han dicho ustedes que estamos en 1977... Yo, ahí dentro, echaba mis cálculos, y pensé que habían pasado menos años... Ella tampoco me decía la verdad en eso... Yo creía, contando las cosechas que ella me decía, creía que estábamos todavía en el cincuenta y tanto, o en el sesenta como mucho... Qué tontería...

Quedaron unos segundos en silencio, Santos y Ana evitando mirar al hombre destrozado, que miraría a su mujer fijamente, dudando si abrazarla o golpearla, tanto tiempo engañado, temiendo por su vida cuando en verdad no había ningún peligro, nadie le buscaba para matarle. Ahora mismo, todavía estaba poseído de la conmoción inicial, pero cuando pasaran unas horas o un par de días... Entonces comprendería la gravedad de lo ocurrido, el haber perdido la vida entera metido en un agujero por el excesivo recelo de su mujer, tal vez por la locura de ella, algo que aún no estaba muy claro. Un hombre hace o deja de hacer tantas cosas en veinte, en treinta... En cuarenta años. Sólo le quedaba morir, o encerrarse de nuevo en el agujero, viejo y consumido como había salido de allí. ¿Qué haría con su mujer, de la que no conocía con certeza su locura, si era tal o no? Ella no hablaba, por lo que no conocían su verdadero estado mental. En opinión de Santos —y así se lo comentó a Ana cuando dejaron Alcahaz—, la mujer se volvió loca mucho antes que sus vecinas, en el principio. Cuando viera que todos los hombres habían muerto, pensaría que iban a volver a por el suyo, que se había salvado, y decidió mantenerlo escondido, porque sólo de esa forma se salvaría, toda vez que, si nadie lo veía por las calles, nadie echaría cuentas de si murieron todos los hombres o alguno se salvó. Con el tiempo, esto sólo sería posible con el engaño. Un engaño que fue acrecentando, contándole cada día historias falsas de la vida de un pueblo que en realidad se estaba despoblando y hundiendo en la locura, poco a poco, como una grieta que lo engullera todo. De esta forma, el miedo de la mujer se convirtió en obsesión, y después en demencia, en alguna forma de esquizofrenia o delirio. La única manera de mantener vivo a su marido, para ella, era conservarlo oculto, y haría lo que fuera para ello. Hasta engañarle. De lo que no estaba seguro Santos era del tipo de locura, si ella finalmente había caído en la demencia colectiva, si también repetía la vida del pueblo y pensaba con las demás que los hombres volverían o si —y ésta era la opinión de Ana, para la que no había locura sino amor— la mujer conocía la locura de sus vecinas y se limitó a seguirles la corriente, actuando como ellas, participando desafecta en la locura porque se veía obligada a quedarse en el pueblo a toda costa para así conservar vivo a su marido. Pero todo esto lo discutieron Santos y Ana más tarde, mientras cenaban en un bar triste de Lubrín, y el vino creaba la primera intimidad. Ahora estaban todavía en la casa de Alcahaz, y era Santos el que hablaba:

—Díganos, Antonio: ¿cómo pudo salvarse usted? Todos los hombres murieron, lo sabe.

—Muy sencillo: yo era un cobarde. No se sorprenda, yo era un jodido cobarde. Por eso no me había atrevido a salir de ese agujero en todo este tiempo, ni habría salido si no hubieran llegado ustedes. Por esa misma cobardía no me monté en el camión aquel día, y preferí esconderme. Cuando llegó el camión, y empezaron a llamar a los hombres, yo me quedé en casa, escondido en el corral. No sé si me echaron de menos, pero al fin se fueron sin mí... Y eso me salvó, aunque a cambio tuviera que hacer este agujero en la pared y esconderme, convencido de que los asesinos me echarían de menos entre los cadáveres y regresarían a por mí.

—¿Usted supo que se trataba de una trampa?

—No, por favor. Soy cobarde, pero no miserable; de haberlo sabido, habría alertado a los hombres a tiempo. No... Yo también me creí lo del puente ese, lo de los falsos milicianos. Pero me escondí; era un cobarde y no me atrevía a ir, tenía miedo de la guerra. Desde que nos llevó a todos la guardia civil, por lo de quemar la casa de Mariñas; desde entonces yo era un cobarde... Por las palizas que nos dieron aquellos días, usted no lo imagina... El tiempo que pasamos en la cárcel, los golpes que nos dieron... Me quedó de entonces un miedo enorme en el cuerpo. La sola idea de participar en la guerra, aunque sólo fuera para construir un maldito puente, me aterraba. Sólo de pensar que nos cogerían presos los nacionales y nos machacarían de nuevo, se me helaba la sangre, me paralizaba. Los hombres del pueblo no, ellos esperaban el camión, querían luchar, hacer su revolución. Yo no. Por eso me escondí en cuanto vi llegar el camión con tantas banderas... Banderas negras anunciando muerte, no sé cómo no se dieron cuenta... Yo me quedé escondido un par de días, para que las demás mujeres no me vieran y no dijeran que yo era un cobarde. Cuando se supo que habían sido asesinados, el miedo fue aún mayor. Ya le he dicho que estaba convencido de que vendrían también a por mí, que no perdonarían ni a un cobarde. Cuando los soldados nacionales pasaron por el pueblo, unos días después, para aprovisionarse de camino a Córdoba y reclutar hombres, yo ya estaba escondido en el agujero ese. Y ya no volví a salir, hasta hoy.

* * *

La novela adopta en este capítulo un tono de reportaje, en línea con una cierta función social de la misma: recuperar la memoria de los vencidos, objetivo loable y al que se aplican muchas narraciones de los últimos años. Muchas de ellas confirman que las buenas intenciones no garantizan un buen resultado literario, y en demasiadas ocasiones las ficciones sobre la guerra civil caen en recreaciones emocionantes y solidarias, pero de pobre calidad literaria —con lo que se acaba resintiendo hasta esa buena intención inicial, que pierde fuerza. En este caso nuestro autor aplica esa función social con los llamados «topos», uno de los dramas de la guerra y la posguerra, no demasiado conocido hoy. Así, el texto se mueve en un registro periodístico en el que sin embargo el autor se infiltra desde la compasión y la adhesión política, pues participa de esa épica emotiva de los vencidos, a los que parece querer rendir homenaje en este capítulo.

Es evidente que el autor estuvo manejando documentación al respecto. Seguramente se leyó algún libro (imaginamos que el clásico Los topos, de Torbado y Leguineche) y consultó la hemeroteca, acumulando una serie de notas con información sobre aquellos casos de hombres ocultos durante décadas. Y luego le pasó lo que a tantos autores: que cuando ya casi han terminado la novela, miran el montón de papeles sobre su escritorio, los cuadernos llenos de apuntes, y se lamentan de desperdiciar un material tan interesante y que tantas horas de documentación les ha costado recopilar. Si a ese lamento le ofreces como coartada una motivación honrosa (la de recuperar la memoria de los vencidos), ya nuestro autor pierde el miedo a abultar la novela, a introducir materiales cuya pertinencia sea cuestionable. ¿Pues cómo me voy a dejar fuera todo esto de los topos? Adentro con ello.

El problema es que, en el caso de esta novela, tal inclusión no deja de tener consecuencias. Ya comentamos antes cómo había que pasar el algodón de lo verosímil con más insistencia desde el momento en que el autor no había escogido una clave «fantástica», sino un realismo con aspecto de crónica, anclado en lo histórico, en lo comprobable. Este capítulo no hace más que insistir en ese realismo, ahora periodístico, por lo que cuanto más verosímiles resultan ciertos elementos, más increíbles se presentan otros, y la historia de la locura colectiva va perdiendo fuerza. Pese a ello, concederemos algo al autor: la guerra civil, la posguerra, están llenas de historias inverosímiles y sin embargo perfectamente ciertas. *La propia historia de los topos. Si no fuera porque nos la han documentado en otras ocasiones, y estamos informados de ello, ¿nos lo creeríamos si alguien nos contase la historia de un hombre que se pasa treinta y tantos años escondido en un desván? ¿No la rechazaríamos por inverosímil?* Como la de los topos, hay muchas otras historias reales cuya crueldad e inhumanidad —o, al contrario, cuya ejemplaridad humana— resultan tan increíbles que acaban engrosando ese territorio de leyenda que se teje en torno a la guerra civil, donde en ocasiones parecen hasta reproducirse mitos antiguos. Es el caso, por ejemplo, de varias versiones actualizadas de la legendaria Mariana Pineda, que este lector ha oído contar en varios sitios como sucedidos allí durante la guerra, según las cuales una joven había sido acusada de haber bordado una bandera republicana, y por ello represaliada brutalmente. Pues esa condición casi de leyenda puede ser el único amarre que le quede al autor para que traguemos la historia de las locas enjauladas: el propio carácter inverosímil de tantas peripecias humanas durante la guerra.

El autor coloca en escena a dos topos, el de la entrevista y el de Alcahaz. En cuanto al primero, vemos el recurso otra vez a un coloquialismo de bajo vuelo (el texto lleno de expresiones chabacanas, tacos, «a lo primero», «el Jesús», pá, ná, etc.). En cuanto al segundo topo, una vez más sobreactúa dentro de esa densidad emocional que el autor quiere dar a los personajes. Su propia mujer, Lola, en el capítulo anterior apretaba los puños al hablar y lloraba pataleando en el suelo. El marido, Antonio, abre los ojos al máximo cuando habla, y le tiembla la mandíbula cada poco tiempo.

El autor vuelve a recurrir a las recapitulaciones

aclaratorias, cuando Santos, Ana y el propio narrador (que ya no se esconde en el pensamiento o en el sueño) valoran las distintas explicaciones posibles del caso del topo alcahaceño y su demente esposa.

Recojamos, por último, unas pocas expresiones de lirismo hinchado, a sumar a las acumuladas hasta ahora: unos «cuerpos oscurecidos de sombra», esas «noches iguales al día, días como la noche más larga», la «geografía de los desaparecidos», o unas «quebradas de la noche» que nos suena haber leído ya en otro momento de la novela.

BREVE APÉNDICE A LA TERCERA PARTE

LA MALAMEMORIA DE SANTOS

* * *

La división del libro no deja de ser un tanto pretenciosa, propia de un autor que cree que hasta con la numeración de las páginas debería ser original, epatante. Así, ya hemos visto un prólogo que en realidad era «Casi un prólogo». Hemos leído un «Apéndice a la primera parte», y ahora nos encontramos un «Breve apéndice a la tercera parte». En fin, muy original todo ello.

—«En un lugar de la Mancha, de cuyo nombre no quiero acordarme, no ha mucho tiempo que vivía un hidalgo de los de lanza en astillero, adarga antigua, rocín flaco y galgo corredor»; ¿te lo crees ahora? —sonrió el anciano, con dientes de piano viejo, abandonando la pose solemne que adoptaba para el recitado, brazos en jarras, barbilla adelantada, vista al cielo, teatrero.

—Eso no dice nada —protestó el niño, con las manos en los bolsillos al caminar, como un cuerpo tan envejecido en pocos años—; todo el mundo se sabe esa primera frase. Yo también me la sabré algún día.

—Pero yo me lo sé todo; el libro entero, de principio a fin, desde el «En un lugar de la Mancha», hasta el «Vale».

—Eso es imposible.

—¿Por qué? —preguntó el mayor, pasando la mano por el pelo crespo del niño—. Sólo hay que leerlo muchas veces, un día y otro durante años, y así te lo aprendes.

—Pero el libro es muy gordo; tiene muchas palabras, no me lo creo.

—Pues mi padre, que es tu bisabuelo, se sabía el Antiguo Testamento de memoria, desde el Génesis hasta donde acabe. Y mi abuelo, que es el bisabuelo de tu padre y es tu tatarabuelo, recitaba de principio a fin el *Poema de mio Cid*, sin perder un verso. Tú seguirás la tradición y también tendrás que aprenderte alguno; así que ve eligiendo el libro ya. Cuanto antes empieces, antes terminarás.

—¿Y mi padre? ¿Se aprendió algún libro? —preguntó

el niño con un brillo manso en los ojos. Se habían detenido en una breve terraza del monte, desde la cual se dominaba todo el pueblo. La imagen del padre apareció fugaz como un animal que huyera por la sierra a la noche.

—¿Tu padre? —murmuró con malestar el abuelo—. Tu padre, que es mi hijo y que es el nieto de mi padre, era un cabezón. Siempre lo ha sido; y lo será todavía, si la noche loca de la sierra no le ha deshecho el cerebro. La sierra vuelve locos a los hombres, ya verás —el anciano se sentó sobre una piedra roma y sacó el librillo para preparar un cigarro con dedos temblones. Las hebras morenas se le escapaban de los dedos.

—Déjeme a mí, abuelo —dijo el niño tomando el papelillo y la bolsa de picadura.

—Pero tú quieres saber si tu padre se ha aprendido algún libro, como yo y como mi padre que es tu bisabuelo, y mi abuelo que es tu tatarabuelo y así todos. Se puede decir que lo hizo, aunque en verdad no. Ya te he dicho que tu padre era y es un cabezón. Él no podía aprenderse el *Quijote*, como hice yo; o el Antiguo Testamento, como hizo mi padre que es tu bisabuelo. No. Él tenía que ser más listo que todos. Mira que hay libros; pues no. Él tenía que ser más especial. De verdad que me alegro de que se haya tenido que escapar por la sierra.

—¿Por qué? —preguntó inocente el niño, que tenía ya lágrimas asomando en los ojos, como cada vez que hablaban del padre.

—Porque así se le olvida lo poco que había llegado a aprender de esos libros y periódicos que leía. La noche en la sierra, solo, te llena la cabeza de cosas extrañas, de locura. Se le acabarán cayendo todas las palabras aprendidas como trocitos. Así se le quitan todas esas tonterías y podemos vivir en paz, como todo el mundo.

—Pero hay muchos hombres como mi padre, escondidos en la sierra —susurró el niño, como conjurando una presencia noctívaga, decenas de hombres caminando por la cresta de la montaña, usando los rifles como cayados brillantes de luna, imposibles pastores caminando torcidos, cuerpos hechos de noche.

—Todos tienen las mismas tonterías que tu padre.

—¿También se aprendieron el mismo libro?

—Sí, seguro. Sólo dicen tonterías, y las sacan de esos periódicos y esos libros alemanes o rusos o lo que sean.

Comenzaron el descenso hacia el pueblo. El abuelo, con paso corvado, se apoyaba en la cabeza del niño, báculo despeinado. En la boca el cigarro, torpemente liado por el niño, las brasas descolgadas del papel despegado. El niño, adulterado de guerra, con las manos en los bolsillos siempre, gesto imitado de tantos hombres.

—Yo quiero empezar ya a aprender mi libro —dijo el niño cuando ya estaban en la pequeña plaza del pueblo, donde las puertas y postigos estaban cerrados aún de siesta, pocos hombres sentados a la sombra de un castaño canijo. Los guardias, bajo el pórtico del ayuntamiento, preparaban los caballos para una nueva batida, y el metal de los rifles llenaba de brillos la tarde.

—Primero tienes que elegir el libro, ¿o lo tienes ya? —el muchacho se encogió de hombros y sonrió—. «Vale; pues vete a casa y lo vas escogiendo. Ya hablaremos luego. Dile a tu madre que llego para la cena, que voy a saludar a algunos vecinos.»

El niño se alejó corriendo, con su leve cojera más de hambre que de deformidad, o de las dos cosas. Pasó junto a las pocas casas que permanecían derruidas todavía en el centro del pueblo, como un museo de la guerra; de aquella guerra que pasó fúgida y que continuaba en otras tierras, según decían. En su carrera, el niño se cruzó con algunos niños que apedreaban sin puntería a dos perros enganchados en cópula, y que le invitaron a ir hasta el río a jugar; pero él dijo que no y siguió corriendo hasta casa.

Cuando llegó a la casa, su madre estaba sentada en una silla de la cocina, remendando algún trapo y repartiendo por la casa restos de zarzuela malcantada. El niño atravesó el pasillo, sin saludar a la madre, y llegó hasta el trastero donde, sobre un modesto ropero, se amontonaban apenas diez libros. Sin atender siquiera a los títulos dorados sobre el lomo, el niño tomó uno a uno los libros y los fue sopesando en la mano derecha, como evaluando el conocimiento en kilogramos. Decepcionado, porque todos los libros le parecían demasiado pequeños como para dedicar la vida entera a ellos, buscó a su madre en la cocina donde el sol vespertino era ya casi una ausencia tras las ventanas. La madre, encogida en la silla, cosía y la penumbra le obligaba a acercar mucho el trapo a los ojos.

—Ya sabes que ésos son los únicos libros que hay en casa —dijo la madre con desgana, y el niño no podía ver sus labios moviéndose en lo oscuro, como si la voz saliera de todo el cuerpo pequeño.

—Pero... ¿y los libros de padre? Los libros gordos que había antes.

—No digas tonterías —la madre tomó la mano del niño y la apretó con fuerza, clavándole el dedal metálico en la palma mientras hablaba con crispación: «ésos son los únicos libros que hay en esta casa. Y que no te oiga yo por ahí diciendo que había más libros en esta casa. ¿Te has enterado? —el niño asintió con la cabeza, mudo, el dedal hundido en la carne caliente de la mano—. Además, ¿para qué quieres un libro gordo, si casi no sabes leer?».

—Para aprendérmelo de memoria. Como el abuelo y el padre del abuelo que es mi bisabuelo, y el abuelo de mi abuelo que es mi no sé qué. Y como mi padre.

—¿Para aprendértelo? ¿Esa tontería te ha contado tu abuelo? No le hagas caso, miente.

—No es verdad —protestó el niño, tirando de la mano hasta liberarla, y se miró la carne roja, la señal del dedal como una marca vegetal hundida—. Él se sabe el *Quijote*; me dijo algunos trozos.

—Eso es lo que va diciendo a todo el mundo. Así los

engaña, como engañó a tu padre. Se aprovecha de que la gente no lee, que nadie ha leído el *Quijote*. Y así él suelta tres frasecitas que se sabe de memoria, y otras cuantas que se inventa, y todo el mundo se cree que se sabe el *Quijote* entero. Las mismas tonterías que le metió a tu padre en la cabeza, y por eso tu padre ha acabado escondiéndose en la sierra. Porque se aprendía esos libros alemanes o rusos o lo que sean, e iba hablando más de la cuenta por las tabernas y los campos. Una cosa es ir soltando esas aventuritas de caballeros que cuenta tu abuelo; y otra muy distinta lo que tu padre iba gritando. Y en tiempos de guerra hay que estar calladito, ya lo sabes. Si no, acabas en la sierra, como los animales.

El niño salió corriendo de la casa, a la calle casi nocturna, con los ojos borrosos de rabia. Sabía que su madre le mentía. A pesar de su corta edad, el niño comprendía que si su padre andaba escondido por la sierra no era sólo por hablar más de la cuenta, sino por muchas otras cosas que el niño no sabría nombrar pero sí recordaba en imágenes: los primeros días de la guerra, los más confusos, y su padre que recorría el pueblo con una pistola metida en el cinturón de soga, acompañado por otros del sindicato, llegaban a las casas de la parte alta del pueblo para sacar a los hombres que eran llevados a empujones hasta el edificio bajo de la escuela. Los automóviles, que no le pertenecían, y que a los ojos del niño estaban asociados a la opulencia de unos pocos, y en los que Herminio Santos, con los mismos compañeros y armas, recorría los cortijos de alrededor sólo para comprobar que los propietarios habían huido a Portugal. La presencia de las armas —que no se dispararon en tantos días—, los autos que casi no sabía conducir, los empujones y detenciones a los que antes fueron los únicos que en el pueblo empujaban y detenían desde siempre, demasiadas cosas a las que, por supuesto, habría que añadir las palabras que recordaba la madre, palabras dichas por el padre desde el balcón del ayuntamiento o subido en el capó de un auto, palabras de un hombre que sustituía su pobre retórica con una pasión suficiente para hacerse entender.

El niño llegó a la plaza del pueblo y entró en la cantina donde encontraría a su abuelo. En el mostrador, varios campesinos de piel soleada, algún manijero ocioso, una pareja de guardias con los capotes puestos, y su abuelo, mal acodado en la madera, tomando un vino y recitando para nadie que le escuchara: «Dichosa edad y siglos dichosos aquellos a los que los antiguos pusieron nombre de dorados, y no porque en ellos el oro, que en esta nuestra ventura tanto se estima, se obtuviese sin esfuerzo alguno... Si no porque en aquel tiempo no existían estas palabras de tuyo y mío...»

—Vale, vale... Te pongo otro vino y te callas de una vez, viejo —sonrió el dueño de la cantina, llenando el vaso de vino calentón.

—Pero bueno, niño, ¿qué te pasa que lloras así? —rio el abuelo acercándose al niño, prendiéndolo entero de su aliento hueco.

—Es mi madre... No me deja libros... No quiere que me aprenda ningún libro como usted o mi padre o su padre que es mi bisabuelo o su abuelo que es mi no sé qué...

—Tu tatarabuelo —habló el anciano, que intentaba esconder la risa ante el niño que llora—. A ver, cuéntame qué ha pasado.

—Mi madre dice que usted es un mentiroso, que en verdad no se sabe el *Quijote* y que mi padre es un animal y que... —el niño perdió la palabra y escogió el llanto de nuevo.

—Así que eso dice tu madre... ¿Y tú qué crees? ¿Piensas que soy un mentiroso? ¿Que no me sé el *Quijote*?

—Sí se lo sabe... Y yo me quiero aprender también un libro, como mi padre y...

—No te preocupes. Yo te dejaré el *Quijote* y te lo aprenderás igual que yo. A mí me falla la memoria ya, y tú podrás decirme las partes que me olvide.

—Pero mi madre... —musitó el niño, limpiándose los churretes de la cara en la manga.

—Tu madre no tiene nada que decirte; tú sólo tienes que hacerle caso a tu padre, a nadie más que a tu padre. Y él seguro que te autoriza cuando se lo digas, cómo no.

—Pues voy a preguntárselo —gritó el niño, y salió del bar, a la calle ya anochecida, todavía rabioso, y corrió por los charcos de luz de los pocos faroles.

El abuelo, demasiado borracho, ni siquiera tomó en serio al niño, y siguió bebiendo tranquilo. Tampoco se enteró de cómo la pareja de guardias, que había escuchado la conversación, salía detrás del niño; y lo seguirían a paso rápido: el niño salió del pueblo, repitiendo el camino que cada tres noches hacía de madrugada con un paquete apretado bajo el abrigo, asustado de salir del pueblo a esas horas e iniciar el ascenso de la sierra, por medio de los huertos. Repetía ahora, en voz alta como un conjuro frente al miedo, la primera frase que ya había podido aprenderse, en un lugar de la Mancha de cuyo nombre no quiero acordarme, mientras se guiaba por el reflejo plateado de la luna en los olivos para hacer el largo recorrido ya conocido, hasta la cresta de la montaña donde encontrar, entre los roquedos, el grupo de hombres oscurecidos, sentados en torno a unas brasas sin luz, y que tomaban los rifles al escuchar los pasos imprevistos del niño.

—¿Qué haces aquí, nene? —preguntó una figura que en las sombras apenas tenía los rasgos de su padre—. Hoy no tenías que venir a traer nada... ¿Ha pasado algo?

—Quiero aprenderme un libro, padre. Como el abuelo y su padre que es mi bisabuelo y su abuelo que es mi no sé qué. Quiero aprenderme el *Quijote* y madre no me deja...

—¿Qué dices? No tenías que venir hoy... Pueden haberte seguido. ¿Lo sabe tu madre?

Los primeros disparos, como crujidos falsos de la noche, y la desbandada de hombres ensombrecidos y mudos a continuación, impidieron que el padre autorizara la memorización del *Quijote*. El niño, Julián, quedó tumbado, con la cara aplastada contra el barro duro, en la misma postura en que le había dejado el empujón de uno de los guardias que se adelantó corriendo, y disparó hacia la oscuridad de delante, hacia las sombras que huían. Otro guardia, al pasar, pisó sin querer la mano del niño semienterrada en el barro, la mano donde todavía se veía el moratón del dedal marcado por la madre como mal presagio no atendido. Así permaneció el niño un buen tiempo, escuchando los gritos y los disparos a lo lejos, como salidos de la tierra en la que hundía los ojos, las orejas, el cuerpo. Cuando se levantó, temblando todo el cuerpo, contempló la escena alrededor que, a la escasa luz de las brasas, tenía una irrealidad de sueños, del barro que aún se le metía en los ojos. Varios hombres habían quedado tumbados, como dormidos, algún cuerpo se retorcía, mientras en la lejanía continuaban los gritos de hombres, los crujidos o disparos.

Ni siquiera se detuvo a comprobar si alguno de aquellos hombres —durmientes o muertos— era su padre: corrió de vuelta al pueblo, tropezando en el descenso y sin mirar atrás, se levantaba rápido cada vez que caía, con las rodillas descosidas por los mordiscos de la tierra helada, dura; se enganchaba la ropa en las lanzas de olivo, corriendo como nunca había corrido, sin entender siquiera el motivo para el miedo, como quien huye de la noche.

Al llegar a su casa, la madre le recibió con un reproche cuando descubrió las ropas en jirones, las rodillas arañadas y la cara dibujada de barro. Julián no intentó una excusa, y aceptó la versión de la madre («Así que jugando a estas horas con los niños, ¿te parece bonito?, yo preocupada por lo tarde que era, y tú por ahí tirado, ya te habrás vuelto a pelear...») e incluso los zapatillazos en el trasero, que le sabrían a caricia tras la carrera por la sierra, los hombres inmóviles alrededor de la hoguera, los demás corriendo, unos perseguidos, otros persiguiendo. En la cama, minutos después, y con unas décimas de fiebre, aún le alcanzarían, desde el sueño, disparos lejanos y gritos como lamentos animales, que le acunarían en un dormir del que no querría salir.

* * *

Sucedió lo que nos temíamos. Lo esperable en tantas novelas similares. Lo que suelen hacer los autores para no decepcionar *las expectativas de los lectores. Lo maravilloso. El recurso a lo maravilloso. A lo entrañablemente maravilloso. Ya vimos algún indicio, aunque controlado, en el capítulo en que se proponían unas memorias de Mariñas. Ya entonces señalamos la querencia de muchos autores (en correspondencia a la reconocible preferencia de los lectores) por incluir en sus novelas elementos extraordinarios, asombrosas historias secundarias, para ganar la complicidad del lector pinchándole en su músculo más blandito, más vulnerable. Ese afán por introducir personajes y vivencias que, a ojos del lector, sean «inolvidables», «novelescos» en su acepción más popular, lo que sólo pasa en las novelas.*

Tras aquella tentativa inicial, que no se desmadró, ahora el autor sí opta por lanzarse por el barranco de lo extraordinario, de lo maravilloso. Y se despeña, claro.

En efecto, el autor recurre, para ilustrar el pasado de Santos, a construir una de esas historias humanas a la vez que insólitas, un personaje para el recuerdo, entrañable y extraordinario: ese abuelito rural, sabio y autodidacta, que se sabe de memoria el Quijote, *continuador de una saga familiar de fahrenheitianos memorizadores de libros, tan increíble como innecesaria —por cierto, también el padre de Mariñas decía me-*

morizar la enciclopedia—. Así tenemos ya presente el elemento fabuloso que satisfaga al lector más acomodado, y para ablandarlo del todo, se añade otro elemento que no puede faltar en toda narración que quiera presentarse como un bocado tierno y sabroso, fácil de comer: el niño, el protagonismo infantil, el enternecedor niño, recurso propio del cine familiar y de la literatura falta de recursos argumentales, que recurre al niño, a la inocencia, la fascinación del mundo visto por sus ojos, la educación sentimental, la entrada al mundo adulto... Así, ya tenemos la historia extraordinaria (los memorizadores de libros), el abuelo y el niño, todo en un entorno rural y de posguerra. Sólo nos falta una mascota, un perrillo gracioso o un pajarraco amaestrado, para que terminemos de componer una bonita foto en sepia.

De esta manera, el pasado oscuro de Santos toma un color reconocible, significativo, con voluntad de ser representativo de la tragedia española, a partir de unos cuantos elementos tópicos: el padre revolucionario, la madre sufridora, el niño inocente a través de cuyos cándidos ojos vemos la guerra y la represión, el abuelo mágico... En ciertas líneas se aprecia el esfuerzo del autor por provocar con un par de adjetivos la sonrisa enternecida del lector, ante ese niño que se limpia los churretes con la manga y llora porque quiere leer un libro, o ante ese anciano que al emborracharse recita el memorable discurso de don Quijote ante los cabreros.

Aparte de la facilidad y la caída en lugares demasiado transitados, esta elección de materiales presenta otros dos inconvenientes. Uno de tipo argumental, histórico, por cuanto hace que sea el niño, inocente, ignorante, el que desencadene la tragedia, como si hiciese falta ese golpe de azar y candidez para que la guardia civil liquidase a un grupo de guerrilleros (no necesitaban seguir a un niño travieso; se apoyaban más bien en chivatazos, traiciones, emboscadas, confesiones bajo tortura, batidas de caza...). El segundo inconveniente es de tipo formal: lanzado por la pendiente de lo blandito, el autor recurre a un lenguaje en consecuencia, impostado de preciosismo, para poner la piel de gallina al lector ya vencido. Así, el capítulo se hincha con imágenes que se pretenden bellas, pero cuyo fulgor es más bien de bisutería: los rifles son «cayados brillantes de luna», los guerrilleros son «imposibles pastores» y «cuerpos hechos de noche», el abuelo se apoya en el niño como en un «báculo despeinado», al pequeño al caerse le quedan las «rodillas descosidas por los mordiscos de la tierra helada», y nos encontramos unos «charcos de luz» (que recuperan esa tradición de fotoliteratura que ya comentamos páginas atrás), y un «reflejo plateado de la luna en los olivos» que, aparte de imagen literariamente más que amortizada, nos suena haber leído ya en esta misma novela (en efecto, «la luna restregada en la hojarasca plateada», en el capítulo de memorias de Mariñas, de manera que tanto el narrador como el protagonista —cuando escribía las falsas memorias— usan idéntico lenguaje «bonito»). Lo mismo que los «dientes de piano» del anciano, expresión que al autor le parecerá afortunada, pues la aplicó en los mismos términos al niño de Lubrín que iba en bicicleta y que Santos recogió en su coche en el tercer capítulo.

Con estos planteamientos, no ha de extrañar que todo el relato esté puesto al servicio de esos propósitos fascinantes. Desde el retrato campechano y sensible del abuelo —que por supuesto fuma cigarrillos de picadura— hasta la presentación de la madre como una figurita de museo de costumbres rurales —sentada en una silla de cocina, encogida, cosiendo sin luz y tarareando zarzuelas—, pasando por otro recorrido *turístico por el acartonado pueblo —con esos niños que ya se cansaron de perseguir gatos y gritar formas de nube, y ahora apedrean perros en cópula, ese padre con «cinturón de soga» y que se llama Herminio siguiendo el santoral; esos guardias con capote acodados en la cantina, y ese decorativo «manijero» que completa el retablo, pues ambienta más un manijero, con su graciosa jota, que un vulgar capataz.*

Directamente del Moleskine caen sobre la página un par de adjetivos de alta poesía: noctívaga y fúgida, perfectamente intercambiables en la página, de ahí su pertinencia.

Cuarta parte

DONDE SE RELATAN OTROS HECHOS QUE ALLÍ TUVIERON LUGAR

* * *

En la caprichosa titulación de los capítulos de la novela no podía faltar un guiño clásico, a la manera cervantina. Ahí queda.

I

La furgoneta —un modelo de hacía varios años, color verde oliva— se acercó lenta por el camino, hasta detenerse en la misma terraza de la montaña desde la que Santos y Ana miraban el pueblo el día anterior. A una indicación de Santos, el conductor, un guardia civil joven y barbón, detuvo el auto al borde del barranco y los pasajeros salieron uno a uno: Santos, Ana, su madre, dos guardias civiles, el alcalde de Lubrín, un médico talludo y dos mujeres ancianas más, que viajaban todos apretados en la furgoneta y llenos de desconfianza. Ahora, cuando al bajar del auto vieron el pueblo allí abajo, destrozado al pie del barranco, la desconfianza cedió y todos quedaron mudos, evitando mirarse unos a otros para no tener que decir nada, todo era demasiado evidente.

—Entonces es cierto que el pueblo existe —susurró para sí mismo el alcalde, un hombre de mediana edad, craso y sin cuello, encerrado en un traje azul oscuro y portando un sombrero anacrónico. Cuando horas antes por la mañana, Santos, tras entrar en el ayuntamiento de Lubrín sin ser visto por los agresivos funcionarios, pudo entrevistarse con el alcalde, éste no creía sus palabras. Sentados en un despacho soleado y pobremente decorado, el regidor fumaba un cigarro con boquilla roja mientras escuchaba, incrédulo, las palabras del hombre que había llegado desde Madrid buscando no se sabía qué, y que aseguraba haber encontrado un pueblo abandonado en el que malvivían unas mujeres afectadas por una extraña demencia.

—Escuche —había dicho entonces el alcalde, jugando en la mesa con un cortaplumas—: todo eso que usted me cuenta... Comprenda que desconfíe... Yo mismo no llevo más que quince años en este pueblo, la mitad de ellos como alcalde. Pero conozco bastante la zona, toda la comarca... Me cuesta creer que ese pueblo exista, no sé... Y esas mujeres, locas como usted dice, y tan ancianas... ¿Cómo se supone que han sobrevivido tanto tiempo en esas condiciones?

—Ya se lo he dicho —dijo impaciente Santos, que minutos antes había extendido sobre la mesa algunas fotografías y el mapa de carreteras antiguo, abierto, señalado con bolígrafo el nombre de Alcahaz—. Ya le he explicado que esas mujeres mantienen los cultivos, y algunos animales. Pocos y mal, pero eso tienen.

—No sé, no sé... Tal vez debería dirigirse al gobernador de la provincia... No sé si yo...

—No tengo mucho tiempo, me marcho mañana a Madrid... Usted no pierde nada, confíe en mí. Venga esta tarde hasta allí, serán sólo unas horas, por favor. De lo contrario, avisaré a la prensa y todo se sabrá pronto. Sería una gran noticia. Pero no creo que le convenga esa solución, ¿verdad?

Al salir del ayuntamiento, una vez convenidos con el alcalde los términos de la expedición vespertina —irían esa tarde, en una furgoneta de la guardia civil, pura precaución—, Santos acudió a reunirse con Ana en la cafetería del primer encuentro. Pidió una ginebra y esperó su llegada. Se distrajo observando el transcurrir de la vida en la plaza, mientras sentía el cansancio como oleadas en la cabeza. El día anterior, tras regresar a Lubrín desde Alcahaz, apenas pudo descansar. Después de dejar a Antonio, el topo, y su compungida mujer en un hospital de la capital donde recibirían la atención necesaria, llegaron a Lubrín ya tarde en la noche. Santos acompañó a Ana hasta la casa de la madre, donde ella le despidió con un beso breve en la mejilla. Ya en el hotel, apenas pudo dormir tres horas. Aunque traía sueño acumulado de varias noches, todo lo sucedido en los últimos días se le amontonaba sobre la cama: el pueblo tan terrible, las mujeres hinchadas de una locura antigua, su propio pasado regresado a golpes, e incluso Ana, como una presencia deseada de repente. Ahora, en la cafetería, por la mañana, se frotaba los ojos para vencer el sueño. Pronto llegó ella, con el pelo aún mojado de la ducha reciente.

—¿Ha ido todo bien? —preguntó ella, encendiendo un cigarrillo. Bebió un sorbo de la copa de Santos, ya la confianza instalada entre ellos, dulce.

—Sí... En cuanto le amenacé con traer periodistas y montar un escándalo, todo fueron facilidades, aunque todavía no me cree. Saldremos esta tarde para Alcahaz, en una furgoneta de la guardia civil, con dos agentes: debe de creer que las mujeres son peligrosas, no sé. Vendrá con nosotros un médico, por lo que pueda pasar. Hemos acordado también que mañana llegará un autobús desde la capital, y así podremos recogerlas a todas.

—Mi madre vendrá con nosotros... Y otras dos mujeres: las únicas que quedan vivas de entre las que dejaron Alcahaz. Imagínate: mi madre les contó todo ayer, y una de ellas sufrió un desmayo que casi se parte la crisma al caer. Han aceptado venir, se lo deben a esas pobres mujeres, dicen. Creo que se sienten culpables, también mi madre de alguna manera.

—No sé... Todo va a resultar demasiado dramático, tanta gente, muchas emociones... Ni siquiera sabemos cómo reaccionarán las que están en Alcahaz. Ellas, en verdad, esperarán hoy el regreso de los hombres con más certeza que nunca, despúes de haber visto a Antonio ayer. Ya veremos qué ocurre.

—¿Has dormido bien esta noche? —preguntó ella, sonriendo.

—No, no muy bien. Estaba cansado pero no podía dejar de pensar ni un solo instante... Son tantas cosas... —apenas hacía un día que se conocían, y todo estaba lleno de una cercanía que turbaba a Santos, que se sentía bien junto a ella, con un sentimiento que se situaba entre la seguridad y el sonrojo, poseído de ese tierno vértigo que nos sacude en la proximidad de la persona deseada, como calambres o muerdos flojos en el estómago.

Por la tarde, a la hora convenida, se pusieron en marcha hacia Alcahaz, en silencio todos, porque nadie estaba seguro de nada. Tan sólo las mujeres ancianas, la madre de Ana y las otras dos, lanzaban de vez en cuando un suspiro que era inicio de un nuevo llanto. Santos, sentado en el asiento del copiloto, junto al joven guardia que conducía, miraba en el espejo retrovisor a los pasajeros en los asientos traseros, que conformaban una extraña expedición, todos mirando hacia la sierra, unos con desconfianza —el alcalde, el médico, los guardias—, otras con miedo o memoria lejana —Ana, su madre, las dos mujeres, últimas vecinas que habían guardado el secreto de Alcahaz durante casi medio siglo, y que hasta ayer estarían confiadas en irse a la tumba con él, o acaso ya olvidadas de todo, el olvido es una elección en el fondo. Cuando, tras desviarse de la carretera principal, atravesaban el tramo de camino borrado, la furgoneta, demasiado pesada por la carga, hundió una rueda en el barro, por lo que tuvieron que bajar todos y recorrer a pie los cien metros de campo, hasta alcanzar el camino, cuya visión comenzó a derrumbar la desconfianza en quienes la mantenían. Después de media hora de subida por la sierra, a punto de salirse del camino varias veces la furgoneta por la torpeza del conductor, divisaban el pueblo desde la terraza, detenidos.

—Es increíble —repitió el alcalde—. Un pueblo aquí, escondido, tan cerca de Lubrín, y nadie lo sabía.

—Sí lo sabían, alcalde —comentó la madre de Ana—. Demasiada gente en el pueblo lo sabía, lo sabíamos. Pero todos callábamos.

—Pero... ¿Por qué?

—Ya lo entenderá, alcalde. Cuando estemos allí —dijo Santos, mientras entraban de vuelta a la furgoneta para completar los últimos metros.

El vehículo se detuvo a pocos metros del pueblo, junto al cartel con el nombre borrado de óxido, donde aún estaban las huellas del auto de Santos, de sus dos visitas. Bajaron todos de la furgoneta y, muy juntos entre ellos, como helados de repente, comenzaron a caminar, siguiendo a Santos y Ana. Llegaron hasta la mitad de la calle, donde Santos les hizo una seña para que esperaran, después de mirar su reloj. Se marchó solo hacia delante, en dirección a la iglesia, donde entró con decisión, desapareciendo en la oscuridad del interior. Los hombres y mujeres quedaron en mitad de la calle, recogidos y apretados como un solo cuerpo, mirando a todo con espanto, las casas abiertas al viento, la imagen fría del desastre. Todos en silencio, como temiendo despertar a los fantasmales habitantes de aquel báratro perdido. La madre de Ana y las otras dos mujeres mirarían con ojos nublados las que fueron sus casas, hoy propiedad de la vegetación y el aire.

Después de un minuto, Santos salió de la iglesia. Tras él, fueron saliendo las mujeres ancianas, una a una y temblando de nervios, mirando a los recién llegados, con los ojos arrugados para reconocer a alguien. Los visitantes, a su vez, forzaban los ojos espantados, sin moverse aún, observando a las mujeres como una empobrecida procesión de ánimas, un ejército de calaveras amortajadas. Las ancianas de negro quedaron quietas, delante del templo, apretadas todas entre ellas, sin moverse tampoco. Así quedaron durante al menos dos minutos: dos grupos humanos enfrentados, temiendo unos de otros, marcando las distancias. Santos, en la mitad del trayecto entre los dos grupos, como un eslabón deshecho.

Por fin, la madre de Ana y las dos acompañantes, que apenas lloraban ya de ojos secos, agarradas del brazo entre ellas y temblando, se acercaron despacio hacia el grupo de sus antiguas vecinas, que las verían acercarse y por fin las reconocerían, sin entender nada, confundidas en su locura, mirando a la vez a los guardias civiles como un claro presagio de lo que les iba a ser anunciado. Las mujeres llegaron hasta el grupo, y se miraron unas a otras. Por fin, una de las de Alcahaz preguntó a las recién llegadas, a las que reconocería por algún rasgo no desvanecido del tiempo:

—¿Qué sucede, Amparo? ¿Les ha ocurrido algo a los hombres?

Amparo, madre de Ana, incapaz de frenar el temblor de su boca, cerró los ojos y tragó el llanto. Las mujeres, comprendiendo su expresión y su silencio, se miraron unas a otras, con ojos arrasados, como regresadas de la locura y de la oscuridad de muchos años. Comenzaron a abrazar a las recién llegadas, llorando en aullidos; maldecían la guerra que se llevó a los hombres, a los maridos e hijos; hablaban en susurros con palabras repetidas, se besaban en desaliento, todas apretadas entre ellas, como un único cuerpo informe y negro que se sacudía en el llanto. Los guardias, desconocedores de la función que desempeñaban en aquel drama improvisado —como portadores de la mala nueva, a ojos de aquellas mujeres—, fumaban sin entender nada. El médico, que sí comprendía, y que tal vez sabía o había escuchado alguna vez la historia en Lubrín —la historia real o la de niños, son la misma—, no pudo evitar tampoco un llanto de rabia. El alcalde, aturdido y desconcertado, permanecía con los brazos extendidos y las palmas de las manos hacia el cielo, como creando un gran interrogante con el cuerpo, o queriendo abrazarlo todo, el pueblo descalabrado, las mujeres solas, el llanto general, la desesperanza.

Tal y como habían acordado antes de llegar, para no causar una grave conmoción en unas mujeres que habían perdido la razón mucho tiempo atrás, optaron por dar unas explicaciones no del todo ciertas. Así, contaron la desaparición de los hombres como algo que hubiera sucedido esa misma mañana, no cuarenta años atrás. Era inútil, en esas circunstancias, intentar explicar la verdad a quienes habían renunciado a ella y la habían sustituido por su propia verdad. Había que confiar en que el tratamiento psiquiátrico, que recibirían a partir del día siguiente, obrara el milagro de devolverles el seso. Todo debía hacerse muy despacio. Si es que existía remedio.

Cuando dejaron el pueblo, casi anochecido, quedaron las ancianas recogidas en sus ruinosas casas en duelo, y sus sollozos, saliendo por los tejados y paredes melladas, se levantaban sobre el pueblo como imposibles sonidos animales que alcanzaran la sierra. Los visitantes, de vuelta en la furgoneta, pasaron la hora de viaje hasta Lubrín en completo silencio, tan sólo se escuchaba el llanto suave de Amparo como una prolongación del gemido allí dejado para la noche.

* * *

Capítulo de transición, que sirve sin embargo como resumen de buena parte de lo observado hasta ahora en nuestra lectura crítica, pues aquí hay un poco de cada.

Así, vemos una vez más la sobreactuación melodramática de los personajes, para que el lector entienda la magnitud de la tragedia. Cuando se produce el encuentro en el pueblo, todos tiemblan, lloran, gritan. Amparo, con el habitual «temblor de su boca», «cerró los ojos y tragó el llanto». Las ancianas locas, «con ojos arrasados», se abrazan, lloran «en aullidos», hablan «en susurros con palabras repetidas», se besan «en desaliento», se aprietan, sacudidas. El médico llora «de rabia», pero el mejor es el alcalde, cuyo desconcierto intenta caracterizar el autor colocándolo en medio de la calle en una postura que, cree el autor, expresa su pasmo: «con los brazos extendidos y las palmas de las manos hacia el cielo, como creando un gran interrogante con el cuerpo, o queriendo abrazarlo todo». Haga la prueba el lector de colocarse en tal posición, y mire a ver qué resulta. Ande, ande, haga la prueba, en serio: póngase de pie, extienda los brazos y ponga las palmas hacia arriba. Adopte también una expresión dramática. Qué bonita estatua.

Vemos también, en este capítulo, cómo el crescendo romántico camina sin tregua hasta el estallido final, que esperamos cercano, a la vuelta de un par de páginas. De las manitas de capítulos anteriores pasamos ahora al «beso breve en la mejilla», a la aparición de ella —«presencia deseada de repente»— con el pelo seductoramente mojado «de la ducha reciente» (huy, huy, qué de sugerencias picantonas), y además le da un sorbo a la copa de él, sin pedir permiso. Una copa de ginebra, claro, pues entre ellos el autor ha establecido esa camaradería del alcohol y el tabaco, esas ginebras que se beben a cada rato, dentro de una cierta estética del fracaso que los presenta como atractivos lobos esteparios, dos almas gemelas, dos cantos rodados que de vuelta de todo se han encontrado al fin. Algo propio de un autor del que ya dijimos que seguramente no sabe ni tragarse el humo (y de ahí su mitificación literaria del tabaco), y del que ahora apostamos a que no sería capaz de dar un sorbo a una ginebra sin que le diesen arcadas. Pero lo mejor de todo: ¿recuerdan cómo, páginas atrás, a propósito de ese apasionante crescendo erótico-amoroso, bromeábamos con que a la explicitud del relato sólo le faltaba describir el cosquilleo de toboganes en la barriga? ¡Pues aquí está! ¡A los enamorados, cuando están juntos, les dan «como calambres o muerdos flojos en el estómago»!

Otra característica común a toda la novela, y presente en este capítulo inventario, es la preferencia del autor por aquellos términos que cree más «literarios». Dentro de ese preciosismo tan habitual en la literatura española, y más en los autores primerizos, ya hemos hablado del recurso al cuaderno Moleskine, al diccionario de sinónimos, o a un diccionario ideológico como el clásico Casares. Se trata de dar entrada a palabras que el autor siempre quiso escribir y hasta ahora no pudo (las del cuaderno) o que, puestos a escoger un adjetivo, rebusque en ambos diccionarios hasta encontrar la palabra más impactante por inhabitual. Así, en este capítulo vemos un guardia civil «barbón» (no barbudo ni barbado), un hombre «craso» (que no gordo ni grueso), y lo mejor de todo: la comparación de Alcahaz con un «báratro perdido». Apuesto a que si ahora, años después de escrita la novela, le preguntan al autor qué es un báratro, no sabría responder. No se acuerda, porque sólo ha usado una vez en su vida esa palabra. Y ahí quedó.

II

—Supongo que debí marcharme hace mucho tiempo, cuando era fácil hacerlo. Cuando tenía menos de treinta años, la gente de mi edad se marchaba, a Madrid o a Barcelona o al norte, a buscar el trabajo que aquí no había, la vida que faltaba. No sé si lo encontrarían, probablemente no todos. La mayoría, tú lo sabrás mejor que yo, vive en barrios de extrarradio, en colonias de pisos iguales, sin más vida que el trabajo y la esperanza de un descanso en fin de semana. Los observo cuando vuelven en verano, a las fiestas y la romería, y no tienen la mirada limpia, no sé si me entiendes. Pero al menos lo intentaron; yo no. Y se me pasó la oportunidad. Fui tonta, claro. Pensé que aquí podía ayudar, que podía contribuir a levantar esta tierra. Qué ilusa. Esta tierra no hay quien la levante. Con el tiempo, y para atenuar tu propio fracaso, te moderas en tus ambiciones. Yo pronto me olvidé de mis deseos de dejar esta tierra, de conocer tantos sitios a los que nunca iré. Fíjate, al único sitio al que he viajado del extranjero es a Roma, con los de la universidad laboral, para ver al Papa, qué vergüenza. Al final, me puse a trabajar en la Caja de Ahorros, y ahí sigo. Aquí sigo. Me conformo, o intento creer que me conformo, con llevar una vida digna, sea lo que sea eso. Crearme con el tiempo una cultura, supongo. Y ayudar en lo que puedo. No es mucho. Por las tardes doy clases en la parroquia, enseño a leer a algunos vecinos. Parece una tontería, pero no sabes la satisfacción que eso me produce: descifrar a alguien unos signos hasta ayer prohibidos, permitirle arrancar palabras de la nada. Es bonito, no te rías, hablo en serio.

—No me río, sólo sonrío. Me gusta lo que cuentas. No tienes que sentirte fracasada. Hiciste bien no marchándote, no creas que la vida cambia mucho en Madrid o aquí. Mi caso es el contrario. Yo estoy deseando retirarme de todo aquello, buscar un sitio como éste, tranquilo, lento.

—Aburrido, dirás. Esto es mortalmente aburrido. No aguantarías en Lubrín ni dos meses.

—No creas. Necesito esto, es lo que busco, la lentitud de la vida en estas tierras.

—No sabes de qué hablas. Esa lentitud que tanto te gusta, con el tiempo se te vuelve indolencia, fastidio de todo y de todos. Te cambio tu vida de Madrid por la mía aquí.

—Trato hecho. Pero no te gustaría mi vida de Madrid.

—¿Por qué? Ni siquiera sé bien a qué te dedicas. Sólo sé que buscas cosas, pueblos perdidos, gentes olvidadas de los años. Algo interesante debe de ser tu trabajo, ¿no? A ver, déjame adivinar...

Ana, rostro sereno bajo la luz amarilla, bebió un sorbo corto de vino mientras miraba hacia el techo, imitando en burla la expresión del que piensa o busca inspiración, el numen siempre parece estar en las alturas. Santos, olvidado de la cena que se enfriaba en el plato, miraba a la mujer con una sonrisa boba, indisimulada. Cenaban en una pequeña bodega sombría, de mobiliario rústico aunque triste, sin más clientes que ellos dos, la pareja que hablaba en voz baja y reprimía las risas, abrumados por la soledad del establecimiento. El camarero, aburrido, en el mostrador, hojeaba cualquier revista de fotografías.

Habían regresado de la última visita a Alcahaz con el anochecer, abatidos por el recuerdo vivo de lo presenciado en el pueblo, las mujeres de negro que quedaron allí, llorosas al fin por los maridos recién muertos (cuarenta años atrás, el día antes, qué más da), viviendo por primera vez en mucho tiempo el día presente como tal, despertarían por fin al día siguiente, no repitiendo la jornada idéntica de la espera. Al llegar a Lubrín, la furgoneta verde se detuvo en la plaza, frente al ayuntamiento. Bajaron todos y evitaron las despedidas, apenas unas palabras, el compromiso del alcalde de volver al día siguiente con el autocar y los médicos venidos de la capital para recoger a las mujeres, si es que todas sobrevivían al día después, si es que no se dejaban morir ya, al no tener que esperar más a los que no llegarían.

Santos acompañó a Ana y a su madre hasta la casa; pasearon en silencio en la noche inicial, que tenía una frescura como de mar cercano. Al llegar a la casa, la madre entró deprisa, y la hija quedó un instante en la puerta, con Santos:

—Mañana me vuelvo a Madrid... Me gustaría invitarte a cenar esta noche...

—De acuerdo... Recógeme en una hora si quieres.

Santos regresó entonces al hotel, donde se duchó despacio, demorándose bajo el agua caliente. Preparó su escaso equipaje para tenerlo listo y salir temprano hacia Madrid, tenía un largo viaje por delante. Encendió un cigarrillo y se tumbó en la cama con el cenicero sobre el pecho y descalzo, para hacer tiempo hasta que llegara el momento de recoger a Ana. En pocos segundos, tras unos acelerados pensamientos que no recordaría, el sueño le venció sin remedio, como una balsa de aguas delicadas, tras varios días de sueño desordenado. Cuando despertó, urgido por los golpes de llamada en la puerta, tenía conciencia de haber dormido apenas unos minutos. El reloj, parpadeo luminoso en la mesilla, lo desmentía: había pasado casi dos horas dormido. Despeinado y con escozor en los ojos, abrió la puerta.

—Buenas noches, dormilón. Pensé que te habías arrepentido en lo de la cena —dijo Ana, fingiendo enojo. En la sombra del pasillo oscuro dejaba ver la sencillez de su ropa, el pelo recogido en trenza, tan sólo el rojo de labios como algo extraordinario. Salieron a la calle y pasearon por el pueblo anochecido, había poca gente en las calles (pueblos del sur, despoblados en cuanto asoma un breve viento helado, refugio cálido en las casas, braseros de picón y mantas), de las ventanas salían restos de músicas procesionales (familias sentadas en torno al televisor o la radio que retransmitían las procesiones de Sevilla, Málaga, o Viernes Santo). Llegaron al fin a la bodega, que no era una elección, pues no encontrarían otro sitio abierto a esas horas para cenar.

—Déjame adivinar —insistió ella, divertida, dejando la copa en la mesa—: ¿Periodista?

—En modo alguno.

—Entonces sólo puedes ser dos cosas: profesor de universidad, o escritor.

—Las dos cosas y ninguna. Te explico: profesor sí, pero no de universidad sino de un triste instituto de bachillerato, con unos alumnos adulterados que me torean cuanto quieren. Y escritor quizás, pero no del todo, ya que escribo pero no firmo, y el que firma es siempre el que se lleva el mérito, el escritor, ¿no?

—Sí, nos contaste ayer lo de los discursos. La anécdota de los españoles ilusos. Perdona que no me acordase, no te presté mucha atención entonces, porque estaba conmocionada con lo de mi madre, ya sabes. Entonces eres una especie de... ¿Cómo lo llaman? ¿Negro? Sí, eso es. No sé, parece interesante.

—Depende de lo que escribas y para quién lo escribas. Yo llevo años escribiendo cosas que detesto, todo encargos, claro. Pero todo es un material detestable, me alegro de no firmarlo, nadie me recordará por ello.

—¿Por qué lo haces entonces? ¿Por dinero?

—No creo. Al principio sí, por dinero, porque el sueldo de profesor es más bien escaso, y la vida en Madrid,
cara. Después, cuando no tenía necesidad, seguí hacién-
dolo por diversión: me atraía escribir palabras que otros
dirían, que otros presentarían como propias. Eso te da
algo parecido al poder sobre esas personas, y el poder
siempre seduce, de forma inevitable. Pero desde hace
tiempo, no sé por qué lo sigo haciendo. Es una inercia, de
la que no salgo. Por eso quiero romper con aquello, buscar un sitio como éste, un pueblo.

—Todos queremos cambiar —dijo ella, acariciando
apenas la mano de Santos.

—Sí. Pero el pasado siempre pesa, el equipaje limita
nuestro movimiento, nuestra huida.

—A no ser que te empeñes en olvidarlo, en renunciar
a él.

—Entonces suceden los Alcahaces, no es lo mejor, ya
lo hemos comprobado.

—Háblame de ese pasado, esa oscuridad de la que no
quisiste hablar ayer. Es algo que te atormenta todavía,
¿verdad?

—Sólo recientemente, porque todo esto, la búsqueda
de Alcahaz, el descubrimiento de aquella miseria humana,
todo esto me ha devuelto el pasado... Ya ves que no puse
tanto empeño en olvidarlo, pues ahora vuelve, cuando yo
no había regresado a aquello en muchos años, más que de
forma tangencial, como un escrúpulo enorme. Era para mí
como algo ajeno, que no me hubiera sucedido a mí en realidad. Lo quería recordar como algo que me hubieran contado, una historia de otro, nunca mía. Pero era mía, y ahora vuelve, claro.

—Se trata de algo relacionado con tus padres, ¿verdad? Cuéntamelo.

—Es difícil, no quiero amargar la noche.

—Alguien tiene que escucharte... No se lo has contado a nadie en todo este tiempo, ¿verdad? Cuéntamelo —y

apoyó sus palabras tomando, esta vez sí, la mano de Santos, apretando su carne templada.

—En pocas palabras: se puede decir que soy responsable de lo que les ocurrió a mis padres, de su pérdida. Tal vez no sea exacto decir responsable, porque yo era muy niño, y por tanto ajeno a la responsabilidad y a tantos conceptos que surgieron encadenados: miedo, muerte, sospecha, crueldad, odio. Todo eso me era ajeno, y todo sucedió de forma simultánea —Santos bebió medio vaso de vino de un rápido trago, y encendió un cigarrillo con la brasa del anterior, antes de comenzar el relato—: «Mi padre, mi madre, mi abuelo y yo éramos toda la familia, y vivíamos en un pueblo del sur de Badajoz. Un pueblo no muy grande, como Lubrín, con los mismos problemas desde el siglo pasado, los mismos conflictos del campo, jornaleros y propietarios, nada nuevo. Mi padre estaba al frente del sindicato del campo en la comarca, y eso siempre le trajo problemas. Su ideología era simple, y muy clara, compartida por muchos otros hombres entonces: la tierra es del que la trabaja. Más claro, imposible. Se llevó no pocas palizas por eso, y alguna vez vinieron pistoleros a buscarlo a casa. Lo que ocurrió en mi pueblo es lo mismo que en tantos otros pueblos, como en Lubrín o en Alcahaz: en el 36, después de la victoria del Frente Popular, hastiados de esperar una reforma agraria que no llegaba, los campesinos, movilizados por el sindicato, se lanzaron a ocupar tierras. Durante cinco meses las tierras fueron del pueblo, de los que las trabajan. Ya sabes el final de la historia: cuando empezó la guerra, el pueblo quedó en manos del sindicato, de los campesinos. Mi padre y otros compañeros formaban el consejo que gobernaba el pueblo. Se encerró a mucha gente, propietarios y capataces principalmente, y hubo algún desmadre, mínimo. Cuando llegaron los nacionales, la represión estaba cantada. Y el primero de la lista era mi padre. Algunos hombres se escondieron en las casas, como hizo ese Antonio en Alcahaz.

Topos. Otros huyeron con sus familias hacia la capital. Mi padre y algunos hombres, una veintena, se refugiaron en la sierra cercana, desde donde esperaban seguir la lucha y mantener la resistencia hasta que la República reconquistara el pueblo. Eso no ocurrió, claro, y los hombres estuvieron tres años escondidos en la sierra. Había batidas frecuentes de la guardia civil, hubo enfrentamientos, pero los hombres conocían bien cada metro de la sierra, sabían por dónde huir rápido, cómo esconderse, dónde tender emboscadas. Al principio, un par de hombres bajaban al pueblo de madrugada, a escondidas, para aprovisionarse de lo más básico. La guardia civil, cuando se enteró, intensificó los controles nocturnos. Se decidió entonces que alguna de las mujeres del pueblo cuyos maridos estaban en la sierra, saliera por la noche y llevara provisiones, lo mínimo, a los del maquis. Pero los guardias hacían controles por la noche, se presentaban en las casas por sorpresa, para cerciorarse de que las mujeres y los viejos estaban dentro. Así que sólo quedó una solución: un niño, ya que los guardias no entraban en los registros en las alcobas de los más pequeños, y además un niño sería invisible a la noche. Yo fui el elegido, para mi desgracia y la de aquellos hombres. Cada tres noches, mi madre me sacaba de la cama en la madrugada, me daba un paquete con provisiones elementales, y me obligaba a salir del pueblo, caminar por la sierra de noche hasta llegar al punto donde me esperaban los hombres, mi padre entre ellos. Conservo de entonces un miedo terrible a la oscuridad, al campo en la noche. Antes de la guerra yo era muy pequeño, y apenas guardo recuerdos de entonces. Por eso, todas las imágenes que guardo de mi padre son idénticas, todas pertenecen a aquellos meses, en la guerra: sentado junto a la hoguera entre los canchales que formaban grutas, me tomaba en sus rodillas y me hablaba, mientras los demás hombres, todos oscurecidos, encogidos de frío en las mantas, no podían ocultar la desesperación de sus rostros. Con todo esto, yo era el único del pueblo que conocía el lugar donde se ocultaban los hombres. Sólo yo sabía el camino que llevaba a la quebrada donde pasaban las noches. Pero ya te he dicho que yo no entendía términos que me venían grandes. Yo no entendía bien por qué se escondían, por qué otros hombres los perseguían, por qué los guardias venían a casa cada pocos días para interrogar a mi madre. Yo no sabía lo que era la prudencia, el secreto. Así fue como un día, por una rabieta de niño, descubrí a mi padre y a los hombres, desvelé su escondite nocturno. Fue por una tontería: un enfado con mi madre, algo de chiquillos. Me enfadé con ella y decidí subir a ver a mi padre. Evidentemente, los guardias me siguieron y encontraron a los hombres. Estuvieron toda la noche persiguiéndolos, disparando en la oscuridad. Mataron a casi todos los escapados. A mi padre no querían matarlo en la sierra, sino en el pueblo, para que todo el mundo lo viera. Así que lo cogieron preso y lo llevaron al pueblo. Lo mataron en la plaza, como en la Edad Media, qué animales. A mi madre la acusaron de haber mantenido contacto con ellos y haberlos escondido, así que se la llevaron presa. No sé ni dónde estuvo encarcelada, creo que en Calzada de Oropesa, pero nunca pude confirmarlo. Ya te imaginas cómo eran las cárceles en esos años, hacinadas de tantos presos republicanos. Murió un par de años después, de una tuberculosis, y yo no me enteré hasta muchos años después. A mí me iban a mandar a un hogar, de los del Auxilio Social, ya que me había quedado bajo el cuidado de mi abuelo, que había enloquecido por la pérdida de su hijo y su nuera, y no estaba en condiciones de hacerse cargo de un niño de seis años. A última hora se presentó un familiar desconocido, un primo de mi madre que se hizo cargo de mí y me llevó a Madrid. Después crecí, y como te he dicho, me fui olvidando, me quise olvidar de todo aquello. No me olvidé de mis padres, qué tontería, sino de la circunstancia en que murieron. Prefería pensar simplemente que habían muerto por culpa de la guerra, como tanta otra gente, en un bombardeo o algo así. Es fácil cambiar el recuerdo a voluntad. Primero engañas a los demás, y te acabas engañando a ti mismo. Todo el mundo lo hace. El caso de Alcahaz, de esas mujeres, es un caso extremo. Pero todos lo hacemos de alguna manera, como una forma menor de delirio: crearte una realidad o una memoria a tu medida, y acabar negando cualquier otra.»

El repetido carraspeo del camarero, persuasivo a su manera, indicó a la pareja que había llegado la hora de cierre. Salieron de la bodega a la noche cruda que abrochaba los abrigos. Buscaron en vano un sitio donde tomar una copa («¿Te das cuenta? Esto en Madrid no pasaría. Y tú quieres vivir en un sitio como éste»). El cielo despejado era un ligero techo en el pueblo, las calles vacías, sólo ellos dos caminaban muy juntos, buscando de forma inconsciente el calor de los cuerpos.

—Tengo una botella de coñac en casa, ¿te apetece?

—¿Y tu madre?

—No, tonto. Me refiero a mi piso. Aunque no haya muebles, siempre hay una botella preparada.

En el portal cálido, como dos animales que se encuentran en la noche, se besaron apretados contra la pared, casi adolescentes que se descubren bajo el hueco de la escalera, urgidos en el beso por alguna puerta que se abre, un vecino que sale con el perro y los mira con reproche, «buenas noches, señorita», y ellos que ríen escaleras arriba, tomados de la mano.

En el interior del piso, falto de electricidad como de muebles, los faroles de la calle a través de la ventana prestaban la poca luz que necesitaban, y unos vasos de plástico blanco no desmerecían de las mejores copas. Sentados en el suelo, sobre una manta oportuna, se miraron en la sombra durante unos segundos, en silencio. El deseo es fácil entre adolescentes, entre jóvenes, cuando no pesan convenciones y el cuerpo busca al cuerpo, naturalmente.

Pero entre un hombre y una mujer, adultos, hasta ayer desconocidos, el cuerpo levanta las primeras fronteras involuntarias, la piel dejada de caricias tanto tiempo resulta extraña al principio, los olores tan definidos tardan en ser propios. Tal vez en ese momento recordaría Santos los versos de Jaime Gil:

> *Para saber de amor, para aprenderle,*
> *haber estado solo es necesario.*
> *Y es necesario en cuatrocientas noches*
> *—con cuatrocientos cuerpos diferentes—*
> *haber hecho el amor. Que sus misterios,*
> *como dijo el poeta, son del alma,*
> *pero un cuerpo es el libro en que se leen.*

Pero un cuerpo es el libro en que se leen, y después de tantos años son muchos los cuerpos y la lectura es confusa en principio, como alfabetos aprendidos muchos años atrás: tras la inicial extrañeza, pronto recorres un cuerpo nuevo con cierta sensación de territorio ya conocido, de haber estado ahí antes. Besas una piel que ya no es joven y que contiene los olores del mundo. Rozas un pecho que es todos los pechos que rozaste en la vida, descubres en la oscuridad un cuerpo que se arquea sin secretos como cualquier otro cuerpo que ya tuviste entre los brazos tiempo atrás. La novedad no tiene lugar, pero aún es mucho el misterio, y amar es entonces un juego de pistas, de encontrar lugares conocidos: el placer de perderse en una tierra de la que sabrás salir, en la que tú eliges cuándo salir.

Ana, difusa a la luz llameada, buscaría en la boca de Santos un sabor cercado, mientras le desabrochaba la camisa para recorrerle el cuerpomundo con los labios. Él, de dedos grandes y siempre torpes para tales menesteres, tropezaría con el broche de su sostén hasta soltarlo, desvelando el perfil de su pecho en la sombra de la pared. Cuerpos volcados que se arrancan la noche a mordiscos, ella cerraba las caderas para retenerlo, Santos huía de la tierra al cerrar los ojos.

Desnudos y consumidos, el cansancio es dulce y la noche se descompone fiel tras la ventana, duermen y no saben que duermen porque no despiertan o nunca durmieron, y el tiempo derrama sus telas sobre los cuerpos brillantes de sudor compartido. Nadie sabe cuándo se aman o cuándo siguen el juego desde el sueño, cuándo hablan o cuándo se tienen en la boca, apagando palabras.

—Todavía no me has hablado de ti: no sé prácticamente nada, no te conozco —diría Santos, con el amanecer estallando en la sierra, pronto.

—Quédate y sabrás —amenazó ella, y cruzó de dedos la espalda del amado, quebrando la voz con una nostalgia anunciada, de los cuerpos que se saben finales, preludio de la separación.

Con el primer sol golpeando las ventanas, Ana dormía o fingía dormir —no importaba, ella ya sabía que él se iba— mientras Santos, lento en los movimientos, se vestía las ropas por ella quitadas. Se retardaba en sus gestos, absorbido en la contemplación de la durmiente, la línea clara de la espalda desnuda como playa sola. No quiso despertarla —si es que en verdad dormía—, por lo que evitó besarla, para además no confundir el sabor de la despedida con los otros sabores que conservaría aún en la boca. Salió del piso, y el golpe de la puerta al cerrarse sacudió a la vez los cuerpos ya separados, uno acostado o mirando a través de la ventana; el otro saliendo del portal, devuelto al mundo cotidiano, alejándose por la calle como el que huye.

*　*　*

Y por fin, aquí está. Muchos lo esperaban, desde que apareció capítulos atrás el clavo, la pistola, la mu-

jer. Las expectativas lectoras: no traicionarlas, no de-
fraudarlas. Los derechos del lector, que espera, que
busca, que exige sus raciones habituales de sexo como
de acción, humor o intriga. Que no falte. Así debe de
pensar nuestro autor, que para no decepcionar esas ex-
pectativas, nos ha regalado un fragmento rosa. Es la
ley, ya saben. Si aparece un clavo en el primer capítu-
lo, alguien tiene que colgar un cuadro antes de que
acabe la novela. O tal vez debe ahorcarse alguien col-
gado del clavo, no recuerdo bien la ley. Si aparece una
pistola en el primer acto, alguien tiene que morir ase-
sinado o suicidado de un balazo, si no para qué está
ahí la pistola. Si aparece una mujer, si el protagonista
encuentra una mujer, ángel redentor, no puede faltar el
amor, no puede acabar el libro sin que el flechazo se
materialice en una escena de flirteo que concluya en
una cópula en toda regla. Faltaría más.

Desde esa servidumbre, nuestro autor se siente a
gusto en las formas de cierta literatura sentimentaliza-
da, muy frecuente en nuestras letras (mejor no damos
nombres, aunque es reconocible la influencia de cier-
tos autores en estas páginas), una literatura sentimen-
talizada que pincha en las zonas románticas del lec-
tor, esperando su entrega, su indulgencia incluso ante
las formas literarias más azucaradas, la indulgencia
que se puede esperar de un lector al que creen ena-
morado del amor, enamorado del enamoramiento,
que desde la identificación querrá ser ese protagonis-
ta romántico, canalla y cínico, que viaja solo por el
sur, que fuma en una habitación de hotel con el ceni-
cero sobre el pecho —imagen de clara educación ci-
nematográfica—, el lobo solitario que encuentra a una
mujer y la seduce y la posee en un piso sin muebles
ni luz, bebiendo y fumando. Quién sabe, tal vez in-
cluso habrá lectoras que operen una identificación si-
métrica, y quieran ser esa mujer inteligente e idealis-

ta, culta y generosa, que vive en un aburrido pueblo hasta que un día aparece el príncipe y la encandila.

El autor espera que el lector o la lectora crucen este capítulo con esa misma «sonrisa boba, indisimulada» que se le pone a Santos mientras escucha a Ana. Para eso, hacen falta dos ingredientes: un diálogo meloso, de coqueteo, con guiños y pies que se tocan bajo la mesa. Y como resultado del calentamiento operado por el diálogo, una escena de primer sexo, de sudar como animales y gemir, y que dependiendo del autor se moverá entre el lirismo rosita o la brutalidad pornográfica.

Como el lector, enamorado del amor, será siempre indulgente, el autor se relaja y no se preocupa por guardar un mínimo decoro: vale todo. Una secuencia de cena en pareja que hemos visto ya mil veces, con todo su juego de seducción. Un acercamiento progresivo, de manos que se tocan, cuerpos que buscan calor al pasear, y así hasta el beso y lo que venga después. Una escena de sexo que toma elementos de un romanticismo gastado, empezando por esa escenografía pasional que es el piso en plena mudanza, un auténtico cliché de la ficción sentimental: el piso sin muebles, con cajas a medio abrir, sin luz y con vasos de plástico. Y por supuesto el alcohol y el tabaco, porque «aunque no haya muebles, siempre hay una botella preparada», de coñac, que se beberán en adolescentes vasos de plástico, mientras fuman sin parar, encendiendo un cigarrillo «con la brasa del otro», dentro de la ya vieja mitología alcohólica y tabaquera que nos ha acompañado en toda la novela. El escenario, el decorado, es tan literariamente fascinante, que no le falta de nada. Ni la vela, que muestra a Ana «difusa a la luz llameada», aunque el autor se ha olvidado de mencionar la vela, no la ha encendido, debe darla por presente en el piso, pues en una escena así no faltará

nunca esa vela aromática que amplía la sombra tem-
blona de los amantes por las paredes.

La secuencia amorosa del piso medio vacío es
impresionante. No podemos subrayar más, no pode-
mos reproducir todas las expresiones destacadas,
porque es una encadenación sin fin de todas las cur-
siladas y topicazos de la literatura amorosa, más bien
rosa. Como hacía con el cigarrillo, encendiendo uno
con la brasa del otro, así la adjetivación, encendien-
do un adjetivo con la brasa del anterior, sin que baje
la temperatura metafórica. Cuerpos como alfabetos,
pieles que contienen todos los olores del mundo, pe-
chos que son todos los pechos, amar como un juego
de pistas, sabores cercados, cuerpos volcados que
se arrancan la noche a mordiscos, el amante huyen-
do de la tierra al cerrar los ojos, telas del tiempo de-
rramadas sobre los cuerpos brillantes de sudor com-
partido, bocas apagando palabras... Agotador el re-
cuento, que encabezaríamos con esa joya poética y
apasionada que es el «cuerpomundo». Con tanto rui-
do lírico, la sesión sexual que se pretendía salvaje se
ha quedado un poco fría, por exceso de maquillaje y
de iluminación literaria, con lo que nos acaba resul-
tando un polvo un tanto artificial, teatrero, simulado,
incluso pornográfico en sus contorsiones y sus ar-
queos a mayor gloria del lucimiento verbal del autor.

Hasta los versos de Gil de Biedma se contagian
del tono general y suenan más almibarados, más ño-
ños. La escena, por fin, termina con tono altisonante,
en el clímax melodramático, cuando ella, imaginamos
que con orquesta de fondo (una de esas bandas so-
noras que nos pone la piel de gallina), le suelta eso de
«Quédate y sabrás». Pero nuestro lobo solitario se mar-
cha sin despedida, mientras ella duerme, como man-
da la ley, aunque ya imaginamos que es un pasito
para atrás y dos para delante, que se retira para coger

carrerilla, y su forma de salir del piso parece anunciar un peliculero «Volveré».

Por último, anotamos cómo en este capítulo, una vez más, el autor recurre a la aclaración informativa, completamente innecesaria. Todo lo que de forma más o menos sugerida, más o menos directa, se nos ha ido contando del «pasado oscuro» de Santos: su infancia rural, su padre revolucionario, la guerra, los huidos en la sierra, el niño que lleva provisiones, la inocente delación, el apresamiento, la ejecución, la marcha a Madrid... Todo eso que ya conocemos, nos es contado ahora otra vez, a modo de resumen, recapitulación, sin ninguna gracia, meramente informativo, por si alguno se ha despistado o no se acuerda de todos los elementos extraordinarios de su vida.

QUINTA PARTE

BREVE TRAGICOMEDIA FINAL

*   *   *

La personalísima y originalísima forma de titular los capítulos no desfallece. Ahora se nos anuncia una «Breve tragicomedia final», para así tocar todos los palos.

I

SÁBADO, 9 DE ABRIL DE 1977

Dejarás la región, conducirás el automóvil de vuelta a Madrid por la misma carretera por la que llegaste, rectilínea, solitaria en medio de este yermo azafranado por el que pareciera que nunca pasó un coche, ningún automóvil desde cuarenta años atrás, cuando el camión abanderado completó el viaje final de tantos hombres, lento por la carretera, agitándose en los baches, cargado de una mercancía humana que murmura o fuma o canta o ríe, dónde estará ese puente que dicen, dijeron que no lejos, tú sabes, no sé qué río, por aquí no me suena, déjalo ya, de qué te preocupas, son compañeros, ellos sabrán.

Dejarás la región, temprano en la mañana, pero antes harás una última parada, elegirás un breve camino que se desvía a la izquierda de la carretera, por el que el coche cojea con problema, hasta llegar a un pequeño cementerio a menos de cincuenta metros de la carretera, un recinto escaso, de paredes chatas y blancas, un único ciprés levantado en el centro como himno fúnebre. Aparcarás el coche junto a la tapia encalada de un camposanto que es igual al de tantos otros pueblos de este sur enterrado, igual también al cementerio de tu pueblo, donde dos lápidas te reclaman cuando quieras escuchar. Al bajar del auto, el viento amolado del páramo te golpeará fresca la cara, tra-yéndote —si escuchas— gritos lejanos, voces de los que fueron, rumor de la sierra tan cercana, el pueblo en ella escondido, donde nadie querrá encontrarlo durante otros cuarenta años, aunque ahora ya sepan, no importa, nadie recordará, hasta que cuatro décadas después otro hombre como tú quiera saber y busque, pero para entonces tal vez no queden más que algunas piedras y pocas paredes en pie y no habrá nadie, no importa, siempre hay algún Alcahaz, jaulas del tiempo.

Encenderás un cigarrillo, lento, cubriendo la llama con la mano en pantalla, los ojos hacia el horizonte, el sol levantando, que aleja oscuridades de la tierra. Cada gesto, pausado, se te antoja de repente metáfora de tu vida, tu existencia contenida en un movimiento, la mano que tira el cigarrillo, el tacón que lo pisa. Toda una vida contenida en estos últimos días, en esta búsqueda que te devuelve contra ti mismo.

Si te acercas a la pared exterior del camposanto, podrás encontrar algunos agujeros en la piedra, podrás tocar los impactos de bala, como llagas hundidas en las que rozas los dedos con respeto. Si buscases bien, si te arrodillaras y escrutaras el terreno a ras de suelo, tal vez descubrirías, no es tan difícil, un leve desnivel en el terreno, un montículo que no es natural, tierra removida aún después de tantos años, imagina lo que habrá debajo enterrado, la grieta hon-da donde se consumen o ya se consumieron los cuerpos de decenas de hombres, padres, maridos, niños.

Si miraras hacia la carretera con otros ojos, no los de ahora, sino los de otro tiempo, verías llegar al camión, con su carga fatal de vida, verías cómo se detiene en la entra-da del camino y se desvía hacia el cementerio, donde ya había otro camión aparcado, un camión idéntico al que llega, aunque sin banderas y con la caja cubierta con una lona oscura. Los hombres de Alcahaz, sobre el camión que se acerca, tal vez notarían algo extraño en ese momento, dónde está el puente, por qué vamos al cementerio, qué sucede.

—Bajad del camión —diría uno de los milicianos saliendo de la cabina—; tenéis que recoger aquí las herramientas, entonces seguiremos hacia el puente.

Los hombres, ya desconfiados, bajarían del camión, las piernas entumecidas después de una hora sentados sin espacio en el interior del vehículo, tan cerca unos de otros, apretados. Se mirarían entre ellos, se encogerían de hombros, queriendo confiar en los milicianos que les habían traído hasta aquí, que les darían las herramientas del otro camión y los llevarían hasta el puente donde trabajar.

—Poneos en fila, en aquella pared, para que os podamos contar y repartamos las herramientas —diría uno de los milicianos, señalando la pared del cementerio, blanca de sol, todavía sin mellas de balas. Los hombres, disciplinados a fuerza de tantos años de patrón, se colocarían en doble hilera a lo largo de la pared, muy juntos, con los brazos caídos, las pocas herramientas que traían del pueblo, dejadas a los pies; las menos escopetas olvidadas en el camión, para qué iban a cogerlas. Uno de los milicianos, grueso y achatado, se subió al segundo camión, el que estaba aparcado en el cementerio antes de que llegaran, y abrió la lona que lo cubría. No sería de herramientas el cargamento del segundo transporte, sino de una decena de hombres armados que bajarían del camión rápidamente, en un salto, una decena de hombres de piel morena, camisas abiertas al calor, barbas descuidadas, rifles en la mano, pistolas en el cinto y una canana en cada pecho.

—¿Qué significa esto? —susurró uno de los hombres de Alcahaz, al reconocer a alguno de los pistoleros que bajaban del camión—. ¿Dónde están las herramientas? —gritó a los milicianos, como un último intento de confianza, de que aquello no fuera real, que no estuviera sucediendo.

Los hombres armados se colocaron frente por frente a los campesinos que formaban en hilera, enmudecidos todos, intercambiando miradas de extrañeza, de pánico, de vacío. Ya nadie hablaba, aunque todos querrían decir algo, quejarse, gritar. La cabina del segundo camión se abrió y todos los hombres vieron, como confirmación de sus sospechas, una pierna que salía, calzada con una hermosa bota de piel de Valverde del Camino, y que se prolongó en un cuerpo demasiado conocido, vestido con ropas elegantes, tocado con un sombrero de paja, la cara redonda aunque joven, la barba bien afeitada, los ojos brillantes, la sonrisa manchada.

—Buenos días a todos —voceó Mariñas, lleno de satisfacción, la mano apoyada en un revólver que le asomaba del cinturón.

—Es una trampa —exclamó uno de los hombres, al que la voz no le llegaba al pecho.

—Hijo de puta —clamó otro, al tiempo que se adelantaba hacia Mariñas, blandiendo la pala que había tomado del suelo. Un disparo solo, salido de cualquier rifle de los hombres de Mariñas, sacudió al valiente, que cayó sin movimiento al barro, el rostro desfigurado de plomo.

El resto de hombres, campesinos de repente acobardados, conscientes de lo que estaba sucediendo, de lo que iba a suceder, se juntaron más los unos con los otros, buscando la protección de unos cuerpos con los otros, encogidos de algo parecido al miedo y que tal vez lo era. Mariñas se acercó al grupo, cruzada la cara por la sonrisa, tamborileando los dedos en la culata del revólver.

—¿Están todos? —preguntó a uno de los falsos milicianos, que ya se había quitado la gorra y el pañuelo rojo con asco, y que asintió en respuesta a la pregunta de Mariñas. El propietario, sin sonrisa ahora, sacó su revólver y paseó el cañón a pocos centímetros de los rostros asustados, divertido por algunas lágrimas que asomaban, el balbuceo de un joven. Algunos padres escondían tras las piernas a los niños, que intentaban ver algo a través del bosque de cuerpos, sin comprender nada, ni siquiera asustados. Mariñas se alejó unos pasos del grupo. Quedó de espaldas y, como en un juego macabro, se giró con los ojos cerrados y disparó al azar contra el grupo de hombres. Al abrir los ojos vio decenas de rostros descompuestos, mudos, hasta que uno de los cuerpos, enrojecido, se desplomó hacia delante. El resto de hombres hizo ademán de correr, de adelantarse o escapar, pero los armados levantaron los rifles apuntando, y el crujir de las armas cargadas paralizó al grupo.

—Eres un cabrón cobarde, Mariñas —fueron las últimas palabras de cualquier hombre que agitaba el puño, antes de que Mariñas, recuperando la sonrisa, hiciera un gesto breve con la mano izquierda, como quien espanta una mosca, orden suficiente para que los armados descargaran su fuego contra el grupo, un estruendo de diez rifles a la vez, un traquido que sacudió el valle, las extensiones desiertas, que acaso se oiría en el pueblo, en Alcahaz, confundido con un repique de campanas en la iglesia, o el ladrido de algún perro.

Los cuerpos quedaron quietos, sujetados los que morían por los que quedaban vivos, tan juntos estaban que no había sitio para desplomarse, hasta que una segunda descarga de las armas golpeó el grupo y, ahora sí, fueron cayendo como piezas de un juego, unos encima de otros, los más pequeños aplastados por los más grandes. Aún hubo una tercera y una cuarta descarga, y algún disparo aislado contra los cuerpos que en el suelo todavía tenían movimiento.

—Ahora enterradlos aquí mismo —ordenó Mariñas, que se secaba el sudor con un pañuelo blanco.

—Podíamos haberles obligado a cavar la fosa antes de matarlos, eso que nos hubiéramos ahorrado —protestó uno de los falsos milicianos.

—A cavar —ordenó de nuevo Mariñas, mientras los hombres tomaban del camión algunas palas y comenzaban a horadar la tierra, olvidados ya del grupo de cuerpos amontonados junto a la pared, las primeras moscas que llegaban a la fiesta.

La tierra se va recalentando del sol cada vez más alto, y tú permaneces todavía quieto, con la espalda apoyada en la pared, tus dedos rozan las huellas de bala, sientes tú mismo un estremecimiento como una descarga de diez fusiles contra tu cuerpo, escuchas acaso la voz profunda de los hombres que descansan —pero no descansarán— a sólo unos metros de ti, bajo las sábanas de la tierra. Dentro del coche, antes de ponerte en marcha, buscas en tu cartera la fotografía que te trajo hasta aquí, el retrato de Alcahaz, Mariñas sobre el caballo, en el centro, orgulloso, y los hombres apretados alrededor, los niños entre las piernas, los cuerpos tan juntos como estarían antes de ser fusilados, ensayando en la fotografía, inconscientemente, la postura para la muerte.

Aceleras al máximo, querrías no parar ya hasta alcanzar Madrid, conducir todo el día, rígido sobre el volante, llegar con la noche al piso del barrio de Salamanca, despertar a la viuda y gritarle, decirle todo lo que no sabe, o que tal vez sí sabe pero no quiere recordar.

* * *

En la despedida de Alcahaz, de la región, del sur, nuestro autor quiere rendir homenaje (y dar una sepultura digna y literaria) a los asesinados, así que se pone solemne, con un tono entre fúnebre y emotivo, que condiciona nuestro comentario, temerosos de que una crítica literaria pueda tomarse como oprobio a la memoria de los muertos. Así que enfundaremos el colmillo un par de páginas, y nos limitaremos a mostrar curiosidad por la manera en que el lenguaje de la novela toma tintes de luto, mediante recursos de resonancia funeraria, tales como ese ciprés solo «como himno fúnebre», ese «sur enterrado», las dos lápidas que «te reclaman cuando quieras escuchar», los impactos de bala en el muro encalado «como llagas hundidas en las que rozas los dedos con respeto», y hasta esa forma demorada de encender el cigarrillo y guardar un minuto de silencio sobre la fosa. O mediante la vuelta a la segunda persona, buscando apresar emocionalmente al lector, que se sienta directamente concernido por el drama, eres tú, tú.

Pero el tono decoroso y enlutado se echa a perder cuando nuestro autor decide, una vez más, amortizar su omnisciencia autoral y liquidar todo resto de elipsis, no dejar nada sin contar, detallar todo, que no quede nada a la imaginación del lector. Así, cierra el viaje al sur con el relato pormenorizado de la ejecución de los hombres de Alcahaz, que todos podíamos haber imaginado e ilustrado con tantos relatos e imágenes de asesinatos masivos, cada uno los habría visto morir según su experiencia lectora (o personal, que también habrá casos).

Y es en ese relato de agotada omnisciencia cuando el capítulo, hasta entonces casi contenido, se malogra por la aparición, una vez más, del villano, del malo malísimo, de ese Mariñas al que le duele la cara de ser tan malo y tan truhán. De la misma forma que antes nos fue presentado como un barbazul de pueblo, lascivo y cruel, ahora aparece como un sanguinario e impasible verdugo, que se presenta en el lugar de la ejecución con cuidada coreografía, saliendo del camión para sorpresa de los presentes, mostrando ropa elegante, un sombrero de paja y unas hermosas botas de piel de Valverde del Camino, bien afeitado y, a juzgar por su humor, imaginamos que bien comido, se le ha olvidado al autor referirnos el banquete con que el villano celebró la ejecución.

El malo malísimo sonríe ufano, da unos irónicos «buenos días» a los condenados, se pasea frente a ellos con la cara «cruzada por la sonrisa»; tamborilea con los dedos en la culata del revólver, les apunta y se divierte con sus lágrimas y sollozos, se dedica al «juego macabro» de disparar al azar, con los ojos cerrados, y por fin, tras recuperar la sonrisa (que no nos constaba que la hubiera perdido en ningún momento), da la orden de abrir fuego con «un gesto breve con la mano izquierda, como quien espanta una mosca», y después, para completar el comportamiento de opereta, se seca «el sudor con un pañuelo blanco». Pero qué malo es este Mariñas, hay que ver.

II

La mañana del domingo diez de abril de 1977, Julián Santos, profesor excedente de un instituto de bachillerato madrileño y escritor vendido a sus horas, lleno de cansancio —físico pero también, inevitablemente, moral—, tomó de nuevo el automóvil, el viejo Renault amarillo que aún se resentía del último y largo viaje, y recorrió las calles frescas de Madrid con el sol apenas levantado. Aunque guardaba no pocos restos de la fatiga acumulada de los últimos días, y la noche anterior, tras el viaje de catorce horas desde Lubrín, no había dormido demasiado —inquieto en su cama de la calle Toledo, sentía por primera vez la soledad a bocados certeros, el brazo que se estira en la noche para lastimar el vacío del colchón a su lado—; se había despertado temprano, con la del alba, para salir pronto hacia su inminente cita, urgido por la prisa de terminar cuanto antes con todo esto, cerrar este capítulo nebuloso de su vida reciente, poder por fin olvidarlo todo.

Aunque no era éste el momento de la despedida, no todavía, Santos sentía ya las calles de Madrid ordenadas en adiós, el lánguido adiós de la ciudad vacía. Aún no: todavía tenía pendiente un último encuentro, el remate extraño de este asunto. En las avenidas dejadas del domingo amanecido, Santos sólo encontró pequeños grupos de borrachos cantando el final de la noche, algunos hombres que agitaban banderas temerarias —restos de la fiesta de la noche anterior: acababa de ser legalizado el Partido Comunista, aunque eso él no lo sabía todavía—, barrenderos que limpiaban las calles a fuerza de manguera, algún anciano paseando su temprano desasosiego, tal vez arrastraba el insomnio de la noche sin cierre. Por el Paseo de la Castellana arriba, pasado el Bernabéu, aceleró el coche más de lo debido, saltándose algún semáforo, empujado de repente a terminar rápido con todo, aún sin estar totalmente seguro de lo que haría después. Cuando por fin salió a la carretera del norte, sintió un alivio inadvertido, descubriendo ahora el Guadarrama al fondo, entre la niebla, todavía nevado en los picachos.

Había llegado a Madrid con el último anochecer —la ciudad ya iluminada como en bienvenida—, después de un largo viaje que comenzó con el amanecer inconcluso de Lubrín, el abandono del cuerpo amado en la habitación vacía, dejado en el suelo, sobre la manta, como un cadáver prematuro, una espalda de una blancura solar —aunque ahora recordó, como un chispazo de lucidez, que ella estaba en la ventana, asomada en escorzo, cuando él salió del portal y no quiso mirar hacia arriba más que de reojo, porque sabía que ella seguiría con la mirada sus pasos, los del que huye. Cruzó de vuelta, en catorce horas, el mismo territorio que ya había recorrido apenas una semana antes, cuando todavía no sabía nada, cuando aún buscaba un lugar dudoso, un nombre que era negado en cada pueblo y cada venta del camino donde se detenía a preguntar y le recibían con la desconfianza normal del que llega desde lejos y pregunta sobre lugares imposibles blandiendo mapas de carretera descatalogados y fotografías con la color perdida. Ahora ya sabía, y en el camino de vuelta a Madrid se detuvo tal vez en los mismos lugares que a la ida, en las mismas ventas desoladas o bares de gasolinera, donde probablemente lo recordarían aún —el coche amarillo de Madrid, el hombre de acento lejano, su caminar o su cuerpo tan ajenos a la dureza de la tierra—, y lo mirarían como a un fracasado, como si todos creyeran que se retiraba tras una búsqueda infructuosa, una derrota que todos le hubieran anunciado a la ida en sus silencios y negativas, en su desconfianza. Almorzó en el mismo bar de carretera vacío de la primera vez, de menú sencillo y vino templado, donde el propietario, acodado en el mostrador, le miraría ahora con lástima en los ojos, creyéndole vencido y pensando quizás en contarle ahora que sí, que el pueblo existía, que no se retirara.

Rehízo de vuelta el camino, las mismas tierras agostadas por todas partes, los olivares colocados en saludo del que se va, la frescura siempre de los pueblos blancos sobre las faldas leves de monte, los paisanos sentados ociosos en las puertas de las casas, mirando sin interés al forastero que viajaba de vuelta y ya no preguntaba nada. Tras pasar Despeñaperros, los campos de La Mancha, inmensos como un mar insatisfecho, se irían oscureciendo con el día, hasta que la noche le alcanzó en la carretera, aunque adivinado ya el resplandor profundo de la ciudad en el horizonte, la llamarada eléctrica alzada hasta el cielo. Y al entrar por fin en Madrid, mientras cruzaba Atocha, se sentía lejano a todo, como si en verdad no hubiera estado diez días fuera sino una breve eternidad, una indefinición de años enteros.

Ahora, dejando Madrid con el alba, tenía la incómoda sensación del que escapa, mientras subía la carretera quebrada de la sierra. La niebla boscosa entraba por la ventanilla abierta, y desfiguraba el paisaje alrededor, apenas entrevista la enorme cruz de Cuelgamuros, donde pensó unos segundos el cuerpo enterrado del Gran Hombre como un topo, ahora sí, escondido en el sótano para siempre y por la gracia de Dios. No era difícil establecer, en el momento, un instantáneo paralelismo entre la majestad de faraones que envolvía el Valle de los Caídos, y la mezquindad del hoyo mal tapado en el que quedaron los hombres de Alcahaz, sin una pobre lápida que los defienda del olvido, qué corriente de vergüenza fluirá desde aquel agujero hasta este otro grandioso, qué rasero puede igualar a los caídos, qué manos cavan las mismas tumbas. Desaceleró el coche, acobardado por la niebla que escondía la carretera, que velaba las casas de veraneo, abandonadas al invierno que no se había marchado aún. Quedaba el paisaje solo y envuelto en lo incierto, y él pensaba, desde el cansancio, que podría encontrar ahora Alcahaz a la salida de una curva, otro pueblo perdido, tantos otros que habrá por todo el país, en tantas sierras dobladas por el olvido.

La noche anterior, al llegar a Madrid, sin tiempo para otra cosa, condujo directamente a casa de Mariñas, dispuesto a cerrar cuanto antes todo, a enfrentarse a la viuda y no sólo renunciar por fin al trabajo: denunciar además lo que sabía, arrojarle a la cara el pasado más turbio de su marido, la verdad que habría emponzoñado su vida entera, el matrimonio mismo en el que se guardó el secreto, aunque tal vez la viuda supiera, un hombre no puede guardar un secreto así durante tantos años, la culpa le obliga a hablar en algún momento, en la vejez cuando todo está vendido. Ella debía de saberlo todo, ni siquiera se sorprendería con Alcahaz cuando Santos le contara, no mostraría espanto alguno, le miraría con indiferencia y le preguntaría cuál era el problema, le pediría con naturalidad que terminara el trabajo para el que lo había contratado, no le pagaba para tener escrúpulos, no los había tenido antes, ¿verdad?

Aparcó el coche en Goya y caminó deprisa hasta la calle Velázquez, con el cuello del abrigo vuelto contra el viento gélido que mareaba las calles, hasta llegar al portal que encontró abierto; y subió las escaleras corriendo, sin paciencia para esperar al ascensor. Llegó así hasta la puerta de Mariñas con el aliento entrecortado, invadido de un sudor caliente. Miró el reloj antes de tocar el timbre, como asaltado de prudencia. Las once de la noche. La viuda se acuesta temprano —mujeres enlutadas que huyen cuando el sol—, pero Santos no esperaría hasta el día siguiente, debía ser ahora, aunque la sacara de la cama y la sorprendiera despeinada y vestida de bata china. No podía esperar a la mañana, porque temía su propia moderación, que con la noche y el sueño perdiera la rabia reciente y le venciera su indiferencia frecuente, la tendencia a relativizarlo todo.

Tocó el timbre, la campanilla ronca que sacudió el interior silencioso. Tras casi dos minutos y dos toques más de timbre, la puerta se abrió y apareció la joven sirvienta, envuelta en un pijama que traslucía el cuerpo pequeño, los pechos tibios y sin desarrollar. La muchacha, con mirada sorprendida, sonrió a Santos, que ni siquiera saludó ni esperó a que le ofrecieran entrar: se metió sin permiso en el pasillo oscuro, directo al despacho vacío, como si la viuda fuera a estar allí, sentada tras la mesa de trabajo, fumando en la oscuridad y esperando su llegada no anunciada. Rastreó la casa que apenas conocía, pronunciando en alta voz el nombre de la viuda, y abrió puertas a dormitorios que tenían los muebles cubiertos con sábanas para el polvo, asombrado de su propia insolencia, olvidado de normas de elemental cortesía. La chica, detenida en el pasillo, con la puerta todavía abierta como esperando que Santos terminara su rastreo y marchara, se acercó por fin a él, justo en el momento en que Santos abría la puerta que no debía, un pequeño dormitorio donde un muchacho tapaba su cuerpo desnudo con la sábana y se disculpaba sin entender, provocando el sonrojo de la chica.

—Lo siento —dijo Santos, cerrando la puerta. Miró a la muchacha—: ¿Dónde está la señora?

—Por favor, no le cuente nada de esto a la señora —imploró la chica.

—No contaré nada —cortó Santos, e insistió—: ¿dónde está?

—No está aquí. Los fines de semana se marcha a la casa

de la sierra, siempre, desde el viernes hasta el domingo.

—¿Dónde está esa casa?

—Espere... Le daré la dirección, pero es un poco tarde para que vaya ahora...

En efecto, era tarde. Santos comprendió que no podía subir a esas horas a la sierra, buscar a la viuda. Estaba cansado para ese esfuerzo. Después de tantas horas de carretera ya no podría conducir más de diez minutos, el tiempo justo para llegar hasta su apartamento de la calle Toledo, vencido en su rabia, sin importarle ya que al día siguiente, tras la noche que todo lo suaviza, no hablaría a la viuda con la misma energía y dureza que hubiera empleado de haberla encontrado esta noche.

Al llegar a su apartamento, tras cerrar la puerta, desnudarse y tumbarse en la cama, la soledad se le hizo insoportable, la distancia de la amada le recorrió entero. Pensaba, en la oscuridad, el cuerpo desnudo en el suelo, como lo dejó, la blancura de la espalda igual que fósforo encendido en la noche, imaginando que estuviera todavía en la postura en la que quedó, en el suelo del piso vacío, paralizado en el abandono. Relajó los músculos, agotado, y consiguió no más que un sueño irregular, que le hizo despertar varias veces en la noche. Cuando consiguió encadenar algo de sueño profundo, el sonar del teléfono encendió la habitación. Saltó de la cama y corrió al aparato, seguro de que sería Ana quien llamaba desde Alcahaz (desde Lubrín, aunque él pensó Alcahaz), empujada por el mismo desamparo que a él le robaba el sueño. Cuando descolgó, antes de escuchar nada, tuvo un segundo de lucidez para comprender que ella no tenía su número de teléfono:

—Hola. Me imaginé que llegabas hoy.

—Hola, Laura. Es muy tarde —dijo Santos, monótono, desencantado.

—Bueno, yo también me alegro de saludarte, antipático.

—No es eso. Estoy algo cansado, he estado todo el día conduciendo.

—Vaya, lo siento. ¿Qué tal tu viaje?

—Extraño, no sé.

—No estás para muchas palabras, por lo que veo. Sólo dime una cosa, es importante. ¿Vas a seguir con ese trabajo, con lo del Mariñas ese?

—No empieces con eso otra vez, no es el momento.

—Sólo respóndeme. He pensado en muchas cosas estos días, estoy llena de contradicciones. Ya sé que no hay nada firme entre tú y yo, o tal vez sí hay algo, no lo sé. Pero tengo que saber si vas a seguir con eso. Compréndelo. Por mucho que pueda sentir algo por ti, me cuesta seguir contigo si mantenemos diferencias tan grandes, Julián. Es una cuestión de principios, para ti a lo mejor no tiene importancia. Pero para mí, sí la tiene. Me cuesta permanecer junto a una persona que hace algo así, ¿sabes?

(Santos se había apartado ligeramente el auricular, fastidiado, para encender un cigarrillo, no respondió.)

—No me estás escuchando.

—Sí te escucho. Pero ya te he dicho que no es el momento.

—Sólo respóndeme: ¿vas a seguir con esa mierda?

—Sí, Laura. Voy a seguir —mintió Santos a gusto, sabiendo que forzaba la despedida. Colgó el teléfono sin esperar respuesta, y lo descolgó a continuación en prevención de nuevas llamadas. Al acostarse, se sintió un instante incómodo, amargado por su crueldad inesperada, por la sorprendente claridad de sus sentimientos hacia la muchacha que lloraría o no al otro lado del auricular, tal vez era ella la que buscaba forzar la despedida desde hacía tiempo, desde que se instaló entre los dos una tensión imprevista, una aspereza dejada en cada gesto, con la certeza de una cercana ruptura. En ese momento, mientras el cansancio le arrebataba hacia el sueño, Santos tuvo un último pensamiento, un propósito claro de futuro, ahora sí, la seguridad que le había faltado cuando dejó Lubrín sin atreverse a hablar con la mujer que dormía o fingía dormir, sin estar seguro del adiós.

* * *

Pues ya estamos de vuelta en Madrid. Nuestro hombre ha rehecho el camino de vuelta, pasando por los mismos lugares donde la indolencia del sur sigue causando estragos —ahí permanecen «los paisanos sentados ociosos en las puertas de las casas» y las ventas desoladas—, y componiendo esa imagen romántica del que huye, del que viaja sin propósito claro, que lo mismo vuelve a Madrid que en cualquier momento da la vuelta y regresa a por la amada, porque es ese hombre sin ataduras que todos querríamos ser, que conduce solitario por carreteras secundarias y fuma sin parar, y en cada puerto tengo una mujer...

Además, con la vuelta a Madrid se cierra el círculo que la novela ha venido construyendo, esa forma de texto cerrado sobre sí mismo, hecho a partir de un itinerario de ida y vuelta, y mediante la repetición de motivos, imágenes, situaciones, expresiones. Una circularidad espacial (Madrid-Alcahaz-Madrid) y temporal (presente-pasado-presente), que apela así a la forma más perfecta, el círculo, la esfera. Parece que nuestro autor aprendió bien esa escritura envolvente tan querida por nuestros más afamados novelistas, que intentan dejar al lector en el centro e ir envolviéndolo con la madeja narrativa, en lo que parecen más costureros que escritores. De esta manera, el lector acaba atrapado, enredado en el hilo que le ha ido rodeando y cerrándose, y así no podrá escapar y acabará leyendo el libro entero. Si unimos una escritura envolvente con aquel zumbido sostenido del que ya hablamos en su momento, conseguimos la rendición del lector más revoltoso, su inmovilización.

En su regreso a Madrid, nuestro apasionado viaje-
ro cruza paisajes con los que el autor no sabe bien
qué hacer. Ya hemos hablado antes de la problemáti-
ca relación de los autores españoles con el paisaje.
Está ahí, lo ven, y piensan que algo habrá que hacer
con él. Ya que el personaje cruza Andalucía y La Man-
cha, piensa el autor, pues algo habrá que decir, algu-
na pincelada habrá que dar, ¿no? Así, la falta de re-
cursos paisajísticos, la invisibilidad con que todos (no
sólo los escritores, los viajeros de autopista y alta ve-
locidad en general) nos relacionamos (no nos relacio-
namos) con el paisaje, hace que el autor, obligado a
decir algo, acabe resolviéndolo con expresiones pere-
zosas o directamente apañando unos tópicos ya can-
sinos. Así, esas carreteras rectilíneas y solitarias que
ya hemos conocido, esas sierras donde no hay más
que canchales y quebradas, o esos campos manche-
gos «inmensos como un mar insatisfecho».

Pero además, como en toda esta última parte de
la novela debe primar una musiquilla épica, emotiva,
de recuperación de la memoria histórica y esas co-
sas, pues el paisaje se emociona también, y vemos
«sierras dobladas por el olvido», «olivares coloca-
dos en saludo del que se va», la ciudad «iluminada
como en bienvenida», y que sólo unas horas después
pone sus calles «ordenadas en adiós», ahí está, el pai-
saje, sea campo o ciudad, venga a saludar, venga a
decir hola y adiós cuando llega y cuando se va. Unas
páginas, por cierto, muy motorizadas, con nuestro
hombre cruzando en coche media península, atrave-
sando las calles de Madrid y enfilando la carretera ha-
cia la sierra madrileña. Esa forma de pisar el acelera-
dor de su coche se corresponde con la velocidad que
la novela viene adquiriendo en los últimos capítulos,
y que anuncia el final, el cierre, la resolución, que
además debe ser un final alto, de cumbre, y de ahí su

ascensión imparable desde el sur hasta las cumbres del Guadarrama.

Para completar la ambientación del envidiable llanero solitario que cabalga en su automóvil, ponemos un poquito de niebla, que siempre adorna. Una niebla de visibilidad cambiante, pues lo mismo «entraba por la ventanilla abierta» «y desfiguraba el paisaje alrededor», que se transparentaba para mostrar los improbables picachos nevados del Guadarrama o la cruz del Valle de los Caídos (mostrada para permitir un vindicativo paralelismo entre la fosa de Alcahaz y la tumba de Franco, si bien expresada en tonos un tanto patéticos).

Apuntamos en este capítulo la recuperación para nuestro abandonado portal de belén de un par de figuras señeras: la viuda, mujer enlutada que huye con el sol, y a la que se imagina en su típica bata china (la misma bata china que vestía el señorito Luque cuando fue sacado de la siesta por Santos, así que el autor debe creer que una bata china es un signo de distinción), y la criada, que además de tener en efecto pechos pequeños como sospechábamos («tibios y sin desarrollar», huy, picarón), aprovecha las ausencias de la señora para, muy en su papel, meter al novio en el piso (cuyos muebles, claro, están tapados con sábanas, como adivinamos en su momento).

Quedan por último unas cuantas expresiones cursis. Aparte de las paisajísticas ya descritas, y de un par de desconcertantes guiños populares («la del alba», y «la color», que por cierto ya utilizó páginas atrás), destacan las referencias a la amada, que brilla en la distancia, unas veces con «blancura solar», otras «como fósforo encendido en la noche», y cuya evocación, unida a la frialdad con que nuestro llanero solitario desprecia a la jovencita que aguardaba su vuelta, anuncian el inminente cumplimiento del prometido «Volveré».

III

DOMINGO, 10 DE ABRIL DE 1977

En la parte más alta de la sierra, cumbres romas del Guadarrama, la niebla comienza a desliarse de sol, y aparece ahora el paisaje quebrado como recién hecho, los roquedos y pedrizos de arriba que alguien acabara de modelar tras la niebla, duro cincel de sol. A esta altitud, en el límite entre Madrid y Segovia, algunas casas dispersas pueblan la montaña, viejos caserones de veraneo para las familias de hace treinta o cuarenta años, de principios de siglo, ahora muchos de ellos abandonados, alguno derrumbado por las nieves y el viento. En la parte más baja de la sierra se amontonan los chalés de nueva construcción, para el veraneo breve de las clases medias, mientras aquí, en la parte alta, abandonada al nuevo turismo de nieve, apenas quedan restos ruinosos de la grandeza anterior, de los veraneos en los que familias enteras —de buen nombre, se entiende, apellidos con partícula, natural o añadida— subían con los primeros calores y no volvían a la ciudad hasta mediado septiembre. Los ancianos sanarían con el aire limpio, las muchachas darían a su piel el tono rosado que todos reconocerían con envidia en Madrid a su regreso, tras un estío de persianas cerradas y botijo para los muchos que no podían escapar de la ciudad.

Siguiendo las indicaciones que te dio la sirvienta, tardas aún una hora en encontrar la casa, sin mucha prisa, demorado en lo exquisito del paisaje, ganando tiempo para pensar las palabras que dirás a la viuda, ya desarmado de la rabia de la noche anterior. Al final de un camino mal asfaltado aparece la casa, sobre una terraza de piedra que regala una vista amplia de la llanura abajo, la ciudad al fondo, enorme y mal esparcida. La casa, de construcción no muy antigua, tiene dos plantas e imita la arquitectura de las villas suizas en el Tirol, copiada tal vez de cualquier postal, en algún viaje de Mariñas, quizás su viaje de bodas. La casa está rodeada por un jardín algo descuidado, con una rosaleda marchita y un parterre sin barrer donde hay aparcado un viejo Hispano Suiza, de carrocería oscura, ya perdido el brillo, no la elegancia. Aparcas tu coche en la entrada de la finca, y te acercas caminando despacio, mirando las ventanas de la planta alta, en una de las cuales descubres un instante el movimiento de los visillos y acaso una figura que se esconde al verte llegar. Llamas con la aldaba a la puerta de madera, y en seguida abre la puerta la propia viuda, desprovista ahora del luto, vestida con una camisola desahogada a pesar del frío exterior, como una veraneante de playas cantábricas a principios de siglo.

—Buenos días, Santos —te recibe la viuda sin sorpresa, como si hubiera estado esperando tu llegada, probablemente la sirvienta la avisó por teléfono, esta mañana—. ¿Quiere usted pasar?

Ingresas en una inicial penumbra, cálida de fuego de leña, hasta que entras en un salón borracho de luz, con grandes ventanales orientados al paisaje. La casa está amueblada imitando el estilo rústico, con buen gusto y mucho dinero. Aceptas la invitación a sentarte y te acomodas en un sillón de mimbre que cruje discreto. La viuda cierra las puertas de corredera tras ella, y quedáis los dos solos en el salón; ella sirve unas copas de coñac francés sin que tú la solicites, y enciende un cigarrillo con calma. La mujer se sitúa junto al ventanal, vuelta hacia el mirador, fuma con caladas cortas y mueve la copa en círculos en su mano, el licor oscuro que salpica los bordes del cristal.

—Ha durado poco su viaje —dice ella, apenas levantando la voz—. Espero que haya resultado satisfactorio.

—De eso quería hablarle.

—Claro que quería hablarme usted de eso —dice ella, seca, vuelta ahora hacia ti—. ¿De qué sino? ¿Qué otra cosa iba a justificar su prisa en subir a la sierra al amanecer, en presentarse de noche en mi casa sin aviso?

—Tiene razón. Tenía prisa en hablar con usted, y algo más.

—La prisa no es mala, siempre que redunde positivamente en el trabajo que tiene que hacer. Le recuerdo que vamos muy retrasados. Hay unos plazos que usted debía cumplir.

—También quería hablarle de eso.

—¿A qué espera entonces? —levanta la voz, cada vez más crispada.

Quedas callado unos segundos, sin palabras. Son demasiadas cosas que decir y las frases se atoran en tu mente, invadido de repente de tantas imágenes, recuperas a las mujeres de Alcahaz una a una, sus rostros descoloridos; piensas ahora a la viuda de Mariñas, por un instante, como una más de las habitantes del pueblo, también loca, olvidada de todo, soñando el regreso de su marido fallecido.

—Escuche... He hecho algunos descubrimientos que... —te bloqueas de nuevo.

—Perfecto entonces... Cualquier descubrimiento es positivo, si nos interesa.

—¿Recuerda Alcahaz, el pueblo que aparecía en fotografías o cartas, y del que usted no sabía nada?

—Así es. Alcahaz —dice ella, y en la forma neutra en que pronuncia el nombre del pueblo comprendes que ella no sabe nada, porque resultaría imposible que, sabiendo lo que allí pasó, pudiese pronunciar Alcahaz sin un asomo de estremecimiento.

—Es algo que compromete a su marido —dices, prudente ahora—. Se trata de algo que sucedió hace muchos años, probablemente usted no sepa nada. Es algo muy grave, mucho —ahora estás realmente perdido, la inocencia de la mujer te desconcierta, la rabia no te sirve, debes elegir palabras que no encuentras—. «Usted sabe que durante la guerra se cometieron muchos desmanes», comienzas, pero notas que en verdad estás utilizando un tono demasiado misericordioso, como justificando ante la viuda el comportamiento de Mariñas. «Su marido no fue ajeno a esos excesos.»

—Ya le dije que mi marido estaba arrepentido de todo lo que pudiera haber hecho en ese tiempo, él había cambiado —interrumpe ella, nerviosa—. En la prensa se contaron muchas cosas, algunas horribles. ¿De qué se sorprende usted ahora?

—Es algo más grave que todo lo que se insinuaba en la prensa. Hubo muchas muertes por culpa... Por mediación de su marido.

—Mucha gente murió entonces, era una guerra —resuelve ella, que quiere acabar la conversación cuanto antes.

—Pero en este caso... Bueno, no fue una acción de guerra propiamente dicha. Fue algo más: una traición, una cobardía, una barbaridad —comienzas a encenderte por fin.

—Puede llamarlo como quiera. ¿Hay pruebas de aquello?

—¿A qué se refiere?

—A si hay alguna prueba de lo que sucedió, algo que comprometa a mi marido.

—Bueno... Pruebas no, no creo que haya pruebas directas... De todo eso hace mucho tiempo, en realidad nunca se pudo demostrar, aunque todos lo supieran.

—Entonces, si no hay pruebas, no entiendo dónde

está el problema —la viuda te mira con ojos duros—. Más a nuestro favor, ¿no?

—No me ha entendido. Su marido actuó como un criminal...

—Todo eso pertenece al pasado, no lo olvide. Median cuarenta años y un claro arrepentimiento.

—Se trata de muchos muertos: más de treinta, cuarenta incluso.

—¿Qué le pasa ahora, Santos? ¿De repente siente usted escrúpulos de algo que sucedió hace tantos años?

Abres la boca sin palabra, eliges el silencio a la vista de la actitud de la viuda, que se resuelve agresiva, nerviosa, con los ojos brillantes de una cólera inesperada, de una cólera que proyecta sobre ti pero que no es sólo contra ti, sino contra todos aquellos que atacaron y hundieron a su marido, que forzaron su muerte porque quisieron recuperar algo que nadie recordaba ni quería recordar, para qué.

—Dígame qué sucede ahora. Usted aceptó este trabajo, sabía a lo que se enfrentaba. Lo ha hecho muchas otras veces, no sé por qué ahora no...

—Esos muertos... Hay niños también.

—Usted mismo ha dicho que nada está probado, ¿por qué prefiere creer que mi marido es culpable?

Enmudeces de nuevo. No tiene sentido que intentes explicarle todo a la mujer, ella no entrará en razón. Podrías hablarle de Alcahaz con detalle, de las mujeres que arrastran una demencia de tantos años, de los hombres engañados y ejecutados. Podrías describir con precisión la crueldad, el miedo, el odio, pero ella no escucharía, todo pertenece al pasado, qué importa ya todo aquello, por qué tanto escrúpulo, diría. La viuda ha quedado encogida, sentada en un sillón, mientras retiene el llanto, apretando los dedos en su falda. Entonces, en este momento, las puertas se abren, y los dos volvéis los ojos hacia quien llega. La mujer se vuelve sin sorpresa, soltando por fin el llanto; tú, tampoco sorprendido del todo con mi llegada, tan sólo algo confundido, reconociendo al hombre que lleva una bata fina y fuma un cigarro largo con el mismo gesto que habías visto en las fotografías, escuchando ahora mi voz por primera vez. Empieza la tragicomedia, breve, esperada:

MARIÑAS (*con la naturalidad de quien se acaba de despertar*): Buenos días.

SANTOS (*fingiendo una extrañeza que no existe*): ¿Usted?

MARIÑAS: Encantado de conocerle, Santos (*ofrece una mano que Santos descubre caliente, tan viva*). Supongo que ninguno de los dos deseaba este encuentro, pero no he podido evitar entrar al escucharle.

SANTOS: ¿Cómo lo ha hecho?

MARIÑAS: ¿El resucitar? (*sonríe, grosero de repente en su risa*). Perdone. Se refiere usted a cómo he fingido mi muerte. No es difícil. El dinero todo lo puede, debería saberlo. Puede incluso matar a los hombres y después resucitarlos.

SANTOS: ¿Por qué... Por qué ha simulado su muerte?

MARIÑAS: Buena pregunta... Supongo que era el momento de desaparecer, y mejor esto que un suicidio de verdad, ¿no? Es más soportable.

SANTOS (*enojado, sin furia*): Es usted muy inteligente. El suicidio otorga grandeza, reafirma la honradez perdida. El culpable no se quita la vida; sí en cambio el arrepentido o el inocente que no puede demostrar su falta de culpa. Después llegarían sus memorias, para que todos se dieran cuenta de su inocencia, del error que cometieron al culparle sin pruebas. Muy hábil.

MARIÑAS: Usted también es inteligente, Santos. Por eso le elegí (*se sienta en el sofá, cruza las piernas, apaga el cigarrillo*). Por eso seguirá con el trabajo, porque es inteligente. Sabe que tiene mucho que ganar.

SANTOS (*fingiendo indignación*): No quiero ya su dinero, Mariñas.

MARIÑAS (*sonríe*): Claro que lo quiere. Pero antes tiene

que protestar un poco, agarrarse a prejuicios morales, no ceder tan rápido. Le entiendo, no crea; allá cada uno con su conciencia.

SANTOS: No me entiende. No sólo abandono el trabajo. Haré que todo se sepa, lo haré público.

MARIÑAS *(fingiendo sorpresa)*:   Vaya... Usted juega fuerte. Reconozco que tiene ventaja para llegar a un acuerdo que le beneficie. Pero todo se puede negociar. No pretenda hacerse el duro conmigo. Usted sabe que todo se compra, hasta la conciencia más ofendida, que no creo que sea la suya.

SANTOS *(desconcertado de repente)*:   Usted no me conoce.

MARIÑAS: ¿Adónde quiere llegar? Explíqueme cuál es el problema para hacer este trabajo. Usted lo ha hecho tantas otras veces, conozco no pocas biografías escritas por su mano que...

SANTOS *(rotundo)*:   No se trataba de criminales.

MARIÑAS: Claro que no. No lo eran después de que usted los presentara con nuevos ropajes. Pero, ¿y antes? ¿No lo eran entonces? Piénselo bien. Puedo acercarme a mi biblioteca y rescatar cualquiera de sus libros: biografías en las que limpia la cara de más de uno que no se estuvo quieto hace cuarenta o treinta o incluso quince años, ¿verdad? También muchos ensayos, discursos, artículos de prensa que usted dejaba que firmasen ciertos hombres que, merced a su escritura, se convertían de repente en protodemócratas. Y no pocos de ellos fueron responsables de represión, más de un muerto silenciado, ¿verdad? ¿Dónde pone usted el listón entonces? Cuarenta muertos no, claro; pero si se trata sólo de uno o dos, entonces sí lo hace, ¿no? Ya ve, sólo tenemos que regatear el número de cadáveres. Usted pone el precio, eso que le concedo. Haga su oferta y negociaremos.

SANTOS: Es usted despreciable. No sé cómo puede hablar con esa frialdad, cómo puede pretender que haga el trabajo después de saber lo que ahora sé. Ni por un momento ha pensado en aquello, ¿verdad? No le importa. Usted está tan arrepentido... Se le olvidó todo, ¿no?

(*Mariñas hace un gesto vago de malestar, que su mujer entiende como una seña para dejar el salón, cerrar las puertas dejando allí a los dos hombres extraños entre sí, uno recién llegado de entre los muertos donde nunca estuvo, el otro venido del pasado y la memoria, del olvido.*)

MARIÑAS (*con fastidio*): Es usted tozudo. Haga lo que quiera, no me importa. Ande y vaya, cuéntelo todo, que se sepa. Comprobará que a nadie le importa ya. De todo eso hace mucho tiempo. A mí no me afectará otra vez, porque mi memoria ya fue humillada, no pueden hundirme más. Puedo largarme del país, desaparecer. Nadie le creería cuando dijera que estoy vivo. Perderá el tiempo, a nadie le importa ya qué pasó hace cuarenta años, ni siquiera veinte años. Tal vez aparenten asombro, indignación. Pero se olvidarán en seguida. Éstos son los años del olvido, usted lo sabe mejor que nadie. La memoria sobra, es una carga innecesaria. Nadie recuerda nada, porque en verdad nadie quiere recordar. Perderá el tiempo, pero vaya, quédese tranquilo.

SANTOS: ¿Por qué entonces me contrató? Usted sabía que esa farsa de sus memorias exculpadoras no serviría para nada. Aunque yo hubiera seguido con el trabajo, aunque se hubieran publicado, a poca gente le importaría ya si usted fue o no un bellaco. Porque de aquí a un año, cuando aparecieran sus memorias, pocos se acordarían siquiera de que usted fue acusado y se suicidó. Todo esto no serviría para mucho. Para nada.

MARIÑAS: Tiene razón. Pero si pensáramos en la cantidad de cosas que hacemos en nuestra vida y que serán inútiles, no haríamos nada, nos moriríamos de pasividad. Supongo que lo hice por orgullo. El orgullo me ha perdido toda la vida. Me perdió cuando era joven, usted ya lo sabe. Cuando ocurrió aquello yo, además de orgulloso, era joven. Estaba poseído de energía, de ambición. Lo quería todo y pronto, era invencible. Supongo que ese mismo orgullo me llevaba ahora a intentar esta redención. En realidad, no tenía nada que perder. Tal vez era una forma de demostrar, una vez más, el poder del dinero, de mi dinero. Una forma de comprobar si el dinero sirve para todo, para morir y resucitar, como es mi caso ahora, pero también para comprar conciencias, para cambiar la historia y disolver la memoria. Usted me demuestra que no. Eso ya es un consuelo al final de la vida, ¿no?

(Mariñas calla y sonríe, sin más que decir, habla sin propósito, alarga la conversación de forma artificial. No tiene nada que decir, hastiado de tener que dar unas explicaciones que considera innecesarias, nunca tuvo que explicar nada de lo que hizo o dejó de hacer. El orgullo. Comprendiendo que no tiene nada más que decir ni escuchar, Santos se levanta para marcharse. Mariñas ni siquiera se levanta para despedirle, y queda allí, cruzado de piernas, fumando con indiferencia, olvidado ya del hombre que le mira con más compasión que desprecio y que sale de la casa, saludando apenas a la viuda que permanece llorosa en el pasillo.)
(Santos sale de escena.)

Santos salió al exterior y el viento ronco de la sierra le bendijo, limpio de todo. Quedó unos minutos al pie del mirador, con la vista perdida en el horizonte mientras un cigarro se le consumía entre los dedos. Miró hacia la ventana superior, donde Mariñas le observaba del mismo modo que a su llegada, cuando se escondió tras los visillos pensando que no le había visto y que podría alargar todavía su mentira, que aquel hombre venía sólo para dar cuenta de sus progresos, que todo iba bien. Santos montó en su automóvil y buscó, rápido, el cobijo de la última niebla en la parte baja de la montaña.

*   *   *

Llegamos, por fin, al desenlace, tras respetar escrupulosamente en la novela el orden clásico, presentación, nudo y desenlace. Puesto que se trata de una novela nítidamente convencional, sin reverso, hasta cierto punto transparente, se aclara todo al final, no se deja un solo fleco pendiente, todo bien explicado, todo atado, no sea que el lector, abandonado a su intuición, decida entrar por alguna puerta mal cerrada y se haga daño. En preparación para este momento, los últimos capítulos han sido sometidos a una perceptible aceleración, cuando el runrún, el zumbido, se convierte en tobogán que nos posará, blandamente, en un final de orquesta sudorosa, de director que tira la batuta tras el golpe de platillos, chimpón. Los novelistas españoles suelen preferir finales no sólo resolutivos —desde la creencia de que hay que echar varios cerrojos para que la última página merezca ser rotulada con el «FIN»—, sino también finales «altos», de traca, con la dosis justa de factor sorpresa —suficiente para agradar, pero no tanto como para romper la comodidad de lo previsible. Deben de pensar que, con otro tipo de final, los lectores podrían cuestionar el esfuerzo lector para llegar hasta allí, como el montañero que sube a una cumbre sólo para ver desde allí la puesta de sol, y al que un día nublado haría que se arrepintiese de la escalada. Está muy generalizada la convicción, entre autores y lectores, de que la prime-

ra y la última página son cruciales, y que tanto una como otra deben ser, a su manera, inolvidables. En el caso que nos ocupa, suponemos que la traca no es aún completa, y que falta el último castillo de fuegos artificiales, el amoroso, el del reencuentro con la amada —lo contrario traicionaría unas expectativas que el autor se ha esforzado por alimentar.

Llegamos, pues, al momento culminante de la trama, cuando caen las caretas, cuando el malo que creíamos muerto aparece para sorpresa de nuestro héroe, que le mira con asombro y dice: «¿Tú? Pero, ¿cómo...?», mientras el malo malísimo ríe a carcajadas, divertido en su ingeniosa maldad. Entonces, y usando un formato teatral (otro capricho compositivo de nuestro autor, tan gratuito como poco original, como si le da por escribir un capítulo en verso o unas páginas sin la letra «a»), mantienen el héroe y el villano un diálogo de ésos de final de película, cuando el malo cree que ha ganado y entonces, antes de liquidar al héroe (aunque sabemos que no lo logrará), se dedica a dialogar, a monologar, a explicar lo malo que ha sido, a confesar sus pecados, y lo hace no para el héroe (que en teoría va a morir, qué más le da saber), sino para el espectador, para que entienda todo y se asombre de lo malo que es el villano.

El golpe de efecto para cerrar la novela, la entrada en escena (nunca mejor dicho, dado el juego teatral) de ese Mariñas que ahora actúa como el archimalo que siempre fue, un Lex Luthor castizo que se burla de Supermán, y que aparece vistiendo «una bata fina» y fumando «un cigarro largo» (todo él caricaturesco, como esos magnates de tira cómica, con chistera y barrigón), habla con sarcasmo, cínico, riendo, sonriendo «grosero de repente en su risa», mostrándose divertido, se sienta cruzando las piernas, «fingiendo sorpresa» ante las acusaciones, hace «un gesto vago de malestar» (como

el que hizo para dar la orden de fusilar, suponemos;
esa misma mano que lo mismo espanta una mosca
que ordena abrir fuego o abanica mientras le dan la
noticia de que fusilan a su propio hermano, recuer-
den), se muestra indiferente a las informaciones que le
comprometen, y nos cuenta su plan, su maquinación
para desaparecer y que le creyeran muerto, menudo vi-
llano. Llegados a este punto, en pleno final «sorpren-
dente», nadie se va a detener a cuestionar lo gratuito
del planteamiento, lo absurdo del suicidio simulado o
de las proyectadas memorias falsas para lavar su re-
putación, todo muy forzado, muy al servicio de hacer
sostenible el argumento.

Todo ello en un discurso que se muestra dema-
siado explícito en su carácter ejemplar, moralizante,
las intenciones vindicativas del autor, presentar a Ma-
riñas como metáfora de tantos Mariñas blanqueados
por la transición, y volver a insistir en la amnesia na-
cional, ahora en forma de desinterés: «Perderá el tiem-
po, a nadie le importa ya qué pasó hace cuarenta
años, ni siquiera veinte años», divaga Mariñas, que
añade: «Éstos son los años del olvido, usted lo sabe
mejor que nadie. La memoria sobra, es una carga in-
necesaria. Nadie recuerda nada, porque en verdad na-
die quiere recordar.» El autor cae en la habitual sim-
plificación a la hora de abordar el problema de la me-
moria y el olvido de la guerra civil. Los años del olvi-
do, dice, referidos a esos años de la transición en que
se ambienta la novela. Es más fácil simplificar con un
par de frases justicieras y biensonantes, que entrar a
analizar la complejidad del tema, con sus muchas im-
plicaciones sociales, políticas, institucionales, cultura-
les. Pero es que además ese tipo de afirmaciones,
realizadas en 1977, son falsas. Como demuestran los
trabajos de la historiadora Paloma Aguilar Fernández,
en esos años primeros de la transición ocurrió más

bien lo contrario: hubo una inflación de memoria, con una omnipresencia del recuerdo de la guerra civil, pues interesaba a los muñidores del pacto que la memoria de la tragedia nacional actuase como coacción para quienes abogaban por la ruptura. Se hablaba de la guerra, y mucho, durante la transición. Otra cosa es que valoremos de qué manera se hablaba, y con qué límites —por ejemplo, impidiendo que saliesen a la luz cuestiones como esas en las que insiste el autor, las referidas al botín de guerra de los vencedores—, y qué tipo de discurso dirigido se proponía —el «nunca más», el «todos perdimos», la falta de culpables identificables. Porque el problema de la memoria histórica en España, entonces y ahora, ha sido más una cuestión de calidad que de cantidad. No tanto de si hay mucha o poca memoria, sino de qué está hecha. Pero eso son complejidades a las que no se va a dedicar una novela, no ésta.

Volviendo a estas páginas finales, hay un detalle que nos desconcierta, y de cuya pertinencia dudamos. Cuando Mariñas entra en escena, la narración pasa, de repente, de la tercera a la primera persona, y el narrador se identifica con Mariñas, pues dice que Santos se sorprende «escuchando ahora mi voz por primera vez». ¿Qué significa esto? ¿Era Mariñas el narrador de la novela? ¿Lo ha sido todo este tiempo? Imposible, pues su omnisciencia (que abarcaría todo lo sucedido, el pasado y el presente de Alcahaz, de Santos, de Ana, de todo lo narrado hasta ahora) chocaría con muchos impedimentos. Por eso dudamos de la pertinencia de ese giro final. Más bien es algo caprichoso, incluso un descuido. El autor tenía sobre el escritorio varios recursos rotulados como «final sorprendente», y éste en concreto, el del desenmascaramiento del narrador, se le ha caído en la página sin pensar demasiado en su alcance. Así que no haremos mucho caso a la posibi-

lidad, y ahí la dejaremos, como un juguete caído y olvidado sobre la página.

Bajando a lo anecdótico, vemos en estas páginas que la viuda, por su parte, aparece como suele, sobreactuada al límite, y de nuevo, en pocos segundos de conversación, despliega toda su agitación de gestos, siguiendo el detallismo psicologista del autor: fuma, bebe, mueve la copa en círculos, se vuelve hacia Santos, se crispa, levanta la voz, se pone nerviosa, le mira con ojos duros, se pone agresiva, muestra «los ojos brillantes de una cólera inesperada» (sospechamos que al autor le habría gustado colocar los tradicionales «ojos inyectados en sangre», que resuenan tras la expresión utilizada), se encoge, se sienta, retiene el llanto, aprieta los dedos en su falda. Pura epilepsia la señora, una vez más.

Último apunte, de nuevo, para el paisaje. Como en el capítulo anterior, el autor se dice: algo habrá que decir del paisaje. Ya que el protagonista pasa por la sierra, demos unas pinceladas de literatura paisajística. Vale con echar mano al diccionario ideológico o a la enciclopedia, y colocar unos roquedos por aquí y unos pedrizos por allí, que suenan muy auténticos, muy geológicos. Añádase un cursi «duro cincel de sol», y remátese con la guinda del elegíaco «cumbres romas del Guadarrama», al que faltan los signos de exclamación, pero entendemos debe ser pronunciado con el pecho hinchado, dado el tono final de la novela.

Quien conozca la sierra de Guadarrama sabe que poco tiene que ver con la descripción que el autor hace, tanto en su aspecto natural como en lo que respecta a esas decorativas casas señoriales que no aparecen por ninguna parte.

Llegamos al final, del que sólo nos falta, previsiblemente, ejecutar el «Volveré» con que Santos dejó Lubrín. Allá vamos.

CASI UN EPÍLOGO

Qué queda entonces, cuando después de tanto tiempo sin saber ni recordar, cegados a voluntad, llega finalmente el día en que sabemos o recordamos, como arrebatados por un manotazo divino, y ese conocimiento recuperado nos hace tan vulnerables, tan dolidos, que en adelante la vida sólo puede ser integral, absoluta, ponemos fin a esta comedia de gestos perfectos y palabras inocuas, la representación diaria de esta vida que inventamos, la única con la que hemos podido vivir hasta entonces, hasta ese día en que, sin desearlo, nos enfrentamos fatalmente con aquello que tanto tiempo hemos ocultado o evitado. Desde ese momento no sirven ya los viejos disfraces, el fácil parapeto que levantamos al taparnos los ojos ante la luz, entregándonos al olvido como quien bebe una copa de nepente al acostarse, cada noche. ¿Qué queda entonces?

Ligeros por fin de equipaje, siempre queda la atracción del viaje inesperado, la huida tanto tiempo deseada y sin embargo ahora espontánea, el abandono de todo porque nada importa ya. Y escapar entonces, abandonarlo todo y escapar, como quien responde a una fatal llamada, ineludible:

> *Si me llamaras, sí,*
> *si me llamaras,*

lo dejaría todo,
todo lo dejaría:
los precios, los catálogos,
el azul del océano en los mapas,
los días y sus noches,
algún telegrama viejo
y un amor.

Tú, que no eres mi amor,
sí, si me llamaras.

Julián Santos recuerda ahora los versos de Salinas como una vieja canción que nos asalta súbita al despertar, recuperada del fondo de nuestra vida, los versos que decíamos en algún momento de la adolescencia triste —todas lo son—, sumidos en cualquier decepción o en una alegría inconfesable. Julián Santos recuerda los versos y los pronuncia en voz alta en el interior del coche, con el propósito de que sean las primeras palabras de su nueva vida, una suerte de ingenuo conjuro o promesa mientras recorre una vez más la carretera hacia el sur, el trayecto que ahora completa por tercera vez en diez días. Uno realmente nunca sabe que un viaje puede ser el principio de algo o el final de nada.

La primera vez que recorrió esta carretera, el viaje de Madrid al sur lo hizo instalado en la incertidumbre, llevado en verdad más por su propio hastío que por un verdadero interés en conocer algo, en descubrir un pueblo que tampoco significaba nada todavía. Fue sólo a partir de las primeras pesquisas, cuando los interrogados se empeñaban en negarlo todo, en alejarle de su búsqueda, cuando comenzó a tener interés y un ligero presentimiento de que aquel viaje podía ser el principio de algo.

El segundo viaje por la misma carretera, esta vez en sentido inverso, desde el sur hacia Madrid, lo hizo instalado en la rabia, la indignación por lo conocido días atrás, empujado además por la confusión de su deseo, el desconcierto por lo que dejaba atrás, en aquel sur desastrado y en una habitación sin muebles, sin saber con certeza si volvería para quedarse o no regresaría jamás —y entonces la no despedida sería en verdad un adiós. Ni siquiera estaba seguro entonces de ser capaz de llevar a buen término su inmediata decisión, el abandono del trabajo y su denuncia, si no se dejaría vencer al final por su propia debilidad como otras veces, si no acabaría aceptando aquel trabajo como tantos otros, cerrando los ojos sin dolor. Finalmente, el viaje se convirtió en el final de nada, de su nada particular sostenida hasta entonces.

El tercer viaje, el de hoy, de vuelta al sur, lo hace asentado en una esperanza indefinida, recorre el mismo camino esta vez con vocación de final, de que sea realmente el principio de algo, escuchar aquella llamada y abandonarlo todo, para encontrar un nuevo territorio, un horizonte menos vago, un vientre como espejo cálido donde adormecerse, donde olvidar al fin, donde no saber, para vivir.

*　*　*

Poco podemos decir para hacer justicia a las últimas páginas. Nos las esperábamos, claro. La novela, por el camino que llevaba, sólo podía terminar en exaltación. Fuegos artificiales. El viaje, el llanero solitario, la redención final, el amor que nos salva, el sur, el viajero ligero de equipaje, la promesa de vida auténtica, la llamada...

Además, el regreso a Lubrín cierra del todo el círculo de la novela, que como ya dijimos páginas atrás se ha estructurado a base de recorrer de un lado a otro la carretera de Andalucía. El viaje ha actuado como cremallera que sube y baja, completando ese círculo en cuyo interior quedamos los lectores. Es ese gusto de los novelistas por la espiral narrativa, por ir doblando la página sobre sí misma, hasta que el lector se rinda, atrapado por la novela que como serpiente se ha enroscado sobre él, o directamente mareado por las vueltas. Encerrados en la esfera, y algo sordos por el persistente zumbido, alcanzamos el final sin mucha resistencia, llevados de la mano por el autor.

Un final, por supuesto, altisonante y pomposo, a la altura del crescendo narrativo. Lleno de expresiones cursis (sería cansado reproducirlas ahora, basta releer el casi epílogo), y mucha palabrería hueca y sonajera. «Que un viaje pueda ser el principio de algo o el final de nada.» Muy bien, suena muy bien. Clin, clin, clin. Runrún, runrún. ¿Y por qué no decimos que un viaje pueda ser el final de algo o el principio de nada? Y así con todo. Hagan la prueba de intercambiar párrafos de orden, adjetivos de una a otra frase, o alteren los tiempos verbales a placer. Verán cómo no se pierde el sentido del epílogo. Sigue diciendo lo mismo, con ese sonido de campanillas, esa cancioncilla tarareable, que nos deja, en la última página, en la última línea, con una sonrisa satisfecha.

* * *

Y a todo esto, ¿qué queda de esa mala memoria contra la que se alzaban las armas de la literatura? ¿Y qué queda de las víctimas? ¿Y de la guerra? ¿Qué queda de las intenciones vindicativas del autor? Nos tememos que, una vez más, la guerra, la memoria, las víctimas, se convierten en pretexto narrativo, y lo que se pretendía una novela revulsiva se conforma con una historia entretenida, un ejercicio de estilo, una convencional trama de autoconocimiento y, por supuesto, de amor. Eso sí, con la guerra civil al fondo, actuando de referente atractivo, reconocible, donde el lector se siente cómodo y se muestra curioso. Novelas como

*ésta pueden hacer más daño que bien en la construc-
ción del discurso sobre el pasado, por muy buenas intenciones que se declaren. Debido a las peculiaridades
del caso español, a la defectuosa relación que tenemos con nuestro pasado reciente, la ficción viene ocu-
pando, en la fijación de ese discurso, un lugar central
que tal vez no debería corresponderle, al menos no en
esa medida. Y sin embargo lo ocupa, lo quiera o no el
autor, que tiene que estar a la altura de esa responsabilidad añadida. Vale.*

Impreso en el mes de febrero de 2007
en Talleres BROSMAC, S. L.
Polígono Industrial Arroyomolinos, 1
Calle C, 31
28932 Móstoles (Madrid)